夢幻彷徨篇
カオスレギオン
CHAOS LEGION

あの頃に比べて、
ジーク様に近づけたようにも思うし、
肝心なところでは
全く距離が変わらないような気もした。
それでも、盲目だった私に
光をくれたのはジーク様だ。
アリスハートとはいつだって
一緒に笑い合えた。
三人だからここまでやってこれた。
そう、三人だから……。

「忘れていたかった。そうだろ、ノヴィア?」

カオス レギオン 03

夢幻彷徨篇

1016

冲方 丁

富士見ファンタジア文庫

136-5

口絵・本文イラスト　結賀さとる

目次

ノヴィア・エルダーシャ
ジークの従士。〈銀の乙女〉所属の聖女
「はい、頑張りますっ!」
アリスハート
ノヴィアと行動を共にする小妖精
「チビって言うなっ、この狼男っ!」
CHAOS LEGION《カオスレギオン》
CHARACTER & HISTORY
ジーク・ヴァールハイト
黒印騎士団所属の葬士
「俺がお前を止める」

ヴィクトール・ドラクロワ
かつてのジークの友。反聖法庁として暗躍中
「知りたければ、追ってこい……ジーク」
レオニス・ジェルミナル
聖地シャイオンの新領主。車椅子に乗る
「僕らが、新しい怪物になればいい」

HISTORY

天界と堕界を分かつ大地、アルカーナ大陸。
ジークたちは、凶行を繰り返すかつての友・ドラクロワを追っていた。
旅の途中、一行は聖地シャイオンにてレオニスと出会い、それぞれの道を歩み出す。
三人の男が握る大陸の未来。混沌＜カオス＞の大地は新たな局面へ突入する……。

トール・ヴュラード
レオニスに仕える暗殺者
「父が死んでくれてせいせいしました」

Prologue　霧《きり》の城《しろ》

男は、ふと目覚めた。

最初に見えたのは、自分の体を覆《おお》う緋《ひ》色《いろ》の布《ぬの》と、そして滑《なめ》らかな灰色《はいいろ》をした石の壁《かべ》。

のろのろと布をどけ、壁に手を当てようとして、何かを握《にぎ》っていることに気づいた。

鋭《するど》い銀の輝《かがや》きを放つ剣《けん》だ。その柄を、拳《こぶし》が強《こわ》ばるほどの力を込《こ》めて握っている。まるで今にも敵《てき》が襲《おそ》ってくるというように。

手の力をゆるめつつ、刃《は》を見つめた。強い疑問《ぎもん》があった。

なぜ鞘《さや》が無いのか――？

だが同時に、鞘という考えが間違《まちが》っていることを思い出している。

この剣は、もっと大きなものに収《おさ》められるべきものだ。大きなもの――銀色の――それは自分にとって、重要な道具でもある。なぜなら死者を――この手で――葬るための――シャベル。

男は小さくかぶりを振《ふ》った。頭の中に白い靄《もや》でもかかっているような――何か大事なことを忘《わす》れていながら、自分ではそのことに気づいていないような気分に襲われたのだ。

男は剣を握ったまま、左手を壁に当て、慎重《しんちょう》に身を起こした。

白外套《がいとう》に黒革《くろかわ》の鎧《よろい》、両手には赤籠手《あかごて》という自分の出で立ちを見下ろし、妙《みょう》に安心した。どうやらそれだけ見慣《みな》れたものであるらしい。

肌寒《はだざむ》いが、凍《こご》えるほどではなかった。布にくるまっていたお陰《かげ》だろう。

辺りはしんと静まり返っている。雨でも降《ふ》った後のような、水っぽい空気。かすかに花のような甘《あま》い香《かお》りが漂《ただよ》っている。

今いる場所は、がらんとした広間だ。礼拝堂《れいはいどう》らしく、石造《いしづく》りの祭壇《さいだん》がすぐそばにあり、その後ろの壁を緋色のカーテンが飾《かざ》っている。カーテンの一部が切り裂《さ》かれており、どうやらそれを毛布《もうふ》代わりにして自分は眠《ねむ》ったらしい。

窓際《まどぎわ》の松明《たいまつ》が、ちろちろとくすぶっていた。多分、自分が灯《とも》したのだろう。ここで一夜を明かすために。だが、なぜ――こんなところで？　ここはいったいどこなのか？

猛烈《もうれつ》な不安が込《こ》み上げてくる。男は冷静にその不安を抑《おさ》え込み、周囲を観察した。

部屋の扉《とびら》を見ると、二つの丸い取っ手に、銀色の太い棒《ぼう》がさし込まれていた。外から扉が開かないための処置《しょち》だ。そして唐突《とうとつ》に、自分が見ているものが何であるか理解《りかい》した。

急いで広間を横切り、その銀色の棒に触《ふ》れた。強い確信《かくしん》が起こった。

これだ——これが、この剣の鞘だ。

男は、扉を閉《と》ざしていた銀色のシャベルに剣を収め、肩《かた》に担《かつ》いだ。それだけで、意外なほどの安心感が込み上げてきた。何気ないことの一つ一つが、不安を呼《よ》び、また安心させる——その繰《く》り返しだ。それを延々《えんえん》と続けられたら、神経《しんけい》が参ってしまう。それを防《ふせ》ぐには、とにかく自分の置かれた状況《じょうきょう》を調べ、理解する他《ほか》ない。

男は扉に手をかけ、部屋を出て行こうとして、寸前《すんぜん》で思いとどまった。

焦《あせ》るな——

男の本能《ほんのう》が警告《けいこく》していた。気を付けろ——自分は今、恐《おそ》ろしく無防備《むぼうび》になっている。

焦って状況を把握《はあく》しようとして、逆《ぎゃく》に、事態《じたい》を悪化させる危険《きけん》もある。

まだこの部屋に何かあるかもしれない。出来る限《かぎ》り周囲の状況を把握しなければ——

男は、窓の一つにそっと近づいた。

光の感じからして、まだ早朝だろう。曇天《どんてん》の下に、険《けわ》しい山の連なりが見えた。

窓から外を覗《のぞ》くと、霧がかかった巨大《きょだい》な都市があった。

背《せ》には断崖《だんがい》、都市前面には分厚《ぶあつ》い城壁《じょうへき》。建物も階段《かいだん》も石造りで、豪華《ごうか》な建物があちこちに見える。花のような香りがするが、あまり緑はない。

どうやら自分は今、高所に建てられた城《しろ》の一角にいるらしい。

険峻《けんしゅん》な地の利を生かした、城塞《じょうさい》都市——もとはただの砦《とりで》だったものが、貿易《ぼうえき》の要所として発達し、富裕《ふゆう》な商人たちが造営《ぞうえい》した結果、一大都市となったのだ。

戦争と商売の両方に通じた——南方の都市ルカ。

ようやく都市の名が思い浮かんだ。それが自分の目的地であるという強い意識《いしき》。そして近辺の地形を思い出し、さらに安心感が湧く。近くに河《かわ》があるはずだ。ネルヴァ河——大陸を渡《わた》る大河《たいが》が。この都市は、ネルヴァ河への入り口として商業で賑《にぎ》わい——

(賑わう——？)

だが霧が漂う都市のどこにも人影《ひとかげ》がない。異常《いじょう》なほどの静けさだ。早朝だから？　しかし貿易に携《たずさ》わる者なら、もう起き出しているはず——

(閉鎖《へいさ》——)

かすかな記憶《きおく》の糸口。都市の危機——既《すで》にここは閉鎖された。生存者《せいぞんしゃ》は不明。事態が解決するまで、自分たちだけが単独《たんどく》で——

(自分たち——？)

ふと、眠るように静かな都市を眺《なが》める自分が、何をしているのかを理解した。

誰かを捜しているのだ。この部屋にはいない誰《だれ》か——自分のそばにいるはずの者を。

男は窓から離《はな》れ、部屋を注意深く見渡した。扉は内側から閉ざされていた。誰かがここにいたはずはない。少なくとも一晩《ひとばん》、自分は一人でここに閉じこもったのだ。

だがなぜ？　捜《さが》している相手というのは、そんなに信用出来ないのか？

(斬《き》らなければならない——)

ふいにその決意が強く胸《むね》をつき、思わずはっとなった。

誰を？　自分が捜している相手を？　斬るために捜している？　なぜ？

そのとき、男の目が、斬られたカーテンから覗く壁《かべ》をとらえた。自分が目覚めた場所——先ほど手をついた壁だ。そこに、何かが刻《きざ》まれているのが見えていた。

そちらへ急いで歩み寄《よ》った。歩調が速い。男の本能は、しきりに落ち着けと警告している。無闇《むやみ》に焦れば、取り返しのつかない事態になると。

男は壁の前に立ち、刻まれた文字を見た。その文字を、自分は眠りに落ちる前に、この剣で刻んだのだという意識があった。それだけは間違《まちが》いないように思われた。

だが、その刻まれた文字が何を意味するのか、まるで理解できない。

(——ジーク様)

脳裏《のうり》に声が甦《よみがえ》り、はっとなった。自分の名を呼ぶ若《わか》い女の声。もの悲しげな、諦《あきら》めの込もったような響《ひび》き。遠い記憶の片隅《かたすみ》には、今も彼女の悲しみが残っている——

どこからか漂《ただよ》ってくる花の香《かお》りが、かすかに強くなった気がした。

男は、そっと壁に刻まれた文字に触れ、口に出して読んでみた。

「……ノヴィア」

だが何も思い出せなかった。

霧《きり》に囲まれた城《しろ》のまっただ中で、男は、呆然《ぼうぜん》と立ちつくした。

第一章　狩人《かりゅうど》たち

1

からりと晴れた空の下――賑わう街に、楽しげな声が響く。

「どっち見ても人ばっかりぃ。何だか大繁盛《だいはんじょう》ねぇ」

小さな羽を震《ふる》わせて宙《ちゅう》を舞《ま》い、きょろきょろ辺りを見回すものがいた。掌《てのひら》ほどの妖精《ファー》である。女性《じょせい》形の身をシルクのドレスで包み、金髪金瞳《きんぱつきんどう》、背《せ》の羽も淡《あわ》く金に輝《かがや》いている。

「ねえねえ、ノヴィアぁ。お買い物しようよぉ」

天気のせいであちこちで市場が開かれているのだ。買い込んだ日用品を袋詰《ふくろづ》めにして持ち帰る子連れのおかみさんや、旅商のグループがたむろしている。といって妖精《ファー》自身、欲《ほ》しい物があるわけではない。珍《めずら》しい商品が並《なら》ぶのを眺めて楽しみたいだけなのである。

「駄目《だめ》よ、アリスハート。ジーク様のお仕事の方が先です」

少女が、荷を背負った馬の列をよけながら、きっぱりと返す。溌剌《はつらつ》と束ねた栗《くり》色の髪《かみ》、淡《す》く澄んだ紫《むらさき》の目。青い法衣《ほうい》の胸元《むなもと》を〈銀の乙女《おとめ》〉の紋章《もんしょう》が飾《かざ》り、手にした青い宝玉《ほうぎょく》つきの宝杖《バストーン》とともに、少女──ノヴィアが、れっきとした聖道女《せいどうじょ》であることを示《しめ》している。

「まず、街の聖堂に、お話を聞きに行きますか、ジーク様？」

ノヴィアが傍《かたわ》らの男を振《ふ》り返る。まだ街に着いたばかりだったが、馬車を乗り継《つ》いできたため、さほど疲《つか》れてはいない。だが──

「いや……様子を見よう。今日一日、自由にしてていい」

男は思案げにざわめく街並《まちな》みを見渡《みわた》しながら言った。燃《も》えるような赤髪《せきはつ》に、研《と》ぎ澄まされた美貌《びぼう》。その眼差《まなざ》しは鋭《するど》く、白外套《がいとう》に黒革《くろかわ》の鎧《よろい》、赤籠手《あかごて》と、実に殺伐《さつばつ》とした出で立ちだ。

が──その肩《かた》には、なんと銀に輝くシャベルを担《かつ》いでいる。人でごったがえすこの通りでも、実に目立つ。街角に立つ衛兵《えいへい》たちもジークに目を止めては、シャベルの歯の裏《うら》に刻まれた聖法庁《せいほうちょう》の紋章に気づき、呆然と見送るという有様だった。

「様子見……ですか」

ノヴィアはちょっと驚《おどろ》いた。そもそもどんな場所でもジークが堂々と姿《すがた》をさらすのは、あえて敵《てき》を自分に引きつけるためだ。聖法庁に対する謀略《ぼうりゃく》を仕組む者は、必ずといっていいほど向こうから罠《わな》を仕掛《し》けてくる。それを逆《ぎゃく》に撃《う》ち破《やぶ》るのがジークの主なやり方だった。

「俺《おれ》は、情報《じょうほう》を仕入れてくる。お前は、街を見ておけ」

「だってさ、ノヴィアぁ。ゆっくり街を見て回ろうよぉ」

アリスハートが嬉《うれ》しげに言う。ノヴィアは困《こま》ったように微笑《びしょう》した。ジークが見ておけというのは、ノヴィアの力——彼方《かなた》まで見通す万里《ばんり》眼《がん》を用いて、偵察《ていさつ》しろということだ。

「観光じゃないのよ、アリスハート。お仕事なんですから」

ちょっとたしなめるようにノヴィアは言った。

「あまり気を張《は》らないでいい。危険《きけん》があるかどうかだけ確認《かくにん》しながら動け」

そこでまた予想外の言葉が来た。まるで適当《てきとう》に遊んでいろと言わんばかりである。

「よろしいのですか……？」

驚きよりも、やや不満を込めて問い返す。ジークの役に立ちたいという思いを、すげなくあしらわれた気分だった。ナデッタの民《たみ》と別れて以来、確《たし》かにずっと移動《いどう》ばかりで、今すぐ戦いが起こるという感じはないが——

「私も、ジーク様とご一緒《いっしょ》にいた方が……」

「お前の力が必要なときは言う。今は休んでいろ」

淡々《たんたん》と返された。夕刻《ゆうこく》に宿で落ち合うことを決めると、

「たまには買い物も良いだろう」

なんとそんな言葉を残して、ジークは一人、雑踏《ざっとう》に消えた。立ち止まってその背を見送

っていたノヴィアは取り残された気持ちになり、つい、不満が口をついて出た。

「もう少し、何か命じて下さっても良いのに……そう思わない、アリスハート？」

「え、いやぁ……狼男《おおかみおとこ》なりに、ノヴィアのことを思ってるんじゃないのかなぁ……。ノヴィアったらいつも働きっぱなしだしぃ」

狼男とはジークの目の鋭さを茶化《ちゃか》した渾名《あだな》だ。するとノヴィアも珍しくそれに合わせて、

「狼なら、もっと群《むれ》のことを考えても良さそうなのに……」

「うーん、一匹《いっぴき》でうろうろするのが好きなタイプだからねぇ」

「そんなの……そのうち迷子になっちゃうわよ」

「そしたらノヴィアに見つけてもらえると思ってるんじゃない？」

適当にアリスハートが言う。だがその一言で、ノヴィアは、どきっとなった。

「そ、そうかしら」

「そうよぉ。ノヴィアの目が見えるようになってから、狼男ったらますます平気で危《あぶ》なっかしいところに行くようになったしぃ。きっと信頼《しんらい》してんのよぉ」

何の根拠《こんきょ》もないアリスハートの言動だが、ノヴィアにとっては嬉《うれ》しい限《かぎ》りである。

「そうね……私、いつでもすぐに見つけられるものね……ジーク様のこと」

今さらそのことに気づき、妙《みょう》にどきどきした。

「そうそう。だから、狼男のことは放《ほ》っといて遊びに行こうよぉ」

焦《じ》れったそうに羽を震《ふる》わせるアリスハートに従《したが》い、ノヴィアもようやく取り戻《もど》した微笑とともに雑踏に身を任《まか》せた。


ジークは市場を通り抜《ぬ》けると、真《ま》っ直《す》ぐ駅舎《えきしゃ》へ向かっている。

駅舎は、金を払《はら》って馬を乗り継《つ》ぐための施設《しせつ》で、公務《こうむ》にある者ほど優先《ゆうせん》的に良い馬を借りることが出来る。駅舎にも大勢《おおぜい》たむろしており、この街が貿易《ぼうえき》の要所であることを物語っている。行商風の男が一人、せっせと馬に鞍《くら》を着けながら、通りがかったジークに、

「どうだい、良い毛並みだろう」

と声をかけてきた。柔和《にゅうわ》そうな壮年《そうねん》の男である。ジークが無言で振り返ると、

「聖王の持ち馬は大した毛並みだって話だが、こいつもそれに負けちゃいない。なあ、あんた聖王の馬の色を知ってるか？」

「――黒だ」

「そう。足先から尻尾《しっぽ》まで真っ黒の、〈戦場の真理《ヴァールハイト》〉って名の馬さ」

そう言って親しげにジークの肩を叩《たた》きながら、ともに駅舎の裏《うら》へ廻《まわ》った。

「馬呼《よ》ばわりなどして失礼した、ジーク・ヴァールハイト。文句《もんく》は、暗号を決めたお偉方《えらがた》

に言ってくれ」

「諜報院《ガルム》の仕事に文句はない」

興味《きょうみ》なさそうにジークは返した。諜報院《ガルム》とは聖王直属《せいおうちょくぞく》の密偵《みってい》機関であり、ジークに任務《にんむ》を告げ報《しら》せる情報源《じょうほうげん》だ。男は書状《しょじょう》を取り出してジークに手渡《てわた》し、言った。

「増殖器《ジェネレーター》が運搬《うんぱん》されたと思われる経路《けいろ》と、運搬に関《かか》わった可能性《かのうせい》のある街のリストだ。中でも有力なのが、この先にある……」

「城塞《じょうさい》都市ルカか――」

書状の中身を開きつつ、ジークが呟《つぶや》く。

「そうだ。あんたが、例の故郷《ふるさと》を失った民を守ってた間に、予想される運搬経路をしらみつぶしに調べた結果、その街に行き着いた」

ジークは小さくうなずきながら、いっときナデッタの民の面々に思いを馳《は》せた。マイアの地を去ってから、まだ半月余《あま》りしか経《た》っていない。ともに夜明けを目指して歩んだ彼らの新たな生活が、幸運に恵《めぐ》まれることを祈《いの》るばかりだった。

「あんたの睨《にら》んだ通り、増殖器《ジェネレーター》やその他の物資《ぶっし》の大半はルカの都市を経由して、ネルヴァ河《がわ》を下っているに違《ちが》いない。そしていったん海に出て、各地へ運ぶ気だ」

「――聖地シャイオンの動きは？」

「増殖器《ジェネレーター》の小型化に成功したのは前領主《ぜんりょうしゅ》ロムルス・ジェルミナルで、関わった側近は全《すべ》て逮捕《たいほ》して尋問《じんもん》したが、現《げん》領主とは関係ない。ただ……気になる点がある。現領主がやたらと人を集めているんだ。様々な職業《しょくぎょう》の者を。まあ領主が文化人を集めて領国を豊《ゆた》かにしようってのは、よくある話だが……しかし聖印《ハイリヒ》の研究者を大勢招《まね》いてる点が問題だ。いずれ近隣《きんりん》の領国も、警戒《けいかい》し始めるだろう」

「聖印《ハイリヒ》の研究……。領土を拡《ひろ》げる気か……」

「領主が聖印《ハイリヒ》の力を手に入れてする事と言えば、自分の領土の耕地《こうち》を拡大《かくだい》して、他の土地の聖性《せいせい》を涸《か》らせることに決まってる。あの地域《ちいき》で、また一騒動《ひとそうどう》あるかもしれん」

「野心を抱《いだ》いたか……レオニス。それとも――」

あの小柄《こがら》だが聡明《そうめい》な少年の姿《すがた》が脳裏《のうり》をよぎった。歩けぬ代わりに、あらゆる知識《ちしき》をたちまちのうちに吸収《きゅうしゅう》する、頼《たの》もしくも危《あや》うい諸刃《もろは》の剣《つるぎ》のような少年の姿が。

「ところで、従士《じゅうし》はどうした？　一目見られるかと思ったが……」

ふいに男がそう言って辺りを見回した。ジークは訝《いぶか》しそうに眉《まゆ》を寄《よ》せ、

「俺の従士に、何か用か……？」

「あのジークが、ちっちゃな女の子を連れていると、諜報院《ガルム》でも噂《うわさ》でな」

「……それほど小さくはない」

ジークが何となく憮然《ぶぜん》となる一方、男は真顔で腕《うで》を組み、

「優《すぐ》れた聖性の持ち主で、戦力になるという話だが……その従士にも情報は隠《かく》しておく主《しゅ》義《ぎ》か？　あんたが不在《ふざい》のときは、そのちっちゃな女の子に情報を渡す必要があるんだが」

「聖地シャイオンの情報は、あまりあいつには伝えたくないだけだ」

ジークが珍《めずら》しく本音を告げた。男は不思議そうな顔でいる。

「聖地シャイオンとあんたの従士と、何か関係が？」

「あいつは……あそこの新領主のことを、弟のように思っている」

ジークはただそう返した。レオニスとノヴィアの間に血のつながりがあることは聖法《せいほう》庁《ちょう》にも報告していない。それがレオニスの父ロムルスと、ノヴィアの母フェリシテが望んだことであり、ジークが闇《やみ》に葬《ほうむ》るべき事柄《ことがら》だった。

「じゃあ、あんたの従士に情報を託《たく》す場合は、厳重《げんじゅう》に封《ふう》をした書類を渡すようにしておこう。あんた以外の者が勝手に開けば厳罰《げんばつ》に処《しょ》される。そうすれば、どんな情報だろうと見られる心配はない」

「万里眼《ばんりがん》に封など無意味だが、ノヴィアの性格《せいかく》上、勝手に中を見ることはないだろう。頼《たの》む。余計《よけい》な手間だが……」

「なに……あんたが、ひどく従士思いだってことは有名だからな」

男は、やけに納得《なっとく》したように言ったものだった。

「たとえ、あんたが何人もの従士を自分の手で斬《き》ったとしても……いや、そうだからこそ、きっとあんたは自分の手にかけたんだろう」

ジークはそれについては一言として返さず、ただ黙《だま》って書状を懐《ふところ》に入れた。

「俺は都市ルカに行く。その前に、相手の動きを封じる準備《じゅんび》が必要だ」

「了解《りょうかい》だ。何せ相手の目的は物資の運搬だからな。下手につつけば抵抗《ていこう》せずに証拠《しょうこ》を隠して逃《に》げるだけだろう。そしてほとぼりが冷《さ》めた頃《ころ》に、また運搬を開始する……」

ジークはうなずいた。男は組んでいた腕をほどき、

「諜報院《ガルム》を通して信頼《しんらい》できる騎士団《きしだん》を動かす。数日以内には、ルカに通じる道の全《すべ》てを封《ふう》鎖《さ》出来るはずだ。それまで、ちっちゃな従士と一緒《いっしょ》に、のんびりやっててくれ」

片方《かたほう》の目をつむってみせ、さも商談がまとまったような顔で馬の方へ戻《もど》って行った。

一方でジークはその場にとどまり、自分の脇腹《わきばら》の辺りを見つめた。並《なら》んで立ったとき、ちょうどノヴィアの頭がくる辺りを。

「そう小さくはない……」

ぽつりと呟いた。滅多《めった》にないことに、あまり自信のなさそうな口調だった。

「あ、男の人が馬に乗って街を出て行く。ジーク様……どうしたのかしら。ご自分のお腹《なか》をじっと見たりして」

店先に並ぶ品々には目も向けず、ノヴィアはあらぬ方を見て呟《つぶや》いている。

「もうノヴィアったらぁ、のぞきは良くないわよぉ」

アリスハートの呆《あき》れ声に、慌《あわ》てて視覚《まなざし》を元に戻した。

「の、のぞきじゃありません。見守ってるのっ。ジーク様……なんだか知らない人と会ってるみたいなの。諜報院《ガルム》の人かしら」

「狼男《おおかみおとこ》だって子供《こども》じゃないんだから、知らない人についてったりしないわよ」

「そうじゃなくて……やっぱりお仕事だったんだ。私……遊んでて良いのかなぁ」

「んな大して遊んでないってばぁ。ちょっとノヴィア、自由にしろって言われたんだから、ちゃんと自由にしなきゃ駄目《だめ》よぉ」

アリスハートは不満げに、ふわっとノヴィアの目の前で宙《ちゅう》を舞《ま》い、

「そんなんじゃ、そのうち命令されなきゃ何にも出来ない子になっちゃうわよ」

強くたしなめたものだ。ノヴィアは思わず首をすくめて、

「そうかしら……」

「そうよぉ。狼男だって、ノヴィアにそうなって欲《ほ》しくないから自由にさせてんのよ」

アリスハートがまた適当《てきとう》なことを言う。だがノヴィアは真顔で考え込《こ》み、

「そうなんだ……。そうよね……こんなんじゃ私、子供みたい」

「あ、いや……確《たし》かに……」

子供なんだけどね、という言葉を咄嗟《とっさ》に呑《の》み込んで、うにゃむにゃ言うアリスハートを
よそに、ノヴィアは宝杖《バストー》を握《にぎ》りしめ、ぎゅっと唇《くちびる》を引き結んだ。

「大人にならなきゃ。ね、アリスハート」

「え……う、うん」

「頑張《がんば》って遊びましょう」

俄然《がぜん》、やる気になって人々の行き交《か》う通りを見渡《みわた》すノヴィアに、

「う、うん……そうよ、そうそう、遊ぶのが一番よぉ」

ちゃっかり合わせるアリスハートだった。

結局、二人してそこら中を見て回って過《す》ごした。ノヴィアにしては珍しく髪留《かみど》めや法衣《ほうい》
の袖飾《そでかざ》りなど、こまごまとした物を買っている。以前、ある砦《とりで》を訪《おとず》れたときに受け取った
金を僅《わず》かばかり費やしたのだ。いざ遊ぶとなると何をして良いか分からなくなるノヴィア
にとっては貴重《きちょう》な半日だった。ただ――

「ジーク様……そろそろ聖堂《せいどう》に行くみたい。私たちも宿に行きましょう」

など と、逐一《ちくいち》ジークの動向を見ては、アリスハートに眉《まゆ》をひそめられ、

「前はそんな風に狼男のことのぞいたりしなかったのに、変よぉノヴィアぁ」

「従士《じゅうし》として見守ってるだけです。変じゃありません」

むきになって返しながら、宿へ——〈銀の乙女《おとめ》〉の修道院《しゅうどういん》に向かうのだった。宿に荷物を置いてから、ジークが泊《と》まる聖堂へ食事の用意をしに行くのだ。

正式に紋章《もんしょう》を授《さず》かる以前は、ジークと一緒《いっしょ》に宿を求めたものである。ノヴィア一人では、聖王の騎士《きし》の従士であることを、すぐには信じてもらえなかったのだ。紋章の由来などいちいち質問《しつもん》されてやっと逗留《とうりゅう》が許可《きょか》されるという状態《じょうたい》だった。それが今や、

「先日ご連絡《れんらく》したノヴィア・エルダーシャです」

この一言で済《す》んでしまう。ジークが諜報院《ガルム》を通して事前に連絡をつけてあるのだが、それ以上に、どの修道女もノヴィアの紋章と宝杖《バストー》を見るなり頭を下げ、

「ようこそ、紋章に名を刻《きざ》まれ、教えの杖《つえ》を授けられたお方。貴女《あなた》の逗留を心からお喜び申し上げます」

などと、うやうやしいほど丁重《ていちょう》に迎《むか》え入れてくれるのだ。序列《じょれつ》に厳《きび》しい〈銀の乙女〉ならではの光景だが、アリスハートにとっては格好《かっこう》のからかいどころである。

「ノヴィアったら、すっかり偉《えら》くなっちゃってぇ」

「私が偉いんじゃないもの。母さんの紋章と、この杖が偉いだけよ」

あてがわれた部屋に荷物を置きながら、あっさり返す。それが、紋章と宝杖《バストー》を授けられたときに得た教えの一つ――「鏡の教訓」だった。人は他人の反応《はんのう》を通して、自分が綺麗《きれい》だとか偉いとか、鏡を見るように判断《はんだん》するものだ。その鏡が無くても、ちゃんと自分のことを判断出来ねば、紋章は与《あた》えられない。

「ノヴィアだって凄《すご》い力を持ってるじゃないのぉ」

「どんな力だって完全じゃないもの」

当然のように言った。それが「杖の教え」の意味だ。どれほど強大な力を有したところで完全にはほど遠い。むしろ遥《はる》か彼方《かなた》へ歩み行くための、杖のようなものでしかないのだ。

「ジーク様が、それを教えてくれたのよ……」

過去《かこ》の授章式《じゅしょうしき》のことが思い出された。あのときジークは自分を置いて行こうとしたのだ。ノヴィアが力を手に入れたから――人を傷《きず》つけ、殺してしまえるほどの力を。

そんな力を持って戦場に行けば、きっと必要以上に使いたくなるだろう。怖《こわ》さや憎《にく》しみや怒《いか》り――また主人や指揮官《しきかん》の命令だけを根拠《こんきょ》に、力を際限《さいげん》なく行使するようになるのだ。

そうなれば人の心はたやすく死んでしまう。自分や仲間の命を守るためと言いながら、力まかせに生き延《の》びようとすることで当たり前の感情《かんじょう》さえ失ってゆく。ノヴィアがそうならないためにジークは独《ひと》りで旅立とうとした。幾《いく》ら自分は大丈夫《だいじょうぶ》だと主張《しゅちょう》しても、ジークは振《ふ》り向きもしない。問題は、実際《じっさい》にそうなってしまったときに、どうするかだった。

「ああ……ノヴィアが紋章をもらったときねぇ。狼男《おおかみおとこ》ったら、いきなりノヴィアと戦い始めるのかと思って、びっくりしたわよぉ」

アリスハートが笑って言った。ノヴィアも微笑《ほほえ》む。

「でも結局ノヴィアが、ああいう風に決めたせいで、狼男の方が、もーっと驚《おどろ》いてたけどね。あいつのあんな顔、また見てみたいわぁ」

二人しておかしそうに、くすくす笑いながら部屋を出た。


「今日、何度か、お前の聖性《せいせい》を感じた。俺《おれ》を見てたのか？」

食事の席に着くなり、ジークは言った。別に咎《とが》めているというのでもない、何気ない口調である。だがノヴィアはどきっとなり、

「え……？　あの……も、申し訳《わけ》ありません。わ、私……従士として……」

たちまち真っ赤になってしどろもどろになる横で、

「あらぁ、狼男ったら、分かるんだぁ。ノヴィアがのぞいてたことぉ」

アリスハートがパンをかじりながらのほほんと感心する。

「の、のぞきじゃありませんっ！　その、私……勝手に……すいません……」

まさか、そこまでジークが鋭《するど》く万里眼《ばんりがん》の視線《しせん》を察知するとは——一方的に視線を浴びせることの失礼さに今さら気づいて恐縮《きょうしゅく》するばかりだった。

「お前の力だ。自由に使え」

だがジークは淡々《たんたん》と言って、ノヴィアが作った、どどめ色のシチューを口に運んでいる。

「え……あの……自由に？」

「お前の力が必要なときは言う。力を使いすぎて疲労《ひろう》しないよう気を付けておけ」

それだけだった。怒《おこ》りも叱《しか》りもしない。ノヴィアは一瞬《いっしゅん》、放《ほう》り出されたような気分になった。下手に怒られるよりも、遥かにきつい言葉に思えた。力を持つ者の責任《せきにん》を無言で問われているような気にさせられ、お陰《かげ》でジークは怒っているのだろうかと食事の間中、ずっと悶々《もんもん》とする羽目に陥《おちい》った。

「明日も様子を見る。聖堂には俺が顔を出しておく」

どうせ大したことはないから、明日も自由にしていて良いと言うのだ。

アリスハートが喜ぶ一方、ノヴィアは悄然《しょうぜん》となった。

「はい……」

なんだか悲しい気分だった。

ジークが淡々としていられるのは強い自制心《じせいしん》ゆえだ。物資《ぶっし》の行方《ゆくえ》を追うことでドラクロワに行き着くのではないかと、大陸中の地図と情報《じょうほう》に首っぴきでいるジークが、何の感情もなく様子を見るなどと口にするはずがない。今度こそ相手に追いつこうとする不安や焦《あせ》りを必死に抑《おさ》え、慎重《しんちょう》に機を見計らっているのがノヴィアにはひしひしと感じられた。

せめてジークの気持ちを和《やわ》らげられはしないかと思いながらも何も言えない。黙《だま》って万里眼で見ていたことが後ろめたく、しかも何の咎《とが》めもないことで余計《よけい》に心が重い。

せめて怒ってくれればジークの感情が見えて安心するのに。いたずらに心が波立つうちに食事が終わり、宿に帰る頃合《ころあ》いになってしまった。それでもお茶を淹《い》れたりして、何ということのない会話をいつまでも続けるうち、

「もう遅《おそ》い。帰って休め」

とうとう、ジークに言われてしまった。

「はい……おやすみなさい、ジーク様」

「ゆっくり休め」

「……はい」

とぼとぼとなって宿に戻《もど》るノヴィアを、アリスハートが不思議そうに見つめて言った。

「どしたの、ノヴィアぁ。お腹《なか》でも痛《いた》いの？」

「……ジーク様、冷たい」

思わずそんな呟《つぶや》きが零《こぼ》れ、アリスハートを驚かせた。

「そんなのいつものことじゃない。どしたのぉ、突然《とつぜん》」

「万里眼で見てたことも何も言わなかったし……自分で反省しろってことかなあ」

「えー……別に怒ってないと思うわよぉ、狼男のやつ」

アリスハートが、妙《みょう》に分かったような声を出す。

「あいつだって、ノヴィアが見て報告しなきゃいけないこと、知ってるわけだしさぁ」

その使命を〈銀の乙女《おとめ》〉がノヴィアに授《さず》けたのだ。ジークの働きを見守り、報告せよと。

「でも……なんで……何も言ってくれないんだろう、ジーク様」

深々と溜《た》め息をつくノヴィアの肩《かた》に、ふわっとアリスハートが舞《ま》い降《お》りる。

「ノヴィアは、本当に頑張《がんば》りやさんだからよぉ。それが狼男も分かってるから、きっともう、簡単《かんたん》には叱れないのねぇ。最初に旅に出たときと違《ちが》ってさぁ」

そういわれて、ノヴィアの胸《むね》の奥《おく》で、杖《つえ》を頼《たよ》りにジークの後を追って街を出たときの思いが急に甦《よみがえ》った。ずいぶん遠い昔のことのようだった。あのときに比《くら》べて、ジークに近づけたようにも思うし、しかし肝心《かんじん》なところでは全く距離《きょり》が変わらないような気もした。

「遠いなぁ……ジーク様」

心のどこかで、焦る必要なんてない、という優《やさ》しい声がした。別れたナデッタの民《たみ》の、あの飄々《ひょうひょう》とした若《わか》い領主《りょうしゅ》の声。自分の本当の心を知るのが先だと——どう接《せつ》すれば良いのか、相手に教えてもらえば良いのだと。ノヴィアはまた一つ、溜め息をついた。

「ほんと、ノヴィアもよくここまでついて来たわねぇ。狼男《おおかみおとこ》も、もう何かあったって黙ってノヴィアを置いてったりしないわよぉ。それだけは確《たし》かだと思うなぁ」

アリスハートにそう言われて、ようやくノヴィアも微笑《びしょう》した。

確かにそれだけは無いと信じたかった。それだけの苦難《くなん》をともにしてきたのだから。これまでずっと——そしてきっと、これからも。

一度だけ立ち止まり、ジークがいる聖堂《せいどう》の方を振《ふ》り返った。万里眼で見たかったが、そんなことをすればせっかく取り戻しかけた気持ちを沈《しず》ませてしまうだけだろう。

「力なんて……本当に、杖みたいなものでしかないのよ……」

そう呟き、少しだけ背筋《せすじ》を伸《の》ばして、また歩き出すノヴィアだった。

2

「レオニス様はいずこに？　レオニス様は？」

聖地シャイオンの城《しろ》の廊下《ろうか》を、廷臣《ていしん》が一人、慌《あわ》てた様子で駆《か》けて行き、

「レオニス様は、学びの広間にいらっしゃいますが――」

使用人の娘《むすめ》の言葉に従《したが》い、あたふたと広間に向かった。

すぐに、白い法衣《ほうい》の学者たちがずらりと並《なら》ぶ広間にやって来て、

「至急《しきゅう》、レオニス様のお耳に入れたいことが」

執事《しつじ》の一人に言った。すると、学者とともに円卓《えんたく》に向かっていた少年が、

「どうした」

ひどく大人びた声を放った。澄《す》んだ青紫《あおむらさき》の瞳《ひとみ》、高い鼻筋《はなすじ》、白い磁器《じき》のような滑《なめ》らかな肌《はだ》。茶色がかった金髪《きんぱつ》には、細く銀髪の輝《かがや》きが混《ま》じり、特に顔の両脇《りょうわき》の髪《かみ》などは鋭《するど》い白刃《はくじん》のごとき銀髪だ。その金銀《メッシュ》の髪に彩《いろど》られた少年が、若《わか》い威厳《いげん》のこもった目を向けると、誰《だれ》もが思わず姿勢《しせい》を正してしまう静かな迫力《はくりょく》があった。

「は……客人に、いささかありまして……私どもの説得では、止められず……」

「あの者たちが、また何か問題を起こしたか」

廷臣が神妙にうなずく。レオニスが細い眉《まゆ》をひそめ、

「分かった、僕《ぼく》が行こう。みな議論《ぎろん》を続けてくれ」

手を振って、学者たちの会話を促《うなが》す。みなレオニスが招《まね》いた聖印《ハイリヒ》の研究者である。中には司祭もおり、日々、レオニスが提示《ていじ》する問題について議論と実地検証を重ねていた。

廷臣が、レオニスが乗っている物を押《お》すよう執事に指示《しじ》した。

レオニスにとって唯一《ゆいいつ》の移動手段《いどうしゅだん》——車椅子《くるまいす》が、うやうやしく押され、運ばれてゆく。

執事とともに付き人が数名、それに従った。

「これだけ大勢《おおぜい》の客を招いてるんだ。問題児の一人や二人は拾うことを覚悟《かくご》していたが……こう毎日だと、さすがに、うんざりするな」

「は……レオニス様のお言葉にだけは素直《すなお》に従うのが、救いでございます」

「どれほど力がある人材を集めても、御《ぎょ》せなければ意味がないよ」

レオニスは苦笑し、畏《かしこ》まって頭を下げる廷臣に、言った。

「どうせ、狩《か》りに出られず苛々《いらいら》してるんだろう。今までずっと機会がなかったせいで焦《じ》れてるんだ。三人とも獲物《えもの》を横取りされることを恐《おそ》れてるのさ。だがまだ狩りには早い」

「狩り……でございますか？　確かにまだ狩りの季節には……秋には早いですな」

呟く廷臣をよそに、レオニスはうっすらと微笑を浮《う》かべている。

このところ、城は立て続けに客人を迎《むか》え、廷臣たちを驚《おどろ》かせていた。

豊《ゆた》かな国ゆえ多くの人が訪《おとず》れるため、外の者がやって来るのは不思議ではない。

ただ、己《おのれ》の腕《うで》を磨《みが》くために各地を転々としたがる学者やその他の職業《しょくぎょう》の者たちが、揃《そろ》ってレオニスのもとに留《とど》まり続けていることが、廷臣たちには驚きであり喜びだった。

多くの者を引き止められるということは、それだけレオニスが優《すぐ》れた領主である証拠《しょうこ》なのだ。中には優秀《ゆうしゅう》な人材が逃《に》げないよう軟禁状態《なんきんじょうたい》にして無理やり働かせる領主もいる一方、レオニスはまず客に対し、こう口にした。

「聖地シャイオンが、あなたの第二の故郷《ふるさと》となることを願っている。私はこの地を、多くの者の新たな故郷となれる場所にしたいのだ。そのためにあなたの助力を請《こ》う」

そしてそれが掛《か》け値《ね》なしの真実の言葉であることを示《しめ》すべく、領地の発展《はってん》に力を注ぐのだ。そのレオニスに従う者も、今や何百人という規模《きぼ》になり、しかもなお増《ふ》えていた。

そうなると客同士のいざこざも増える。特にレオニスが個人《こじん》的な嗜好《しこう》で招き、執務室《しつむしつ》にもひんぱんに迎えている三人の問題児は、既《すで》に城でも有名だった。

二人が女性《じょせい》、一人が男性である。彼らはそれぞれ優れた技能者《ぎのうしゃ》であるゆえ、特別に招いたのだとレオニスは廷臣たちに告げていた。

「それにしても、滅多《めった》に地下から出て来ぬレティーシャ様が、狩り好きとは……」

「彼女のことだ。獣《けもの》が死ぬところが好きなんだろう」

「はあ……それはまた……納得《なっとく》させられる理由ですな」

女性の一人は、彫刻師《ちょうこくし》であった。

大規模な石像《せきぞう》から、細かな装飾品《そうしょくひん》まで、一級の冴《さ》えで彫《ほ》り上げる腕前を持つ。

しかもどうやって彫るのか、恐《おそ》ろしく早い。凝《こ》りに凝った意匠《いしょう》の像や杖《つえ》や柱を、またたく間に仕上げ、廷臣《ていしん》たちが奪《うば》い合う間もないほど大量に揃えてしまうのだ。

「まったく、あれであの感性でなければ、大陸一の彫刻師になれるのに……」

レオニスが呟《つぶや》いたとき、付き人たちが車椅子を持ち上げ、階段を下り始めた。

足早に進む廷臣を先頭に、地下牢へ下りてゆくのだ。じめじめと黴《かび》ついた壁《かべ》に、松明《たいまつ》の火が不気味に揺《ゆ》れている。あちこち水溜《みずた》まりがある床《ゆか》に、そっと車椅子が置かれた。

「レティーシャ・ベルゼブベス！　何をやっている！」

レオニスの一喝《いっかつ》が響《ひび》き渡《わた》った。

暗がりで、ゆっくりと一人の女が振《ふ》り向いた。二十歳《はたち》そこそこの若《わか》い娘《むすめ》である。

品良く飾《かざ》り気のない衣服。ほとんど真っ白に近い髪が、腰《こし》の辺りまで真《ま》っ直《す》ぐ伸《の》びており、闇《やみ》の中でまるで鬼火《おにび》のような青白さを帯びている。

綺麗《きれい》に揃えた前髪の下で、大きな緑色の目が、妙《みょう》に幼《おさな》い表情《ひょうじょう》を浮かべてレオニスを見た。

「……お仕事」

やや間があってから、ぼそっと呟く。同時に、のんびり右手を掲《かか》げてみせた。彫刻師にしてはやけに細い手が、異様《いよう》な光を放つものを握《にぎ》っている。なんと肉切り包丁であった。

「いったい何の仕事……」

レオニスは暗がりに目を凝らし、絶句《ぜっく》した。

女の他に、三人の人間がいた。二人の屈強《くっきょう》な獄吏《ごくり》が、なぜかもう一人の若い女性を縛《しば》り上げているのだ。女性は、熱病にかかったように、がくがく震《ふる》えながら、レオニスに助けを求めるような目を向けている。あまりの恐怖《きょうふ》に声も出ないらしい。

「あの娘の父君が、レティーシャ様に、娘の像を彫るよう頼《たの》んだのです」

廷臣がレオニスに耳打ちする。レオニスが呻《うめ》いた。

「なぜ縛る必要があるんだ!」

思わず声を荒《あら》げたのは、どんな答えが来るか既《すで》に予想がついていたからだ。

「……その方が、綺麗」

子供《こども》のような口調で、女――レティーシャが告げ、

「ね……兄様」

左手で大事そうに抱《かか》えたものに、確認《かくにん》するような目を向ける。

宝飾《ほうしょく》の付いた布《ぬの》に包まれ、真っ白に磨《みが》かれたもの――人間の頭蓋骨《ずがいこつ》であった。

レティーシャが軽く左手をゆすると、その頭蓋骨の歯が、かたかたと鳴った。

「ね……兄様も、その通りだって思うよね」

まるで頭蓋骨が意志《いし》を持っているかのように主張《しゅちょう》するレティーシャに、レオニスも他の

面々も、うんざりした顔になった。

「その包丁はなんだ」

レオニスが不快感《ふかい》をあらわにして問う。レティーシャは首を傾《かし》げて、無表情に若い女性を見た。心もち刃《は》を持ち上げ、

「像を彫る前に……この人を、もっと、綺麗にするの……これで……」

そう言って、無邪気《むじゃき》ともいえる声で、ぼそぼそと、吐《は》き気を催《もよお》すような、思わず耳を塞《ふさ》いで逃《に》げ出したくなるような所業を、次々に述《の》べたてた。

「それから……顔も、おんなじにして、それから……指とかも、最後に……」

縛られていた女性が、最後まで聞く前に、泡《あわ》を吹《ふ》いて気を失った。

唖《あ》然《ぜん》としていた面々が、はっと我《われ》に返った。

「もういい！　お前たち、さっさとその方を解放《かいほう》しろ！　早くせんと、お前たちの彫像《ちょうぞう》をレティーシャに依頼《いらい》するぞ！」

レオニスが本気で怒鳴《どな》った。獄吏があたふたと、ぐったりする女性の縄《なわ》を解《ほど》く。

とはいえ獄吏に罪《つみ》はない。レオニスの客人の命令に従《したが》っただけだ。

「レティーシャ、領民《りょうみん》から依頼を受けるときは普通にやれと言ったはずだ」

レティーシャは、つまらなそうに包丁をぶらぶらさせている。

「言うことを聞かねば地下牢から、追い、出して、日当たりの良い湖畔《こはん》の別荘《べっそう》に住まわすぞ」

がらん。包丁が床に転がった。レティーシャは頭蓋骨を両手で抱《だ》きしめ、

「……やだ」

悲しげな顔で、おずおずと背後《はいご》に下がった。

かと思うと、背《せ》を向けて地下牢《ろう》の奥《おく》へ走り出した。ぺたぺた足音がした。見ればなんと裸足《はだし》である。そのまま、扉《とびら》を開け放してある一番奥の牢へ入ってしまった。

レオニスは溜《た》め息《いき》をつき、地下牢の奥へと、執事《しつじ》に車椅子《くるまいす》を押させた。

「まったく……何とも言えない腕前《うでまえ》だ」

見ればそこは、一面の地獄《じごく》絵図であった。壁や天井《てんじょう》、床に至《いた》るまで、びっしりと奇怪《きかい》な人の姿《すがた》が彫られている。顔も体も歪《ゆが》ませ、苦しみ、怒《いか》り、悶《もだ》え、この世の全《すべ》てを呪《のろ》い憎《にく》むかのような姿たち。それが、レティーシャの言う、「綺麗」なものの全てだった。

最初レティーシャに牢に住みたいと言われたときはまるで本気にせず、普通《ふつう》の部屋を与《あた》えたものだ。だが彼女のいう「綺麗」な彫刻《ちょうこく》を見て、初めてそれが本気だったことをレオニスは理解した。だが彼女が頼まれもせずに阿鼻叫喚《あびきょうかん》の像を大量に造り始め、それが城中《しろじゅう》の恐怖を呼《よ》ぶに至《いた》り、とうとう彼女の好きなようにさせることにしたのだった。

彼女が最も好む場所に住まわせ、その空間でのみ彼女の本性《ほんしょう》ともいうべき彫刻を許《ゆる》し、

表には出さないよう厳重《げんじゅう》に言い渡《わた》してある。レティーシャは牢が空くそばから「綺麗《きれい》」な像《ぞう》を彫《ほ》りつけ、今や聖地《せいち》シャイオンの城の地下牢は、この世の地獄と化していた。

「うああぁ……領主様ぁ、お願いです、ここから出して下さいぃ……」

「恐《おそ》ろしい……恐ろしいぃ……もう法を犯《おか》したりしません……領主様ぁ……」

レオニスの姿を認《みと》めた囚人《しゅうじん》たちが、鉄格子《てつごうし》の向こうから一斉《いっせい》に救いを求めてくる。

レティーシャの自慢《じまん》の彫刻に囲まれていれば当然である。その恐ろしさは下手な罰《ばつ》を与えるよりもよっぽど罪人《ざいにん》の改心に効果《こうか》があった。

「レティーシャ、綺麗な像を彫るときは、想像だけでやれ。せっかく招いた客人を、僕の手で縛り首にさせる気か」

「……みんな……ほんとは醜《みにく》いのに。ね、兄様」

レティーシャは、頭蓋骨《ずがいこつ》に頬《ほお》を寄《よ》せながら、牢の隅《すみ》で膝《ひざ》を抱《かか》えている。

「みんな……ほんとは悲しい。みんな……ほんとは苦しい。みんな……ほんとは汚《きたな》い。ほんとのものだけが、綺麗。兄様みたいに綺麗なものだけ彫りたい」

「……その兄様を、綺麗にした男を、捜《さが》していたのだろう？」

レオニスが静かに囁《ささや》く。レティーシャは緑色の目を見開き、顔を上げた。

「じきにトールが戻《もど》る。そうしたら、お前を、その男に会わせてやろう。その代わり、言われたことを守るんだ」

レティーシャは、こっくりうなずいた。それから頭蓋骨を撫《な》でながら、

「兄様、兄様、兄様。兄様を綺麗にした男《ひと》を私が綺麗にする。兄様みたいに綺麗にしてあげる。綺麗に、綺麗に、綺麗に、綺麗に、綺麗に、綺麗に、綺麗に……」

延々《えんえん》と続くレティーシャの呟《つぶや》きに、囚人たちの呻《うめ》き声が合唱のように響《ひび》く。

「嫌《いや》だあああ……魔女《まじょ》がまた囁いている……誰かぁここから出してくれぇええ……」

「聞きたくない聞きたくない聞きたくない……気が狂《くる》いそうだ、あああ……」

レオニスは肩《かた》をすくめ、執事に車椅子を押すよう指示《しじ》した。

「その女性《じょせい》は丁重《ていちょう》に看病《かんびょう》し、全ては悪い夢《ゆめ》だと言い聞かせてから家に送って差し上げろ」

付き人たちに気を失った女性を任《まか》せ、車椅子を運ばせる。

そうして地下の地獄から出てきたところに、また別の廷臣《ていしん》が駆《か》け寄ってきた。

「レオニス様、大変でございます。例の、客人が……」

たちまちレオニスが怒《いか》りの表情《ひょうじょう》になる。だが、つとめて冷静に、

「今度は誰だ」

「アキレス・ツェペット様でございます……。救護院《きゅうごいん》で、患者《かんじゃ》の血を……」

「案内せよ」

ぴしりと命じた。執事と廷臣と付き人たちが、ぞろぞろと城《しろ》を出て、救護院へ急ぐ。

救護院はレオニスが設《もう》けた施設《しせつ》で、貧《まず》しい者でも僅《わず》かな金で医者に診《み》てもらうことが出来る。そこの一室に、三人の客の一人——医師《いし》の男がいた。

「アキレス・ツェペット！　貴様《きさま》、何をしているか！」

くるりと男が振《ふ》り向いた。瀟洒《しょうしゃ》な貴族服に身を包み、両手に白い手袋《てぶくろ》をはめている。長い黒髪《くろかみ》に、ぬめるような白い肌《はだ》。黒々とした目に、ひどく赤い唇《くちびる》。まるで骨《ほね》のない生き物が人間の皮をかぶったような仕草で一礼すると、

「新しい薬を調合していたのですよ、レオニス様」

ずらりと並《なら》んだ瓶《びん》を指し示《しめ》し、笑《え》みを浮《う》かべたものだった。どの瓶にも真っ赤な液体《えきたい》が——どす黒いものから鮮《あざ》やかな赤さのものまで——たっぷりと入っている。

「薬だと……？」

レオニスが、男を睨《にら》みつける。もともと貴族出身の男で、医術《いじゅつ》に興味《きょうみ》をもって学ぶうちに、優《すぐ》れた知識《ちしき》と技《わざ》を身につけたのだという。確《たし》かに驚《おどろ》くほど医学に詳《くわ》しく、身体《からだ》の不調を訴《うった》える廷臣たちに薬を処方《しょほう》し、たちまち治癒《ちゆ》して賞賛《しょうさん》を浴びたのだが——

「はい。これらの妙薬《みょうやく》を混《ま》ぜ合わせ、人に活力を与える薬を作るのです」

「その瓶に入ってるものが妙薬か」

「そうです。馬の血、猫《ねこ》の血、トカゲの血、そして人の生き血――」

「人だと？」

「はい。救護院に来る患者から、こっそり抜《ぬ》き採ったものです。病を持った者の血には、病に勝とうとする力が込《こ》められているもの。それを活用するのですよ」

廷臣たちが一斉に呻いた。レオニスを除《のぞ》いて、みなアキレスの処方した薬を飲んだことがあるのだ。動物の血のみならず、人の――それも病人の血とは。

何人かが嘔吐《おうと》をこらえきれずその場から駆け出していった。

「患者の血をこっそり抜く医者があるか！　しかもそれを飲ませるだと？　病が感染《かんせん》したらどうする気だ！」

「毒薬の研究も、良い薬を生み出すためには必要なのですよ、レオニス様」

アキレスが楽しげに、真っ赤な瓶の一つを掲《かか》げてみせる。

レオニスの顔から表情が消えた。車椅子《くるまいす》の後ろに手を伸《の》ばし、金色に輝《かがや》くものを握《にぎ》った。

「愚《おろ》か者が。我《わ》が領民《りょうみん》を、勝手に貴様の研究材料にして良いと、誰《だれ》が言った」

冷ややかな顔で、手にしたものを抜き放った。ジェルミナル家に伝わる宝剣《ほうけん》――剣にやどる聖性《せいせい》を活性化させることで勝手に動き、どんな強敵《きょうてき》にも打ち勝つという剣だ。

そして今やレオニスは、父以上に、宝剣の力を我がものとしていた。

「もう一度口にしてみろ。この剣で貴様の舌《した》を切り取り、一生レティーシャの住む地下牢《ろう》に幽閉《ゆうへい》するぞ」

アキレスの笑みが強《こわ》ばった。廷臣たちが、はっと息をのむ。

同時にレオニスの手から、剣が放たれていた。まるで目に見えない剣士が剣を握るかのように、ひとりでに宙を舞うや、唸《うな》りを上げて猛烈《もうれつ》な斬撃《ざんげき》を放ったのだ。

鋭《するど》い音を立てて、瓶が、縦《たて》に真っ二つになった。一瞬《いっしゅん》、中の液体までもが真っ二つになるさまが見えた。それほどの鋭さにもかかわらず、アキレスの手には傷《きず》一つない。

瓶が床《ゆか》で粉々に砕《くだ》け、真っ赤な液体がぶちまけられた。

アキレスは大げさに我が身を抱《だ》いてみせ、芝居《しばい》がかった動作でひざまずいた。

「レオニス様のお力になろうとする一心でのこと……どうかお慈悲《じひ》を」

「どうせ自分の力を増《ま》そうとして、血を求めたのだろう」

宙《ちゅう》を舞《ま》う剣を手元に戻《もど》しながら、レオニスが嘲《あざけ》るように返す。

「じきにトールが戻る。それまでは野にいる獣《けもの》の血だけで満足していろ。抜き採ってしまった血は仕方ない。自由にしろ。ただし二度と民《たみ》の血を求めるな」

「全《すべ》ては、レオニス様の御心《みこころ》のままに」

アキレスが深々と頭《こうべ》を垂《た》れる。レオニスは剣を鞘《さや》に収め、顎《あご》をしゃくって、車椅子を押《お》すよう促《うなが》した。アキレスは微動《びどう》だにしない。レオニスたちが去り、ようやく顔を上げた。

そして、白い手袋に染《し》みついた真っ赤な血を、じゅるっと音を立てて吸《す》った。

救護院《きゅうごいん》を出て城に戻る途中《とちゅう》、レオニスは、ふと城の中庭に目を向け、怒《いか》りもあらわに、そちらへ車椅子を運ばせた。

「なんだ……あれは」

豊《ゆた》かな緑と花々に囲まれたそこに、宴《うたげ》のための長テーブルが置かれ、その上に所狭《ところせま》しと料理が載《の》っている。テーブルの両側には、城の貴人《きじん》たちが並び、笑い声を上げていた。

単に、みなで外に出て遅《おそ》い昼食にありついている——ようには、到底《とうてい》、見えなかった。

誰もが笑っていた。顔を真っ赤にし、涙《なみだ》を流しながら、獣の叫《さけ》びかと思うばかりの声を上げているのだ。ある者は頭から酒を浴び、ある者は食っては笑いながら吐《は》き、食っては笑いながら吐くということを繰《く》り返す。皿をかじり、髪をかきむしり、己《おのれ》の胸《むね》を叩《たた》き、溢《あふ》れ出す感情《かんじょう》に今にも溺《おぼ》れ死にそうになりながら、それでも笑っていた。

「フロレス・アンブローシャ！　なんだこの有様は！」

レオニスの口から怒りの声が迸《ほとばし》った。

すると、テーブルの一端《いったん》で、貴人たちの様子を楽しげに眺《なが》めていた女が立ち上がり、

「これはこれはレオニス様……ご機嫌《きげん》ようございます」

優雅《ゆうが》な動作で会釈《えしやく》した。長身で、手足も長く、百合《ゆり》の花を連想するような柔《やわ》らかな肢体《したい》だった。輝くような碧《あお》い双眸《そうぼう》、ふんわりとした黄色に近い雛色《ひないろ》の髪《かみ》を上品に束ね、彫《ほ》りの深い顔立ちは母性的な笑《え》みに満ちている。その両手の中指に銀の指輪をはめ、指輪から細い鎖《くさり》が、手の甲《こう》、袖《そで》の中へと伸びていた。

三人の客の最後の一人――調香師《ちょうこうし》の女であった。調香・調味に優《すぐ》れ、特に香《かお》りに関しては料理以外にも様々な技能《ぎのう》を持っている。彼女が作る香水は男女を問わず魅了《みりょう》し、城《しろ》の料理人に、室内の香りにも気を遣《つか》って料理を出すよう勧《すす》めて、貴人たちから喜ばれていた。

「なんという香りだ」

狂乱《きょうらん》の宴に近づいたレオニスが、慌《あわ》てて執事《しつじ》に止まるよう指示《しじ》する。

テーブルを中心に、猛烈《もうれつ》な香りが渦《うず》を巻《ま》いていた。料理の香りだけではない。テーブルのあちこちに置かれた香油皿から立ち上る濃密《のうみつ》な芳香《ほうこう》が、目にしみるほどだ。

「我が家臣を狂い死にさせる気か、フロレス」

「いいえ、レオニス様……皆様《みなさま》の秘《ひ》められた心を、自由にさせただけです」

女はゆっくりとテーブルを廻《まわ》って、

「料理は、心を開くもの。それが宴席《えんせき》の心得でございます。たとえば、この方は今、幼《おさな》い頃《ころ》に死別した母の記憶《きおく》を思い出しているところ……」

皿をかじりながら金切り声を上げて顔を振《ふ》りまくる男の肩《かた》を、そっと撫《な》でた。かと思うと、その隣《となり》で己の髪をかきむしり、けたけた笑う男の背《せ》に手を当て、

「こちらの方は、若《わか》い頃、狩《か》りのときに誤《あやま》って大切にしていた愛犬を射抜《いぬ》いてしまった悲しみを思い出しているところ……」

深い愛情のこもったような声音《こわね》で告げた。

「桶《おけ》で水を汲《く》んできて、全員の頭に浴びせろ」

レオニスがすげなく言った。フロレスが、残念そうな、咎《とが》めるような目つきで見やる。

ぞくりとするような媚《こ》びを帯びたその視線《しせん》も、レオニスは全く意に介《かい》さない。

「退屈《たいくつ》まぎれに我が家臣を玩具《おもちゃ》にするか。人を狂わせる香りは封《ふう》じておけ」

「狂わせるなどと……彼らの心の真実があらわれているのでございます」

「正気を失うような真実など、心の闇《やみ》に呑《の》み込ませておけ。さもなければお前の料理の香りづけに、アキレスの作った薬をかけさせるぞ。ほら、さっさと水をかけろ」

付き人たちが、おっかなびっくり貴人たちに水を浴びせて回る。正気に返ってぽかんとなる貴人たちの様子を優《やさ》しく微笑《ほほえ》んで眺めながら、フロレスはレオニスに近寄《ちかよ》った。

「いつになれば、狩りに行かせて頂《いただ》けるのですか……レオニス様？」

その囁《ささや》きにさえ、甘《あま》い香りが漂《ただよ》うような声だった。レオニスは眉《まゆ》をひそめ、

「じきにトールが戻る。全《すべ》てはそれからだ。絶好《ぜっこう》の狩り場を定めたら、お前にとって真実の獲物《えもの》をくれてやる」

フロレスは匂《にお》い立つような仕草でうやうやしく頭《こうべ》を垂れた。

「真実……。ぜひ〈戦場の真実《ヴァールハイト》〉という名の獲物を、お与《あた》え下さい、レオニス様」

輝《かがや》く目に、深い情念をたたえて、レオニスを見た。

レオニスはうなずき返し、車椅子を運ばせて今度こそようやく城に戻った。

「心待ちにしてるのは僕《ぼく》だ……。無事に戻って来てくれると信じてるよ……トール」

誰にも聞こえぬよう、ひそかに呟《つぶや》きながら、レオニスは彼方《かなた》に目を向けていた。

3

青年が一人、馬で駆《か》けていた。道から外れて草原を越《こ》え、やがて森に入った。ろくに周囲を見もせず、ひたすら真《ま》っ直《す》ぐに進んでゆく。体内に羅《ら》針盤《しんばん》でも埋《う》め込んでいるかのような鋭《するど》い方向感覚を持った青年だった。

しばらく森を進むと、ふいに門が見えた。古い聖堂《せいどう》の門だ。青年は離《はな》れた場所に馬を止めると、物音一つたてず門に近づいていった。

銀の髪に、濃《こ》い紫《むらさき》の目をした青年であった。引き締《し》まった体に黒い法衣《ほうい》。鋭い顔つきをしているが、ひどく気配が薄《うす》い。それこそ木の影《かげ》の一つであるかのような存在《そんざい》感の無さだ。影法師《かげぼうし》トール——気配を絶《た》ち、影のように標的の背後《はいご》に忍《しの》び寄る、優れた暗殺能力《のうりょく》の持ち主であった。また逆《ぎゃく》に人の気配を察知する能力にも優れ、建物の中だろうが森の中だろうが、誰がどの辺りで動いているか、すぐに分かる。

そのトールが門をくぐり、はっと立ち止まった。石造《いしづく》りの柱や階段《かいだん》のそこかしこが真っ赤に染《そ》まっているのだ。死臭《ししゅう》がした。吐《は》き気を催《もよお》すような、濃い血の臭《にお》い。

それに構《かま》わず、影のようにするすると石畳《いしだたみ》を進み、聖堂に入って愕然《がくぜん》となった。

壁《かべ》や柱が、片《かた》っ端《ぱし》から打ち砕《くだ》かれている。いったいどのような力が吹《ふ》き荒《あ》れたのか、太い石の柱ごと吹き飛ばされた人間の手足が、黒焦《くろこ》げになって転がっていた。

トールは緊張《きんちょう》を帯びぬよう体の力を抜き、中へと進んだ。部屋という部屋が荒らされ、ずたずたにされている。中庭に出たとき、ふいに何かが聞こえた。

低く、聖歌の旋律《せんりつ》を口ずさむ声——礼拝堂《れいはいどう》からだ。入り口の脇《わき》に忍び寄り、中を覗《のぞ》いた。

磨《みが》き上げられた床《ゆか》に亀裂《きれつ》が走り、砕かれた石像《せきぞう》の腕《うで》や顔が転がっている。

そこに、男がいた。

礼拝堂の中央で、打ち倒《たお》された巨大《きょだい》な石像の上に、悠然《ゆうぜん》と腰掛《こしか》けている。

暗い堂内で蒼《あお》く浮《う》かぶ、長い銀髪《ぎんぱつ》。透徹《とうてつ》とした表情《ひょうじょう》をたたえた白皙《はくせき》のおもて。もう二年以上も放浪《ほうろう》生活を続けているはずなのに、その貴族《きぞく》服にはしみ一つ無い。まるで優《すぐ》れた彫刻師《ちょうこくし》の手による氷像が、青ざめたマントを羽織《はお》って座《すわ》っているようだった。男の右手に握《にぎ》られた鎖《くさり》の先で、十字型の紋章《もんしょう》が揺《ゆ》れている。その動きに合わせて、聖歌を口ずさんでいるのだ。誕生《たんじょう》の聖歌——新しい生命が生まれるときの、祝福の歌を。

トールが、その男の姿《すがた》を覗《のぞ》いていると、唐突《とうとつ》に歌がやんだ。

「以前、連絡《れんらく》に使っていた諜報員《ガルム》の男はずいぶんと口数が多かったが……今度の連絡役は、逆に、ひどく無口だ」

優しいとさえ言える声で、男が言った。

トールは目を見開いた。以前、この男の接近《せっきん》する気配が全く読めなかったのだ。そして今度は逆に、あっさりと自分の気配を読まれた。そういう驚《おどろ》きと怒《いか》りがトールの中で湧《わ》きかけ——すぐに消えた。トールはすぐさま一切《いっさい》の感情を消し、男に歩み寄った。

男の手の鎖が、ひときわ大きく揺れた。十字型の紋章が、滑《なめ》らかな手に包まれる。群青《ぐんじょう》の目が、ゆっくりとトールを見つめた。苛烈《かれつ》なまでの意志《いし》がみなぎる眼差《まなざ》し。近づくほどに、圧倒《あっとう》的な存在感が稲妻《いなずま》のようにトールを打った。汗《あせ》ばむ手をひそかに拭《ぬぐ》い、トールは懐《ふところ》から書状《しょじょう》を出した。

「レオニス様からの書状です……ヴィクトール・ドラクロワ卿閣下《きょうかっか》」

相手の足下《あしもと》に置くと、するすると退《しりぞ》いた。

ドラクロワの右手が伸《の》び、書状を取った。それまで握っていた十字型の紋章は、いつの間にかどこかへ消えている。半ばトールに目を向けながら書状を開き、

「トール・ヴュラード……。ヴラドの民《たみ》の英雄《えいゆう》、ドルク・ヴュラードの息子《むすこ》か……」

呟くようにそう口にした。声に、どこか面白《おもしろ》がるような響《ひび》きがあった。

「因縁《いんねん》だな……。あの男を……父の敵《かたき》を討《う》ちたいか？」

「は……」

曖昧《あいまい》な口調で返し、頭《こうべ》を垂《た》れた。ドラクロワは書状を読み、微笑《わら》って言った。

「お前の主人は、あの男を狩《か》るために狩人《かりゅうど》たちを雇《やと》ったか。お前も狩人の一人か？」

「はい……あの男を仕留《しと》めた者に、〈招く者《レギオン》〉の力を奪《うば》う権利《けんり》を与《あた》えて下さるとか」

トールが、感情を殺した顔で、ドラクロワを見上げた。

ドラクロワは、静かに微笑《びしょう》している。だがその群青の双眸《そうぼう》に、計り知れない思惑《おもわく》の光がよぎるのを、トールは確《たし》かに見た。

「お前の主人は、この書状で、二つのことを私に黙認《もくにん》するよう求めている」

「は……」

「一つは、増殖器《ジェネレーター》の運搬《うんぱん》を確実《かくじつ》なものにするため、試作段階《だんかい》の増殖器《ジェネレーター》を用いて囮《おとり》とすることと……。これについては承知《しょうち》したと伝えてもらおう」

トールは、ここに来る途中《とちゅう》で見た、石柱ごと吹《ふ》き飛ばされて黒焦《くろこ》げになった人間の手足を思い出していた。その未知の力を、いつドラクロワが放ってくるか予想がつかない。この男であれば優《やさ》しく微笑《ほほえ》みながら平然とその力を振《ふ》るうだろう。まるでいつ落ちるか分からぬ断頭台《だんとうだい》の刃《は》の下に首を差し出す気分だ。

その緊張に耐《た》えながら、トールはドラクロワが表に出す全《すべ》てを頭に叩《たた》き込《こ》んでいた。

「もう一つは、お前が今、口にしたことだ。あの男を討ち果たしたとき……〈招く者《レギオン》〉の力を、褒美《ほうび》として家臣に与《あた》えること……。確かに……あれはもともと、私が受け継《つ》いだ聖堂に伝わる秘儀《ひぎ》だった。かつてこの私が、あの男に与えたものだ……」

ドラクロワは、ジークのことを不自然なくらい、あの男としか呼《よ》ばなかった。その名を口にすれば何かがあらわになってしまうとでも言うように。そして〈招く者《レギオン》〉の力について話すときの、目の光。先ほど口ずさんでいた誕生の歌――十字型の紋章の形状。

それらを完璧《かんぺき》に記憶《きおく》しながら、トールはドラクロワを見つめ、言った。

「どの狩人も、〈招く者《レギオン》〉の力が奪えるとなれば、命懸《が》けで戦うでしょう」

「あの力は……素質《そしつ》がなければ、お前たちに恐《おそ》ろしい苦しみの果ての死をもたらすだろう。

この私でさえ、あの力は受け継げなかったのだ」

明らかな脅《おど》し——事前にレオニスから教えられた通りのことを、ドラクロワは口にしていた。トールは内心を隠《かく》すように、うやうやしく頭を垂れた。

「あれほどの力を得るためならば、死をも覚悟《かくご》します」

これもレオニスに教えられた言葉だった。僅《わず》かな沈黙《ちんもく》。やがてドラクロワの何ごとかを心に決めたような気配とともに、

「良かろう……承知した」

刹那《せつな》、凄《すさ》まじいまでの力の気配が生じ、トールは反射《はんしゃ》的に何歩も後ろに飛びのいた。殺される——本気でそう思った。咄嗟《とっさ》に手を翻《ひるがえ》し、漆黒《しっこく》の短剣《たんけん》を現《あらわ》していた。

「その速さで、聖性《せいせい》と堕《だ》気《き》を混《ま》ぜ合わせて鋼《はがね》を造《つく》るとは……自分以外では初めて見たな」

穏《おだ》やかに微笑しながらドラクロワは言った。その手の中で、何かが塵《ちり》と化していた。

レオニスの書状だ——かすかに、黒い稲妻のようなものがマントに隠れた左手の辺りで舞《ま》っていた。あれが、石も人間も同じように吹き飛ばすドラクロワの力だろうか——

「失礼致《いた》しました……臆病者《おくびょうもの》ゆえ……お許《ゆる》し下さい」

詫《わ》びながら、再《ふたた》び手を翻し、漆黒の短剣を黒い靄《もや》と化して消す。

「なに……お前のその力で、あの男を仕留《しと》められることを期待している」

そしてトールは確信した――ドラクロワは、内心とは全く逆《ぎゃく》のことを言っている。

「あの男を討ち果たした者こそ、〈招く者《レギオン》〉の力の、真の継承者《けいしょうしゃ》となるだろう……そう主人に伝えるがいい、トール・ヴュラードよ」

ドラクロワは、そう言った。まるで、ジーク以外にあの力を受け継げる者などいるはずがないと、強く信じているかのように。

4

「ご苦労だったね、トール。本当に無事で良かった」

レオニスは、廷臣《ていしん》にもどんな客にも見せないような笑顔を浮《う》かべてトールを迎《むか》えた。

トールも、いつもは無感情《むかんじょう》を絵に描《か》いたような顔を、心なしほころばせ、

「レオニス様の予想通り、ドラクロワは確かに、ジークと〈招く者《レギオン》〉の力にこだわっているようでした。自分を追う最も手強《てごわ》い敵《てき》であるのに……。親友だったからでしょうか」

「そんな感傷《かんしょう》にとらわれる男じゃないさ……ドラクロワは」

レオニスは、執務室《しつむしつ》の机《つくえ》に飾《かざ》られた白水仙《ナーキサス》の花を手に取り、言った。

「これで確信した……。ジークという存在《そんざい》は、あの男が追い求める秘儀にとって必要なんだ。〈刻の竜頭《アズライール》〉も、〈招く者《レギオン》〉の力も、ドラクロワが継承していた聖堂に伝わっていた。

もしかすると、その二つは、どこかでつながりがあるのかもしれない」

「つながり……ですか」

「今、両方の秘儀について、学者たちに幾《いく》つか仮説《かせつ》を立てさせているところだ。少なくともこれで、ドラクロワの思惑《おもわく》が見えた。あの男につけ込める隙《すき》が」

愛《いと》しそうに花を撫《な》でるレオニスのおもてに、ぞくりとするような微笑《びしよう》が浮かんだ。

「あの男の真実を、僕が奪《うば》ってやる……。ジークを倒《たお》して〈招く者《レギオン》〉の力を手に入れる。その次は外典イザーク書だ。そして……」

ジークの傍《かたわ》らにいるあの少女を、この聖地に迎えるのだ。彼女に、故郷《ふるさと》を与えるために。そうするのにふさわしい領地《りようち》にしてみせる。ドラクロワよりも聖法庁《せいほうちよう》よりも、真に大陸の中心としてふさわしい場所に。たとえ、どんな力を——悪意を振るってでも。

その思いを灼熱《しやくねつ》の痛《いた》みとともに胸《むね》に秘め、レオニスは悽愴《せいそう》の微笑を浮かべて言い放った。

「時は熟《じゆく》した。狩人《かりゆうど》たちに、狩《か》りを命じるときだ。さあ、皆殺《みなごろ》しの矢を放たせよう」

「……あたし、行かない」

レティーシャが、ぼそっと、ほとんど聞こえないような声で言った。

何か言ったか、というのがレオニスの本音だった。自分より年上の者が子供《こども》のように駄々《だだ》をこねる姿《すがた》というのは、レオニスにとって生理的嫌悪《けんお》感の対象以外の何でもない。

ようやく機が熟し、しかも今でなければならない風雲急を告げるこのときに――

「……兄様、そう言ってる。ね、兄様。行かない。ね、兄様。行かないって。ほら、ね」

両手で持った頭蓋骨《ずがいこつ》を揺《ゆ》すって、かたかた歯を鳴らせるレティーシャの鬱陶《うっとう》しさに、レオニスも無視《むし》しきれず、眉間《みけん》に深い皺《しわ》を寄《よ》せて振《ふ》り向いた。

「どういうつもりだ、レティーシャ。黙《だま》って、兄様を綺麗《きれい》にした男を綺麗にしに行け」

レティーシャは、わざわざ執務《しつむ》室《しつ》の隅《すみ》に寄せた椅子《いす》の上で両足を抱《かか》えて座《すわ》った姿勢《しせい》で、

「……行かない方が良いって、兄様が。どうせ、この人たちと一緒《いっしょ》だと無理だって、兄様が。どうせ、この人たちには無理だし。兄様、言ってるのに。兄様、ね」

頭蓋骨と喋《しゃべ》る地獄《じごく》の彫刻師《ちょうこくし》レティーシャ・ベルゼブベスを、残り三人が一斉《いっせい》に振り向く。吸血医師《きゅうけついし》アキレス・ツェペット、惑乱《わくらん》の調香師《ちょうこうし》フロレス・アンブローシャ、そして影法師《かげぼうし》トール・ヴュラードである。

「一度、彼女の頭の血を抜《ぬ》いてみたいものですね。良い毒が採《と》れそうですよ」

アキレスがレティーシャを見て嗤《わら》う。蛭《ひる》が人の皮をかぶったような不気味な笑《え》みだった。

「可哀想《かわいそう》な子……。私が持っている香《かお》りの中でも最も快《こころよ》いものを嗅《か》がせて、心を開かせてあげたいわ。まあ……心の中に、何か残っていれば良いのだけれども」

フロレスが艶《あで》やかな微笑に、ぞっとするものを込めて言う。

「馬鹿《ばか》はみんな死んじゃえ」

頭蓋骨と目を合わせながら、レティーシャがぼんやりした顔のまま言った。

アキレスとフロレスが、それぞれの笑みを保《たも》ったまま、腰《こし》を浮かせかけた。

「……って、兄様が。ふー、兄様。おかしい、兄様。ふー」

笑っているのか何なのか、しきりに頭蓋骨に息を吹《ふ》きかけるレティーシャの姿に、

「相手にするな。どうせ会話にならん」

レオニスがぴしりと言って、アキレスとフロレスの怒《いか》りを封《ふう》じた。

「私は、何人でも構《かま》いません、レオニス様」

トールが無表情のまま顔をレオニスへ戻《もど》す。ドールがひそかにレオニスから与《あた》えられた役目は、ジークと刺客《しきやく》たちの戦いから、ノヴィアを守ることだ。先頭に立つことはない。

また内心ではレティーシャと同感だった。アキレスにしろフロレスにしろ、ジークの力を殺《そ》ぐことくらいは出来るだろう。その上でジークを仕留めるのだ。複数《ふくすう》の兵力で相手を消耗《しょうもう》させることは卑怯《ひきょう》でも何でもない、戦場での常套手段《じょうとうしゅだん》だった。

だが少なくとも背後《はいご》からは狙《ねら》わない。正面から全力で襲《おそ》いかかる。そういう気だった。

「……ずるい人。ね、兄様。ふー」

レティーシャがまたぼんやりと言った。トールが反射的《はんしゃ》に目を向けるが、レティーシャは椅子に座《すわ》ってからずっと頭蓋骨《ずがいこつ》としか目を合わせていない。人に聞かせるつもりで喋っているのかどうかもはっきりしないくせに、どうも嫌《いや》な間合いで口を挟《はさ》んでくる。

「気にするな。庭で鳴いているカラスか何かだと思え、トール」

レオニスが、完璧《かんぺき》にレティーシャを戦力外と判断《はんだん》した顔で言った。レオニスもトールの算段は知っているが、アキレスとフロレスのいる前とあって、おくびにも出さない。代わりに、戦いの舞台《ぶたい》となる都市やその周辺の詳細《しょうさい》な地図を、三人にそれぞれ渡《わた》した。

「競争相手が減《へ》ったという喜ばしい事態《じたい》になったわけですが……出立はいつですか？」

アキレスが体を動かし、レティーシャを視界から外して訊《き》く。

「明日……夜明けの鐘《かね》が鳴る前にだ。三人一緒に、この地を出てもらう。この狩《か》りこそ、聖地《せいち》シャイオンの明暗を分かつ戦いだ。くれぐれも力を出し惜《お》しみするな」

レオニスは三人を見渡し、最も重要なことを言った。

「ただし、ジークの従士《じゅうし》には手出しは無用だ。くれぐれも彼女を傷《きず》つけるな。たとえ彼女がジークを補佐《ほさ》する者であったとしてもだ。彼女に万一のことがあれば、聖地シャイオンの総力《そうりょく》を挙げて、僕《ぼく》が、お前たちを狩ることになる」

「重々承知《しょうち》しておりますわ、レオニス様。私たちの目的はあの男のみ……三人のうち誰《だれ》が、真実の獲物《えもの》をとらえ、〈招く者《レギオン》〉の力を奪《うば》うのか……楽しみね」

フロレスが、レティーシャに背《せ》を向けるようにして、そっと立ち上がった。

「御心《みこころ》のままに、レオニス様……我《わ》が主君に、真にふさわしきお方よ」

アキレスもうやうやしく立ち上がる。トールだけ、ちらりとレティーシャの様子を窺《うかが》いながら立った。行かないと言いつつ、実は三人に先行してジークを狙《ねら》うのではないか——

「ずるい人はずるいこと考えるね、兄様。そうなんだ、兄様。馬鹿は死ぬんだ、ふー」

レティーシャが、ぼそぼそ囁《ささや》く。明らかにトールの内心を読んでいるような言動である。

そのときトールの脳裏《のうり》に浮《う》かんだのは、あ、あ、あ、あ、あ、あの頭蓋骨は果たしてただの玩具なのか、それとも何か力を秘めた道具なのかということだった。

レティーシャは、頭蓋骨を見つめたまま何も言わなかった。

トールは、何の表情《ひょうじょう》も浮かべずに、レオニスに目を戻した。

「狩人《かりゅうど》たちよ、手に入れるべきさらなる力を求めて存分《ぞんぶん》に戦うがいい。諸君らの勝利と栄光こそ、聖地シャイオンの偉大《いだい》な礎《いしずえ》となるだろう」

アキレスとフロレス、そしてトールが、揃《そろ》って頭《こうべ》を垂《た》れ、無言で執務《しつむ》室《しつ》を出て行った。

レオニスはしばし宙《ちゅう》を見つめていた。それから、部屋の隅《すみ》に座ったまま、頭蓋骨をかたかた鳴らし続けるレティーシャに、ゆっくりと顔を向け、睨《にら》みつけた。

「単独《たんどく》で動きたいのなら、なぜそう言わない。他の狩人たちを不意打ちしたりせず、ジークだけを狙うならば、他の三人には黙《だま》ったまま行かせてやる」

「……あたし行かない。……兄様、言ってる。兄様、ね。まだ綺《き》麗《れい》じゃないよね」

苛々《いらいら》するレオニスを見もせず、レティーシャは体全体を揺《ゆ》らしながら囁いている。

「ならば働いてもらおう。この聖地シャイオンをあらわすような像《ぞう》を彫《ほ》れ。戦士の像でも女神《めがみ》像でも何でも良い。ただし、お前ではなく僕が綺麗だと思う像をだ。絶好《ぜっこう》の狩り場を自分から捨《す》てたんだ。それくらいのことはしてもらうぞ」

レティーシャは返事もせずに立ち上がると、愛《いと》しそうに頭蓋骨を撫《な》でながら部屋を出て行ってしまった。まさしく遠慮《えんりょ》も会釈《えしゃく》もない。あまりのことにレオニスの顔から表情が消えた。猛烈《もうれつ》な怒りをこめて車椅子《くるまいす》の後ろの宝剣《ほうけん》を握《にぎ》りしめた、そのとき——

「レオニス様……ほんとは綺麗になりたいの。ふー、あたしみたいに。いっぱい、あたしの綺麗な像を彫らせてくれたら、レオニス様の綺麗な像を彫ったげる。ね、兄様。そしたら、あ、あたしの綺麗と、レオニス様の綺麗は、きっと一緒になるから。そしたら、一、一緒に綺麗に、し、し、しに行こう。ね、兄様。それまで一番綺麗なのは、兄様だけ。ね。ふー」

ぺたぺたいう足音とともに、そんな声が聞こえてきた。

レオニスは宝剣から手を離《はな》し、車椅子の車輪を回して、廊下《ろうか》を見やった。

レティーシャが裸足《はだし》で歩き去るのが見えた。初めて城《しろ》を訪《おとず》れたときは靴《くつ》を履《は》いていたが、今は城の中ならどこでも裸足だった。そのうち外でも裸足になるかもしれないなと、レオニスはぼんやり考え——はっと我《われ》に返った。思わず荒々《あらあら》しい声を放った。

「お前と一緒《いっしょ》になるだと……？　そんなことになったら……自分から死んでやる」

「いけません、レオニス様」

背後からいきなり声をかけられ、レオニスがぎょっとなる。いつの間にか執務室に戻《もど》ってたトールだった。他の面々と一緒に出て行ったのは、常《つね》に行動を同じくすると思わせておくための芝居《しばい》である。その後で戻ってくることもふくめて、レオニスの指示《しじ》だった。

「ご冗談《じょうだん》でも、今のような言動はお控《ひか》え下さい」

トールが無表情に言う。そのくせ、いつもはない妙《みょう》な迫力《はくりょく》があった。トールが怒《おこ》っているということをレオニスは敏感《びんかん》に察した。取り繕《つくろ》うように咳払《せきばら》いし、肩《かた》をすくめ、

「ああ……あの女が、あんまり勝手なことを言うから……」

「私が斬《き》りましょうか」

「あ、いや、いい。お前の剣が汚《けが》れる。あの女には、別の仕事をやらせることにした」

「は……」

「残りの二人の様子は？」

「アキレスは出発の準備《じゅんび》をしております。フロレスは厩舎《きゅうしゃ》で馬を選んでおります」

「気を付けろ。何をするか分からない奴《やつ》らだ。最初にお前を襲《おそ》うかもしれない。ノヴィアのことだって、どこまで守るか……」

「いざとなれば姿《すがた》を消し、ノヴィア様を守ります。私の命に代えても」

トールにしては珍《めずら》しく気負った返答である。レオニスは素直《すなお》に喜んだ。

「頼《たの》んだよ、トール」

「はい」

トールはぴたりと内心の秘密《ひみつ》を隠《かく》している。ノヴィアに対するレオニスの気持ちは、今や聖地《せいち》を発展《はってん》させる思いそのものとなっていた。この地をノヴィアにふさわしい故郷《ふるさと》にする——その一念が、いったいどれほど、この若《わか》い領主《りょうしゅ》の心の支《ささ》えとなっていることか。

今はまだレオニスに、ノヴィアとの血縁《けつえん》の真実を知らせてはならない。またノヴィアをこの聖地に迎《むか》えてはならない。それら二つの決意を満たす行動は、ごく限《かぎ》られている。ジークを倒《たお》した上で、それが正当な戦いの結果であることを納得《なっとく》してもらうとともに、ノヴィアに血縁の真実を告げるのだ。そして、聖地シャイオンに近づかぬよう頼む。

まさかあの少女が、復讐《ふくしゅう》のために実の弟を殺しに来るとはトールには思えない。

代わりにノヴィアは、肉親が自分の想《おも》い人を殺すという最悪の傷《きず》を抱《かか》えたまま、故郷にも戻れず大陸をさまようことになる。それに耐《た》えられず復讐をはかるなら、そのときはトールがその手で彼女を殺す。もし耐えるなら、いずれ機を見てトールからレオニスに血縁の真実を話し、そのときに改めて彼女を聖地に迎える。

我《われ》ながら、ひどく一方的で、虫の良すぎる話だが、今はそれ以外に考えられなかった。

さもなければ——もしかするとレオニスは、復讐に来るノヴィアに対し、自ら望んで命を差し出すかもしれないのだ。そして自分の代わりに、ノヴィアに聖地を譲《ゆず》る——

そんな事態《じたい》だけは、何があっても許《ゆる》すことが出来なかった。

「必ず……御心《みこころ》のままに……レオニス様」

言葉を重ねて、自分の気持ちをごまかした。レオニスが嬉《うれ》しげに微笑《ほほえ》んだとき、ずるい、というレティーシャの声が、トールの耳の奥《おく》で甦《よみがえ》っていた。

5

「ルカの都市を攻《せ》めることになるかもしれんか……。貿易路《ぼうえきろ》の要《かなめ》で攻城戦《こうじょうせん》などやれば、この街は大打撃《だいだげき》を受ける。しばらく何の商売も出来なくなるだろう」

街の市長が言った。ジークはうなずいてみせた。ここの市長は聖法庁《せいほうちょう》とも関《かか》わりが深く、家柄《いえがら》ゆえに市政《しせい》に携《たずさ》わりながら、同時に司祭になることも狙《ねら》っているほどの有力者だった。

「だが多くの都市が、物資《ぶっし》の運搬《うんぱん》を見て見ぬふりをしている」

「商売を守るためだ……当然だろう。逆《ぎゃく》に物資の運搬を任《まか》せられれば金になる。たとえそれが武器《ぶき》であろうとも、自分たち自身が戦争をするわけではないからな」

「その結果、大陸中に戦乱《せんらん》が起こる可能性《かのうせい》がある」

「お主は、その可能性とやらを信じておるのか？　あのドラクロワが……それほどの戦乱を起こそうとしているなど、本気で信じられるのか？」

ジークは無言でいる。その脳裏《のうり》に、数々の光景が思い浮《う》かんでいた。どれもドラクロワがもたらした、悲惨《ひさん》な殺戮《さつりく》と破壊《はかい》の光景だった。

「わしには信じられん……かつての彼の理想を、わしも聞いたことがあるのだ……」

「この聖堂が、ドラクロワのための物資の運搬に手を貸《か》していたことは分かっている」

淡々《たんたん》とジークが言った。市長が息をのみ、思わず席を立ちかけたが、

「確《たし》かに、お前たちが戦争をするわけではないだろう。ならばいつどこで戦いが起こっても、最後まで手を出すな」

「そ……それは……わ、わしらを見逃《みのが》す代わりに、じっとしていろと……？」

「ルカの都市が滅《ほろ》んでも黙《だま》って見ていろ。さもなければ俺《おれ》が、こ、この都市ごと滅ぼす」

市長は死人のように青ざめ、力無く椅子《いす》に身を沈《しず》めた。その様子を見てから、ジークはシャベルを担《かつ》いで席を立った。部屋を出ようとして、市長が震《ふる》える声を零《こぼ》した。

「ドラクロワを信じぬのか……？　そなたは、かつてドラクロワの第一の騎士《きし》……。もし万が一……ドラクロワがそなたを信じてことを行っていたら、どうするのだ」

「そのときは……理想が死ぬときだ」

市長が、びくっとのけぞった。一瞬遅《いっしゅんおく》れて、ジークはそれほどの殺気を全身にみなぎらせていたことに気づいた。さっと市長に背《せ》を向け、足早に市庁舎《しちょうしゃ》から出て行った。

あのまま市長を目にしていたら、うっかり斬り倒してしまいそうだった。

どうせ自分たちは戦わないからと武器を売り、無責任《むせきにん》に戦乱の首謀者《しゅぼうしゃ》を信用し、さも自分の側に善意《ぜんい》があるかのような言葉が、ひどくジークの癇《かん》に障《さわ》った。何より――

（ドラクロワがそなたを信じてことを行っていたら）

その言葉をあのような者に口にされるだけで、燃《も》えるような怒《いか》りが胸中《きょうちゅう》に吹き荒《あ》れた。

気づけば左手が凄《すさ》まじい力でシャベルの柄《え》を握《にぎ》りしめている。普段《ふだん》は押《お》し込《こ》めている焦《あせ》りや怒りや悲しみが、内側からジークを責《せ》め苛《さいな》んだ。

ジークは人混《ひとご》みの中を歩み、広場に来て立ち止まった。街の豊《ゆた》かさを示《しめ》すような噴水《ふんすい》が、涼《すず》やかな飛沫《しぶき》を飛ばしている。ざわめきと雑踏《ざっとう》の音に紛《まぎ》れるようにして、

「ドラクロワ……」

　かすかな呟《つぶや》きが零れた。もしドラクロワがいまだに理想を抱《いだ》き、ジークを信じて、数々の陰惨《いんさん》な内乱を引き起こしていたとしたら——そんな歪《ゆが》んだ理想と信頼《しんらい》をドラクロワが抱いているということ自体、耐え難《がた》かった。ドラクロワが完全に理想もジークの存在《そんざい》も棄《す》てて聖法庁《せいほうちょう》に復讐する気でいる場合と、どちらが辛《つら》いのか——自分でも分からなかった。

「あいつを止められるのか……俺に……。シーラ……」

　止めるために相手に迫《せま》り、そして力至《いた》らずドラクロワに殺されるなら、まだいい。

　だが止められずに、殺してしまったら？　自分はそれに耐えられるのか？　怒りや悲しみで、あの男を自分の手で斬《き》り伏《ふ》せてしまったら？　かつてともに理想を抱いた者たちを、二人とも自分の手で殺《あや》めてなお、一人だけ生き延《の》びた自分を許せるのか？

　そして——こんな思いを抱いたまま戦ったところで、ただ殺されるだけではないのか？

　ジークは鋭《するど》く、噴水の飛沫の下で揺《ゆ》らめく水面を睨《にら》みつけた。

　己《おのれ》の左腕《ひだりうで》にやどる堕気《だき》が、より強大な力を求めている気がした。シャベルの柄を握りしめる左手から、細い糸のように、かすかに青白い稲妻《いなずま》のかけらが零れ出す。

　遥《はる》かに強大な力を持てば——ドラクロワを殺さずに止めることが出来るだろう。

　そして、もし万が一ドラクロワを殺してしまったとしても、強大な力さえあればそれが自分にとってのドラクロワの代わりとなるだろう——

そういうとてつもない負の思いが、にわかに左腕全体に膨《ふく》れあがるようだった。狂《くる》おしい呻《うめ》きが、塊《かたまり》となって喉《のど》をのぼってきて今にも吐《は》き出されそうになった、そのとき——

ふいに、視線《しせん》を感じていた。

(ノヴィア——)

その名が、思いも寄《よ》らぬ心のどこかから響《ひび》いてきた。

(俺も、いつでも怪物《かいぶつ》になる可能性がある)

ジークは天を仰《あお》ぎ、目を閉《と》じた。遠くから見守る者のかすかな聖性を感じ、怒りと焦りで忘《わす》れかけていた心が甦《よみがえ》ってくる。

(絶対《ぜったい》にそんなことはありません)

口をついて出たのは、呻き声ではなく、深い溜《た》め息だった。それまで胸《むね》の奥《おく》で渦巻《うずま》いていたものが鎮《しず》まり、左腕に荒れ狂いそうになっていた力がゆっくりと宥《なだ》められてゆく。

(私が見守る限《かぎ》り、絶対に、ジーク様にそんなことはありません)

かつて聖地シャイオンから、ノヴィアとともに旅立ったときの言葉——

力が至らなかったとして、どうだというのだ。自分の力など完全なものか。怒りで追うな。焦りで追うな。ただ信じろ。相手を——そして自分を。

ジークは目を開き、揺れる水面を見つめた。噴水の涼しさが心地《ここち》よかった。

（ジーク様——）

ふと、ノヴィアとは違う者の声が、心の奥の方から響いてきた。

かつての従士《じゅうし》の声——自分の名を呼《よ》ぶ、若い娘の面影《おもかげ》が胸をよぎる。ジークの記憶《きおく》の中で、娘《むすめ》はいつも諦《あきら》めの込もった悲しい微笑《びしょう》を浮《う》かべている。心の片隅《かたすみ》に残る彼女の悲しみのせいで、そんな風にしか彼女のことを思い出せないのだろう。

彼女だけでなく——かつていた四人の従士たちの誰《だれ》も、生きて望みを叶《かな》えられなかった。ある者は力に巻き込まれ、ある者は力を求めて。ジークがその手で斬《き》った者さえいた。

非業《ひごう》の死を遂《と》げた彼らを葬《ほうむ》ってなお、こうして五人目の従士を——それも、あのような小さな少女を死と破壊《はかい》の場につれてゆくことになるとは我《われ》ながら信じられなかった。だが、

（私も、出ました——）

一度は置いて行こうとしたとき、ノヴィアが見せた意志《いし》が、ジークに決めさせたのだ。

（私も、円から出ました）

ノヴィアが受章《じゅしょう》の際《さい》に、決めたこと。それこそ過去《かこ》四人の従士の、誰もが越《こ》えられなかったことだった。それをあの少女は、自分だけの意志で越えてみせたのだ。そしてだからこそジークは己の旅にノヴィアを迎《むか》えたのだった。この世界を、見守る者として。

ジークは、ゆっくりと、自分の腹《はら》の辺りを見つめた。並《なら》んで立ったとき、ノヴィアの頭がちょうど来る辺りである。

「小さいものか……」

ぽつっと呟き、顔を上げた。滅多《めった》にないことに、かすかな微笑さえ浮かべていた。

ノヴィアはどきっとなって視覚《まなざし》を元に戻《もど》した。ジークがいきなり微笑《ほほえ》んだのだ。それも、まるで自分が覗《のぞ》いていることに気づいて、笑みを浮かべたかのように。

どうせ子供《こども》のすることだ――ジークにそう言われたかのように、ノヴィアには思えた。従士として咎《とが》めるのにも値《あたい》しない。叱《しか》っても仕方がない。まさか、自由に力を使えと言ったのは、再《ふたた》びジークをのぞくかどうか試《ため》したのではないか。ノヴィアの自制心《じせいしん》を。力を持つ者としてふさわしいかどうかを。従士としての価値《かち》を。

「なんで……やっちゃったんだろう……私……」

たまらない恥《は》ずかしさと不安ともの悲しさに、真っ赤になってうつむくノヴィアに、

「あれ……？　ノヴィア、ちょっと、ねぇ……やっちゃったって……また見たの？」

アリスハートが呆気《あっけ》に取られたように訊《き》く。

ノヴィアが顔を上げ、こくんとうなずいた。拍子《ひょうし》に小さな涙《なみだ》がぽろっと零《こぼ》れた。

「なんでだろう……私……」

またうつむくノヴィアの首筋《くびすじ》を、アリスハートが困《こま》ったように撫《な》でた。

実を言えば、アリスハートには「なんで」の理由が痛《いた》いほど分かっている。

盲目《もうもく》だったノヴィアに光を与えたのがジークだからに決まっていた。見るということを再びもたらしてくれた相手なのである。ノヴィアがジークを見るとき、それは太陽を仰いで、暗闇《くらやみ》から救ってくれた輝《かがや》きの恩恵《おんけい》に感謝《かんしゃ》することと同じことなのだ。

そんな大事なものから目をそらせと言う方が無茶《むちゃ》だった。

「そんな、ちょっと見ちゃうくらい平気だよぉ。大丈夫《だいじょうぶ》だよぉ」

「ねぇ……一緒《いっしょ》に謝《あやま》ってよぉ……アリスハート……」

顔を伏《ふ》せたまま弱々しく言う。いつものノヴィアに比《くら》べて信じられないくらい子供っぽい態度《たいど》だった。それだけ心細くなっているのだ。いや、むしろ、普段《ふだん》は押し込められている本来の年齢《ねんれい》に見合った心が、単にこうして出てきているだけなのかもしれない。そう思ってアリスハートはしみじみとノヴィアの首筋を撫で続けながら、

「良いわよぉ。何だったらあたしが見ろって言ったって、そう言えば良いじゃない」

「駄目《だめ》よぉ、そんなのぉ……」

袖《そで》で目元を拭《ぬぐ》い、嗚咽《おえつ》を我慢《がまん》しながら、きっぱりと顔を上げた。

「ちゃんと謝らないと、自分のこと嫌《きら》いになっちゃうよぉ」

半分泣き声になって言う。その目も鼻も赤い。アリスハートは微笑ましげにノヴィアの首を叩《たた》き、元気良く言った。

「そうね。頑張《がんば》れ、ノヴィアちゃん」

ノヴィアは、ぐすっと一つだけしゃくり上げながら、

「……はいっ、……頑張りますっ」

弱々しいながらも精一杯《せいいっぱい》の潔《いさぎよ》さで応《こた》えるのだった。


「どうした、力を使いすぎたか」

ジークの第一声が、それだった。淡々《たんたん》としているようでどこか驚《おどろ》いたような響《ひび》きがある。

涙目《なみだめ》になって見上げるノヴィアを、逆《ぎゃく》に上から覗《のぞ》き込むようにして、

「目が赤いな」

「あ、あの……ジーク様、私……」

「しばらく休む必要があるか？」

ノヴィアが、慌《あわ》てて、かぶりを振《ふ》る。

「だ、大丈夫です。明日になれば、全然……何の問題もありません」

咄嗟《とっさ》にそう答えながら、なんで叱らないんだろうと不思議に思うばかりだった。

夕刻《ゆうこく》になるだいぶ前から、ノヴィアは聖堂《せいどう》を訪《おとず》れ、ジークの帰りを待っていた。

万里眼《ばんりがん》で捜《さが》し出して街の中を追っかけて行くことも考えられたが、ジークの任務《にんむ》の妨《さまた》げになるのではという恐《おそ》れから、ただひたすら待つことに決めた。待つ間も、万里眼を使って今どこにいるのかと捜したりしない。

その代わり、食事の用意などは済《す》ませてしまっていたのだが、

「今日はもういい。帰って休め」

などと、さらにノヴィアの所在《しょざい》なさを招《まね》く結果となってしまった。

そばではアリスハートがほとほと困ったようにノヴィアとジークを見比《みくら》べている。

「わ、私、お側《そば》にいては……いけませんか」

「お前の力が、必要だ」

ジークが言った。そのたった一言で、ノヴィアは全《すべ》ての言葉を失った。なぜ自分が絶句《ぜっく》するのか、それさえ咄嗟に分からなかった。

「明日、街を出る。準備《じゅんび》が整った。おそらく戦いになるだろう」

ノヴィアは、おずおずとうなずくしかない。

「今日は休め」

また反射的《はんしゃ》に、うなずいた。とぼとぼと部屋のドアを開け、

「……失礼します」

やっとのことでそれだけ言葉を絞《しぼ》り出し——聖堂を後にした。

「私の、力が必要……」

宿に向かう途中《とちゅう》、無意識《むいしき》に呟《つぶや》きが零れ、やっと理解《りかい》していた。

「私が必要なんじゃないんだ……」

アリスハートが、ぎょっとなった。それはノヴィアが一番陥《おちい》ってはいけない感情《かんじょう》であることをよく知っていたからだ。ノヴィアにとって呪《のろ》いに等しく、また盲目に戻《もど》るかと、

「そ、そんなことない、そんなことない、そんなことないって」

慌てふためいたものだ。かと思うと、

「——良かった」

ノヴィアは大きく息をついている。

「え……、嘘《うそ》……ノヴィア、ちょっと……」

「なんだか……少し、ほっとしちゃった。ジーク様、私のことを怒《おこ》ってなかったんだ」

「ノ、ノヴィア……？　ねえ……大丈夫《だいじょうぶ》ぅ？」

「私の力が……要《い》るって言って下さったから……。それだけでも……感謝《かんしゃ》しないと」

　そう言って、にこっと笑った。アリスハートがあまり好きになれない、作ったような笑いだった。そんな笑いをノヴィアが浮《う》かべることがショックだった。だが誰より辛《つら》いのはノヴィアであることも分かっていた。アリスハートは、しょんぼりと宙《ちゅう》を舞《ま》い、

「そんな風に……そんなこと言っちゃ駄目《だめ》だよぉ……ノヴィアぁ」

「だって……」

　ノヴィアは作ったような笑《え》みのまま、遠くにある聖堂を振り返り、ぽつんと呟いた。

「他《ほか》にどうすれば良いのか、分からないんだもの」

　暗い闇《やみ》が森を覆《おお》っていた。そこにある聖堂の血塗《ちぬ》られた跡《あと》も、闇の中でははっきりと見えない。まるで全《すべ》てが綺麗《きれい》に溶《と》けて、どことも知れぬ場所へと沈《しず》んでゆくようだった。

「まだ……生まれないのか……シーラ」

　男の囁《ささや》きが、真っ暗な聖堂の中に響いた。打ち倒《たお》された像《ぞう》の上に座《すわ》り、

「お前の……聖性《せいせい》の形は……私の心に、はっきりと見えているのに……」

　右手に握《にぎ》った鎖《くさり》の先で揺《ゆ》れる、十字型の紋章《もんしょう》を、遠いものでも見るように眺《なが》めていた。

「聖性の形……。四つの翼《つばさ》……。白い鳥……。私の、新たな導《しるべ》となるもの……」

　そしてふと顔を巡《めぐ》らせた。その苛烈《かれつ》な眼差《まなざ》しで、闇の向こうにいる誰かを捜すように、

「やはり、あの男でなければ駄目なのか……。お前を……殺した男でなければ」

ひどく澄《す》んだような声で、問いかける。

「あの男の力……あの男の存在《そんざい》……。それらを引き出し……魂《たましい》の形を招けるほどの莫大《ばくだい》な聖性を、集積出来るほどの……聖地。それさえ揃《そろ》えば……飛び立つのか……シーラ」

全てが溶けて沈むかのような闇に、男は座り続けていた。


「まったく私としたことが……あの女をみくびり過《す》ぎましたね」

馬を駆《か》り立てながら、黒髪《くろかみ》の男が自嘲《じちよう》めいて言う。レオニスに招かれた狩人《かりゆうど》の一人——吸血医師《きゆうけつい し》アキレスであった。

「あの女の力を、レオニス様から聞いていたのではないのですか？　トールさん？」

すぐ隣《となり》で馬を走らせるもう一人の男に向かって、声を張《は》り上げる。ことさら大声を出すのは、トールがあまりに気配がなく、馬だけ走っているような錯覚《さつかく》を起こさせるからだ。

「香《かお》りで、人の心の底にあるものを暴《あば》き、正気を失わせるとしか聞いていません」

銀髪《ぎんぱつ》の青年——影法師《かげぼうし》トールが無感情に答える。内心では、アキレス同様、己《おのれ》の不甲斐《ふがい》なさを呪《のろ》うような気持ちであった。

出立を明日に控《ひか》えたその夜——アキレスもトールも、実は抜《ぬ》け駆けをして深夜のうちに聖地を出るつもりでいたのである。だが、なぜかそのことを思い出したのは、次の日の深夜過ぎであった。丸一日、いったい自分が何をしていたのかまるで分からない。

出立の日だと思っていた二人をレオニスが見つけ、

「お前たち、何をやってるんだ？　昨日の朝に出発したんじゃなかったのか？」

三人揃《そろ》って呆然《ぼうぜん》となり、ようやく事態《じたい》が明らかになったというわけだった。

「私もあなたも同じような症状《しょうじょう》……間違《まちが》いなくあの女の仕業《しわざ》でしょう。彼女の方が、私たちより上手だったということですね。それも、私の想像《そうぞう》が正しければ……彼女が姿を消して対決を避ける限り、彼女に勝てる者は誰もいないということになる……」

目的地に向かってとにかく馬を急がせながら、アキレスが呟く。

トールも半ば、フロレスの本当の力を悟《さと》り始めている。だが本当の問題は、フロレスがその力を用いて、目的地である都市で何をする気かということだった。

夜が明けてもなお、アキレスもトールも馬を使い潰《つぶ》す気で駆け続けた。街に入り、駅舎《えきしゃ》で馬を替え、さらに進む。結局、丸一日半かけて、三日はかかる旅程《りょてい》を走破《そうは》してしまった。

それでもフロレスに追いつくことは出来ぬまま、

「おお、なんと勇壮《ゆうそう》な。やっと見えましたよ……城塞《じょうさい》都市ルカが」

アキレスが思わず感嘆《かんたん》するほどの、巨大《きょだい》な石造《いしづく》りの都市に辿《たど》り着いたのだった。

北側の険峻《けんしゅん》な岩山を背《せ》に、ややいびつな六角形の街が形づくられている。城壁《じょうへき》は五つ。西側は一面の崖《がけ》で、大きな石橋が城門へと渡《わた》っていた。南と東に二つずつ城壁があり、それぞれの城門から、岩道を綺麗《きれい》に舗装《ほそう》した街道《かいどう》が延《の》びている。南から街に入り、

「……さて、着きましたが、どうしたものですかね」

早朝の霧《きり》が濃《こ》い街路を、馬で進みながらアキレスが言う。

「城《しろ》の者に、レオニス様から書状《しょじょう》が渡っているはずです。直接《ちょくせつ》、行きましょう」

「城では、フロレスが待ちかまえているでしょうに」

「彼女の敵《てき》は、そもそも私たちではないはずですから」

トールが言う。アキレスが面白《おもしろ》そうに、くすくす笑った。

「私とフロレスをぶつけて、その隙《すき》に今度はあなたが姿《すがた》を消す気ですか？」

トールは無表情《むひょうじょう》にアキレスを見やるだけである。本音を言えばその通りだったが、そう上手《うま》く行くとも思っていない。ただ、フロレスが待ちかまえている城に、正面から入ってゆくつもりはなかった。この霧に乗じて、城に忍《しの》び込《こ》むのである。かと思うと、

「彼女の敵が私たちでないのなら、良い考えがあります。一休みするのですよ」

「一休み？」

「ジークたちがこの街で彼女と戦うまで、じっとしているのです。こうなれば狩《か》りの先頭

は彼女に譲《ゆず》りましょう。その代わり隙あらば襲《おそ》いかかってジークを殺す……彼女ごとね」

アキレスは濡《ぬ》れたような黒い目を見開いて笑った。まるで巨大な蛭《ひる》が笑うようだった。

「私にこのような屈辱《くつじょく》を味わわせたのです。一滴《いってき》残らず血を吸《す》ってあげますよ」

そう言いながら馬から下りて宿へ向かう。トールもそれに倣《なら》った。確《たし》かに移動《いどう》で体力を消耗《しょうもう》し過ぎた。ジークがまだ現《あらわ》れていないことを考えれば、今は少しでも休むべきだった。

早朝であったが貿易《ぼうえき》の盛《さか》んな街とあって、宿の者もちゃんと起きている。アキレスは旅の医師、トールは巡礼者《ヴィータール》として、宿をとった。大部屋ではなく、個室《こしつ》である。ふいに、

「……これはこれは。トールさん、あなた気づいていましたか？」

「いえ……まさか……」

「あの、お二人とも、どうかなさいましたか？」

宿の者が不思議そうに尋《たず》ねる。アキレスがぬっと軟体《なんたい》動物のように身を乗り出し、

「この帳簿《ちょうぼ》の、この日付は、本当に確かなのですか？」

宿の者は不審《ふしん》そうにうなずくばかりである。

アキレスは、くっくっと笑い声を零《こぼ》しながら、あてがわれた部屋へ向かった。トールはその隣《となり》の部屋である。階段《かいだん》を登りながら、アキレスが笑いに怒《いか》りをにじませ、言った。

「聖地《せいち》を出てから二日ですか。てっきり一日ばかりかと思っていたのですがね。どうりで、

疲れているはずですよ」

「半分……ですか」

「倍とも考えられますね。私たちはどうやら、朝が来ようが夜が来ようが、二日経たなければ一日が経たないと思い込まされているようです」

「過ぎた時間の半分しか思い出せないのかもしれません……。眠《ねむ》り続けているのか……あるいは目覚めたときに忘《わす》れてしまっているのかも」

「さあ……しかしこれではっきりしました。彼女の恐《おそ》ろしさがね。彼女が人の正気を失わせていたのは、力のごく表面的な部分でしかなかったのですよ。彼女は、人を正気のまま操る力を持っている。さあ、私はこれから休みます。次に目覚めたとき、お互いの心のどこが無くなっているか、ゆっくり話し合おうじゃありませんか」

6

数日かけて馬車を乗り継《つ》ぎ、ルカの都市に向かう間、ノヴィアはやけに元気だった。

「今、南の街道を両方とも騎士団《きしだん》が封鎖《ふうさ》しました。西と東はまだこれからのようです」

などと、溌剌《はつらつ》とした目で辺りを見回しては、ジークに状況《じょうきょう》を報告《ほうこく》する。

「都市を一斉《いっせい》に封鎖する期限《きげん》は三日だ。どの騎士団もそれ以上は砦《とりで》を留守《るす》には出来ない」

「はいっ」

「三日で叩《たた》く。都市に入ったらお前の目が頼《たよ》りだ」

「はいっ」

ノヴィアがはきはきと受け答えする傍《かたわ》らで、アリスハートはどこか悲しげでいる。

「大丈夫《だいじょうぶ》ぅ、ノヴィア？　そんなに元気で三日も持つのぉ？」

「頑張《がんば》らないと……だって、少なくともジーク様が求めてるこれは、私の力なんだもの」

こっそりアリスハートに囁《ささや》き、しっかりと辺りを見る。

「ノヴィア、次の馬車に乗り換《か》えるぞ。これで最後だ」

「はいっ」

素早《すばや》く駅舎《えきしゃ》で降《お》り、次の駅舎に向かう馬車に乗る。そうしてきびきびと動いていると、どんな嫌《いや》な感情だって意識《いしき》せずに済《す》む。そんな風にノヴィアは思う。

あるのは役に立ちたいという気持ちと、実際《じっさい》、役に立っているという実感だけ。それだけで良かった。それ以外は何も感じたくなかった。

何も見逃《のが》さないよう目をこらし、しっかりと巨大《きょだい》な城塞《じょうさい》都市の周辺を、一定の間隔《かんかく》ごとに見てゆく。そのノヴィアの視覚《まなざし》が、ふいに異様《いよう》なものをとらえた。

「西の街道《かいどう》に……ジーク様……大勢《おおぜい》の人がいます」

「みんな、西の大きな橋から、急いで街を出て行きます。他《ほか》の門は閉《と》じてます」

城門を閉ざすのは、明らかに戦闘準備《せんとうじゅんび》である。ジークの顔がさらに鋭《するど》く引き締《し》まる。

「あ……西を封鎖する騎士団が……大勢の人たちを止めようとして……何、あれ……」

「城外に脱出《だっしゅつ》しようとする一団がいるのか？　西の門だけ開いているんだな？」

「は、はい……あ、騎士団も止められないみたいです。でも、何、あの橋の上の……」

「城《しろ》の内部で分裂《ぶんれつ》が起こったか……？　どうした？」

「あれって……みんな逃《に》げてる……逃げてるんだ……あ、あ……ジーク様！」

いきなりノヴィアが叫《さけ》び声を上げた。ジークが眉《まゆ》をひそめ、アリスハートが仰天《ぎょうてん》する。

「じょ、城門の内側から、沢山《たくさん》の魔獣《バロール》が出てきてるんです！　ひ、人を、人を襲って……あ、あ、逃げて！　みんな早く逃げてっ！　みんな、みんな殺され……」

ジークが横からさっと左手を伸《の》ばし、ノヴィアの目を覆《おお》った。

「見なくて良い、ノヴィア」

堕気《だき》が聖性《せいせい》を遮《さえぎ》り、暗闇《くらやみ》とともに大きな手の温《ぬく》もりがいっときノヴィアの心を満たした。

「力を温存《おんぞん》しろ。最悪の状況かもしれん」

だがその一言で、ノヴィアの心はまた、大きなもので蓋《ふた》をされたようになった。

役に立ちたい、役に立っている。この力を使って。そう、自分の力を使って――

ジークの手が離《はな》れた。ノヴィアは通常《つうじょう》の視界で、ジークを振《ふ》り向いた。

「おそらく、都市の内部で増殖器《ジェネレーター》が発動したのだろう……」

低い呟《つぶや》きが、悔恨《かいこん》の響《ひび》きを帯びていた。準備が、到着《とうちゃく》が、僅《わず》かに遅《おそ》かったのだ。

あと一日早ければ――そういう思いをこらえてジークは遠くに見え始めた巨大な城塞都市に、じっと目を向けている。ノヴィアがその横顔を見守っていることにも気づかぬ顔で。

「銀脚獣《ファランギ》か……」

ジークが馬車から降り、呟いた。それが西の城門から現《あらわ》れた魔獣《バロール》の名だった。巨大な蜘《く》蛛《も》のような姿《すがた》だが、その脚《あし》は全《すべ》て鋭く硬《かた》い刃《は》である。

ジークが到着するまでに、西の街道を封鎖《ふうさ》する予定だった騎士《きし》団《だん》が、なんとか魔獣《バロール》の群《むれ》を押《お》し戻《もど》していた。本来なら侵入《しんにゅう》を防《ふせ》ぐための城門《じょうもん》が、逆《ぎゃく》に外側から縄《なわ》をかけて、開かないよう厳重《げんじゅう》に閉ざされている。中から魔獣《バロール》が出て来ないための処置《しょち》だった。

「お、おのれっ……何という化け物だ……我《わ》が騎士団の大半が、あっという間に……」

騎士団の隊長が、橋のたもとで真っ赤に染《そ》まった鎧《よろい》姿で呻《うめ》いていた。部下たちが目の前で次々に殺され、その返り血を浴びたのだ。

「ひいえぇぇぇぇ……あ、あの橋を渡《わた》るのぉおおお？」

アリスハートが卒倒《そうとう》しそうになって慌《あわ》ててノヴィアの懐《ふところ》に潜《もぐ》り込む。ノヴィアもさすがに青ざめている。石橋の上は、阿鼻叫喚《あびきょうかん》の後の血の海だった。魔獣《バロール》に鎧ごと引き裂《さ》かれて息絶《た》えた騎士たち、普通《ふつう》の市民、貴族《きぞく》たちの区別なく、倒《たお》れ伏《ふ》しているのだ。

魔獣《バロール》の死体もあったが、数が少ない。

「斥候《せっこう》の群だったようだな。本隊の群が来ていたらここにいる全員がやられていた」

ジークが言った。騎士団の隊長が、わなわなと震《ふる》えながらジークの外套《がいとう》の襟《えり》をつかむ。

「は……話が違うではないかっ。こ、こんな化け物、どうすれば良いのだ。あ、あの城門の中の者たちは、いったいどうすれば良いのだっ。助けようが無いではないかっ」

「俺《おれ》がやる。俺が門の中に入ったら、すぐに門を閉《し》めて開かないよう守れ」

隊長が絶句《ぜっく》した。急に相手が誰《だれ》であるか思い出したように、慌てて手を離した。

「黒印騎士団《シュワルツ・リッター》……ジーク・ヴァールハイト……。あ、あなたが一人で……中へ……？」

ジークはうなずき、石の橋を渡った。隊長が慌ててそれを追う。

「門を閉めたら、すぐに補強《ほきょう》しろ。都市を封鎖している騎士団にも同じように伝えろ」

「で、ですが……我《われ》らは、三日と決めて連携《れんけい》しており……それ以上は責任《せきにん》が……」

「予定通りでいい。時間をかければ魔獣《バロール》の数が増《ふ》えて増殖器《ジェネレーター》に近づくのが難《むずか》しくなる」

「み……三日で……!? どれほどの敵《てき》がいるかも分からないのに!?」

「万が一、三日経《た》っても俺が帰らなければ、都市に油の入った樽《たる》を投げ込み、火を放て」

「と……都市を丸ごと焼けと? あ、あなたは……」

「三日も魔獣《バロール》の巣の中にいれば、強すぎる瘴気で自然に死ぬ」

隊長は愕然《がくぜん》となってジークを見つめた。それから屹然《きつぜん》となって敬礼《けいれい》するや、生き残った騎士団の面々に鋭く声をかけて集めた。

門の前に立ち、ジークは左手から右手へとシャベルを担《かつ》ぐ手を替えた。そしてその左手に、青白い稲妻《いなずま》を帯びたとき――ノヴィアが、その傍《かたわ》らに立った。その懐《ふところ》では、「うううう、やっぱ行くのねぇえええ」

アリスハートが震えながらも、逃げもせずノヴィアの胸元《むなもと》から顔を出している。

「ノヴィア、お前は――」

「ジーク様はおっしゃいました。私の力が必要だと」

ノヴィアがひたとジークを見上げて言う。ジークはふと、その頭が思っていたよりも僅かに高い位置にあることに気づいた。ほとんど目立たぬほどの、かすかな笑《え》みがジークの口元に浮かんだ。そしてそれをノヴィアは見逃《みのが》さなかった。やはりジークが求めているのは自分の力なのだ。役に立ちたい――役に立つ。その思いだけがノヴィアを満たした。

「中に入ればお前の目の助けが要《い》る。頼《たの》む」

ノヴィアはうなずいた。それだけは自分のものだと言うように。騎士たちが次々に縄をほどいてゆく。やがて固定されていた門が、重く軋《きし》んだ音を立てて開かれ、

「——ジーク・ヴァールハイトが招《まね》く！」

ジークの烈声《れっせい》が、閉《と》ざされた都市に向かって響き渡った。

第二章　花の名は

1

都市の一角で、凄《すさ》まじい輝《かがや》きが起こった。

地中から迸《ほとばし》る青白い稲妻とともに、堕気《だき》に満ちた烈風が吹《ふ》き荒《あ》れる。そして続々と現《あらわ》れる異形《いぎょう》の兵団が、そのおどろおどろしい姿《すがた》とは裏腹《うらはら》に美しいまでの隊列を組んで前進する。

銀色の巨大《きょだい》な蜘蛛《くも》の化け物が建物のそこら中から現れ、異形の兵団と激突《げきとつ》した。

「いらっしゃい、ジーク・ヴァールハイト……我《わ》が香煙《こうえん》の領域《りょういき》へ、ようこそ」

ふっくらとした唇《くちびる》から、香気をたっぷりとふくんだような艶《つや》っぽい声音《こわね》が零《こぼ》れた。

岩壁《がんぺき》を背《せ》にして建てられた巨大な城《しろ》——その周辺に幾《いく》つもそびえ立つ塔《とう》の一つから、西の門で始まった戦いを眺《なが》める女がいた。

フロレス・アンブローシャ——レオニスが見出《みいだ》した狩人《かりゅうど》の女である。柔《やわ》らかな肢体《したい》に、血のように鮮《あざ》やかな赤のドレス。ふわっとした雛色《ひないろ》の髪《かみ》、戦いの光景にもかかわらず母性《ぼせい》的な笑みを絶《た》やさぬ美貌《びぼう》、匂《にお》い立つような気品を醸《かも》し出す碧《あお》い双眸《そうぼう》。

「覚えているかしら……ジーク。あなたが私から奪《うば》った、大事な大事な花の名を……」

右手を優雅《ゆうが》な動作で左右に振《ふ》りながら囁《ささや》く。

今、その手の中指にはめた銀の指輪から、長く細い、銀の鎖《くさり》が伸《の》びている。

そしてその鎖の先にあるものが、手の動きに合わせて揺《ゆ》れているのだった。

手にすっぽり収《おさ》まる大きさの、球形をした小さな銀細工――携帯用《けいたいよう》の、香炉《こうろ》であった。

香炉の中には何も入っていない。代わりにその表面に細かな紋様《もんよう》が刻《きざ》まれており、香炉が振り子のように揺れるたび、紋様全体が淡《あわ》く輝きを放っていた。

聖性《せいせい》に反応《はんのう》して様々な香《かお》りを生み出す聖具――本来は、ただ単に高位の聖道女が、儀式《ぎしき》のときに香りを作るためだけに用いる物である。そして今、その香炉を通してフロレスの聖性が発揮《はっき》されるや、目に見えぬ力となって都市中に広がってゆくのだった。

「あなたがその手で枯《か》らしてしまった愛《いと》しい花の名……もし忘《わす》れているのなら、ゆっくりと思い出させてあげるわ……。あなた自身の、血の香りとともに……」

相手を、柔らかな花弁《かべん》で優《やさ》しく包み込《こ》むような微笑《びしょう》とともに、フロレスは囁いた。

魔《ま》兵《へい》の軍団《レギオン》が揃《そろ》って右腕《みぎうで》を突《つ》き出し、立て続けに砲火《ほうか》を轟《とどろ》かせた。

砲魔《ほうま》ネルヴ――焼けただれた体から煙霧《えんむ》を噴《ふ》き、仮面《かめん》のような顔を持つ魔兵である。右腕は巨大な砲身で、堕気の塊《かたまり》を砲弾《ほうだん》と化して放つ。その砲火が、魔獣《バロール》に殺された市民の魂《たましい》の、凄まじいばかりの怨《うら》みの咆吼《ほうこう》となって街路に響《ひび》き渡《わた》った。

ジークが魔兵を招いて都市に入るや、その背後《はいご》では、すぐさま門が閉ざされている。

続けてジークは、そのシャベルにやどる力を解放《かいほう》している。剣《けん》の鞘《さや》であり、シャベルであるものが、銀の飛沫《しぶき》と化して飛び散り、十六体の魔兵と化したのだ。

凄魔《せいま》ギルト――人の形をした銀色のトカゲのような姿で、両手に分厚《ぶあつ》い剣を握《にぎ》り、接近《せっきん》する魔獣《バロール》どもを切り払《はら》う。ジークも銀剣を握りしめ、

「このまま前進し、最も近い場所にある巣を叩《たた》く！　見えるか、ノヴィア！」

そこら中から現れる魔獣《バロール》の群《むれ》を、片《かた》っ端《ぱし》から撃滅《げきめつ》させながら叫《さけ》ぶ。

陣《じん》の中央で、震《ふる》えるアリスハートを胸《むね》に抱《だ》いたノヴィアが、懸命《けんめい》に目を凝《こ》らし、

「あ……あちこちに真っ黒い靄《もや》のようなものが見えます！　もしかしてこれが……！」

砲火の轟音《ごうおん》の合間を見計らって、大声で叫ぶ。

「万里《ばんり》眼《がん》の聖性を、強い堕気が遮《さえぎ》っているせいだ！　一番近くにある黒い靄はどこだ！」

「東へ……！　もう一つ向こうの通りの、大きな商館の中です！　白い建物で……！」

ノヴィアが建物の外観を素早《すばや》く説明する。ジークが大きく剣を振るった。

「獅子座《ヴェルキエル》の陣！」

言下、魔兵が凸型陣形《とつがたじんけい》となって、進路を邪魔《じゃま》する建物に集中砲火を浴びせて前進した。

石造《いしづく》りの建物が魔獣《バロール》ともども木《こ》っ端微塵《ぱみじん》に粉砕《ふんさい》され、がらがらと崩《くず》れる。

「うわぁあああ……なんかいつも以上に無茶苦茶《むちゃくちゃ》するわねぇ……」

街の一角が消し飛び、アリスハートが呆然《ぼうぜん》となる。それをよそに、

「天秤座《ズリエル》の陣！」

ジークが続けて指示《しじ》を出し、今度は陣を二つに分けさせた。一方はその場で陣を構《かま》え、もう一方は吹き飛ばした建物の瓦礫《がれき》の上を続々と乗り越《こ》えてゆく。

「お前はそこにいろ！」

ジークはそう命じてノヴィアに背を向け、突撃側の陣とともに駆《か》けた。

待機を命じられた魔兵は、ノヴィアを中心に円陣を組み、援護《えんご》の砲撃を続けている。

ノヴィアは咄嗟《とっさ》に、ジークのもとへ走り寄《よ》りたいという衝動《しょうどう》に襲《おそ》われた。

むろん、そんなことをしても邪魔になるだけだ。代わりに宙《ちゅう》を見すえ、

「……沢山《たくさん》の矢が、見えます」

もう一つの力——幻《まぼろし》を見ることで具現《ぐげん》させる幻視《ヴィジョネイル》の力を発揮させた。人や獣《けもの》、火や水など複雑《ふくざつ》で形の定まらないものは無理だが、矢なら今では一度に何十本も現すことが出来る。

金の矢が宙に現れ、魔獣《バロール》に向かって雨のように降《ふ》り注いだ。せめて自分は心配ないのだということを伝えるために。自分はこれだけ役に立てるのだと、ジークと自分の両方に思わせたくて。精一杯《せいいっぱい》、その聖性を発揮させていた。

「やれやれ……本末転倒《てんとう》ですが、ジークが来たお陰《かげ》で、我々《われわれ》も命拾いしましたね」

アキレスが街路を進みつつ、遠くで立ちのぼる爆煙《ばくえん》を眺《なが》めた。岩山にもたれかかるようにして建設《けんせつ》された都市であるため、街路といっても城壁《じょうへき》を見下ろす高さにある。

「フロレスが先行した狙《ねら》いを、読み間違《まちが》えました。まさか増殖器《ジェネレーター》だとは……」

トールも魔獣《バロール》を警戒《けいかい》しつつ、複雑に折れる街路を進み、階段《かいだん》を登った。

向かう先は、城《しろ》だった。予定を変更《へんこう》してフロレスを探《さが》しているのだ。大量の魔獣《バロール》との戦いを避《さ》けるには、フロレスを倒《たお》して増殖器《ジェネレーター》を止める以外なかった。

二日前——トールとアキレスの感覚からすれば昨日、宿泊《しゅくはく》した宿も、今では魔獣《バロール》の巣窟《そうくつ》と化している。騒《さわ》ぎで目覚めてみれば、おびただしい異形《いぎょう》の怪物《かいぶつ》が暴《あば》れ狂《くる》っていたのだ。

しかも城門という城門が固く閉《と》ざされ、唯一《ゆいいつ》、西の門だけ開かれていた。

市民がそれに気づいて西の門に殺到《さっとう》する頃《ころ》には、人口の半分が殺戮《さつりく》されている。全《すべ》て、フロレスの仕業《しわざ》だ。城の兵など、材木と鉄の杭《くい》で片っ端から門を閉ざし、はたと正気に戻《もど》って門を開こうとしたところを魔獣《バロール》に殺されるという有様だった。

「いつの間に増殖器《ジェネレーター》を発動させる手段を知ったのやら……きっと聖地《せいち》シャイオンに招《まね》かれた博士《はかせ》たちを香《かお》りで操《あやつ》って聞き出したんでしょうね。都市を魔獣《バロール》の巣にし、我々や住民もろともジークを葬《ほうむ》る気なんですよ。まさか人間以外にも、魔獣《バロール》まで操れるとは」

アキレスが傍《かたわ》らをちらちら見ながら言う。会話をしていないと、トールのあまりの気配の無さに、いるのかいないのかさえ分からないのだ。トールは無表情《むひょうじょう》に辺りを見ている。

「魔獣《バロール》の動きからして、自由に操るというより、自分だけは襲わせない程度《ていど》でしょう」

「それだけでも、ジークをおびき寄せ、その力を消耗《しょうもう》させ、ついでに我々を牽制《けんせい》するには、十分ですよ。その代わり、全ての人間を敵《てき》に回しますがね」

トールはうなずいた。これほどの規模《きぼ》で増殖器《ジェネレーター》を使えば、聖法庁《せいほうちょう》を驚愕《きょうがく》させ、聖法軍の大兵力を招きかねない。今、レオニスとドラクロワが望むことではない。それどころか増殖器《ジェネレーター》を独断《どくだん》で使用しただけでも、レオニスとドラクロワを敵に回すには十分である。

「それに彼女は、もともと〈銀の乙女《おとめ》〉の聖道女ですしねえ……レオニス様の招きにも個人的《じんてき》に応《おう》じたそうじゃありませんか。もし〈銀の乙女〉にこれが知られたら……仲間であるはずの聖道女にさえ追われることになるというのに……」

「これが終われば、レオニス様との関係を隠《かく》し、〈銀の乙女〉に復帰《ふっき》する気ではないでしようか。レオニス様とドラクロワの共謀《きようぼう》の秘密《ひみつ》を盾《たて》にして、自分の身を守る……」

「自分を見逃《みのが》せ……さもなくば〈銀の乙女〉に、聖地シャイオンの秘事を密告する、というわけですか。そんな脅《おど》しに、レオニス様が屈《くつ》すると思うのですか？」

トールはきっぱりと左右にかぶりを振《ふ》った。レオニスであれば、あらゆる手段《しゅだん》を講《こう》じてフロレスを暗殺する。ドラクロワの怒《いか》りを避《さ》ける手段も皆無《かいむ》のはずである。

フロレスは命を捨《す》てる覚悟《かくご》でジークを葬ろうとしているのだろうか。それにしても、フロレスがこうも独断に走る反面、アキレスの言動には妙《みよう》にレオニスへの忠誠《ちゅうせい》がこもっている。下手をするとトールよりもレオニスのことを分かっているのだと言わんばかりだ。

人血を飲んで喜ぶような男が、レオニスへの忠誠をあらわにするというのは、それはそれでトールにとって、いささか不快《ふかい》ではあった。

「密告すれば彼女自身も破滅《はめつ》ですよ。ここまで捨て身になれるとは……女は怖《こわ》い」

アキレスが呆《あき》れたように呟《つぶや》き、階段を登って街路に出た。そのときである。

影《かげ》が射《さ》したかと思うと、にわかに異形の獣が数体、頭上から躍《おど》りかかってきた。

アキレスもトールも、ほとんど本能《ほんのう》に任《まか》せた動作で、襲撃《しゅうげき》をかわしている。

槍《やり》の穂《ほ》のような爪《つめ》が、火花を上げて石畳《いしだたみ》をえぐり取った。数は三体。二体が街路へ跳《と》んだアキレスへ、一体が階段を下方へ跳んだトールへ、唸《うな》りを上げて黒い牙《きば》を剝《む》く。

子牛ほどもある黒い狼《おおかみ》に見えるが、全身を昆虫《こんちゅう》のような殻《から》に覆《おお》われた魔獣《バロール》であった。

「また違う魔獣《バロール》……いったい何種類、招き出しているのやら……」

アキレスはそう言いながら、滑《なめ》らかな所作で、両手の白い手袋《てぶくろ》を外し、上着の内ポケットに入れた。そうして白く細い指を、くねくねと蛭《ひる》が身をよじるように動かす。

なんと手の指の爪が全て剝《は》がされている。その上で細かな紋様《もんよう》を、指先に刻《きざ》み込んでいるのだ。さっと両手を翻《ひるがえ》すや、指の紋様が、青白い輝《かがや》きをともした。

アキレスの唇《くちびる》の両端《りょうはし》が、異様な高さにまで上がり、笑《え》みの形になった。

一体の魔獣《バロール》が、跳びかかった。同時に、アキレスの紅《あか》い唇が囁《ささや》きを零《こぼ》す。

「出でよ我《わ》が魔獣《バロール》……〈蛭氷《グ・リカ》〉よ……」

突然《とつぜん》、石畳から鋭《するど》い何かが飛び出し、宙《ちゅう》を跳んだ魔獣《バロール》を真下から貫《つらぬ》いていた。

透明《とうめい》な氷の塊《かたまり》――なんと巨大《きょだい》な氷柱が地面から逆《さか》さまに生え、魔獣《バロール》を串刺《くしざ》しにしたのだ。

巨大な魔獣《バロール》が悲鳴を上げて暴《あば》れるが、氷は鋼《はがね》のような硬《かた》さで、ひびも入らない。

残り一体の魔獣《バロール》が、あまりのことに、じりじりと後ずさる。アキレスが笑った。

「〈串刺し魔《ツエペット》〉こそ私の異名……〈蛭氷《グ・リカ》〉よ、滅多《めった》にない獲物《えもの》です。存分《ぞんぶん》に吸いなさい、い、い」

氷柱から無数の氷の棘《とげ》が生え出し、魔獣《バロール》の全身に食いついた。目や口や硬い殻の隙間《すきま》に、剃刀《かみそり》のような氷の棘が潜《もぐ》り込む。そしてまたたく間に、氷が、どす黒く染《そ》まった。

氷が、魔獣《バロール》の血を吸《す》い、力を奪《うば》っているのだ。魔獣《バロール》の悲鳴がやんだ。その体は空っぽになり、硬い殻は内側に向かってひしゃげている。代わりに黒い色に染まる氷が、いきなり溶《と》けて水に変じ、ばしゃっと飛沫《しぶき》を上げた。

黒い血はどこかへ消え、からからに干涸《ひか》らびた魔獣《バロール》の屍《しかばね》があるばかり。

「仲間の群《むれ》を呼《よ》ばれる前に……もう一匹《いっぴき》も、私がいただきましょうか」

アキレスが残りの魔獣《バロール》に近づいたとき、ふいに何かが飛んできて、足下《あしもと》に転がった。なんと、切断《せつだん》された魔獣《バロール》の手である。階段《かいだん》を振り返れば、そこは刃風《じんぷう》の嵐《あらし》だった。舞《ま》うようなトールの右腕《みぎうで》の動きに合わせて、身の毛もよだつような刃鳴《はな》りが乱《みだ》れ交《か》うのだ。

剃刀の鋭さと、鋼の強靭《きょうじん》さを併《あわ》せ持つ、黒い鉄鞭《てつべん》——それが、聖性《せいせい》と堕《だ》気《き》を合わせて鋼を造《つく》り出すトールの、最大の武器《ぶき》であった。

とてつもない弾力《だんりょく》で刃が跳ね、目に見えぬほどの速度で、縦横無尽《じゅうおうむじん》に切り裂《さ》く。魔獣《バロール》にとっては、いったいどこをどう斬《き》られたのか分からぬまま、次々に体が消滅《しょうめつ》してゆくようなものだ。硬い殻も役に立たず、悲鳴を上げることさえ出来ずに、ばらばらになって階段にぶちまけられるのだった。

トールはそのまま無感情な顔で、最後の一体に向かって階段を登っている。

「お見事……影法師《かげぼうし》さん」

アキレスが賞賛《しょうさん》と警戒《けいかい》をこめて言う。トールもちらりとアキレスの両手の紋様を見る。

互《たが》いに、いざ戦うことになったときのために、相手の弱点を知ろうとする目だった。

アキレスが、両手の指をくねくねと動かしながら、残り一体の魔獣《バロール》の横手に廻《まわ》る。

トールが階段を登り終え、魔獣《バロール》へ向かって歩み寄《よ》った。

魔獣《バロール》が、恐怖《きょうふ》と怒《いか》りで吠《ほ》えた。瞬間《しゅんかん》——氷の槍と、鋼の鞭《むち》が、同時に振るわれた。

アキレスもトールも、自分の力を相手に見せつけ、優位《ゆうい》に立とうとしての攻撃《こうげき》である。

二つの力に襲《おそ》われ、魔獣《バロール》が無惨《むざん》なまでに砕《くだ》け散る中、二人の視線《しせん》が絡《から》み合った。

そして突如《とつじょ》——その二人を、凄《すさ》まじい堕気の気配が襲った。

アキレスもトールも、それぞれ弾《はじ》かれたように建物の陰《かげ》へ飛び込《こ》んでいる。

砕かれた魔獣《バロール》の体が、青白い堕気の炎《ほのお》を上げるそこに、夜が訪《おとず》れたかのような影が落ちた。

そしてにわかに現《あらわ》れたのは、一本の巨大な脚《あし》であった。

鋭い爪を生やし、青光りする鋼鉄《こうてつ》の柱のような脚が、何本も何本も現れるに従《したが》い、ようやく、その全体がどんな形状《けいじょう》か分かった。

聖堂の天井《てんじょう》ほどもある大蜘蛛《おおぐも》——魚のように青光りする鱗《うろこ》に覆われ、恐ろしく太った腹《はら》を揺《ゆ》らしている。かつかつ爪音《つまおと》を立てながら建物の上を歩き、その動きは異様《いよう》に滑《なめ》らかで、どれほど素早《すばや》く動こうとも、爪音以外にほとんど音を立てない。

まるでこの都市の主人であるかのように街路を睥睨《へいげい》し、魔獣《バロール》たちの屍に顔を寄せる。真っ赤な複眼《ふくがん》の一つ一つをぎょろぎょろ動かし、ふいに口を開いた。トールたちの背丈《せたけ》を遥《はる》かに上回る巨大な顎《あご》から、無数の触手《しょくしゅ》が伸《の》びて魔獣《バロール》たちの屍をとらえ、食らった。

他《ほか》に食べるべきものは無いかと複眼を動かし、気配を絶《た》って隠《かく》れるトールたちに凍《こお》りつくような恐怖をもたらした。その巨大さ以上に、凄まじいまでの堕気の気配があった。

そのとき西の方で、ひときわ大きな崩壊《ほうかい》の音が響《ひび》いた。

大蜘蛛がさっと顔を上げた。そして異様な身軽さで身を翻すと、一目散に西へ去った。

「やれやれ、また結果的にジークに助けられるとは……。それにしても、なんという化け物か……。堕気の強さだけならばジークに匹敵《ひってき》する……実に素晴《すば》らしい」

アキレスが街路に出てきて、いやに物欲《ものほ》しそうな目で大蜘蛛の去った方を見やる。

「フロレスが、あの怪物《かいぶつ》を自由に操《あやつ》れないことを祈《いの》ります」

トールが素直に言う。アキレスが、くっくっと笑った。

「真の力というのはね……操れるようなものではないのですよ。力自体に意志《いし》はない……それゆえたやすく人の手を超《こ》えてしまう。そういう力に身も心も任《まか》せることこそ、力に対する正しい姿勢《しせい》……そう考えれば、フロレスの行動も実に正しく思えてきますね」

トールは無表情《むひょうじょう》でいる。否定《ひてい》も肯定《こうてい》もする気はなかった。脳裏《のうり》には、かつて聖地シャイオンで炸裂《さくれつ》した怪物の姿《すがた》が甦《よみがえ》っていた。力が行き着く果ての光景が。

あれが、この世に存在《そんざい》する全《すべ》ての力の帰結であるとするなら——この世界は滅《ほろ》ぶためにあるようなものだ。そしてトールは、そのことを悲しいとも思わなかった。

「私の力は全て、レオニス様のためにあるもの。それだけです。先を急ぎましょう」

トールはただそう告げた。アキレスは笑いながら城《しろ》へ顔を向け、言った。

「そうして人は知るのですよ……力は、ただ力のためだけにあるということを……」

2

大理石の彫像《ちょうぞう》で飾《かざ》られた瀟洒《しょうしゃ》な商館が、柱も屋根も砕け、ごうごうと燃《も》え盛《さか》っている。

商館に巣くっていた魔獣《バロール》の群も、青白い炎を上げて消滅《しょうめつ》してゆく。僅《わず》かに生き残った魔獣《バロール》どもは巣を破壊《はかい》されて統率《とうそつ》の意志を失い、散り散りになって逃《に》げていった。

「残り三カ所か……。このどれかに、増殖器《ジェネレーター》があるはずだ」

ジークが地図に印を付けながら言った。ノヴィアが黒い靄《もや》を見る場所——万里眼《ばんりがん》の聖性が遮《さえぎ》られるほど堕気が充満《じゅうまん》する地点である。魔獣《バロール》の巣であり、増殖器《ジェネレーター》が設置《せっち》されている可《か》能性《のうせい》が最も高い場所であった。

「どこに魔獣《バロール》を生み出すものがあるのか、どうにかして見てみます……」

ノヴィアはなおも黒い靄を見通せないかと目を凝《こ》らしている。肝心《かんじん》の増殖器《ジェネレーター》の位置が特定出来ないことが悔《くや》しかった。自分は役に立ちたいのだ。この自分の力で。なのに——

「あまり聖性《せいせい》を疲弊《ひへい》させるな。お前の目だけが頼《たよ》りだ」

すっとジークの手がノヴィアの目元を覆《おお》う。それが無造作《むぞうさ》な命令なのか優《やさ》しさなのか、咄嗟《とっさ》に分からないままノヴィアは視覚《まなざし》を元に戻《もど》した。その胸元《むなもと》でアリスハートが顔を出し、

「ねえ……その増殖器《ジェネレーター》って、一つだけなの？　それとも……三つ全部にあるのぉ？」

「分からない。近いものから順に攻《せ》めるしかない」

ノヴィアが見た黒い靄は、城の地下に一つ、城の東側に一つ、都市の南に一つあった。

ジークは辺りを見回した。都市に充満する堕気《だき》のせいか、濃《こ》い霧《きり》が立ちこめてきている。

「まず南の巣を叩《たた》く。そこで一度、休息のための陣《じん》を敷《し》く。互いにはぐれた場合は、あそこにある聖堂で落ち合おう。聖堂の持つ聖性が、魔獣《バロール》を遠ざけてくれるだろう……」

地図を懐《ふところ》にしまいながら、ジークは、自分の従士《じゅうし》を振《ふ》り返った。

そこに、一人の若《わか》い娘《むすめ》がいた。

柔《やわ》らかに波打つ雛色《ひないろ》の髪《かみ》を頭の上で束ね、淡《あわ》く澄《す》んだ碧《あお》い目に、どこか悲しげな光を溜《た》めている。そのくせすっきりと整った頰《ほお》には、常《つね》に微笑《びしょう》を浮《う》かべていた。何かを諦《あきら》めたような、全てを投げ打った後で浮かべるような、淋《さび》しい微笑を——

「どこへでもお供します……ジーク様《さま》」

娘の声とともに、かすかな香《かお》りが鼻をついた。ジークはその従士の名を思い出し、それを口にしようとして、はっと息をのんだ。思わず剣《けん》を握《にぎ》る手に力がこもり、

「お前は……俺《おれ》が、この手で葬《ほうむ》った……」

口に出して確《たし》かめようとしたときである。どこからともなく風が吹《ふ》いて霧がゆらめき、

「……私が、どうかしましたか……ジーク様？」

ノヴィアが不思議そうに、ジークを見ていた。

「いや……。違《ちが》う……」

ジークは珍《めずら》しく呆然《ぼうぜん》となって、かぶりを振った。先ほど感じた花の香りも消えていた。

「力が、風のようなものでも……人は、ただそれに吹かれるだけではないはずだ……」

「え——？」

ノヴィアがきょとんとなる。アリスハートも不審《ふしん》そうにジークを見上げた。

ジークは口を閉《と》ざし、ノヴィアを見つめた。力を手に入れようとして逆《ぎゃく》に力に翻弄《ほんろう》されてはならない——そんな思いがどこからともなく湧《わ》いていた。力にとらわれたかつての従士の面影《おもかげ》——何かを諦めたようなその微笑が思い浮かび、また少しかぶりを振った。

ノヴィアに限《かぎ》って、そんなことはないはずだ。自分の五人目の従士——過去《かこ》の従士とは

決定的に違う意志《いし》を秘《ひ》めた、小さな聖道女。力を巡《めぐ》る葛藤《かっとう》においてジークでさえ決められなかったことを、かつて自分の意志で決めたノヴィアに限って、そんなことは——

「あ……あの、ジーク様……、私、何か……？」

何か失敗を犯《おか》したかと不安になるノヴィアに、

「少し……昔を思い出しただけだ。お前はよくやってくれている」

内心の思いをようやく胸《むね》に収め、ジークは霧の立ちこめる都市を振り返り、言った。

「移動《いどう》だ。日が暮《く》れる前に、二つ目の巣を叩く」

砲魔《ネルヴ》が方陣を組み、続々と移動を開始する。

陣の先頭付近でジークの傍《かたわ》らにいながら、ノヴィアは複雑《ふくざつ》な思いでいた。

よくやってくれている——ジークはどういう気持ちでそう言ってくれたのだろう。

ただの労《ねぎら》いだろうか。それとも、もっと頑張《がんば》れということだろうか。

喜べる言葉に思えるのだが、なぜか素直《すなお》に喜べない。ジークが何を考えているのか変に分からなくなっているせいだ。何気ない言葉に、いちいち引っかかってしまう。

ノヴィアは目立たぬよう、そっと溜《た》め息をついた。戦いの最中にいったい何を悩《なや》んでいるのか。自分の力に集中しよう。ジークが望んでいる力を最大限《さいだいげん》に発揮《はっき》し、役に立つ。

それだけは確かなのだから。自分だけの力。自分だけのもの。自分だけがジークに与《あた》えられるもの。その力があるからこそ、自分はここにいられるのだから——

押《お》し隠《かく》すように零《こぼ》される溜め息に、アリスハートが不安そうにノヴィアを見上げるが、これまたなんと言っていいか分からず、いつもの陽気さを失って口を閉《と》ざすのだった。

魔獣《バロール》の襲来《しゅうらい》を警戒《けいかい》しながら、濃い霧の漂《ただよ》う街路を進軍し、やがて南の街区に入った。

市民の多くがここに住んでいるため、西に比《くら》べて小さな建物が密集《みっしゅう》している。

賑《にぎ》わっているはずの広場も人気《ひとけ》が絶《た》え、道や建物のそこら中に破壊《はかい》と流血の跡《あと》があった。

住宅街《じゅうたくがい》を避《さ》けて大きな道路を選んで進むうち、

「ジーク様、何かが……書かれています」

真っ先に、ノヴィアがそれに気づいた。

「書かれている……？」

「もう少し先に……大きく……沢山《たくさん》……何これ……」

ノヴィアの緊迫《きんぱく》した声に、アリスハートがおどおどと首をすくめる。

「あれか——」

道路の向こうにあるものにジークも気づき、進軍をいったん停止させた。前方の陣列を開かせ、ジーク自ら足を運んでそれを見つめた。ノヴィアもその傍らに立つ。

霧《きり》の漂う大きな道路を、端《はし》から端まで、真っ赤なものが横断《おうだん》していた。

『思い出せ！』

そういう巨大《きよだい》な文字が、ジークたちを迎《むか》えるように道路一面に赤く書き殴《なぐ》られているのだ。

「血……。人の血で書いたのか……？」

ジークが、屈《かが》み込んで文字を見つめる。

「うぇぇ、血で書くって……なな、なんでぇ？　思い出せって、どういう意味よぉ？」

アリスハートが震《ふる》え上がる。ジークは身を起こしながら鋭《するど》く辺りを見回し、

「……沢山あると言ったな？」

「は、はい……この先に……」

「進むぞ」

先頭に立ったままジークが進軍を命じ、『思い出せ！』という生乾《なまがわ》きの血文字を無造作《むぞうさ》に踏《ふ》み越《こ》える。ノヴィアはなるべく字を踏まないようにし、魔兵《まへい》たちは何の躊躇《ちゆうちよ》もなく、続々と血文字を踏んで進んでゆく。

やがて城門《じようもん》付近のひときわ大きな広場に来て、ジークは再《ふたた》び停止を命じていた。

霧が濃《こ》く漂う広場の光景に、ジークもノヴィアもアリスハートもしばし呆然《ぼうぜん》と見入った。

『思い出せ！　思い出せ！　思い出せ！　思い出せ！　思い出せ！』

石畳《いしだたみ》、店の壁《かべ》、噴水《ふんすい》の縁、木の幹《みき》、それこそ広場のあらゆる所に、大小様々な血文字が書き殴られていたのだ。筆跡《ひっせき》が同じところを見ると、一人の人間がやったのだろう。

「まだ新しいものもある……生存者《せいぞんしゃ》がいるのか？」

ジークは広場に魔兵を展開《てんかい》させながら文字を見て回り、

「いっ、い、いました、ジーク様！　東の方です！」

にわかにノヴィアが声を上げた。ジークは魔兵に四方を警戒するよう命じつつ、素早くノヴィアの指示《しじ》した方へ向かっている。その後を、凄魔《ギルト》とノヴィアが追いかける。

霧の向こうに、まさしく建物の壁に文字を書き付けている一人の男の姿《すがた》が現《あらわ》れ、

「あいつは……」

ジークが歩調を緩《ゆる》めた。男は、大きなものを壁に叩《たた》きつけ、字を書いていた。

「何をしている」

男がぎょっと振《ふ》り返り、筆代わりにしていたものが、どさりと音を立てて落ちた。

「な……なな、なにあれぇっ……。あ、あの男の人、ひ、人の脚《あし》で……」

追いついたノヴィアの胸元《むなもと》で、アリスハートがあわあわと震えた。

右脚——膝《ひざ》のすぐ上から食いちぎられた人間の脚であった。

その脚の傷口《きずぐち》から零れる血を用いて、男は血文字を書き続けていたらしい。

「ま、待っているんだ……黒い馬が来るのを……足の先から尻尾《しっぽ》まで黒い馬が……」

男が声に恐怖《きょうふ》をにじませ、おどおどと告げた。諜報院《ガルム》の男——ジークがここに来る前に、街で情報《じょうほう》をもたらした、あの男であった。人相が変わるほどにやつれ果てた顔で、

「こ、この文字を書いている間は……俺《おれ》の体にしみついた香《かお》りが消えないから、魔獣《バロール》には食われないと……。だがそれも、黒い馬が来るまで……ああ……そうしたら俺は……」

「俺が、黒い馬だ」

ジークが言った。男が、びくんと背《そ》をそらし、愕然《がくぜん》とジークを見つめた。

「せ、聖王の馬……黒い毛並《けな》みの……。ま、まさか……お前のこと……」

男がうなされたような声を零しながら、おろおろと後ずさる。

「どうした。俺を忘れたか」

「お……俺に近づくなっ！　俺にはどうしようもないんだっ！　香りが移《うつ》るぞっ！」

金切り声を上げたかと思うと、にわかに男が背を向けて走り出した。

男の姿があっという間に霧に隠れて見えなくなる。すぐさま凄魔《ギルト》たちが男を追いかけ、

「ノヴィア、お前は戻《もど》れ！　陣《じん》の中で待っていろ！」

ジークもそう命じて男を追う。ノヴィアが返事をする間もなくジークの姿も霧に消えた。

「ももも戻ろうよぉ……。ノヴィアぁぁあああ」

周りに誰《だれ》もいなくなり、取り残されたような不安にアリスハートが怯《おび》えた声を出す。

ノヴィアはしばらくジークの姿を見ていたが、間もなく凄魔《ギルト》たちとともに逃《に》げ出した男を取り押さえたのを確認《かくにん》し、広場で陣を敷《し》く砲魔《ネルヴ》たちのところへ戻っていった。

「待っていろ……か」

ますます霧が濃くなる広場を歩みながら、ノヴィアは何となく悄然《しょうぜん》としながら呟《つぶや》いた。

母もそう言って自分を置いていった――もうとっくに解決《かいけつ》されたはずの思いがふいに胸《むね》をつく。あるいはまだ解決されていないものがあるとでもいうのだろうか。心の底の暗い場所にある思いは、むしろ掘《ほ》り返せば掘り返すほど新たに出てくるようだった。

ふいに、ノヴィアは何かの香りがすることに気づき、足を止めていた。

先ほどから――この広場に来る前からその香りをかいでいたのだが、今初めて心がそれに気づいたのだ。誘《さそ》うような甘《あま》い花の香りが、霧とともに濃く辺りに漂《ただよ》い始めていた。

「どしたのぉ、ノヴィアぁ？　早く戻ろうよぉ」

アリスハートが急《せ》かす。

ノヴィアはうなずきつつも、香りの出所を探《さが》して辺りを見回し、はっと息をのんだ。

「あそこに、女の人がいる……」

えっ、とアリスハートが目を丸くする。ノヴィアは、男をとらえて尋問《じんもん》しているジークの方を見やった。それから、女性《じょせい》がいる方――香りがする方へと駆《か》けだしていた。

「ちょ、ちょっと、どうするのノヴィアぁ」

「生きてる人がいるなら、助けないと……」

自分なら、ジークがどこにいようと見つけられる。いったん別行動をとっても、すぐに合流できる。そういう自信があった。それが自分の力なのだから。

生存者を確保《かくほ》すれば、もしかすると都市の情報が――増殖器《ジェネレーター》の在《あ》りかが分かるかもしれない。そうでなくても生存者を救い出せたというだけで、きっとジークは誉《ほ》めてくれる。ノヴィアが役に立つということを認《みと》めてくれる。決して自分の力だけではなく――

にわかに込《こ》み上げてくる思いに任《まか》せて、ノヴィアは広場に面した館《やかた》の入り口に走り寄《よ》り、扉《とびら》を押し開けた。鍵《かぎ》はかかっておらず、玄関《げんかん》の壁《かべ》に、魔獣《バロール》の爪痕《つめあと》が深々と走っていた。

「助けに来ました！　もう大丈夫《だいじょうぶ》です！」

大声で告げると、上階で、がたっと物音が響《ひび》いた。

アリスハートが不安そうに首をすくめる。ノヴィアは宝杖《バストー》を握《にぎ》りしめ、灯《ひ》の絶《た》えた薄暗《うすぐら》い館の中へ入っていった。相手を刺激《しげき》しないよう、そおっと階段《かいだん》を登ってゆく。

上階に来ると、暗い廊下《ろうか》の両側に、幾《いく》つかドアが並《なら》んでいた。その一番奥《おく》のドアが開いており、ノヴィアはそこに一人の女性が立ってこちらを向いているのを見た。

館の女主人だろうか？　上品な赤い衣服に、黄色に近い雛色《ひないろ》の髪《かみ》。気品をたたえた碧《あお》い目が、まるでノヴィアと同じように壁を透《す》かして見るかのようにこっちを向いている。

「安心して下さい。私たちは助けに来たんです」

そう声をかけながら廊下を進んだ。よく見ると廊下を這《は》ったような血の跡《あと》が伸《の》びている。

一番奥の部屋の前まで来て、開きっぱなしのドアから中を覗《のぞ》く。

寝室《しんしつ》らしいそこには、誰もいなかった。全《すべ》ての窓《まど》が閉《と》ざされており、ひどく暗い。瀟洒《しょうしゃ》な部屋の真ん中には、引き裂《さ》かれた血まみれのベッドがあった。きっと寝《ね》ているところを魔獣《バロール》に襲《おそ》われたのだろう。遺体《いたい》を引きずって運んだため、廊下に血の跡が残っていたのだ。

「……誰もいないよぉ」

アリスハートが声をひそめる。ノヴィアはドアに手をかけながら部屋に入った。

「そんなはずないわ……だって、さっきまで……」

ベッドのそばに来たとき、背後《はいご》でドアが、きいっと軋《きし》んだ音を立てた。

ノヴィアがはっと振《ふ》り返る。大きな音を立ててドアが閉《し》まった。

それまでドアがあって陰《かげ》になっていた場所に、女が立って、じっとノヴィアを見ていた。

アリスハートが悲鳴を上げ、ノヴィアもあまりのことに愕然《がくぜん》となって立ちすくんだ。

「眠《ねむ》りなさい。陽《ひ》が沈《しず》めば、夜があなたを眠らせる」

女が言った。先ほど見た女ではない。気づけばノヴィアの見知った相手になっていた。

「そして夢《ゆめ》を見なさい。あなたの心の底にある真実を夢で思い出しなさい」

女は優《やさ》しく微笑《ほほえ》みながら、甘い香《かお》りをたっぷりとふくんだような囁《ささや》きを零《こぼ》した。

ノヴィアは我《われ》を失ってその言葉に聞き入った。いや、正確にはその声に――

何度となく夢で思い出し、心で対話を繰《く》り返してきた相手。喜びも寂《さび》しさも全て最初にノヴィアにもたらした女性が、今かつてないほどの生々しさでそこに居《い》た。

「母さん……」

ノヴィアが言った。そのとき、遠くで砲火《ほうか》が轟《とどろ》き、激《はげ》しい戦いの音が鳴り響いていた。

「く、黒い馬を、俺《おれ》は待っていた。あの文字を書きながら……し、死にたくない……」

凄魔《ギルト》に囲まれ、男が震《ふる》え上がって言う。ジークは有無を言わせず男の肩をつかみ、

「死にはしない。いったい何があった？」

そう訊《き》いたとき、かすかな香りが鼻をついた。先ほど感じた香り――

「眠れぇっ！」

いきなり男が絶叫《ぜっきょう》した。同時に、目眩《めまい》がするような強烈《きょうれつ》な香りがジークを包み込んだ。

「夜がお前を眠らせる！　真実が夢の中に現れる！　思い出せぇっ！」

男は、ぎらぎらと目を輝《かがや》かせながら狂乱《きょうらん》の叫《さけ》びを上げたかと思うと、

「ひいっ……お、俺が言ったんじゃない。き、きっと俺はそれを言わされるために生かされていたんだ。お、お前は本当に黒い馬だったんだ。もう、俺は……お、俺は……」

「この香りは……」

ジークは咄嗟《とっさ》に息を止め、思わず男から手を離《はな》した。

男が弾《はじ》かれたように逃《に》げ出した。凄魔《ギルト》が剣《けん》をかざすが、それを男は素手《すで》で払《はら》いのけた。拍子《ひょうし》に指が何本か切り落とされたが男は構《かま》わず走り去ってゆく。

「待て……！　まさか……この香り……」

ジークが声を荒《あら》げた。そのときである。男の行く手に、爆発《ばくはつ》的な堕気《だき》が生じていた。

いきなり夜が来たかのような影《かげ》が射《さ》し――それが現《あらわ》れた。

そのあまりの巨大《きょだい》さに、さしものジークが言葉を失った。聖堂《せいどう》の天井《てんじょう》ほどもある大蜘蛛《おおぐも》が、いやに滑《なめ》らかに街路の両側の建物に爪先《つまさき》を乗せ、さっと下方へ顔を寄せたのだ。

「逃げろ！」

ジークが叫ぶ。男が頭上から迫《せま》る大蜘蛛に気づいて悲鳴を上げかけ――ばくりと食われた。一瞬《いっしゅん》の出来事だった。大蜘蛛の口の中で、ごりごりと何かが砕《くだ》ける嫌《いや》な音が響いた。

大蜘蛛が、青光りする鱗《うろこ》に覆《おお》われた牙《きば》の隙間《すきま》から血を垂《た》らしながら、ジークを見た。

ジークもまた、剣を掲《かか》げて、真っ向から大蜘蛛を睨《にら》みつけている。

凄魔《ギルト》たちが、ジークと大蜘蛛の間で生じる圧倒《あっとう》的な気配に、さっと退《ひ》く。

さながら二匹《ひき》の怪物《かいぶつ》の睨み合いであった。ジークと大蜘蛛の双方《そうほう》が、とてつもない瘴気を発散させ、無言のうちに咆吼《ほうこう》していた。獣《けもの》同士が吠《ほ》え合って力を試《ため》し合うようなものだ。

ふいに大蜘蛛がまたぐ街路の向こうに、続々と何かが現れた。鎧姿《よろいすがた》の集団《しゅうだん》が列をなしてやって来るのだ。城《しろ》の兵団が来たかに見えたが、すぐにその異様《いよう》さが明らかになった。

フクロウやカラスやスズメなど巨大な鳥の頭を持った兵が、ぎょろぎょろと丸い目を動かし、剣や槍《やり》を掲げ、くちばしから金切り声を発して迫ってくるのだ。

鎧が血にまみれているところを見ると、城の兵を殺して武器《ぶき》や防具《ぼうぐ》を奪《うば》ったのだろう。

「巣を守る群《むれ》か……」

この街路の先に巣の一つがあるのだ。ジークの左腕《ひだりうで》が、にわかに青白い雷花《らいか》を帯びた。

すっと大蜘蛛が音もなく身を引いた。かつかつとやけに軽妙《けいみょう》な音を立てながら霧《きり》に隠《かく》れ
――消えた。後方の巣を守るためか、それとも誘《さそ》っているのか。いずれにせよ、あれほど強大な魔獣《バロール》を生み出す増殖器《ジェネレーター》がどこかにあるのだ。

もはや一刻《いっこく》の猶予《ゆうよ》もなかった。あの大蜘蛛が何匹も生まれて、無数の魔獣《バロール》とともに城壁《じょうへき》を破《やぶ》って外に溢《あふ》れる前に、全《すべ》ての巣を叩《たた》き潰《つぶ》して増殖器《ジェネレーター》を破壊《はかい》せねばならない。

そして、この惨劇《さんげき》を導《みちび》いた者たちを――ドラクロワを、必ず追いつめる。

左腕の雷花が激《はげ》しさを増《ま》し、ごうごうと瘴気の風が吹《ふ》き荒《あ》れる中、

「ジーク・ヴァールハイトが招《まね》く！」

烈声《れっせい》を迸《ほとばし》らせ、その左腕を猛然《もうぜん》と石畳《いしだたみ》に叩きつけていた。


「眠る……夜が眠らせる……。夢……」

ノヴィアは茫洋《ぼうよう》とした顔で繰《く》り返し呟《つぶや》いた。そこへ、大きな喚《わめ》き声が飛んだ。

「ねぇっ！　狼男《おおかみおとこ》が戦ってるみたいだよっ！　鏡なんか見てる場合じゃないよっ！」

最後の言葉でノヴィアの目が焦点《しょうてん》を結び、急に我に返った。

女性《じょせい》も、母もいない。ただの大きな姿見が、ドアの脇《わき》に立てられているだけだ。

「鏡に映った……私……？」

「そうよぉ。急にドアが閉《し》まって、鏡があったからびっくりしただけよぉ」

「ドア……誰が閉めたの？」

「何言ってんのぉ。部屋に入るときに自分で閉めたじゃないのよぉ」

そう言われて自分の手を見た。確《たし》かにドアに触《ふ》れたような気がするが思い出せない。

そこへ砲火《ほうか》の轟《とどろ》きが立て続けに響《ひび》いてきた。ノヴィアは慌《あわ》てて窓《まど》を開き、

「ジーク様が戦ってる……？　そんな……いつの間に……」

「だから、さっきからそう言ってるってっ！　どうするのぉ、広場に誰もいないよぉ」

ノヴィアは音のする方を見た。砲魔《ネルヴ》の群が続々と戦場に向かっている。ジークもその先の魔獣《バロール》の巣へ進攻《しんこう》しているところだった。いつの間にあれほど遠くに行ってしまったのか。

「急がないと……」

慌てて部屋を出た、そのときである。

とてつもない堕気の塊《かたまり》が、いきなり頭上に生じていた。

あまりの圧迫《あっぱく》感にノヴィアは声を失って凍《こお》りついた。アリスハートも目を見開いたまま指一本動かせない。気づけば、かつかつと音を立てて、何かが屋根の上を移動《いどう》している。

それが、先ほどノヴィアが開いた窓を覗《のぞ》き込むのが、凄《すさ》まじい気配で分かった。

急いでジークのもとへ行かねばならないというのに全く動けなかった。あまりの怖《こわ》さに涙《なみだ》さえ出そうになる。恐怖《きょうふ》に耐《た》えきれずに大声を出さないよう慌てて口に手を当てた。

ジークはいない。自分一人だ。自分のせいだ。自分が悪いのだ。生存者《せいぞんしゃ》など本当にいたのだろうか。それとも頭上を動いているものに食われてしまったのだろうか――

ふいに強い香《かお》りが漂《ただよ》ってきた。ひどく心が安心するような、思わず身も心も任《まか》せてしまいたくなるような、甘《あま》やかな花の香りであった。

（眠《ねむ》りなさい――陽《ひ》が沈《しず》めば――）

女の声が――母の声が耳元に甦《よみがえ》る。急に全てが朦朧《もうろう》としてきた。

「もうすぐ陽が沈む……そうしたら……夢《ゆめ》を見る……」

口が勝手に呟きを零《こぼ》す。自分が何をしようとしていたのか、分からなくなってきた。

「――ねぇっ……行っちゃったみたいよっ。ねぇったらっ……ノヴィアっ」

アリスハートが、ノヴィアの頰《ほお》をぺちぺち叩く。

「こんなとこ、ずーっと居《い》る方が怖いよぉ。早く狼男のところに行こう。陽が沈むまでここに居ようなんて言わないでさぁ。とっくに大砲の音も聞こえなくなってるんだよ」

「ずーっと……？」

この場に立ちつくしてから数分しか経《た》っていないのではないか。そう言い返そうとして、ひどく足が強《こわ》ばっているのに気づいた。確かにここで、じっと凍りついていたのだ。

「大丈夫《だいじょうぶ》ぅ？　さっきから変よぉノヴィアぁ」

「だ……大丈夫。少し、ぼうっとして……。い、急がないと……」

ノヴィアは混乱《こんらん》を振《ふ》り払《はら》い、慌てて階段《かいだん》を下りた。何かがひどく怖かった。たまらない不安が背中《せなか》から追いかけてくるような気がして、一目散に館《やかた》を出て駆《か》けていった。

そのノヴィアの背を、館の窓から見つめる女がいた。ノヴィアがいた部屋の、すぐ隣か

らである。鎖《くさり》で吊《つる》した小さな香炉《こうろ》をゆっくり揺《ゆ》らしながら、

「アンブローシャの香り……やはり、人の魂《たましい》から生まれたエインセルには効《き》かない……。

ジークとあの少女に血の香りを嗅《か》がせるには……少し、邪魔《じゃま》ね……あのエインセル」

フロレスは、甘い声音《こわね》に、ひどく恐《おそ》ろしげな響きをふくませ、そう口にしていた。

「髪《かみ》が長かったような気がしますが……髪の色は思い出せません」

トールが言った。城《しろ》のふもと――門衛《もんえい》が詰《つ》める小屋にいた。

そこで食料を物色しつつ女を探《さが》す算段を整えるうちに、あることに気づいたのだった。

「目の色は青だったか緑だったか……背《せ》丈《たけ》はどれくらいだったか……やれやれ……」

アキレスは皮肉っぽい笑《え》みを浮《う》かべながら、干《ほ》し肉を食いちぎった。その傍《かたわ》らでトールはチーズの塊《かたまり》を丁寧《ていねい》にナイフで切りながら、一つずつ口に入れている。

「相手が女であること。指輪をはめていたこと。そして……アンブローシャという名であり、香りを使うということ……はっきり思い出せるのはそれだけです」

「まぁ、私も似《に》たようなものですよ。付け加えるならば、耳障《みみざわ》りなほど甘い声をしていたことくらいですかね。ただ、どういう風に甘い声だったか、、、……」

「断片《だんぺん》的に覚えているということは、一度に全《すべ》てを忘れさせるのは無理なのでしょう」

「時間が経てば経つほど少しずつ忘れてゆくというのも、ぞっとしませんがね。とにかく恐ろしい女ですよ。心の底にあるものを表に出させるなんて、まだ生やさしい……」

アキレスが飽《あ》きたように干し肉を床《ゆか》に捨《す》て、それを踏《ふ》みつけながらトールを振り返る。

「あの女の本当の力は……忘れさせることだったんですよ」

トールもうなずいた。チーズの残りを綺麗《きれい》に紙にくるんで元あった場所にしまい、

「記憶《きおく》を封《ふう》じるのか消すのか……ここまで無謀《むぼう》なことをするのも、そのせいでしょうか」

「自分の仕業《しわざ》であることを、全員の記憶から消す気なのでしょう……。実際《じっさい》にそれほどの力があるのかは分かりませんが、そこまで身勝手な女は初めてですよ。ただ……私たちはまだ肝心《かんじん》なことは覚えていますからね。一つだけ確実な手段がありますがねえ」

「女を……殺す気ですか」

「そう。相手が女であることは確《たし》かなのですから。若《わか》かろうが老婆《ろうば》だろうが子供だろうが女であれば殺す……どうせ都市には大して生存者がいないのですから簡単《かんたん》です」

「相手を殺せば、忘《わす》れたことを思い出せるのか分かりません。捕《と》らえるべきでしょう」

トールが反論《はんろん》すると、アキレスは急に見透《みす》かしたような笑いを浮かべた。

「逆《ぎゃく》に、のんびりしていたら力の影響《えいきょう》を消せなくなって忘れたままになるでしょうよ。それとも……ジークのそばにいるあの少女を心配しているのですか？　甘いことを……」

「……レオニス様の御意志《ごいし》です」

「あなたの意志はどうなのです？　影法師《かげぼうし》さん？　本当に守る気でいるのですか？　それとも私があなたの代わりに殺して差し上げましょうか……あの少女を」

トールは一瞬《いっしゅん》、アキレスがノヴィアとレオニスの血縁《けつえん》の真実を知っているのではないかと疑《うたが》った。

だがそんなわけはない。無表情《むひょうじょう》のまま、じっとアキレスを見つめた。

「真の王とは全てを棄《す》てて力を求めるもの……。いずれレオニス様も、自分の弱さになるようなものは棄てるに限《かぎ》ると思うようになるでしょう……真の王になるために……」

そのときである。自分でも予想外の怒《いか》りがトールの胸《むね》に芽生えた。

「あの従士《じゅうし》を殺しては絶対《ぜったい》にいけません」

反射《はんしゃ》的にそう口にしていた。トール自身が驚くほど強い口調だった。だがアキレスが馬《ば》鹿《か》にしたような笑みを浮かべるのを見て、さらに確信《かくしん》が湧《わ》いていた。

ノヴィアを守ることは、レオニスを守ることなのだ。最後に残ったレオニスの心の拠《よ》り所を。それさえ失ったレオニスを、自分は見たくないのだ。たとえレオニス自身が棄てることを望んだとしても、それだけは必ず自分が守り通さねばならない――

「ふふ……長年レオニス様の傍らにいたあなたの言葉ですからね……尊重《そんちょう》しますよ。こうしてまだ、お互《たが》いのことを覚えているうちはね……」

「お互いを……？」

「そうです。あの女の力のせいで、あ、な、た、が、誰、だ、か、分、か、ら、な、く、な、っ、た、ら……そして敵《てき》が女であるということさえ忘れたら……私は、あなたを殺すかもしれません。自分の身を守るためにね。間違《まちが》った考えではないでしょう？」

トールは沈黙《ちんもく》した。今ここでアキレスを斬《き》った方が良いのではないかという思いさえ湧いていた。だがアキレスはその思いさえ見透かすように笑って言った。

「しかし今は、お互い、唯一《ゆいいつ》の味方ですよ。話し相手がいなければ、自分が何を忘れたか確かめることも出来ませんからねえ。あの女の力に抵抗《ていこう》する手段《しゅだん》があるとすれば、常に二人以上で行動するということでしょう。決して離れればなれにならないようにね。たった一人では、何がおかしいのかも分からないまま、あの女に翻弄《ほんろう》されるだけですよ……」

3

二つ目の巣がごうごうと燃《も》え盛《さか》っていた。貿易《ぼうえき》のための大きな倉庫の一つを巣にして、周辺の倉庫街全てに魔獣《バロール》がはびこっていたのだ。

生き残った魔獣《バロール》どもを、巨人《きょじん》のような魔兵《まへい》——腕《うで》も脚《あし》も馬の胴《どう》ほどもある巌魔《がんま》ヘイトレッドが、片《かた》っ端《ぱし》からなぎ倒《たお》し、掃討《そうとう》していた。

ジークは燃え落ちる倉庫を素早《すばや》く見て回り、増殖器《ジェネレーター》がここにもないことを確認《かくにん》した。

あの大蜘蛛《おおぐも》の姿《すがた》もない。そう思ったとき強烈《きょうれつ》な堕気《だき》を感じて、城《しろ》を振《ふ》り向いた。

霧《きり》がかかった城のふもとで、巨大なシルエットが走るのが見え——すぐに消えた。

堕気の気配も消えている。おそらく誘《さそ》いだろうとジークは判断《はんだん》した。堕気を発散させたり抑《おさ》えたりしながら、ジークをおびき寄《よ》せるだけの知能《ちのう》を持っているのだ。

生き残った魔獣《バロール》も、たいてい城の方角へ逃《に》げ去っている。ジークの力に対抗するため、戦力を城に集中させる気に違いない。優《すぐ》れた指揮官《しきかん》としての判断力を持った魔獣《バロール》だった。

ジークは陣《じん》を整えながら、辺りを見回した。呼《よ》び寄せた砲魔《ネルヴ》たちとともに、てっきり自分の従士《じゅうし》も来ていると思ったのだが——

何か大事なことを考えていた気がする。何だったか。力——そう、力に翻弄されること。力を巡《めぐ》る悲劇《ひげき》——あの娘《むすめ》の力は、ある種、無差別なのだ。自分以外の人間全てに強い影《えい》響《きょう》を及《およ》ぼすのだから。だからあのように独《ひと》りでいようとする。単独《たんどく》を選ぶ。自分のように。

だがあの娘でも、都市中の人間を同時に操《あやつ》ることは不可能《ふかのう》だ。一度に操れるのは多くて十数人が限界《げんかい》のはず。だがそれも使いようによっては、都市を滅《ほろ》ぼすことさえ可能——

待て——何を考えている？　自分の従士はどうした。そう、二、、、、人目の従士。

ふと、霧の向こう——城へと延《の》びる街路の一つに、娘が立っているのが見えた。灰色《はいいろ》の修道《しゅうどう》服姿。淡《あわ》く澄《す》んだ碧《あお》い目がこちらを向いている。雛色《ひないろ》の髪《かみ》が風に揺《ゆ》れ、

（部屋の中では咲《さ》かない花なんです）

何かを諦《あきら》めたような微笑《びしょう》とともに、囁《ささや》く声。

（風が吹《ふ》くところでしか咲かない……自分の意志で咲くことのない花……）

ジークはその花の名を口にしようとした。ふいに、澄んだ風が吹き、霧が揺らめいた。

一瞬のうちに娘の姿は消えていた。自分がその手で葬《ほうむ》った従士——

「ノヴィア……」

はっと我《われ》に返り、その名を呟《つぶや》いた。それが今の自分の従士だ。五人目の従士——

ジークはすぐさま凄魔《ギルト》の数体を都市に放ち、ノヴィアを捜索《そうさく》させた。万里《ばんり》眼《がん》で自分を探《さが》している気配も無い。この短時間に、何かあったのか。

ともかくは城に進軍する。魔獣《バロール》もそれに対抗して城に集まるだろう。そうすればノヴィアがどこにいようとも危険《きけん》は少なくなる。そう思って辺りを振り返り——愕然《がくぜん》となった。

倉庫街で燃え盛っていた炎《ほのお》が弱まり、焼け落ちた建物の残骸《ざんがい》が広がっている。

「いつの間に……」

炎の様子からして、最低でも数時間はここで立ちつくしていたことになる。

まずい——にわかに焦燥《しょうそう》が暗雲のように広がっていった。

(——眠《ねむ》れぇっ！)

あの諜報院《ガルム》の男の叫《さけ》びが猛然《もうぜん》と甦《よみがえ》る。あれは暗示《あんじ》だ——じきに陽《ひ》が沈《しず》む。夜が訪《おとず》れる。

もはや一刻《いっこく》の猶予《ゆうよ》もない。ジークは自分が混乱《こんらん》していることを察した。だが、いったい何がどう混乱しているのかさえ分からないまま、城に向かって進軍を開始していた。

(俺を見ろ、ノヴィア——俺を見ろ——お前の存在が必要だ、ノヴィア——)

ジークの本能は、必死にそう繰《く》り返している。外部からのきっかけがなければ、この力を撃《う》ち破《やぶ》ることは難《むずか》しい。諜報院《ガルム》の男にしみついていた香《かお》り。このままではまずい——

だがジークの意《い》識《しき》はすぐに香りをかいだことなど忘《わす》れ、戦いに没頭《ぼっとう》していった。


「な……なんでここに来たのぉ？」

アリスハートが呆然《ぼうぜん》と声を上げる。ほとんど泣き声に近い。

「だって……はぐれたときは、ここで落ち合おうって……ジーク様が……」

すぐ向こうの通りでは、焼け落ちた商館が、いまだに火と煙《けむり》を上げている。

最初に進撃《しんげき》した場所——一つ目の巣である。そこから街路を一つ挟《はさ》んだところにある聖《せい》堂《どう》の中へと、ノヴィアは何の疑いもなく入っていった。

「ジーク様が来るまでに、準備《じゅんび》しておかなきゃ……」

「じゅ、準備って……まさか、ここに泊《と》まる気ぃ？　なんであいつを見ないのよぉ」

アリスハートが慌《あわ》ててノヴィアの胸元《むなもと》から飛び出し、

「だってジーク様……何も言ってくれないんだもの」

ノヴィアはそう返した。ひどく冷淡《れいたん》な声で。アリスハートは絶句《ぜっく》した。何かが──いや、何もかもがおかしかった。こんなときにジークは何をしているのか。

ノヴィアは聖堂の宿泊所《しゅくはくじょ》へ入り、てきぱきと働き始めた。夜に備《そな》えてランプの火を灯《とも》し、料理を作り、湯どころで火を焚《た》く。出来上がった料理を三人分テーブルに並《なら》べ、

「ジーク様……遅《おそ》いわね。何かあったのかしら」

本気で心配しているように言う。そのくせ万里眼を用いてジークを探しもしない。

アリスハートもだんだん何が何だか分からなくなってきた。

やがてジークの分の料理をテーブルに残したまま、ノヴィアは当然のように湯浴みをしに行った。魔獣《バロール》が徘徊《はいかい》する都市のまっただ中である。正気の行動ではない。

「ねぇ……大丈夫《だいじょうぶ》ぅ？　狼男《おおかみおとこ》を捜した方が良いんじゃない？」

「ジーク様のことだもの……心配ないわ。それに……何も言ってくれないし……」

そんな言葉を繰り返し、湯浴みを済《す》ませる。それから部屋の一つを勝手に選び、きちん

とベッドを整えると、誰《だれ》もいない宙《ちゅう》に向かって、にっこり笑いかけながらこう言った。

「私たち、ここで寝《ね》ましょう。もう陽が沈むわ。眠りが訪れるから。夜が眠らせるの」

もうたまらなかった。アリスハートはふわっと宙を舞《ま》い、ノヴィアの頬《ほお》を必死に叩《たた》いた。

「おかしいよノヴィアぁっ。絶対おかしいよっ。全部、変だよっ」

ふとノヴィアの目が焦点《しょうてん》を結び、アリスハートを見た。驚《おどろ》きの表情《ひょうじょう》を浮《う》かべ、

「アリスハート……私……どうして、こんなところに……」

「ノヴィアぁ……狼男は、何も言ってくれないんじゃないよぉ。ノヴィアのこと……」

そのとき、ふらりとノヴィアの膝《ひざ》から力が抜《ぬ》けた。ベッドに倒《たお》れ込《こ》むようにして、

「眠い……なんで……ジーク様……。寒い……とても寒いの、アリスハート……」

毛布《もうふ》にくるまっていきなり震《ふる》え出したかと思うと、すうっと眠りに落ちてしまった。

「ノヴィアぁ……起きてよぉ……ノヴィアぁ……」

後には不安と悲しさで泣きべそをかくアリスハートだけが、そこに取り残されていた。

寒いのは心だ。心が何かを失っていることに気づいて寒さを感じさせるのだ——

ジークは剣《けん》を振《ふ》るいながら、はたとそのことに気づいていた。

体の奥《おく》の方から凍《こご》えるような感覚が広がり、意識がどんどん朦朧《もうろう》としてくる。

周囲では砲火《ほうか》が轟《とどろ》き、戦いの咆吼《ほうこう》、刃鳴《はな》り、破壊《はかい》の音が入り乱《みだ》れている。

魔獣《バロール》どもがそこら中から押《お》し寄《よ》せ、ジークと魔兵《まへい》の軍団《レギオン》を取り囲もうとしていた。

南の大道路を進軍し、真《ま》っ直《す》ぐ城《しろ》へ向かう途中《とちゅう》、何種類もの魔獣《バロール》による防衛線《ぼうえいせん》が敷《し》かれていたのだ。ジークたちの進軍を停滞《ていたい》させつつ、左右後背《こうはい》から続々と魔獣《バロール》が攻《せ》めてくる。

ジークもそれに合わせて、敵《てき》に包囲させた上での突撃《とつげき》戦を選んだのだが――

先頭を突《つ》き進んでいた巌魔《ヘイトレッド》たちが急に勢《いきお》いを失ったかと思うと、後方から援護《えんご》していた砲魔《ネルヴ》たちも狙《ねら》いを外すようになっていった。

彼らを招き出《まね》しているジークが、力を発揮《はっき》しきれなくなってきたのだ。

かつて経験《けいけん》したことがないほど強烈《きょうれつ》な睡魔《すいま》――この激戦《げきせん》のまっただ中で、剣を放《ほう》り出して眠りたくなるという異常《いじょう》な事態《じたい》が、ジークを襲《おそ》っていたのだった。

(夜がお前を眠らせる。真実が夢《ゆめ》の中に現《あらわ》れる)

頭の中では、あの男の叫びが、がんがん鳴り響《ひび》いている。

「――牡牛座《アスモデル》の陣！」

気力を振り絞《しぼ》って、正面衝突《しょうとつ》を避《さ》け、突撃陣形《じんけい》による離脱《りだつ》を命じた。このまま激戦を続けることは不可能《ふかのう》だと判断《はんだん》したのだ。いや、現実《げんじつ》の戦いに没頭すればするほど、気づかぬうちに心の中に、あの力が侵入《しんにゅう》してくるのだ。無差別な力――あの香りが。

敵の勢力《せいりょく》が最も薄《うす》い城の西へと突き進むジークの全身を、濃密《のうみつ》な香《かお》りが包み込んでいた。

いったいいつからとらわれていたのか。一度こうなってしまっては、

(夢を見せるんです……。人が夢を見る理由って……ご存《ぞん》じですか？)

自分だけで、この力から脱することは困難《こんなん》を極《きわ》める。

(色々な出来事や思いを夢で見て……忘《わす》れるんです。夢は、忘却《ぼうきゃく》の場でもあるんです)

雛色《ひないろ》の髪《かみ》の娘《むすめ》の、孤《こ》独《どく》な影《かげ》を帯びた微笑《びしょう》——風《ふ》が吹かねば咲《さ》かない花の名——

混乱《こんらん》する意《い》識《しき》。とてつもない眠気《ねむけ》が、耐《た》え難《がた》い重圧《じゅうあつ》となって襲いかかってくる。

陽《ひ》はどんどん翳《かげ》り、夜が来る。戦いの光景が遠のいては近づき、また遠のく。必死に剣を握《にぎ》りしめ、もはや本能に任《まか》せて振るった。何を目標としているのかも漠然《ばくぜん》となり、

(城だ——魔獣《バロール》が来ない場所——聖性《せいせい》が満ちる——どこか)

魔兵たちが次々に力を失い、咆吼を上げて倒れてゆく。陣形は崩《くず》れ、ただジークをふくめた先頭の集団《しゅうだん》だけが、生き延《の》びるためだけに戦場からの離脱をはかる。

全軍の壊滅《かいめつ》——まさしく、敗走以外のなにものでもなかった。

城のふもとの激戦をよそに、石造《いしづく》りの建物の屋根を走り飛ぶ、三体の影があった。

ジークからノヴィアの捜索《そうさく》を命じられた凄魔《ギルト》たちである。ノヴィアの聖性を追って、人《ひと》

気《け》の絶《た》えた街区を駆《か》け抜け、やがて、最初の場所――西の街区に来たときである。

しゃらん――ふいに、澄《す》んだ金属《きんぞく》の音が響いた。凄魔《ギルト》たちが一斉《いっせい》に音の方を向く。

街路に一人の女が立っていた。赤い衣服に身を包んだ、雛色の髪の女――

フロレスが、両手に細い鎖《くさり》を垂《た》らし、屋根の上の凄魔《ギルト》たちを見上げている。

「おいでなさい……ジークの使い魔たち……」

囁《ささや》きながら、すっと右手を大きく舞《ま》わせた。しゃん、と澄んだ金属音を響かせて、香炉《こうろ》が滑《なめ》らかに円を描《えが》く。左手からも同じように鎖と香炉が伸《の》び、下方でゆっくり揺《ゆ》れている。

凄魔《ギルト》たちが街路に下り立つ。フロレスの背後には、ノヴィアのいる聖堂があった。

双剣《そうけん》を構《かま》え、凄魔《ギルト》たちが、かっとノコギリのような牙《きば》を剝《む》いた。フロレスは、悠然《ゆうぜん》と右手の香炉を舞わせている。円を描いていた香炉が、いつしか∞《むげんだい》の形を描き始めていた。

濃密な花の香りが、押し寄せる波のように凄魔《ギルト》たちを呑《の》み込んだ。

凄魔《ギルト》たちが、反射《はんしゃ》的に刃を振るって、空を切った。迫《せま》り来る見えない力を振り払《はら》おうとするのだが、形も色もない香りを追い払えるわけがない。

「あなたたちの敵はどこ――?」

たっぷりと甘《あま》い香りをふくんだような囁きが、凄魔《ギルト》たちの一体を動かした。

なんといきなり、傍《かたわ》らにいた他の凄魔《ギルト》に向かって、その剣を突き込んだのだ。

「何を求めて戦っているの――？」

胸元《むなもと》を貫《つらぬ》かれた凄魔《ギルト》が、すかさず剣を振《ふ》るって、相手の首をなぎ払った。

凄魔《ギルト》の首が、フロレスの足下《あしもと》に転がった。その首を優《やさ》しく踏《ふ》みつけ、フロレスが囁く。

「本当に憎《にく》むべき相手は誰――？」

最後の一体が、大きく剣を振りかぶったかと思うと、自分の腹《はら》に叩《たた》き込んだ。そのまま膝《ひざ》をついて動かなくなる。どの凄魔《ギルト》も、力を失って体が水銀のように溶《と》けていった。

「ふふ……ジークが香りに染《そ》まっている分……使い魔を操《あやつ》るのはたやすい」

フロレスが香炉の動きを止めかけたとき――踏みつけていた凄魔《ギルト》の首が、にわかに牙《きば》を剝《む》いた。フロレスが息をのみ、さっと足を引く。がちん。もし食いつかれていたら足首から先が無くなっていたような、凄《すさ》まじい牙鳴りが響く。

左手の香炉が、紋様《もんよう》を輝《かがや》かせながら円を描く。がちがちと牙を鳴らす首が、聖性の香りに包まれ、動きを止めた。そのまま、水銀のように溶けて消えてゆく。

「さすがジーク……まだ香りに染まりきっていないなんて……」

フロレスは両手の香炉の動きを止め、城の方へ冷ややかな目を向けた。

「でもじきに完全に夜になる。夢《ゆめ》を見なさい、ジーク……私の最愛の妹を殺した夢を。その後で私が新しい夢を見せてあげるわ……あなたと従士《じゅうし》が互《たが》いに殺し合う、血の夢を」

「とりあえず、これくらいでしょうかね」

アキレスが、紙にペンを走らせながら言った。自分たちがまだ覚えていることを列挙しているのだ。アンブローシャの女、その姿《すがた》、なぜここに来たか、敵《てき》は誰か、自分は何者か。ランプの光を魔獣《バロール》に察知されないよう、そこら中を布《ぬの》で覆《おお》っていた。

「やれやれ、まるで遺書《いしょ》ですね。記憶《きおく》を失うだけで自分が死ぬような気になるとは……」

「心の死を体験しているということでしょう」

外で城《しろ》を見張《みは》っていたトールが、あっさりと返す。城の詰《つ》め所であった。先ほどまで城のそばで激戦《げきせん》が繰《く》り広げられていたため、今もそこらで魔獣《バロール》の群《むれ》がざわめいている。

女が現《あらわ》れるかと見張っていたが姿はなく、代わりにジークの位置は目星がついていた。

「ジークの動き……魔兵《まへい》を犠牲《ぎせい》にして城に入ったように見えましたが……」

「ふふ、私にはぶざまに潰走《かいそう》するように見えましたよ。あの女の力のせいでしょう。人を内側から殺すとは……実に恐《おそ》ろしい女ですよ。我々《われわれ》としてはこのまま交代でジークを見張っているのが一番でしょう。そして、女がジークを狙《ねら》って動いたとき、我々も動く……」

「女も、ジークを狙って城の中にいるのでしょうか」

「おそらくはね。混乱《こんらん》したジークに近づいて殺すのか……それとも他《ほか》に方法があるのか。

どうジークを始末する気でいるのか楽しみにしながら待つとしましょうか……」

そう言ってアキレスは記憶《きおく》を書き記した二枚《まい》の紙を手にし、ランプを消した。

詰め所から出て一枚をトールに渡《わた》し、城を見上げる。礼拝堂《れいはいどう》の窓《まど》で明かりが揺れている。

ジークがそこに入ってから動く気配はない。あそこで休息を取るつもりだろうか。

こうして見張りながら、トールは、女が記憶を操作したくらいでジークが戦闘《せんとう》で後《おく》れを取るだろうかと疑問《ぎもん》に思っていた。女にはまだ別の力があるのではないのか。

加えてノヴィアのことが気がかりだった。なぜジークと行動をともにしていないのか。もし女の策略《さくりゃく》で離《はな》ればなれになっていたとしたら――女は、ノヴィアをどうするつもりか。都市の住民を平気で犠牲にした女である。ノヴィアの命など何とも思っていないはずだ。

「……少し、偵察《ていさつ》に出てきます」

トールは言った。闇《やみ》の中でも互いに夜目が利《き》く。アキレスがこちらを見て、にやりと笑うのがはっきりと見えた。

「ジークの従士ですか……我々は今、二人でいることで女の力に対抗《たいこう》しているのですよ」

「二人よりも三人の方が、より対抗出来るのではないですか」

アキレスが驚《おどろ》いたように目を見開いた。トールは続けて言った。

「ジークの従士を確保《かくほ》すれば、人質《ひとじち》にもなります」

アキレスが馬鹿《ばか》にしたように笑う。どうせトールにノヴィアを殺す気が無いことを笑っているのだ。だが有効《ゆうこう》な手であることには違《ちが》いない。アキレスは言った。

「良いでしょう。あなたが戻《もど》る前にジークが動いたら、私が追います。そのときは〈蛭《グ》氷《リカ》〉をここに残し、位置を伝えます。再《ふたた》び会うまで互いを覚えていることを祈《いの》りましょう」

トールはうなずいた。するすると退《しりぞ》き、影《かげ》のように身軽に下の街路へ飛び降《お》りていった。

毛布《もうふ》にくるまって眠《ねむ》るノヴィアの閉《と》ざされた目蓋《まぶた》の隙間《すきま》から、あとからあとから涙《なみだ》が零《こぼ》れ落ちた。この聖堂《せいどう》で落ち合おうとジークは言った。だから自分はここで待ち続けるのだ。

だが、もしいつまで待っても帰って来なかったら——母のように帰って来なかったら。

(行かないで母さん——)

何度も頼《たの》んだのに。危険《きけん》な場所に行かないでと。だが母は、ただ一人の娘《むすめ》の思いよりも、民《たみ》を優先《ゆうせん》し、そして死んだ。死に対する悲しみと怒《いか》りは同じほど強く、自分を置いていった母への怨《うら》み、また母を殺した者への憎《にく》しみもまた、根強く心に残っている。

そして——ノヴィア自身でさえ忘《わす》れていた、あの〈銀の乙女〉の施設の記憶が甦《よみがえ》る。

そこではノヴィアは、ノヴィアでさえなかった。名前さえ持たない、棄《す》てられ子——どこかからか預《あず》けられた赤ん坊《ぼう》の自分。親のない不安。取り残された悲しみが、言葉にならぬほど根元的な感情《かんじょう》として刷《す》り込《こ》まれている。いったい自分の親はどこにいるのか。〈銀の乙女《おとめ》〉全体があなたの親になるのよと言い聞かせる声。たまらない寂《さび》しさ——そして、焼け落ちる建物の臭《にお》い。戦いが迫《せま》り、逃《に》げ出す修道女《しゅうどうじょ》たち——自分を置いて。

ノヴィアは声も無く泣きながら眠り、そして、夢を見た。悲しい香《かお》りのする夢を。


血の跡《あと》が点々と続いていた。左腕《ひだりうで》から夥《おびただ》しいほどの血が流れ落ちる。

ジークはたった一人、城への階段《かいだん》を登っていた。城の西側——魔獣《バロール》の勢力《せいりょく》がかろうじて弱い地区に逃げ込んだのだ。それから、どこをどう逃げたものか、まるで分からなかった。散り散りになる魔兵のことが断片《だんぺん》的に思い出された。自分がまだ剣《けん》を握《にぎ》っていることを何度も確《たし》かめながら、途《と》切《ぎ》れそうになる意識《いしき》を奮《ふる》い立たせて階段を登ってゆく。

贅沢《ぜいたく》な飾《かざ》りのついた壁《かべ》や天井《てんじょう》が現れ、いつの間にか城の中に入っていることに気づいた。

（いったい、どこへ行くのか——）

聖性《せいせい》が保《たも》たれている場所だ。城の西側では、魔獣《バロール》が巣を作ることを避《さ》けている。そのどこかに自分が安心して休める空間があるはずだった。

やがてジークは、その空間に辿《たど》り着いた。城の礼拝堂——がらんとした石造《いしづく》りの広間。朦朧《もうろう》としながら礼拝堂に入り、扉《とびら》を閉《し》めたとき、足下《あしもと》で何かの輝《かがや》きが起こった。

水銀の飛沫《しぶき》であった。凄魔《ギルト》たちが形を失い、ジークの手元に戻ってきたのだ。水銀の群《むれ》が、あっという間に、ひと振《ふ》りの巨大《きょだい》な銀のシャベルとなって左手に握られた。

剣を収《おさ》める鞘《さや》――それを握りしめ、目が霞《かす》むのに耐《た》えて扉を振り返る。

誰も信用できない――いったい誰が敵《てき》なのかも分からなくなりつつあった。

だが、少なくとも生き延《の》びることは出来たのだ――多数の兵団《へいだん》を失いながらも。

そんな思いが湧《わ》いたかと思うと、突然《とつぜん》、痛烈《つうれつ》な悲しみがジークを襲《おそ》った。

かつてドラクロワが失った兵団のことが思い出された。自分たちの軍が、なすすべもなく壊滅《かいめつ》したことを。聖法庁《せいほうちょう》の謀略《ぼうりゃく》に踊《おど》らされた末に、理想への階段を失ったのだ。

残されたのは互《たが》いの絆《きずな》だけ。ドラクロワとシーラと自分。なのに――

投獄《とうごく》されたドラクロワの姿が、まざまざと甦った。

牢《ろう》の鉄格子《てつごうし》の向こう側から、苦しみに苛《さい》まれるドラクロワの呻《うめ》き声が響《ひび》いてくる。

そして、シーラの墓標《ぼひょう》。その墓石にはめこまれた、十字型の紋章《もんしょう》――

ああ、全《すべ》てが狂《くる》っていった。何もかもが歪《ゆが》んだまま、元に戻らなくなっていったのだ。

「ドラクロワ……俺《おれ》がそこから出してやる……俺が必ずその牢から……」

がらん、と大きな音が響き、僅《わず》かに眠気《ねむけ》から逃《のが》れた。気づけばシャベルを取り落としていた。ジークはそれを拾い上げ、柄《え》と刃《は》を分解《ぶんかい》し、何とか扉の取っ手に差し込んだ。

即席《そくせき》の閂《かんぬき》である。何者かがここに侵入《しんにゅう》しようとすれば、すぐさまジークの力で凄魔《ギルト》が招《まね》き出されて迎《むか》え撃《う》つ。もう誰《だれ》も味方はいないのだ。近づく者は、皆殺《みなごろ》しに――

いや、違う。まだ自分には味方がいるはずだ。従士《じゅうし》――少女――若《わか》い娘《むすめ》――

彼女が、今、必要なのだ。一言でいいから、何か言葉を交《か》わせれば――それがこの状《じょう》況《きょう》を破《やぶ》るきっかけになるかもしれない。それ以上に――

このままでは力だけに頼《たよ》ることになる。心を失い、力だけしか信じられなくなる。

「思い出せ……。思い出すんだ……」

そう繰《く》り返し呟《つぶや》きながら、ふらふらと広間を横切ってゆく。手も足もひどい寒さに震《ふる》えていた。香りによって記《き》憶《おく》が消えるとき、心が寒がるのだ。

ジークは、祭壇《さいだん》を避け、背後《はいご》の壁にかけられた緋色《ひいろ》のカーテンに向かって剣を振るった。切り落とされたカーテンを体に巻《ま》き、毛布代わりにして何とか寒さを防《ふせ》ごうとする。

眠気に任《まか》せて膝《ひざ》をつきそうになり、必死に歯を食いしばった。このままでは自分に味方がいることさえ忘れてしまう。大事な存在《そんざい》を、何も分からず斬《き》る可《か》能性《のうせい》さえあった。

カーテンがなくなって剝《む》き出しになった壁に向かって、ジークは剣の切っ先を掲《かか》げた。

ここに刻《きざ》むのだ。従士の名を。忘れてはならない者の名を――

（ティア・アンブローシャです――）

かつて娘はそう言った。その陰《かげ》のある微笑《びしょう》。今なお残る悲しみ。

ジークはかぶりを振って過去《かこ》から響く声を振り払《はら》った。意識を集中して少女のことを思い出す。盲目《もうもく》に陥《おちい》り、杖《つえ》を突《つ》きながら必死に自分を追ってきた少女——力を得たにもかかわらず、自分の意志《いし》で力を越《こ》えることを決めた、あの聖道女のことを。

ジークは最後の力を振り絞《しぼ》って、その少女の名を、壁に刻んだ。

そして夜が訪《おとず》れた。体の力が抜《ぬ》け、剣を握りしめたまま壁にもたれかかった。

「必ず思い出す……お前のことを……必ず」

壁に刻んだ文字が朦朧として見えなくなった。ずるずると倒《たお》れ込みながら、必ず思い出す、と心の中で繰り返した。いったいどちらのことか。少女のことか。娘のことか——

何もかもが溶《と》けて渦《うず》を巻くような闇《やみ》とともに、ジークもまた、眠りに落ちたのだった。


城《しろ》の北西側にある領主《りょうしゅ》の邸宅《ていたく》に、フロレスはいた。

広い寝室《しんしつ》のそこら中に、死体が転がっている。みな互いに斬り合うか、己《おのれ》を刺《さ》し殺した、城の兵たちであった。下の階には、領主が家族を殺して飛び降《お》りた死体がある。

魔獣《バロール》たちは殺した人間の死体を巣に運び込んでいる。餌《えさ》を貯《た》めるためと、さらなる堕気《だき》を呼《よ》ぶためだ。だがこの邸宅はフロレスが都市に来て最初に訪れた場所であり、聖性《せいせい》に満ちた香《かお》りが充満《じゅうまん》しているせいで魔獣《バロール》たちが寄《よ》りつかず、死体もそのままだった。

フロレスは、その血と死体に囲まれたベッドに、ゆっくりと横たわった。

右手の香炉《こうろ》を顔に寄せ、自分自身に香りをかがせながら、目を閉《と》じた。

「さあ……ともに沈《しず》みましょう……夢《ゆめ》の中へ……記憶と忘却《ぼうきゃく》の舞台《ぶたい》へ……」

勝利の確信《かくしん》をこめて囁《ささや》きつつ、そうしてフロレスもまた眠りに落ちたのだった。

4

ひどく暗い夢だった。陰鬱《いんうつ》な廊下《ろうか》に、足音がこだましていた。

じめついた壁《かべ》に燃《も》える松明《たいまつ》の明かりを頼りに、地下牢《ろう》への階段《かいだん》を下りながら、ジークはこれがいったい、いつの出来事なのかと記憶を探《さぐ》っていた。

そう——聖王の騎士《きし》となって、初めて得た従士を、その手で斬った直後のことだ。

その従士は、失われた故郷《ふるさと》の代わりに他の国の土地を奪《うば》おうと画策《かくさく》する兄や仲間を止めるため、自分も武器《ぶき》を配ると見せかけて、自らみなの前でジークに斬られたのだ。

優《やさ》しい青年だった。当時は今より戦乱《せんらん》が広がっていたため、故郷を失った同胞《どうほう》に与《あた》えられる土地がどこにもなかった。だから青年は、戦乱を鎮《しず》めることが、再《ふたた》び故郷を得る唯一《ゆいいつ》の手段だと信じて働き——そして、ジークの手で葬《ほうむ》られたのだった。

自分は今、その従士のことを思いながら、ある男に会うために、この牢を訪れたのだ。

自分がこの世で最も信じている男。その従士のように、全《すべ》てを投げ捨《す》ててでも救わねばならない相手――その確信が起こると、もはやジークはこれがいつの記憶なのかと考えることさえやめた。今の光景が現実であり、夢であるということさえ忘れた。

一般《いっぱん》の囚人《しゅうじん》が入る牢獄《ろうごく》の前を通りすぎ、獄吏《ごくり》に声をかけ、さらに下へ続く扉《とびら》を開かせる。地下深く――陽《ひ》の光さえ閉ざされたそこに、分厚《ぶあつ》い鉄格子《てつごうし》が並《なら》んでいる。

囚人たちの低い呻《うめ》き声がこだまする通路を進み、最も奥《おく》にある牢の前に来た。

「ドラクロワ……」

悲しさが声に出ないよう、抑《おさ》えた声で呼んだ。返って来たのは苦悶《くもん》の声だった。それがしばらく続き、ジークは両手で鉄格子を握《にぎ》りしめたまま微動だに出来ずにいた。

「……ジークか」

やがて闇の向こうから、ドラクロワが声を返した。貴人《きじん》にだけ許《ゆる》された特権《とっけん》のため、牢の中でも貴族服を着ている。身だしなみは常《つね》に整えられ、綺麗《きれい》に梳《と》かされた銀髪《ぎんぱつ》と、しみ一つ無い衣服が、闇に浮《う》かぶさまは、この陰湿《いんしつ》な地下にあってひどく不気味でさえあった。

ドラクロワは鉄格子から最も離《はな》れた壁際《かべぎわ》に背《せ》を預《あず》け、木のベッドに腰掛《こしか》けている。その眼光《がんこう》は、牢の外の松明の光のせいで赤く燃えるように見えた。暗さのため表情《ひょうじょう》は分からず、

「聖王の騎士となって、付けられた従士《じゅうし》を……斬《き》ったそうだな」

苦しみを押《お》し殺したような声で、ドラクロワは言った。なぜ知っているのかとは訊《き》かなかった。金で買収《ばいしゅう》した獄吏から常に情報《じょうほう》を仕入れているのだ。

また、自分が、ジークは正直、そのことをドラクロワに話したかったのだ。最初の悲しみを。聖王のもとでの所属《しょぞく》になって起きた、

「最初から……俺《おれ》に斬られるつもりだったんだ。斬った後で……それが分かった」

「あの戦乱を鎮めるにはそれしかなかっただろう……お前は良くやった、ジーク」

まるで見てきたかのようにドラクロワが即答《そくとう》する。

ジークは、胸《むね》に熱いものが込み上げてきて、それを表に出さぬよう歯を食いしばった。

自分は、まさしくその言葉をドラクロワに言って欲《ほ》しかったのだ。心底、情《なさ》けなかった。従士を——味方を殺したという心の傷《きず》を、自分だけではどうすることもできなかったのだ。自分が救わねばならないドラクロワに、こんな風に甘《あま》えるしかないとは——

「聖王は、俺に、次の従士を付けようとしているんだ。もう候補《こうほ》を決めていて……」

「用意の良いことだ……。それだけ聖王も、お前の力量を買っているのだろう……」

ドラクロワの声には、まるで全て思惑《おもわく》通りに進んでいるというような響《ひび》きがある。

当時ドラクロワは、聖王と対立する勢力《せいりょく》と手を結び、秘儀《ひぎ》を手に入れようとした罪《つみ》で投

獄されていた。そのためジークは聖王直属となり、ドラクロワの騎士ではなくなっている。

その転属を受け入れるようジークに告げたのもドラクロワだ。

聖法庁《せいほうちょう》の中で、自由に動ける地位を手に入れろ——それがドラクロワの命令だった。

その真意はジークにも分からない。秘儀の入手に失敗する前後から、ドラクロワはジークにさえ理解《りかい》しがたい考えを抱《いだ》くようになっていた。その上、秘儀に触《ふ》れ、シーラが命を落として以来、ドラクロワは原因《げんいん》不明の苦痛《くつう》に耐《た》え続けていた。いったい何に苦しんでいるのかと訊《き》いても、ジークには理解出来ない答えばかり返ってくる。

ジークに出来ることは、こうして牢を訪《おとず》れながら、聖王のために働くことだけだった。

自分の働きによって、ドラクロワの罪が軽くなるよう聖王に嘆願《たんがん》するために——

そのためだけにジークは、黒印騎士団《シュワルツ・リッター》として大陸にはびこる争乱を闇《やみ》に葬っていた。

それは大陸の秩序《ちつじょ》を守るための正当な戦いではあったが、かつてドラクロワとともに抱いた理想の実現《じつげん》からはほど遠かった——

「聖王の望みは、あくまで今の聖法庁の維持《いじ》と発展《はってん》だ……。聖王め……古来の秩序を守るために、どうしても、お前の力が欲しいのだろう……」

「お前が、俺にくれた力だ……ドラクロワ。この力は……聖王のものじゃない……」

「その力……今は聖王のため……聖法庁のために使ってやれ……ジーク」

ドラクロワが、かすかな笑いをふくませて言った。聖法庁全体に対する、深い憎《にく》しみを抱いているような笑い——そのくせジークには聖法庁のために働けと言う。ドラクロワの真意がつかめないことが、ジークにとっては耐え難《がた》いほどの悲しさを覚えさせた。

「聖王が選んだ従士に……もう会ったのか？」

「いや……称号名《しょうごうめい》だけ聞かされたんだ。俺も聞いたことのない称号だった……」

「称号……？　お前と同じ騎士《きし》身分の者を、従士にする気か？　いや、そうか……〈銀の乙女《おとめ》〉の一員を、お前の従士として随行《ずいこう》させる気だな……」

ジークはうなずいた。ドラクロワが闇の中で、鋭《するど》い笑《え》みを浮かべた気がした。

「確《たし》かにそれなら、お前が再び従士を斬るようなことはない。何という称号だ……？」

「〈香《かぐわ》しき者〉というらしい。どんな力を持っているのか、まだ分からないんだ……」

ジークが告げると、ドラクロワがふいに沈黙《ちんもく》した。闇の向こうでじっと何か思案している様子を見せたかと思うと、煮《に》え立つような怒《いか》りのこもった笑い声が牢《ろう》に響いた。

「〈香しき者《アンブローシャ》〉か……。聖王め……〈銀の乙女〉が持つ闇を、お前に使う気か……」

「〈銀の乙女〉が持つ闇……？　どういうことなんだ、ドラクロワ……？」

「気を付けるがいい……ジーク。聖王は、どうやら本気でお前を欲しがっている……」

そのドラクロワの声に、苦痛の響きが混《ま》ざり始めた。

またあの、ジークには理解出来ない発作が起ころうとしているのだ。

「俺は、お前の騎士だ。必ずお前を、ここから出してやる。そしてもう一度理想を……」

ジークが必死に言う。ドラクロワが苦悶を押し殺すようにして笑った。

「行け……ジーク。心を奪われぬよう気を付けろ……。全てを疑い……そして強く意志《いし》を保《たも》て……。お前もまた、大いなる秘儀の、歯車の一つなのだから……」

ドラクロワがうずくまり、闇の中でジークに背を向けるのが分かった。こうなるともう会話にならないことは分かっている。だがジークはなおもその場にとどまり、

「必ず……俺が、お前をここから出す……ドラクロワ」

誓《ちか》いの言葉を繰《く》り返し告げ、牢を立ち去った。

ドラクロワは、ただ独《ひと》り、闇に沈《しず》みながら、苦痛に耐え続けていた。


ジークは地下牢を出た。ドラクロワには見ることの出来ない陽《ひ》の光に目を細めながら、〈香しき者《アンブローシャ》〉という称号について考えた。

(そう。このときはまだ、彼女をこの手で斬るという決意はどこにもなかったのだ——)

夢と現実が交差するような意識《いしき》が僅《わず》かに起こり——ジークはすぐに今見る現実に従《したが》って街路を歩いていった。聖都を何重にも囲む城門《じょうもん》をくぐり、丘へ来ていた。

風は陽気さを帯びている。春が近づいているのだ。鮮《あざ》やかな緑が広がる丘を登り、小さな墓地《ぼち》へ入る。そしてそこにある白い墓石の前に立った。

墓石には、十字型の紋章《もんしょう》がはめ込《こ》まれている。〈癒す者《リヴイエール》〉の紋章──生前、シーラが身につけていた紋章が。〈銀の乙女〉の墓《はか》にはたいてい、紋章をはめる孔《あな》を空けるのだ。

墓前には、いまだに大勢《おおぜい》の者から、沢山《たくさん》の花が捧《ささ》げられている。

ジークは、自分の手による墓標に──その手で葬《ほうむ》った者に、心の中で語りかけた。

やっと、聖王の騎士としての任務《にんむ》を終えて、聖都に帰って来られた。

聖王の手の者がそこら中にいて、今も自分を監視《かんし》しているが、それにももう慣《な》れた。

ドラクロワの勢力は、もう復活《ふっかつ》の見込みがないほど離散《りさん》してしまっている。

今では聖王派《は》が、聖法庁を完全に支配《しはい》しつつある。むろん自分の働きも、それに一役買っている。いったいドラクロワが何を考えているのかまだ分からない。自分が本当に分かりたいと思っているのかどうかも──だんだん分からなくなってきた。

このままでは、いずれ聖王の名の下《もと》で、聖法軍の枢要《すうよう》を任《まか》せられることになるかもしれない。それがひどく虚《むな》しい。ただ理想を生き延《の》びさせるために──ドラクロワを死罪《しざい》にさせないために、聖王に従っている。自分はいったい何のために戦っているのか──

「教えてくれ……シーラ……。俺《おれ》は……どうすればいい……」

思わず低く声が零《こぼ》れたとき——ふいに、誰かが近づいてきて、ジークの傍《かたわ》らに立った。

「よろしいでしょうか」

ひどく丁寧《ていねい》な口調——相手を突《つ》き放すような印象を与《あた》えるほどの。

振《ふ》り返れば、そこに一人の娘《むすめ》がいた。

ふわっと波打つ雛色《ひないろ》の髪《かみ》、淡《あわ》く澄《す》んだ碧《あお》い目。百合《ゆり》の蕾《つぼみ》を連想させるような瑞々《みずみず》しく、凛《りん》としたおもて。清潔《せいけつ》そうな灰色《はいいろ》の修道服《しゅうどうふく》に、ほっそりとした身を包んでいる。

背《せ》はそれほど高くなく、ジークの胸《むね》の辺りに、小さな頭があった。

娘が両手に花束を抱《かか》えているのを見て、ジークは下がって場所を空けた。

娘が一礼して、ジークの前を通り過《す》ぎる。かすかな香《かお》りがした。甘《あま》いというにはどこか澄んだような——まだ若《わか》い果実を思わせる香りを感じ、ジークはちらりと娘を見やった。

修道女が香水《こうすい》をつけているのかと珍《めずら》しがったのだ。だがすぐに花束の香りだろうと思い直した。娘が墓前にしゃがみこむ。ジークはそのまま立ち去ろうとした。

「お花も持たずに……墓前に立つんですね」

娘が言った。咎《とが》めるというのでもない。ただ単に納得《なっとく》したような口調だった。

ジークは足を止め、再《ふた》び娘を振り返った。〈銀の乙女《おとめ》〉らしい几帳面《きちょうめん》さを押しつけられるのかと思ったが、娘は墓標に目を向けたままでいる。まるでジークのことなど見てもいず、言いたいことだけを言ったという顔だ。あるいは——そうやってジークの反応《はんのう》を試《ため》しているのかもしれない。ジークが無視して行ってしまうかどうかを。

立ち去らずに声を返す気になったのも、娘のそんな姿勢《しせい》ゆえだろうか。相手がすぐそばにいるのに、まるで遠くから言葉を投げ込むような仕方でしか相手と接《せっ》せないような——

「彼女が好きな花は、夏にしか咲《さ》かない」

ぽつっと呟《つぶや》くように言った。娘が、僅かに目を見開いた。ゆっくりと屈《かが》めていた膝《ひざ》を伸《の》ばし、墓標を向いたまま頭を下げ、うつむいたようになった。詫《わ》びのつもりだろう。

そのときになってようやくジークは、娘の言葉のおかしさに気づいた。

墓標には沢山の花が捧げられている。その一つがジークが捧げたものでないとなぜ分かるのか？　そう。この娘は、ジークが花を持たずにここに来たことを知っている——

「丘を登っていくあなたを、見ました」

娘が言った。うつむいたような顔が、まだ墓標を向いていた。

「今回のお仕事に就《つ》く前に……同じ〈銀の乙女〉として彼女にご挨拶《あいさつ》をしておきたくて、ここに来たんです。それに、もしかすると聖王《せいおう》様からご紹介《しょうかい》される前に、ここであなたにお会いできるかもしれないと。本当に会えるとは……思っていませんでしたけど」

「いつ、俺の顔を知った」

娘は目を伏《ふ》せ、ジークに対してひどく悪いことをしたかのように身をすくめた。

「聖王様が、あなたに私の称号《しょうごう》を告げられたとき……私、奥《おく》の間で控《ひか》えていました。どんな方なのか、知りたくて。さぞ、ご不快《ふかい》のことと思います」

「いや……」

としかジークは応《こた》えない。実際《じっさい》、大して不快でもなかった。かえってこの娘への同情《どうじょう》さえあった。従士をこの手で斬るような騎士のもとで働けと言われれば、誰《だれ》だって不安になるだろう。どんな人間か警戒《けいかい》するのは当然だった。

それにしても、聖王と〈銀の乙女〉の高位の者たちは何を考えているのか。よりにもよってこんな若い娘を、策謀《さくぼう》の渦巻《うずま》く任務《にんむ》に放《ほう》り込むとは——

「でも聖王様の前にいるあなたを見て、決心がつきました。あなたの従士《じゅうし》になることを」

娘は、そこで初めて顔を上げ、ジークの方を振り向いた。かと思うと、

「私、あなたに斬られた従士は、幸せだったと思います」

とにかくそれだけは伝えなければならないといった、上ずった声を放った。

「——なに？」

ジークが眉間《みけん》に皺《しわ》を寄《よ》せる。

「本当です」

娘《むすめ》は、いったん目を合わせると、どうにも目をそらすことが出来ないと言うように、食い入るようにジークを見つめ、言った。

「あなたの従士は、最後まで、あなたのことを信じていたと思います」

そのまま、唇《くちびる》を引き結んでじっとジークを見上げている。

ジークが啞然《あぜん》となって見返していると、だんだんその顔が赤くなってきた。

「……そう言えと、聖王に言われたのか？」

娘がもの凄《すご》い勢《いきお》いでかぶりを振った。自分の髪で、自分の頰《ほお》を叩《たた》いている感じだった。

「あなたは、聖王様に、どんな従士でも構《かま》わないと仰《おっしゃ》っていました。ですから後は、私が従士の任を受けるかどうか決めるだけだと――聖王様は、それだけを私に仰いました」

確《たし》かに、ジークにいちいち従士を選ぶ気はなかった。どうせ聖王がこれと決めた人材をあてがってくるだけなのである。ジークとしてはそれに従《したが》うしかない。だが――

「本当に聖王が、お前に、俺の従士になれと言ったのか？」

思わずそう聞き返していた。この娘がどんな力を持っているか想像《そうぞう》もつかなかった。

「私の力で、あなたを助けよと、聖王様と〈銀の乙女〉の聖女の方々が私に命じました」

だが娘は毅然《きぜん》として言う。その少年のような瑞々《みずみず》しさが、なぜかドラクロワと初めて出会った頃《ころ》の自分を思い出させた。この娘を戦地につれてゆくことに抵抗《ていこう》を覚える自分と、妙《みょう》に納得《なっとく》させられる自分がいた。そのどちらが正しいのか分からぬまま、ジークは訊《き》いた。

「お前の名は？」

するど娘は両手を固く握《にぎ》り合わせ、何度も練習したのだと言わんばかりに声を上げた。

「ティア・アンブローシャです。どこへでもお供《とも》します、ジーク・ヴァールハイト様」

5

ぼそぼそと話し声がする中、自分が運ばれてゆく夢《ゆめ》をノヴィアは見ていた。

声がするのは分かるが、何を言っているのか分からない。いや――まだその当時は、あまりに幼《おさな》くて言葉の意味が分からなかったのだ。

花の香《かお》りがした。咲《さ》き乱《みだ》れる白い花弁《かべん》。白水仙《ナーキサス》の花――その中を運ばれてゆく自分。

悲しい泣き声。温かな母の胸《むね》から引き剥《は》がされる悲しさ。手から手へ渡《わた》される赤ん坊《ぼう》。

忘却《ぼうきゃく》されていた心――漠然《ばくぜん》とした幼い頃の原初の記憶《きおく》が、断片《だんぺん》的に現《あらわ》れては消えてゆく。

それがいつまでも続いたかと思うと、ふいにはっきりとした記憶が夢に現れた。

「友達になろう」

魔法《まほう》の言葉。どきどきするような。私も一人ぼっち。だから――

「この子、アリスハートっていうの。一緒《いっしょ》に旅がしたいの。良いでしょう、母さん」

森の中で出会った、初めての友達。母の驚《おどろ》いたような顔。

「この子、探《さが》しているの」

故郷《ふるさと》を。帰るべきところ——自分が生まれた場所を。

(大地から与《あた》えられる役割《やくわり》に従うがいい、遥《はる》かなる視覚《まなざし》を持つ少女よ)

母から教えられた、自分が生まれたという場所以外にも、帰るべきところがあるという
のだろうか。途方《とほう》もない課題を与えられたような気がして呆然《ぼうぜん》としたとき——

幼い自分が、母の膝《ひざ》を両手でつかみながら、不安そうに訊いていた。

「どうして私、お父さんがいないの?」

母は言った。いたわ、と。聖法庁《せいほうちょう》の騎士《きし》だったという父。戦乱《せんらん》で死んだ。母は死を隠《かく》さ
ない。ノヴィアが嘘《うそ》をつかれることでどれだけ傷《きず》つくか知っているから。

ただ母と、父がいない悲しみを共有した。母に近づけた最初の一歩だった。

「お母さん……お父さんがいなくて、寂《さび》しい?」

母は微笑《びしょう》してノヴィアを抱《だ》き上げた。そのまま、優《やさ》しく胸に抱かれる。失われていたも
のが戻《もど》ってきたという安心感がノヴィアを包む。そして母は言うのだ。

「あなたがいるわ、ノヴィア。あなたがいるから……母さん、生きられたのよ」

そして——暗黒。

大勢《おおぜい》の者がいる気配がする。鎧《よろい》が鳴る音。アリスハートが運んでくれた花の匂《にお》い。それが盲目《もうもく》に陥《おちい》った自分を外へつれ出してくれた。

「ねぇ、アリスハート、訊いていい？」

冷たく凍《こご》えた心で、口にする。また失った。また奪《うば》われた。また置いて行かれた。

「これ、本当にお母さん？」

アリスハートの泣き声。

「誰か……私の知らない人じゃないの？」

そうなのだ。冷たくなった頬。自分に暗闇《くらやみ》を授《さず》けて死んだ母。

『私の大切な娘、……へ』

分かっている。分かっていたのだ。愛してくれていたことは。だからこそ自分を置いて行った怨《うら》みも強く残っている。民《たみ》を守るためだ。そのために母は死んだ。自分もそうなりたい。その思いもある。全《すべ》てが正しいのだ。たとえ怨んでいたとしても母は自分のことをいつまでも愛してくれるだろう。だからこそ安心して怨んでいられるのだ――

夢の中でだけの思い――目覚めれば、それはとっくに解決《かいけつ》したものとして思い出される。

だがもしその思いの先に、別の記憶があるとしたら――

「あなたがいるわ、……」

母が自分の名を呼《よ》ぶことへの違和感《いわ》。また奪われたのだ。自分の名を呼んでくれる者を。

自分の名――それは本当に、自分の名だろうか？

大人たちの手から手へと運ばれてゆく赤ん坊。その子に名はあっただろうか？

〈銀の乙女《おとめ》〉の施設《しせつ》――戦乱で焼け落ち、自分を置いて逃《に》げ出す修道女《しゅうどうじょ》たち。

自分は、泣いて、泣いて、泣いて、泣いて、泣いて、泣いて、ただ泣いて。

そして見つけてくれた母。自分に名を与え、自分を育て、そして、

「私の大切な娘、……」

奪われ、与えられ、また奪われ、また与えられ――幼《おさな》い頃から自分は待つしかなかった。今でもこうして待っている。誰かが迎《むか》えに来るのを。言われた通りに待っているのだ。

絶望《ぜつぼう》の刃《やいば》が背後《はいご》から迫《せま》っていたときも、自分はただひたすら待ち続けていた。

そして――その男は、現れた。

暗闇に陥った自分を肯定《こうてい》してくれた男。強大な力を持ちながら、多くの魂《たましい》の声を聞きながら、それでもひどく孤独《こどく》なままでいる男。その男が自分の悲しみの多くを葬《ほうむ》ってくれた。

待っていた。だから追った。自分からそれまでの居場所《いばしょ》を捨《す》てて出て行ったのだ。

初めての体験だった。もう決して、ただ手から手へ運ばれてゆくだけではないのだ。自分の意志《いし》で追いかけた。魔法で結びついた友達とともに。杖《つえ》を頼《たよ》りに、希望を求めて。

そして今——それすら奪われて。

「俺を見ていたな」

なぜ何も言ってくれないのか。

「お前はよくやってくれている」

自分の力だけ。自分を呼んでくれる者をずっとずっと待ち続けていたのに。

「見えるか、……」

名づけられることさえなく葬られた子供《こども》がここにいるというのに。

幼くなって泣いている自分。遠い記憶《きおく》。悲しみが、隠されていた心の底から迫る。

忘《わす》れていた——それでいてこれまで常《つね》に自分の行いの全ての背後にあった悲しみ。

手放され、置き去りにされ、忘れ去られたという思い。少女の中の大事な何かが脆《もろ》くも崩《くず》れ、かつて経験《けいけん》したことのない闇が広がった。そしてそこに響《ひび》き渡《わた》る、最後の叫《さけ》び——

私の名前は、何——？

聖地《せいち》シャイオンの象徴《しょうちょう》である湖から、西へ離《はな》れた辺りにある、河《かわ》の手前だった。

陽《ひ》が沈《しず》んだそこに、ランプを手にした付き人たちと、車椅子《くるまいす》に乗ったレオニス、そして頭蓋骨《ずがいこつ》を抱《だ》いてぼんやり佇《たたず》む、地獄《じごく》の彫刻師《ちょうこくし》レティーシャ・ベルゼブベスの姿《すがた》があった。

「お前に明かりは必要ないだろう。今ではこの場所に近づく者はほとんどいない。特に陽が暮《く》れてからはな。夕方から夜の間、ここで幾《いく》らでも綺麗な像《ぞう》を彫《ほ》らせてやる」

レオニスが言った。レティーシャは辺りを見回し、感心したような声を上げた。

「これ……レオニス様がやったのかな、ねえ兄様？」

レオニスは応《こた》えず、ランプに照らされた大地を見た。

黒く焦《こ》げついた土に堕気《だき》が染《し》みこみ、草木も生えぬ焦土《しょうど》と化している。

焼き尽《つ》くされた大地——かつて湖から現《あらわ》れた怪物《かいぶつ》が炸裂《さくれつ》した、爆心地《ばくしんち》であった。

ちょうど河の上で怪物が爆発したため水が氾濫《はんらん》し、しばらく泥地《でいち》と化していたが、今は堤防《ていぼう》を造り直し、河はこの一帯を迂回《うかい》して流れている。

レティーシャはてくてくと炸裂の中心まで歩いていった。レオニスの予想に反して靴《くつ》を履《は》いている。城《しろ》が丸ごと入りそうなほど広く抉《えぐ》られた地面の中心に立ち、周縁《しゅうえん》を見回す。

堕気を払《はら》うための聖性《せいせい》をやどした石碑《せきひ》が、墓標《ぼひょう》のようにぐるりと取り巻《ま》いているのだ。

それより内側には、幾つも巨大《きょだい》な石塊《せっかい》が運び込《こ》まれている。彫刻用の最高級の石である。

「父がやったことだ……僕《ぼく》には関係ない」

レオニスは呟《つぶや》くように言った。むろん嘘《うそ》だ。父はあの怪物を——〈刻の竜頭《アズライール》〉を封印《ふういん》しようとしていた。それを利用して世界を滅《ほろ》ぼすための力をこの手で造《つく》り出そうとしたのだ。

その結果が――この焦土だった。

こうして改めて見るにつけ、ドラクロワが求めているものに強い疑問《ぎもん》を感じた。

ただ堕気を無限《むげん》に吸収《きゅうしゅう》して炸裂するような生きた爆弾《ばくだん》の、どこが禁忌《きんき》の秘儀《ひぎ》なのか。

この秘儀に次の段階《だんかい》があるとしたら、いったいそれは何か。そしてその秘儀の最終的な目標とは何なのか。それが判明《はんめい》すれば、ドラクロワに匹敵《ひってき》する足がかりになるのに――

「レオニス様、またやろうとしてるんだ。同じことするんだ。ふー。兄様」

レティーシャが、彫刻用の石の一つを物色しながら言う。レオニスは肩《かた》をすくめた。

「臣下が誤解《ごかい》するような言動は慎《つつし》め、レティーシャ」

ことさら呆《あき》れたように言う。臣下の誰も、レオニスがこの地で秘儀を暴発《ぼうはつ》させたことも、ドラクロワと共謀《きょうぼう》していることも知らないのだ。ただ――レオニスは、レティーシャがときおり見せる、異様《いよう》なまでの勘《かん》の鋭《するど》さに、警戒心《けいかいしん》を抱《いだ》き始める自分を感じていた。

「最高の愚者《ぐしゃ》は、ときとして最高の賢者《けんじゃ》にもなると言うが……つくづく嫌《いや》な女だ」

「ねぇ兄様、ここを沢山《たくさん》、綺麗《きれい》にして良いのかな。本当かな。ねぇ、兄様? 本当かな」

レティーシャがことさら大声を上げる。レオニスに確認《かくにん》を取っているのだ。

頭蓋骨との会話を通してしか疑問も意見も示《しめ》せないのかと怒鳴《どな》りかけそうになりつつ、

「……本当だ。石が足りなければ運ばせる。地下牢《ろう》のように存分《ぞんぶん》に綺麗にしろ」

レティーシャは、頭蓋骨を胸《むね》に抱き、くるりとレオニスを振《ふ》り向いた。

何をするのかと思ったら、ぺこりと頭を下げた。よほど嬉《うれ》しかったのだろう。

レオニスが苦笑《くしょう》しかけたとき、レティーシャがひょいと顔を上げて、石と向き合った。

「待て——僕たちがいなくなってからにしろ……」

レオニスが慌《あわ》てて言う。レティーシャは全く聞こえていない顔で、頭蓋骨を捧《ささ》げ持った。

「うぬるむぬぐぬぬむぬにょいにぃあぁるらるとるてにるのるるるぐあぁおおう……」

その口から朗々《ろうろう》と流れ出したのは、何とも言えぬ奇妙《きみよう》な声であった。酔《よ》っぱらった狼《おおかみ》が、自分の腸《はらわた》を貪《むさぼ》り食《く》らいながら発するがごとき奇声とでも言うべきか。聞いているだけで体中が痒《かゆ》くなるような異様な詠唱《えいしよう》に、臣下たちが薄気味《うすきみ》悪そうにレオニスに顔を寄《よ》せる。

「あ、あれはいったい、何の呪文《じゆもん》ですか……？　レオニス様？」

「あの女のただの癖《くせ》だ。力を発揮《はつき》するときのな。この際《さい》だ、お前たちも見るか……」

その力を——とレオニスが口にしたとき、にわかに大量のそれらがレティーシャの足下《あしもと》や脇《わき》の下、衣服の隙間《すきま》から溢《あふ》れ出し、臣下たちが嫌悪《けんお》の声を上げた。

唸《うな》るような凄《すさ》まじい羽音がした。一つ一つは極《きわ》めて小さいそれらが、レティーシャの影《かげ》そのものから、真っ黒い煙《けむり》がもくもくと噴《ふ》き出すかのように現れるのだ。

その一匹《いっぴき》が羽音を鳴らして宙《ちゅう》を舞《ま》い、臣下が持っていたランプの上にとまった。

それは小指の先ほどの、黒い、人の形をしたものであった。背中《せなか》に羽があり、非常《ひじょう》に小さな黒い妖精《ようせい》にも見える。だが――何しろその頭部が異様だった。

「は……蠅《はえ》……？」

臣下が悲鳴を上げた。なんと蠅の頭が、小さな牙《きば》をかつかつ鳴らしているのである。

「レティーシャの影から招《まね》き出される堕界の魔獣《バロール》……〈邪妖精《ミリオン》〉だ」

レオニスが、ぶんぶん鳴り響《ひび》く羽音に顔をしかめながら言う。

「ま……まさか、彼女の彫刻は、この蠅が……」

ランプを持った臣下が怯《おび》えた声を漏《も》らしたとき、

「うるるぐあいあおうおうぬるにあるあ♪　おうろろろるあいあいおうるがぐが♪」

レティーシャの奇声とともに、黒煙《こくえん》のごとき蠅の群《むれ》が、一斉《いっせい》に彫刻用の石にたかった。

何万という蠅の牙が、削《けず》るような引っ掻《か》くような、何とも耳障《みみざわ》りな音を立てて石に食らいつく。レティーシャの服の至《いた》るところから蠅が湧《わ》き出し、その手に捧げ持った頭蓋骨の両方の眼窩《がんか》からも、泥水《どろみず》のように溢れ出している。

そして蠅の群が徐々《じょじょ》に石の頭の方から飛び立ってゆくにつれ、見事なまでの彫刻《ちょうこく》が現《あらわ》れてゆくのだった。身もだえ、叫《さけ》び、苦しむ人間が、得体の知れない力でどろどろに溶《と》け合わされて、そのまま凍《こお》りついたような、地獄《じごく》の彫刻が。

「あの蝿の牙は小さいが、どんなに硬《かた》い物質《ぶっしつ》でも囓《かじ》り取ってしまう。しかもレティーシャは、何十万匹という蝿を呼《よ》び出すだけでなく、同時に一匹一匹を正確に操《あやつ》ることが出来るんだ。いったいどういう頭脳《ずのう》をしていればそんなことが出来るのか、想像《そうぞう》もつかないよ」

レオニスが呆れたように言ったとき、さっそく最初の彫刻が完成していた。

続けてレティーシャは体中に蝿をたからせたまま、てくてくと歩いて——平然と足下《あしもと》にいる蝿を踏《ふ》み潰《つぶ》しながら——次の石へと向かっている。潰された蝿はどろりとした染《し》みとなってレティーシャの影に吸《す》い込まれるようにして消えていた。

「綺麗ぇぇいぃうるあるがぐがぐあるあ♪　とっても綺麗ぇいいぬぐえあいぇぬぐ♪」

石ばかりでなく、焦《こ》げ付いた地面でさえも蝿の群に囓られ、次々に得体の知れない像が彫《ほ》り込まれてゆく。こんな声と蝿の羽音を四六時中聞かされていては、地下牢《ろう》の囚人《しゅうじん》たちがおかしくなるのも当然である。さながら闇《やみ》から地獄が姿《すがた》を現すかのような光景に、

「まさしく〈蝿姫《ベルゼブベス》〉……。何度見ても、凄《すさ》まじい……」

さしものレオニスでさえ、背筋《せすじ》に冷たいものを感じるほどであった。

「さぁ……いつまでもこんなものを見ていてもしょうがない。城《しろ》に帰ろう……」

レオニスが指示《しじ》しかけたとき、ふと全《すべ》ての像に共通して彫られているものに気づいた。

白水仙《ナーキサス》——その花弁《かべん》や葉や茎《くき》が、阿鼻叫喚《あびきようかん》の地獄で苦しむ老若男女《ろうにやくなんによ》の手に握《にぎ》られ、その口にくわえられ、ときには胸や腹《はら》に刻《きざ》み込まれているのだ。

「一、緒、に、な、る、よ、ねぇ兄様。あたしがレ、オ、ニ、ス、様、の、望、む、女、神、様、を、彫、っ、た、ら、き、っ、と、あたしとレオニス様は一、緒、に、な、る、よ。ねぇ兄様。あ、た、し、た、ち、み、た、い、に、綺、麗、に、ねぇ兄様」

レティーシャが、くすくす笑いながら言った。幼《おさな》い子供《こども》が泥遊びをして喜ぶように。

うきうきと石から石へ歩き回り、レオニスでさえ初めて見る速度で像を仕上げてゆく。

「馬鹿《ばか》を言え……。お、前、と、兄、と、一、緒、だ、と……」

吐《は》き捨《す》てるように言うが、レオニスは像に彫り込まれた花から目が離《はな》せないでいる。

ふいに両手に灼熱《しやくねつ》の痛《いた》みが起こり——すうっと消えた。目の前の花の像が——地獄に咲《さ》いた花が、その痛みを消したとでもいうように。なぜかレオニスは、自分にとって何か大事なものが、いきなり何の前触《まえぶ》れもなく失われたような気持ちに襲《おそ》われていた。

「トール……」

思わずその名を呼んでいた。返事など無いと分かっていても。急に予想もしない怖《こわ》いものが、明確《めいかく》な形を伴《ともな》って現れてゆくような気がしていた。

「うるるむいにぁ一、緒、に、ぐ、あ、ら、る、え、お、う♪　綺、麗、ぇ、い、に、ぬ、る、ぐ、ぬ、あ、ぬ、綺、麗、ぇ、ぇ、い、い、に、♪」

レオニスは、呆然《ぼうぜん》とレティーシャを見た。無邪気《むじやき》に歌いながら、どこまでも陽気に騒然《そうぜん》と地獄を出現《しゅつげん》させようとする蝿の群とその姫《ひめ》を。

6

いったいどこで彼女を斬《き》る決心をしたのか――

(たった二人だけの姉妹《しまい》だったのに)

夢《ゆめ》の中のジークの心を、誰《だれ》かが探《さぐ》ろうとする気配があった。なぜあの娘《むすめ》が、

(同じ力――ともに〈銀の乙女《おとめ》〉の闇を司《つかさど》り――大陸の平和のためと信じて)

ジークの手で、葬《ほうむ》られねばならなかったのか。その答えは記憶《きおく》の彼方《かなた》に沈《しず》んでいる。

(信じられる相手――生きる上での希望――それを奪《うば》われた痛みを分からせた上で)

どこからともなく声が響き、すぐに消えた。

ジークは、出会ったばかりの二人目の従士《じゅうし》――ティアとともに丘を降《お》りていった。

そのまま別れて任務《にんむ》が下るまで会わないでいても良かったが、何となく同じ道を歩くうち、ジークが、その住まいにティアを招《まね》くことになっていた。ジークとしては単に、一人目の従士のときも、そうしたというだけで口にしたことだが、ティアはことのほか喜んだ。

聖都《せいと》に来てまだ間もないため、招待《しょうたい》してくれる知人などほとんどいないのだという。

途上《とじょう》、短い言葉しか交《か》わさなかった。互《たが》いに短く言葉を投げては、しばらく間があり、

かと思うと、やおら反応《はんのう》を示《しめ》す。そういう、会話とも何ともつかぬやり取りがあった。

「ここには滅多《めった》に帰らない。埃《ほこり》だらけだ」

ジークはそう言って、部屋に迎《むか》えた。高位の騎士《きし》が聖都で与《あた》えられる部屋だったが、ジークが選んだのはその中でもとりわけ狭《せま》いものだった。

「あまり広いと、どう飾《かざ》ればいいか分からない」

呟《つぶや》くように言いながら、客間の椅子《いす》を差し出す。

「騎士様の住まいを、私、初めて見ました」

雑然《ざつぜん》と積み重なった本や箱の間に、それだけ手入れが行き届《とど》いている剣《けん》や防具《ぼうぐ》が無造作《むぞうさ》に置かれている。ティアは、ほっそりした指でテーブルをなぞり、

「埃、ですか」

綺麗《きれい》に磨《みが》かれていることに、ちょっと驚《おどろ》いた顔をする。

「そこは先日、帰還《きかん》したときに掃除《そうじ》した」

住まいに戻《もど》ったところでそれ以外にすることが無い。

それに身辺を整えることは、兵舎《へいしゃ》で過《す》ごす上で身についた習慣《しゅうかん》だった。

ジークが茶を淹《い》れて出すと、ティアはひどく恐縮《きょうしゅく》したように身を縮《ちぢ》めて受け取った。

「お茶、お好きなんですか」

台所や居間《いま》の棚《たな》に並《なら》ぶ、茶葉の入った瓶《びん》を見やってティアが言う。

ジークは適当《てきとう》にうなずいた。滅多に酒を飲まないため、茶が多いのだ。

左腕《ひだりうで》の堕気《だき》を抑《おさ》えるための薬湯も、自分で調合して作るのが習慣だった。

「本、お好きですか」

今度は、部屋の一角を占《し》める本棚を見る。ジークも、ティアと差し向かって座《すわ》りながら、ちらりとそちらを見た。この部屋で最も埃が積もっている場所を。

「好きになれと言われている」

呟くように返し、茶をすする。どの本も、かつてドラクロワかシーラから勧《すす》められたものだった。そしていまだにどれ一つとして、読破《どくは》していなかった。

「せっかくの、お休みのときに……お邪魔《じゃま》して、御迷惑《ごめいわく》でしたか」

お茶をすすり、ぽつねんとした感じで言う。

「いや……」

としかジークは返さない。僅《わず》かな沈黙《ちんもく》のあと、呟くように訊《き》いた。

「俺《おれ》に斬られる心配はしないのか？」

ティアは、ぶっと、すすりかけていた茶を噴《ふ》き出した。

ジークが唖然《あぜん》となる。ティアは慌《あわ》てて袖《そで》で手や口元を拭《ぬぐ》った。その動作が妙《みょう》に幼《おさな》い。

「……な、なんですか？」

逆《ぎゃく》に訊き返してきた。

「聖王に謁見《えっけん》していた俺を、見ていたと言ったな」

知りたかったから……」

「……それで、何を知った？

「あなたが、とても悲しんでいること……。聖王様には、分からないみたいですけど。従士を失ったことや……それ以外の全《すべ》てに対して、あなたは、とても悲しんでいて……。だから、私の仕事は、あなたに、悲しみを、忘れさせることかなって……思いました」

ジークは沈黙した。いったいこの娘は何を言っているのか。前の従士のことを忘《わす》れろと言うのか。これまでに起こったあらゆる悲劇《ひげき》を、そう簡単《かんたん》に忘れられるとでも言うのか。

ティアも両手でコップを持ったまま黙《だま》る。ジークが席を立ち、新しい茶を淹れていると、

「……私、何の野心も抱《いだ》いてません」

ティアは、それが全ての答えになるというように、目を伏《ふ》せたまま言った。

「言われたことしか、やるつもり、ありません。あなたは、そういう人を斬《き》りません」

ジークは黙ったままティアのコップを受け取り、新しく茶を注いでテーブルに置いた。

「ティアの花をご存《ぞん》じですか」

立ったままのジークを見上げて、訊いた。ジークは、かぶりを振《ふ》りながら席に戻った。

ティアはまた目を伏せ、小さな声で言った。

「部屋の中では咲《さ》かない花なんです。風媒花《ふうばいか》って言うのとは……少し違《ちが》いますけど」

「咲かない……?」

「風が吹くところでしか咲かない……自分の意志《いし》で咲くことのない花……。それがティアの花です。私、それと同じです……。余計《よけい》なこと、してはいけないって」

僅かに上げた目が、遠くを見るようだった。その目が急に焦点《しょうてん》を合わせ、ジークを見た。

「あ……だから、私、あなたに従《したが》います。何でもご命じ下さい、聖王の騎士様。出来る限《かぎ》りのことを、してご覧《らん》に入れます。今日から、あなたが、私の風です」

やけに、きっぱりと言ったものだった。ジークは何かが引っかかるのを覚えていた。このティアという娘《むすめ》がどうというのではない。聖王の意図がどこにあるのかということだ。なぜこんな娘が従士に選ばれたのか。心を奪《うば》われぬよう気を付けろとドラクロワは言った。まさか〈銀の乙女《おとめ》〉に自分を籠絡《ろうらく》させようというのか。もしそうなら笑止の沙汰《さた》だ。

「自分の名は、嫌《きら》いか」

何となくそんな感じがして、つまらなそうにジークは言った。

だが、ティアはびっくりしたように目を丸くして、

「え……そんなこと、ありません。多分……だって、私につけられた名ですから」

どこまでも受け身なことを言う。かと思うと両手を握《にぎ》り合わせ、にこりと笑った。

「あなたの名前は、好きです。勝利って、意味ですよね」

これだけは本心だとでも言うような口調——世辞を言っているという印象はない。

ひどく無邪気だが、同時に、苛々《いらいら》するものを感じさせた。

「聖法庁《せいほうちょう》、最強の軍団《レギオン》であるあなたに、ふさわしい名です。偉大《いだい》な力を持つ人の……」

「力があれば救えていた」

思わず語気が鋭《するど》くなった。ティアがびくっと肩《かた》を震《ふる》わせる。ジークは口をつぐんで、その先に続く言葉をのみこんだ。最初の従士《じゅうし》も、ドラクロワも、謀略《ぼうりゃく》の犠牲《ぎせい》になった何万という友軍も、そしてシーラも——本当に偉大な力があれば、みな救えていたのだ。

ティアは驚《おどろ》きのあまり硬直《こうちょく》したようにこちらを見ている。こんな娘に怒《いか》りをぶつけて何になるのか——ジークは我《われ》ながら情《なさ》けなくなり、詫《わ》びるように視線《しせん》を落とした。

そのときふと、ティアの両手の中指に、それぞれ奇妙《きみょう》な指輪がはめられていることに気づいた。両方の指輪から、細い銀の鎖《くさり》が、袖の奥《おく》へと伸《の》びているのだ。

ふいに澄《す》んだ香《かお》りがした。かすかな聖性《せいせい》を感じ、香水《こうすい》の香りなどではないのだと咄嗟《とっさ》に気づいた。聖性による力か？〈香しき者《アンブローシャ》〉——その力はいまだ不明だった。

指輪からティアの顔に目を戻《もど》すと、まだじっとこちらを見ていた。

だがその表情《ひょうじょう》は一変して真剣《しんけん》なものになっている。心から誓《ちか》うように、ティアは言った。

「私、あなたという風に従います」

ひどく真《ま》っ直《す》ぐな視線――まるで赤ん坊《ぼう》が親を求めるように。

「……好きにしろ」

ジークは、そう言って、ただ目をそらすためだけに茶をすすった。

それから妙に長い時間、二人でまたぽつぽつと言葉を交《か》わした。

騎士《きし》と従士としての関係を築《きず》くためというより、たまたま多くの理由があって一緒《いっしょ》にさせられた二人が、ぎこちないながら親しくなろうとするような時間が過《す》ぎてゆく。

やがてようやく夕刻《ゆうこく》になり、ティアが丁寧《ていねい》に辞去を告げた。玄関先《げんかんさき》で送る段《だん》になって、

「……お前の力を、聞いていなかったな」

今さらのようにジークはそう口にしていた。途端《とたん》にティアは身を縮《ちぢ》こまらせた。

「申し訳《わけ》ありません……〈銀の乙女〉の中でも、秘密《ひみつ》が多くて、決まりも多いんです」

ジークはうなずいた。どうせ守秘するだろうと思っていたのだ。ジークの力も、左腕《ひだりうで》の聖印《ハイリヒ》が力の源《みなもと》であることや、大地を通して力を現《あらわ》すことは、一部の者しか知らない秘事だ。

いずれ任務《にんむ》をこなす過程《かてい》で互《たが》いの秘事が明かされるだろうと思い言及《げんきゅう》せずにいると、

「あ……でも、一つだけ」

ティアは顔を上げ、しっかりと両手を握り合わせながら、こう口にした。

「夢《ゆめ》を見せるんです……。人が夢を見る理由って……ご存じですか？」

その指輪の鎖をちらりと見つつ、ジークはかぶりを振った。ティアはにこっと笑い、

「色々な出来事や思いを夢で見て……忘れるんです。夢は、忘却《ぼうきゃく》の場でもあるんです。そして私の力は……人に夢を見せること。今はそれだけ、お伝えしておきますね」

嬉《うれ》しげにそう言った。まるでその力を見せればジークが喜ぶとでもいうように。

第三章　記憶《きおく》の囚人《しゅうじん》たち

1

なぜ斬《き》った――
その問いを残したまま、夢が、ふいに終わろうとするのを、ジークは感じた。
過去《かこ》の聖都での光景が、ぼんやりと輪郭《りんかく》を失い、
(私の力は……人に夢を見せること)
娘《むすめ》の微笑《ほほえ》みだけが心に残される。そして、
(斬るしかないのか――)
その思いが、心の暗い場所で鋭く響《ひび》いたのを最後に――夢は急速に醒《さ》めていった。
同時に、どこかからか、かすかに伝わってくる気配。
(さすがジーク、心の底をたやすく見せない――過去を辿《たど》るには時間がかかる――)
離《はな》れた場所から向けられる、ひそかな視線。何者かの思惑《おもわく》。甘《あま》い香り。

（まだ十分に時間はある――葬《ほうむ》られた真実……ゆっくりと暴《あば》いて――）

都市には早朝の霧《きり》が立ちこめ、城《しろ》の礼拝堂《れいはいどう》では、緋《ひ》色《いろ》の布《ぬの》にくるまって眠《ねむ》るジークの体が、ぴくりと身じろぎした。

眠りの呪縛《じゅばく》から解放《かいほう》されようと、どうにかして体を動かそうとする様子を見せる。

夜明けとともに、眠りに沈《しず》んでいたジークの意《い》識《しき》が、徐々《じょじょ》に浮《う》かび上がろうとしていた。

城の北西側にある、領主《りょうしゅ》の邸宅《ていたく》の寝室《しんしつ》で、フロレスは深い溜《た》め息をついた。

目蓋《まぶた》が開き、碧《あお》い目が冷たく宙《ちゅう》を見すえる。

「誰……？」

ふっくらとした唇《くちびる》が、苛《いら》立《だ》ったような囁《ささや》きを零《こぼ》す。

夢の時間が思ったよりも短かった。まだもう少し相手の過去を探《さぐ》れたはずなのに――

誰かが、自分の香りの防壁《ぼうへき》に踏《ふ》み込《こ》もうとしているのを感じたのだ。

それで、ジークたちに仕《し》掛《か》けていた夢を、途《と》切《ぎ》らせてしまった――

フロレスは、上体を起こした。この邸宅に、侵入《しんにゅう》を試みる者の気配はどこにもない。

ここではない――ノヴィアが眠る聖堂の周辺で、誰かが動いているのだ。

すぐに見当はついた。あの二人の狩人《かりゅうど》たち――一人は医《い》師《し》、一人はレオニスの側近。

二人とも魔獣《バロール》から逃《のが》れて潜伏《せんぷく》している気配があったが、どちらか一方が動き出したらしい。それも、どうやらノヴィアを確保《かくほ》するために。

二人とも魔獣《バロール》に食われてしまうことを期待したが、なかなかしぶとい。自分の思惑《おもわく》通りにことを運ぶ上で、ノヴィアは大事な駒《こま》だ。今ここで第三者に確保されてはまずい。

「予定よりも早いけれど……目覚めさせるしかなさそうね……」

フロレスは左手を闇《やみ》にかざした。香炉《こうろ》がゆっくりと揺《ゆ》れ、精緻《せいち》な紋様《もんよう》が淡《あわ》く輝《かがや》き始める。

右手の香炉は、迷《まよ》いの香《かお》りを。

左手の香炉は、導《みちび》きの香りを。

今、その左手の香炉を通して、人を衝動《しょうどう》にからせるための香りを現してゆく。

喉《のど》の渇《かわ》きを覚えるほどの甘い香り――それが、ノヴィアにしみこんだ香りにも現れているはずだった。あの聖堂《せいどう》は既《すで》に、聖性《せいせい》による香りで覆《おお》いつくしている。僅《わず》かにノヴィアを支配《しはい》する香りを変化させるだけで、思い通りの行動をとらせることが出来た。

ただしあまり離れていては、こういう真似《まね》は出来ない。右手の迷いの香りは永遠《えいえん》に相手を呪縛《じゅばく》する反面、左手の導きの香りは、遠く距離《きょり》が離れていては使えない。

それゆえ閉《と》ざされた場所が必要だったのだ。今のこの都市のように、誰《だれ》も出て行けない檻《おり》のような空間が。そして香りが届《とど》く限《かぎ》られた範囲《はんい》の中で、自分の姿《すがた》を見せないようにしながら、全員を操《あやつ》る。それが、フロレスの戦い方だった。

「ジークの前に、あの少女を完全に手に入れておきましょう……。それからジークに、私と同じ苦しみを味わった上で死んでもらう……。大事な存在《そんざい》を奪《うば》われる苦しみを……」


聖堂の寝室で眠るノヴィアは、ふと香りを感じた。夢《ゆめ》が遠のき、かすかに身じろぎした。いまだ眠りから覚めない意識に、強烈《きょうれつ》な香りが染《し》みこんでくる。

夢の中で感じた悲しみと怒《いか》り──それらを、おもてに出さずにはいられなくなる。一晩中《ひとばんじゅう》、母親の死が何度も何度も再現《さいげん》されていた。燃《も》え上がる〈銀の乙女《おとめ》〉の施設《しせつ》。手から手へと運ばれる赤ん坊《ぼう》。名もないまま捨《す》てられたという原初の記憶──

ノヴィアの肩《かた》が震《ふる》えた。その枕元《まくらもと》に、疲《つか》れて眠ってしまったアリスハートがいる。

だが今やノヴィアの心は信じるべき相手を見失い、夢の中にそれを求めた。

(影《かげ》が近づいているわ──目覚めなさい──警戒《けいかい》──憎《にく》しみを込めて──)

その相手は、甘い声で囁いている。

(影を討《う》ちなさい──)

(母さん──行かないで──)

(奪ったのよ──あなたの大事なものを──あなたの名前を呼《よ》んでくれる相手を)

（死——影）

ノヴィアの目が、唐突《とうとつ》に見開かれた。自分が今まで眠っていたという意識さえ無いまま、万里眼《ばんりがん》の力を発揮《はっき》させた。さっと顔を巡《めぐ》らし、動く者を探った。

建物の陰《かげ》から陰へと移動《いどう》する影——恐《おそ》ろしく気配の薄《うす》い存在。夢の中からの警告がなければ、とても発見出来なかっただろうその存在を、ノヴィアは、はっきりと見た。

（仇《かたき》——憎い——）

ノヴィアは、ゆっくりと身を起こした。

自分はいったい、何をしているのかという疑問《ぎもん》がかすかに起こり——そして消えた。

「矢が……見えるわ」

押《お》し殺したような低い呟《つぶや》きが、その唇から零れた。

アリスハートが、その異様《いよう》な気配を察し、ぱちりと目を覚ました。

トールは、アキレスと別れてのち、都市の西へと向かっていった。

アキレスには言わなかったが、陽《ひ》が沈《しず》む頃《ころ》、そちらの方角で明かりが灯《とも》されるのを確認《かくにん》していたのだ。西はジークが都市に侵入した場所であり、魔獣《バロール》が少ない区域《くいき》であることからして、そこにノヴィアがいる可能性《かのうせい》は極《きわ》めて高かった。

途中《とちゅう》、何度か魔獣《バロール》に見つからぬよう、気配を殺して隠《かく》れねばならなかった。西側の破壊《はかい》された巣を再建したいのだろう。だが、まだ警戒しているらしく、斥候《せっこう》の群《むれ》が、あちこち徘徊《はいかい》しているだけだった。

どの魔獣《バロール》も、聖堂の方には近づかない。建物自体が聖性をやどしているからだ。巣を作って、聖性を打ち消すほどの堕《だ》気《き》をもたらすまで、聖堂には侵入《しんにゅう》しないだろう。

ノヴィアが聖堂にいるということは確実《かくじつ》なことのように思われた。

あとはノヴィアをどう説得するべきか――

ジークと自分たちの戦いが済《す》むまでじっとしているよう頼《たの》んでも、聞くようなノヴィアではないだろう。眠っているところを拘束《こうそく》し、視覚《まなざし》の力を封《ふう》じてしまうしかない。

トールはそこで、ふとノヴィアの傍《かたわ》らにいるはずの、あの陽気な妖精《ファアー》を思い出していた。

（アリスハートをどうするか――）

そう考え、複雑《ふくざつ》な気持ちになった。どうもこうもない。ノヴィアとともに拘束するしかないのだ。ただし、殺してしまおうとは――考えられなかった。

影法師《かげぼうし》という渾名《あだな》以外の呼び名を考えてくれようとして、

（トールは、トールなの）

結局、その結論《けつろん》に達したアリスハートの大真面目《おおまじめ》な顔が思い浮《う》かぶ。そして、

（出番だぞーっ、影法師ぃーっ）

ノヴィアを危機《きき》から守るため、アリスハートが今もどこかで叫《さけ》んでいるような気がして仕方がなくなってくる。それは何とも言えない不思議な感情《かんじょう》だった。アリスハートがそう叫んでいると思うだけで、自分が動かねばならない気になるのだから。

その行動は、もはやレオニスのためでもノヴィアのためでもなく、ジークのためでもない。トール自身の意志《いし》と選択《せんたく》であるように思えてくる。

トールは、その思いとしばし格闘《かくとう》せねばならなかった。いざとなれば自分は、ノヴィアやアリスハートから憎まれる役になるのだ。それこそ自分の意志として。

そのためには一切《いっさい》の心を殺し、感情を消し、影法師である自分に徹《てっ》さねばならない。しいて無表情を保《たも》ち、トールは魔獣《バロール》を避《さ》けながら聖堂《せいどう》へ近づいていった。やがて大通りを挟《はさ》んだ聖堂の向かいの歩道に、するすると足音もなく到達《とうたつ》したとき――異変が起きた。

遠くで鳥の声が聞こえたのだ。夜明けには、まだかなりの時間があるはずなのに――

そう思って東の山々を仰《あお》ぎ、愕然《がくぜん》となった。なんと空が青紫色《あおむらさきいろ》を帯びてきている。

「朝が……来る……」

そうだった。自分は時間の感覚を狂わされているのだ。

アキレスと行動をともにするうちに、そのことが意識《いしき》から消えていた。

気づけば足が疲労《ひろう》していた。特に膝《ひざ》の辺りに痺《しび》れを感じる。まるで長時間、同じ姿勢《しせい》で立ち続けていたように。おそらく魔獣《バロール》を避けるために立ち止まり、様子をうかがうたびに、何時間もその場に同じ姿勢でとどまっていたのだろう。

つまり、立ち止まったり休息したりするたびに、自分がどれだけの時間を過《す》ごしたかという意識が消えるのだ。ただ移動している最中は、時間感覚は元《もと》に戻っているはずである。のろのろ動いていれば、とっくに魔獣《バロール》の餌食《えじき》になっているに違《ちが》いないからだ。

自分が思うよりも遥《はる》かに早く時間が進んでいるという感覚は、何とも言えぬ焦《あせ》りをもたらした。本当に事態《じたい》が把握《はあく》出来ているのか、それとも気づかぬうちに取り返しのつかない事態に陥《おちい》っているのではないのか――その判断《はんだん》さえ危《あや》うくなってくる。

それに、時間が過ぎているということは、それだけ気づかずに体力も精神力《せいしんりょく》も消耗《しょうもう》していることになる。知らぬうちに疲労困憊《ひろうこんぱい》して動けなくなるという事態に陥りかねない。

ともかく急いでノヴィアとアリスハートを確保《かくほ》し、アキレスと合流するのだ。正直、あのいやらしい男になど頼《たよ》りたくないが、それ以外に忘却《ぼうきゃく》の力に対抗《たいこう》するすべはなかった。

すぐさま聖堂に向かって大通りを渡《わた》りかけたところで、ふいに、香《かお》りがした。

思わず身も心も委《ゆだ》ねたくなるような甘《あま》い香り――

先ほどからずっと香りが濃《こ》く漂《ただよ》っていたが、そのことに今、突然《とつぜん》、気づいたのだった。

そうだ。この香り。これが敵の力。まさか——敵は既にノヴィアを確保している？

戦慄《せんりつ》がトールの背《せ》を駆け抜《ぬ》け、はっと大通りの真ん中で立ちすくんだとき——

聖堂から、猛然《もうぜん》と黄金色《こがねいろ》の輝《かがや》きが飛来したのだった。


「夜が……明ける……」

アキレスもまた、トールと同じように呆然《ぼうぜん》と東の空を見上げていた。

まだジークに動きはないが、いずれ動き出すだろう。自分と同じように時間感覚を狂《くる》わされているトールが、すぐに戻るとは思えない。このままではますます離《はな》ればなれになる。

「何もかも狂わせてゆくとは……敵《てき》の力ながら、実に素晴《すば》らしい……」

そう口にして、はっとなった。急いで懐《ふところ》から紙を取り出し、己《おのれ》の記憶《きおく》を探《さぐ》った。

「敵は……アンブローシャの……女……」

ついに敵が女であるということを忘却したのだ。アキレスは慌《あわ》てて城《しろ》の詰《つ》め所に戻り、

『敵がいる。記憶を消す女である。自分は既《すで》に記憶を消されている』

重要な事柄《ことがら》を強調して書いた。このままでは自分に敵がいることさえ忘《わす》れかねなかった。

敵が香りを使うこと、自分には影法師トールという味方がいることはまだ覚えている。

それにしても一晩中《ひとばんじゅう》ジークを見張《みは》っていたにもかかわらず敵は——女は現《あらわ》れなかった。

まさか香りで人を殺すことまでは出来ないはずだ。それならば記憶を消す前に命を消している。いったい、どのような手段《しゅだん》でジークにとどめを刺《さ》す気か――

そのとき突然、爆発《ばくはつ》的な堕気《だき》がすぐ近くで生じ、アキレスはぞっとなりながら素早《すばや》く窓《まど》の隙間《すきま》から外を覗《のぞ》いた。城の東側の塔《とう》に、それがへばりついているのが見えた。

まるで黒い太陽が昇《のぼ》ったかのようなシルエット――

あの大蜘蛛《おおぐも》が、東側の塔からじっと何かを窺《うかが》うような様子を見せている。

ジークを狙《ねら》っているに違いなかった。あの大蜘蛛は、ジークの強い堕気を食らって自分の力にする気なのだ。だが今はまだジークの力を警戒《けいかい》して直接《ちょくせつ》、手を出さずにいる――

ふと、アキレスは妙《みょう》なことに気づいた。なぜジークが城の中にいるにもかかわらず、大蜘蛛は外にいる？　急いでまた紙を読み、増殖器《ジェネレーター》を囮《おとり》にしてジークを招《まね》き寄《よ》せたことを確《かく》認《にん》した。その記憶はまだ自分の中にある。ジークの目的は増殖器《ジェネレーター》の破《は》壊《かい》だ。なのになぜ大蜘蛛はそれを守ろうとしない？　城の中に増殖器《ジェネレーター》は無いのだろうか。それとも――

すっと堕気の気配が弱まった。あれほど強烈《きょうれつ》だった存在《そんざい》感が呆気《あっけ》なく消えてゆく。城の中に入ったのだ――アキレスでさえそう思い、再《ふたた》び外の様子を窺って、目を見開いた。

大蜘蛛はいぜんとしてそこにいた。気配を出したり消したりすることで、相手をおびき寄せるだけの知恵《ちえ》を持っているのだ。そして大蜘蛛は、さっと塔を降《お》り、姿《すがた》を隠《かく》した。

「ふうん……そういうことですか。増殖器《ジェネレーター》は、そこにあるのですか……」

アキレスが笑《え》みを浮《う》かべた。巨大《きょだい》な蛭《ひる》が人の皮をかぶって浮かべるような笑みだった。

「ならば私は、あの大蜘蛛を味方につければ良い……もはや余計《よけい》な味方は、必要ない」

そう言ってアキレスは小屋を出ると、注意深く移動《いどう》し始めた。トールも敵の存在も、もはや眼中《がんちゅう》に無いかのように、大蜘蛛の消えた方へ向かって行った。


黄金色の輝きが猛然と迫《せま》り、トールは身を転じて横へ跳《と》んだ。だが金の矢は、恐《おそ》るべき勢《いきお》いで軌道《きどう》を変えて追ってくる。弧《こ》を描《えが》いて飛来する矢に、トールは思わず唸《うな》った。

その右手を翻《ひるがえ》し、堕気と聖性《せいせい》を混《ま》ぜ合わせた鋼《はがね》を出現《しゅつげん》させる。

鞭《むち》ではなく、ひと振《ふ》りの黒い短剣《たんけん》である。とても鞭を現す余裕《よゆう》などなかった。

異様《いよう》なほどの殺意のこもった矢を、短剣でなぎ払《はら》った。

軌道を逸《そ》らされた矢が、石畳《いしだたみ》に突《つ》き刺さる。なんと矢の半ばまで石に潜《もぐ》り込《こ》んでいた。

矢を払った手首に強い衝撃《しょうげき》を感じながら、トールが、ふわりと地に降り立つ。

これほど強力な矢を、あの少女が人に向かって放てるとは、予想外も良いところだ。何よりなぜ、いきなり自分を狙うのか。もしや、既に敵の力に取り込まれているのか――？

さっと左手を翻し、両手に短剣を握《にぎ》りながら、トールが聖堂を仰《あお》いだとき――

ノヴィアは完全に目覚めて、ベッドの脇《わき》に立っていた。素早く青い法衣《ほうい》を着込み、宝杖《バストー》を握りしめる。そうしながら、ぞっとするような目を、外の男に向け続けていた。

「ど、どうしたのっ！　何があったのよぉっ！　ねぇっ、……っ！」

傍《かたわ》らではアリスハートがしきりにわめいている。だがその小さな存在が、何という名で自分を呼《よ》んでいるのか、ノヴィアには聞き取れない。心が、その名を忘れてしまっていた。

ノヴィアは、男の姿を見逃さぬように気を付けながら、急いで部屋を出た。束ねていない髪《かみ》が乱《みだ》れて顔にかかるのも構《かま》わず、階段を降りてゆく。

絶対《ぜったい》に男を逃《に》がしてなるものかという思いがあった。あの男こそ自分の、

(死――母――影《かげ》――手から手へ)

大事な存在を奪《うば》った相手に違《ちが》いないのだ。夢《ゆめ》が、それを教えてくれたのだ。

「ま、待ってよぉっ！　どうしちゃったのよぉ……あっ！」

アリスハートが慌てて追いかける。ノヴィアは咄嗟《とっさ》に、その小さな存在へ矢を放ちかけ、

(友達になろう――)

心の深い部分が、必死にそれに抵抗《ていこう》した。ノヴィアは矢を放つことを諦《あきら》めた。代わりに、

「矢が、見えるわ。沢山《たくさん》の、沢山の、沢山の……矢が」

一階の広間に降りるや、うなされるように言い放った。数多《あまた》の鋭《するど》い金の輝きが具現され、

宙《ちゅう》を埋《う》め尽《つ》くしてゆく。アリスハートの悲しい顔が、驚愕《きょうがく》に引きつった。

「もう誰《だれ》も……待ったりしない。誰も……迎《むか》えになんか来ない」

悲しみと怒《いか》りを込めて——少女は、全《すべ》ての矢を放った。

2

「……ノヴィア」

ジークは、自分が壁《かべ》に刻《きざ》んだらしい名を口にした。

だが——何も思い出せはしない。

どこかから漂《ただよ》ってくる花の香《かお》りが、かすかに強くなった気がした。

じっと刻まれた名を見つめるうちに、他《ほか》のことが意識《いしき》にのぼった。

(増殖器《ジェネレーター》——ドラクロワを追う手がかり——都市に満ちる魔獣《バロール》)

そのために自分はここにいるのだ。戦うために。

ジークは広間を出る前に、最後にもう一度だけ壁に刻まれた名を見つめた。

(ジーク様——)

若《わか》い娘《むすめ》の声が脳裏《のうり》に甦《よみがえ》る。自分の従士《じゅうし》の声——なぜかひどくもの悲しい気持ちになる。

「この城《しろ》のどこかにいるのか……ノヴィア」

その名をしっかりと心に刻み込むように呟《つぶや》き、壁に背《せ》を向けた。

礼拝堂《れいはいどう》の扉《とびら》を開き、注意深く廊下《ろうか》を見渡《みわた》す。自分が今いるのは城の西側だ——

ふと、地下牢《ろう》へ向かう自分の姿《すがた》が思い浮かんだ。あれは夢の中での出来事だったろうか。

曖昧《あいまい》な記憶《きおく》を探《さぐ》りながら廊下を進むと、突然《とつぜん》、爆発《ばくはつ》的な堕気《だき》が城の外で生じていた。

ジークは弾《はじ》かれたように廊下の窓《まど》から外を覗《のぞ》いた。そこに、見覚えのあるものがいた。

塔《とう》にへばりつく巨大な蜘蛛《くも》の姿が、霧《きり》の向こうにおぼろに見えていたのだ。

大蜘蛛が堕気を収《おさ》め、さっと塔を降《お》り、街路の中へ紛《まぎ》れ込んだ。

自分を誘《さそ》っている——？　注意深く辺りの気配を探りながら廊下を進む。大蜘蛛が自分を外におびき寄《よ》せようとしているのなら、増殖器《ジェネレーター》は城の中にあるのだろうか。

いや——とジークの心の深い部分が反論《はんろん》する。

あの大蜘蛛を甘《あま》く見るな。自分を罠《わな》にかけるつもりかもしれない。

しかし、それほど知恵《ちえ》のある魔獣《バロール》なのか——？　漠然《ばくぜん》とした記憶を探る。兵を失ったのだ——何万という友軍を。いや、違う。それはドラクロワとの——昔の記憶だ。

混乱《こんらん》を振り払い、さらに廊下を進む。魔獣《バロール》があちこちで蠢《うごめ》いている気配がする。ときおり、夥《おびただ》しい血の跡《あと》や、遺体《いたい》を引きずっていったらしい跡に出くわしたが、魔獣《バロール》が襲《おそ》ってくることはなかった。おそらくどこかで待ちかまえているのだろう。

何度か階段《かいだん》を降り、別の広間に辿《たど》り着いた。大きな食卓《しょくたく》——ジークはその奥《おく》に進み、幾《いく》つかの部屋を通り過《す》ぎて、調理場に入った。灯《あか》りをともし、食料を探《さが》した。

異形《いぎょう》の獣《けもの》が跋扈《ばっこ》し、血と破壊《はかい》に満ちた場所であるにもかかわらず、平然と食事をした。

自分の従士がいれば、こんな状況下《じょうきょうか》でも食事を用意しただろうか——そう考えた。

思い出されるのは若い娘の顔だが、こと食事となると違う存在《そんざい》がいるような気がする。

いったい何人目の従士のことか。自分はこれまで、あまりに大勢《おおぜい》を死なせすぎた。

(あなたに斬られた従士は、幸せだったと思います)

そんな馬鹿《ばか》なことがあってたまるものか。

自分はあと何人の従士を犠牲《ぎせい》にするのか——後悔《こうかい》の念がよぎり、それを振《ふ》り払《はら》う。

敵《てき》の襲撃《しゅうげき》を警戒《けいかい》しながら軽い食事を済《す》ませ、じっと動かず休息を取る。

頭の中では、あの大蜘蛛の動きを何度も思い返している。やはり自分を増殖器《ジェネレーター》から遠ざけるために誘い出そうとしたと考えるべきだろう。この城の中に、あるのだ。

ふと自分の従士が黒い靄を見たことを思い出す。堕気が集中している場所を探り、巣の位置を特定したのだ。しかし黒い靄《もや》とは？　従士が増殖器《ジェネレーター》の在《あ》りかを知っている？

懐《ふところ》から地図を取り出し、印が付けられていることを確認《かくにん》する。

魔獣《バロール》の巣は、残り二つ。城の内部と、東側だ。

そのとき、別の書類が懐の隠《かく》しポケットに入っていることに気づいた。取り出してみると、血がしみついた書類だった。中身は、ある〈銀の乙女《おとめ》〉の経歴《けいれき》――

「ノヴィア……」

その名が記されていた。ノヴィア・エルダーシャ。〈銀の乙女〉フェリシテ・エルダーシャの娘にして力の後継者《こうけいしゃ》。これが自分の従士か？　万里眼《ばんりがん》の使い手？　なら、どうしてここにいる自分を発見して追って来ない？　それとも既《すで》に死んだのか？

続けてノヴィアの生《お》い立ちのくだりを読み、愕然《がくぜん》となった。聖地《せいち》シャイオン？　レオニス・ジェルミナルとは姉弟？　ふいにレオニスとドラクロワが同盟したことが思い出された。そう、この事態《じたい》は全てレオニスとドラクロワの共謀《きょうぼう》によるものに違《ちが》いない。

ジークは書類と地図を懐にしまいながら、もしかすると自分は、

（杖《つえ》の教え――力についての――）

ノヴィアという従士を置いて、ここに来たのかもしれないと思った。

レオニスの姉などを戦いにつれて行けば、今後どんな不測《ふそく》の事態が起こるか分からない。最悪の場合、自分を殺そうとするかもしれない。かつて、そういう従士がいたように。

お互《たが》いに最も大事な物を守るため、

（あなたの悲しみを、私が奪《うば》いました）

相手にとって最も大事な物を奪う――そういう従士《じゅうし》がいたのだ。

(斬《き》らねばならないのか――)

ふいに、その思いが強く湧《わ》いていた。まさか――ノヴィアという今従士は今まさに自分を殺そうとしているのか？　あの礼拝堂に一人でいたのは、従士から身を守るため？

ぞくりと肌《はだ》が粟立《あわだ》った。心が何かを失って寒がっているのだ。混乱が襲いかかり、ジークは、すぐさま全《すべ》ての思案を打ち切った。このまま自問自答していても何にもならない。

明確に存在する脅威《きょうい》を排除《はいじょ》し、その上で敵が誰かを見定める。それしかなかった。

ジークは食堂を出て、さらに城の内部へ向かった。幾《いく》つかの鉄扉《てっぴ》を、錠《じょう》を破壊して進んだ。やがて地下へ向かう階段に差し掛《か》かり、にわかに確信が起こった。とてつもない堕気が、城の地下に充満《じゅうまん》しているのだ。ここに増殖器《ジェネレーター》がある可能性《かのうせい》は、極《きわ》めて高かった。

ジークはためらいもなく薄暗《うすぐら》い階段を降り、堕気が渦巻《うずま》く場所へ入り込んでいった。

(ご自分の身を危険《きけん》にさらすことで、試《ため》しているんですか……)

遠い記憶――頭の中に靄がかかったようにうまく思い出せない。

(他人を……ご自分の、心と命さえも……そんな風に、試すなんて)

「ノヴィア……？」

その名を口にするが、しっくり来ない。ジークはかぶりを振った。今は従士の行方《ゆくえ》を探

す前に、魔獣《バロール》の脅威を排除する方が先だ。自分に魔獣《バロール》を集中させれば、その分、

(あなたには、もう信じられる人が、一人もいないのに――)

この都市にいるかもしれない自分の従士に降《ふ》りかかる危険も少なくなるはずだ。

あるいはそのときこそ、従士が自分を狙《ねら》いに来るのだろうか。

ジークは階段を降り、暗い回廊《かいろう》に立った。天井《てんじょう》が高く、左右の壁《かべ》の距離《きょり》もかなり広い。

障気《しょうき》――この世の全ての命を蝕《むしば》むような、どす黒い空気が、奥の闇《やみ》から吹《ふ》き付けてくる。

おそらくこの先に、岩山を掘《ほ》り抜《ぬ》いた地下道か何かがあるのだろう。

風があるところを見ると、どうやら外部にも通じているらしい。

いずれにせよ、ジークがその力を振るって打倒《だとう》すべきものがそこにあるのだ。

突然《とつぜん》、闇の奥で何かがひしめく気配があった。ざわざわと騒《さわ》がしい音が近づいてくる。

ジークはシャベルを掲《かか》げ、猛然《もうぜん》と振り下ろした。シャベルの歯が、凄《すさ》まじい勢《いきお》いで床石《ゆかいし》を貫《つらぬ》く。その左腕《ひだりうで》に雷花《らいか》が迸《ほとばし》るとともに、闇から、奔流《ほんりゅう》のごとき魔獣《バロール》の群《むれ》が飛び出し、

「ジーク・ヴァールハイトが解《と》き放つ！」

烈声《れっせい》が、暗い回廊に響《ひび》き渡《わた》った。

逃《に》げ回る影《かげ》に向かって、ノヴィアは次々に矢を放っている。

「――ねぇっ！　……あっ！」

誰かが、すぐそばで呼《よ》んでいるのだがその名前がよく聞こえない。

ひどく寒かった。何かが失われたせいで体中が凍《こご》えそうだった。

自分はずっと待っていた。何度も置いて行かれた。与《あた》えられ、奪われてきた。

追いかけなければならなかった。もう待つことをやめて。憎《にく》しみを込《こ》めて。

母を奪った男。いったいそれが誰なのかも定かでないまま、ノヴィアは聖堂の外に出た。

聖堂の前の歩道に、点々と血の跡《あと》があった。矢で傷《きず》を受けたのだろう。だが肝心《かんじん》の男がいなかった。辺りを見回すが、影も形もない。こんな短時間で逃げられるとは――

「逃げられた……。母さんの仇《かたき》……」

ノヴィアは必死に視覚《まなざし》の力を駆使《くし》して相手を捜《さが》している。そうするうちに、

「どこにいるの……。私を置いて行かないで……。お願い……置いて行かないで……」

いったい誰を何のために追っているのかも、だんだん分からなくなってくる。

「ねぇ、誰もいないよぉっ！　おかしいよぉっ、……あっ。どうしちゃったのよぉ……」

金色に輝《かがや》くものが悲しい声を上げている。自分はいったい誰を捜しているのか、

「私……。名前……。何……」

自分はいったい誰なのか――全てが渦を巻いて溶《と》けて消えてゆく。そして――

「ここにいるわ、ティア」

突然——街路から声が飛んだ。

アリスハートが、ぽかんとなる。ノヴィアも呆然《ぼうぜん》となって、その女を振《ふ》り返った。

「迎《むか》えに来たわ……待たせてしまって、ごめんなさい」

女——フロレスは、優《やさ》しく微笑《ほほえ》みながら、両手を広げてみせた。

雛色《ひないろ》の髪に、碧《あお》い目——それがノヴィアには、栗《くり》色の髪に、紫《むらさき》の目を持つ女に見えた。

「母さん……？」

ノヴィアが震《ふる》える声で訊《き》く。だがフロレスは、そっと、かぶりを振った。

「あなたの姉よ……ティア」

「お姉さん……？　私……姉なんて……」

ノヴィアの目に疑《ぎ》念《ねん》の光がよぎる。フロレスの右手から小さな香炉《こうろ》が現《あらわ》れ、揺《ゆ》れた。

「いらっしゃい……ティア。姉さんのもとへ帰って来なさい……」

フロレスの囁《ささや》きとともに、甘《あま》い香《かお》りが漂《ただよ》う。ノヴィアは、おずおずとうなずき、

「ずっと待ってた……誰も迎えに来てくれないまま……ずっと、ずっと……」

その頰《ほお》を涙《なみだ》が零《こぼ》れ落ちていった。金色に輝くものが何かをわめいているが何も聞こえない。ノヴィアはただ自分を迎える者を求めて——フロレスに向かって歩んだ。

からん、と乾《かわ》いた音がした。宝杖《バストー》が手から滑《すべ》り落ちて、石畳の上に転がったのだ。

だがノヴィアはそれに目もくれない。ただ真《ま》っ直《す》ぐ女に歩み寄《よ》り——

「行っちゃ駄目《だめ》ーっ！　ノ……ぁっ！」

突如《とつじょ》として、目の前に金色の輝きが満ちた。ノヴィアの足が、はたと止まる。

「アリスハー……」

通せんぼするそれの名を、咄嗟《とっさ》に口にしかけたとき、フロレスの手がさっと伸《の》びた。

「邪魔《じゃま》なエインセル……私とティアの間に、入り込もうと言うの……？」

優しげな声とともに、フロレスが、金色に輝くものをつかむ。

金色の輝きが、滅茶苦茶《めちゃくちゃ》にもがいた。そのわめき声が、ノヴィアを恐《おそ》れさせた。

自分は何か恐ろしい目に遭《あ》っているのではないのか。何かが間違っているのでは——そして甘い香りの向こうで、甲高《かんだか》い絶叫《ぜっきょう》が上がった。ノヴィアの目が呆然と見開かれる。

「こうすれば……、ほら……もう飛べないでしょう？」

フロレスは、ひどく丁寧《ていねい》な仕草で、何かをつまみ、ちぎっていた。

耳を塞《ふさ》ぎたくなるような悲痛《ひつう》な叫《さけ》び。ノヴィアの目をあとからあとから涙が零れ落ちてゆく。もはや何が悲しいのかも分からない。ただ何もかもが無惨《むざん》に奪《うば》われてゆく——

「私からティアを奪おうとする者は、こうなるの。分かった……？」

フロレスの手の中で、金色の輝きが弱まっていった。ぐったりとして動かなくなったそれを、放《ほう》り捨《す》てた。まるでノヴィアが落とした宝杖《バストー》のように——それが街路に転がった。

フロレスの左手が、香炉を現した。たちまち喉《のど》の渇《かわ》きを覚えるほどの甘い香りが漂い、

「いらっしゃい……ティア。もう何も、あなたを邪魔しないわ……」

ノヴィアは、ふらふらと女のもとに招《まね》き寄せられていった。そしてフロレスの腕《うで》が優しく肩《かた》に回されると、もはや自分がどこへ行くのかも分からぬまま、ノヴィアは、ただ悲しさと安心感とを覚えながら、濃《こ》い香りと霧《きり》の向こうへと導《みちび》かれていったのだった。

「い、痛《いた》い……痛いよぉ……ノヴィアぁ……」

弱々しくまたたく金の輝き——アリスハートの泣き声が、悲しく街路に響《ひび》く。

四枚《まい》あった背の羽が、全《すべ》て無惨に引き裂《さ》かれている。

あの女が、その背の羽を、一枚ずつ、花でも摘《つ》むかのように平然とちぎったのだ。

背の痛みのせいで、うずくまったまま動くことも出来ず、しくしく泣くアリスハートの上に、ふいに影が落ちた。

アリスハートが、びくっとなって、小さな手で頭を庇《かば》うようにする。

「やめてよぉ……もぉ、やめてよぉ……」

だが呆気《あっけ》なく体を持ち上げられ、アリスハートは身を強《こわ》ばらせて丸くなった。ひどい悲しみと痛みのせいで、このまま自分が消えて無くなってしまうのかとさえ思った。

「私です……アリスハート」

穏《おだ》やかな声がした。同時に、背の痛みがすうっと薄《うす》らいでゆく。

アリスハートは、おどおどと相手を見やり、ぽかんとなった。

「ト……トール……？」

トールは珍《めずら》しいことに目を細めて微笑《ほほえ》み、

「はい、私です」

律儀《りちぎ》にうなずいてみせた。

「今……私の手に、聖性《せいせい》を集めています。少しすれば、あなたの傷《きず》を癒《いや》せるでしょう」

トールが言った。その頬や肩に、鋭《するど》い傷跡《きずあと》が走っている。衣服のあちこちが裂けており、まるで刃《やいば》の束の中に飛び込んだような有様だった。その手も、少し、血の臭《にお》いがした。

「な、なんでトールがここにいるのぉ。それより、どうしたのぉ、そのひどい傷ぅ」

自分の有様を棚《たな》に上げたアリスハートの言いざまに、トールがかすかに苦笑《くしょう》する。

「あなたほどではありませんよ、アリスハート」

「ま、まさか……ノヴィアが追いかけてたのって……トールだったのぉ？」

トールは、やや困《こま》ったように、うなずいた。

「あなたたちを保護《ほご》しようとして……撃退《げきたい》されてしまいました」

アリスハートが、感心したようにトールを見上げた。

「あんたって、どこにでもいるのねぇ」

「たまたま、ですよ」

トールがますます困ったようになる。ふと、もう一方の手を伸ばし、宝杖《バストー》を拾った。

「あ……ノヴィアの大事な杖《つえ》……。ねぇ……ノヴィアはぁ……？」

「あの女に連れて行かれてしまいました。あの女の香《かお》りに、心を奪われたのでしょう」

「香り……？　何の匂《にお》いもしないよ……？」

アリスハートが小さな鼻を宙《ちゅう》に向ける。トールはじっとアリスハートを見つめた。

「もしかすると……あなたがいることで、あの女の力を破《やぶ》れるかもしれません」

「力……？　あの女の人と……知り合いなの……？」

そう訊《き》きながら、女の顔を思い出すだけで怖《こわ》さで震《ふる》えてしまうアリスハートだった。

その様子に、トールは心痛めるような顔になった。

「分かりません……本当に敵《てき》かどうかも。ですが少なくとも、あ、あ、あ、あなたをこ、こ、このような目に、遭《あ》わせました。それだけで十分です。あの女を、私が仕留《しと》めます」

当然のようにそう口にし、女の消えた方に、鋭く目を向けていた。

アリスハートがちょっと啞然《あぜん》となるほど、その目が、怒《いか》りに光っていた。

3

凄魔《ギルト》たちが扇状《せんじょう》に展開《てんかい》し、爆発《ばくはつ》的に溢《あふ》れ出す魔獣《バロール》を迎《むか》え撃《う》った。

刃の脚《あし》を持った巨大《きょだい》な蜘蛛《くも》が、天井《てんじょう》や壁《かべ》をも覆《おお》い尽《つ》くし、ばらばらと降《ふ》ってくる。

「非業《ひごう》の魂《たましい》よ！　土刻星《サターヌス》の連なりの下《もと》、剛魔《ごうま》ダゴンとなりて我《わ》が敵の前に立て！」

ジークが立て続けに左手を床《ゆか》に叩《たた》きつける。青白い稲妻《いなずま》とともに続々と現《あらわ》れるのは、薄《うす》汚《ぎたな》い鉄の塊《かたまり》のごとき魔《ま》兵《へい》たちだ。咆吼《ほうこう》を上げ、胸《むね》に槍《やり》のごとき鉄の角を生やし、突撃《とつげき》した。

凄魔《ギルト》たちがさっと退《ひ》き、代わって剛魔《ダゴン》がその重量にものを言わせて敵を蹴散《けち》らす。

ジークは果《か》敢《かん》に前進を命じた。頭上から降ってくる魔獣《バロール》を、凄魔《ギルト》が切り払《はら》う。

回廊《かいろう》を奥《おく》へ奥へと進むうちに、両側の壁が、剝《む》き出しの岩に変わった。

最初の襲撃《しゅうげき》が収《おさ》まる頃《ころ》には、完全に地下道に入り込んでいた。

緑色に光る苔《こけ》がそこら中に密生《みっせい》し、湿気《しっけ》をふくんだ風が、地下から吹《ふ》きつけてくる。

坑道《こうどう》にしては天井が高すぎる。天然の洞窟《どうくつ》だった。都市の外に魔獣《バロール》が溢れていないことから、城壁《じょうへき》の外まで通じているとは考えにくい。きっと都市の各所に出入り口があるのだ。

となれば、ここに増殖器《ジェネレーター》を設置《せっち》すれば、都市中に魔獣《バロール》をばらまくことが出来る。

このどこかに、あるのだ。ドラクロワが仕掛《しか》けた罠《わな》であり、手がかりである増殖器《ジェネレーター》が。

ジークの総身《そうしん》に烈気《れっき》がみなぎり、それに感応《かんのう》したかのように無数の堕気《だき》が暗がりに生じた。

「蟹座の陣《ムリエル》！」

魔兵が三個《こ》の突撃方陣《ほうじん》を敷《し》いた。ざわつく闇《やみ》が、にわかに雪崩《なだ》れた。これまでにない大量の魔獣《バロール》の群《むれ》に向かって、ジークは魔兵とともに剣《けん》を掲《かか》げて走った。

相手を——そしてまた己《おのれ》自身を試《ため》すように。その心と命を、争乱《そうらん》に投げ込んでいった。


涙《なみだ》が止まらなかった。自分にとって大事なものがすっかり奪《うば》われた感覚に、体も心もひっきりなしに震えている。ひどく悲しいくせに、何が悲しいのかも分からない。

「私……どうしちゃったんだろう……悲しくて……怖くて……」

泣きじゃくるノヴィアを、フロレスがソファに座《すわ》らせた。

城《しろ》の北西にある領主《りょうしゅ》の邸宅《ていたく》だった。血と屍《しかばね》さえ少女の目には入っていない。甘《あま》い香りが満ちるそこで、ノヴィアはただ泣きながら、優《やさ》しく肩《かた》を抱《だ》くフロレスの囁《ささや》きに聞き入った。

「心配ないわ……ティア。あなたはいつも……力を使うたびに、そうなっていたわ」

「力……？」

「そう……。夢《ゆめ》を見せ……そして夢を見る。全《すべ》てを忘《わす》れさせるために。私たち二人は、聖《せい》法庁《ほうちょう》のために多くの人の記《き》憶《おく》を消し……そしてまた、自分たちの記憶を消してきた」

「自分たちの……記憶……」

「私とあなただけなの、ティア」

フロレスの手に力がこもった。悲しみに声を震わせながら、ノヴィアを抱きしめる。

「私とあなただけが、お互《たが》いのことを覚えている……。どんなに忘れても、どんなに失っても、必ず、私にはあなたが、あなたには私がいた……。なのに……」

ノヴィアを抱きながら、フロレスの碧《あお》い目が、凄惨《せいさん》な光をやどして宙を見すえた。

「あの男が奪った……。私からあなたを奪った。フロレスからティアを奪ったのよ。ティアの花を……風が吹《ふ》かねば咲《さ》かない、優しい花を……あの男が……散らせた」

もはや自分が抱きしめる者が誰《だれ》かなど、関係が無いかのような口調であった。

「私はフロレスの花……みなが眠《ねむ》る、夜にしか咲かない花。誰も私がいたことを覚えていない……朝になれば、ただ萎《しお》れた花弁《かべん》だけが残っている……どんな色かも分からずに」

やがて手をゆるめてノヴィアを解放《かいほう》しながら、フロレスは言った。

「ティア……あなたも奪われたのよ。大事な存在《そんざい》を……そうでしょう?」

ノヴィアは涙で濡《ぬ》れた目でぼうっとフロレスを見つめ、ゆっくりとうなずいた。

「私たちの力で復讐《ふくしゅう》し……全てを葬《ほうむ》るのよ。私はこの機会をずっと待っていた……忘れたふりをして。〈銀の乙女《おとめ》〉は、私がいつも通り全てを忘れたと思っている。辛《つら》かったわ、い、い、い、……ずっと、自分に妹がいたことなど忘れたように振《ふ》る舞《ま》わなければならなかった」

ふいにフロレスの双眸《そうぼう》から、涙が溢れて頬《ほお》をつたわった。ノヴィアの頬を撫《な》でながら、

「あなたの名はティア・アンブローシャ……私の妹。さあ……私を、姉さんと呼《よ》んで」

そう囁いた。ノヴィアは、魂の抜《ぬ》けたような顔で、言われるままに繰《く》り返した。

「私は、ティア・アンブローシャ……。あなたの……妹です……。姉さん……」

フロレスはしっかりとノヴィアを抱きしめた。子供《こども》が大事な人形を取り戻《もど》したように。

トールが城の詰《つ》め所に戻ると、アキレスの姿《すがた》はなかった。〈蛭氷《グ・リカ》〉を残すと言っていたが、その様子もない。トールはちょっと肩をすくめた。どこか、せいせいした気分だった。

「どうやら……お互いに、単独《たんどく》行動になったようです」

「え……？　誰かここにいたの？」

アリスハートが、トールの肩の上に座りながら訊《き》く。トールの聖性《せいせい》のお陰《かげ》で、背の痛《いた》みは消えている。羽も、それぞれ半分くらいまでは回復《かいふく》していた。だがそれ以上回復するには、ノヴィアが持つような純粋《じゅんすい》で強い聖性を与《あた》えられる必要があった。

「一応《いちおう》、当面の仲間がいましたが……私が、ノヴィア様を確保《かくほ》しようとしている間に、ジークを追っていったのでしょう」

ついトールが口を滑《すべ》らせた。アリスハートが思い出したように、

「そういえばトールって狼男《おおかみおとこ》の敵《てき》になったんでしょ？　なんで、あたしを助けたの？」

「あなたとは敵ではありません。レオニス様も……決して、ノヴィア様やあなたと敵対するつもりはないのです。ただ……立場上……そうならざるを得ず……」

ぼそぼそと要領を得ない返答をする。いざとなれば自分がノヴィアを斬《き》る決意でいたなどと、とても口に出来ないトールだった。代わりに、次の点だけは正直に告げた。

「私は、ノヴィア様を戦いから守るよう、レオニス様から命じられているのです」

「……レオニスも、複雑《ふくざつ》なのねぇ」

感心するアリスハートをいったん机《つくえ》の上に置き、トールは自分の手当てをした。

とはいえ体中を矢がかすめた部分を、血を拭《ぬぐ》って軽く包帯を巻く程度《ていど》である。

「痛そうねぇ……。大丈夫《だいじょうぶ》ぅ？　ごめんねぇ、ノヴィアのせいで」

「あなたの方が痛そうでしたが……」

「そりゃもう痛いなんてもんじゃなかったわよぉ。あんたが来てくれなかったら、あたし死んじゃってたかも。ありがとうね、トール」

トールが微笑《びしょう》し、手当てを終えて黒い法衣《ほうい》を着込《きこ》む。窓《まど》から街の様子を窺《うかが》うと、幾《いく》つも影《かげ》が走るのが見えた。魔獣《バロール》が活発化している。おそらくジークが戦っているのだろう。

敵の行方《ゆくえ》はつかめておらず、魔獣《バロール》を避《さ》けながら都市中を探索《たんさく》するほかなかった。

しかし敵を追いつめたとして、そうたやすく仕留《しと》められるだろうか。あの聖性による香《かお》りに覆われている限《かぎ》り、自分の侵入《しんにゅう》はたやすく察知されるだろうという確信《かくしん》があった。

そして香りに踏《ふ》み込んだが最後、どう自分が操《あやつ》られるか想像《そうぞう》もつかない。下手をすると、自分で自分を斬るかもしれなかった。そしてふと――その力に対抗《たいこう》出来る存在に気づいた。

「あの香りに勝てるのは、ノヴィア様だけかもしれません。香りの届《とど》かぬ場所から、気づかれぬよう敵の位置を見定め、攻撃《こうげき》する。それが出来るのはノヴィア様だけでしょう」

「でもノヴィア、つかまっちゃったし。あの女の人、ノヴィアをどうするつもりかなぁ」

トールにも確信はなく、かぶりを振りつつ、アリスハートを再《ふたた》び自分の肩《かた》に乗せた。

もとよりノヴィアに頼《たよ》るつもりはない。自分の力を――暗殺能力《のうりょく》を最大限《さいだいげん》に発揮《はっき》して、敵に気づかれぬまま仕留めるのだ。そしてその上で、ジークと戦う――

「まずはノヴィア様を探《さが》しましょう。あなたがいるお陰で、相手の力に翻弄《ほんろう》されずに済《す》みそうです。私がぼんやりしたら、遠慮《えんりょ》無く私の耳元で大声を上げて下さい」

「う……うん」

「そしてこれを、ノヴィア様の手に、戻して差し上げましょう」

そう言ってトールは、腰帯《こしおび》に差した宝杖《バストー》を軽く叩《たた》いた。つくづく奇妙《きみょう》な立場だった。

ジークとノヴィアの双方を殺す気で来ていたのに、逆《ぎゃく》に二人のために戦うとは。

ずるい、というレティーシャの声が、どこかからか聞こえてくるようだった。

そのくせ妙な快《こころよ》さを感じながら、トールは、街路へと身軽に飛び降《お》りていった。


凄《すさ》まじいまでの光景が広がっていた。

地下の広大な空間に出たかと思うと、至《いた》るところに屍《しかばね》が積み重ねられていたのだ。

命を失った腕《うで》や脚《あし》が、そこら中から垂《た》れ下がっている。ほとんど都市中の人間の遺体《いたい》を集めてきたに違《ちが》いなかった。魔獣《バロール》たちの餌《えさ》——そしてまた堕気《だき》を呼ぶために。

いったん蹴《け》散《ち》らしたかに見えた魔獣《バロール》たちが、四方から怒濤《どとう》のごとく押《お》し寄《よ》せてきた。

どうやらこの空間を中心にして、幾つかの地下道が通っているらしい。

ジークは眼前《がんぜん》の光景に、かっと目を見開いたまま、魔獣《バロール》が包囲するに任《まか》せている。

そして、包囲を終えた魔獣《バロール》が一斉《いっせい》に躍《おど》りかかろうとするのに合わせ、

「水瓶座の陣《ガムビエル》！」

密集《みっしゅう》させていた魔兵《まへい》を、一挙に四方へ溢《あふ》れさせた。

鉄塊《てっかい》のごとき剛魔《ダゴン》に加えて、今や巨人《きょじん》のごとき巌魔《ヘイトレッド》も招《まね》き出されている。ジークとともに凄魔《ギルト》たちが走り、包囲に向かって果敢《かかん》に斬り込んだ。幾つかの突撃陣形《とつげきじんけい》に分かれて包囲を突破《とっぱ》し、素早《すばや》く合流する。敵《てき》の有利さを覆《くつがえ》すため、不規則《ふきそく》に陣形を分離《ぶんり》し、合流させることを繰《く》り返す。魔兵の数が目に見えて減《へ》ってゆくが、同時に敵にも打撃を与えてゆく。

いったいどの通路が、敵の巣の中枢《ちゅうすう》に通じているのか――それさえ分かれば形勢《けいせい》を逆転出来るはずだった。こういうときに万里眼《ばんりがん》の使い手が傍《かたわ》らにいればと痛切《つうせつ》に思う。

だが実際《じっさい》にそんな存在《そんざい》はいるのだろうか？　もしかして、ノヴィアという名が記された

あの書状《しょじょう》は、遥《はる》か昔のもので、自分はとっくにその従士《じゅうし》を失っているのではないか？

そんな思念がよぎり、慌《あわ》てて振《ふ》り払《はら》う。やがてジークは大地全体の気配を探《さぐ》り、最も瘴気の強い通路を発見した。すぐに陣形を整え、全軍を挙げて、その通路に突撃する。

予想通り敵が凄まじい抵抗《ていこう》を見せた。先頭で走っていた剛魔《ダゴン》の硬《かた》い体が、次々に砕《くだ》かれてゆく。背後《はいご》からも魔獣《バロール》が押し寄せ、巌魔《ヘイトレッド》の巨体を呑《の》み込んでいった。

立ち止まれば、すなわちそこが死地になった。一歩として退《ひ》いてはならず、ただひたすら前へ前へと突き進む。ジーク自身も、ただひたすら剣《けん》を振るい、

（私には……戦場で、あなたの命を守る力はないかもしれません）

敵と味方の血を浴び、屍を乗り越え、勝機と生存を求めて叫《さけ》びを上げる。

(でもせめて……あなたの中の悲しみを、これ以上、増《ふ》やさないために……)

全《すべ》てが戦闘《せんとう》の狂乱《きょうらん》に呑み込まれ、体も心も全ての力も、混沌《こんとん》へと投げ込まれてゆく感覚。

(全てに対して、あなたはとても悲しんでいて……)

ただ生きるために剣を振るい。

ただそれだけのために敵をなぎ倒《たお》し。

そんな自分が、理想を求めることで、初めてその剣に意味を見いだせたのだ。

いつかその剣を棄《す》てる日が来ると、ただそれだけを信じて剣を握《にぎ》り続けてきたのだ。

(姉がいるんです！　私、一人ぼっちじゃないんです！)

娘《むすめ》の告白——意を決した言葉。安心する自分。この娘にも信じられる相手がいるのだ。

(憎《にく》らしくないんですか。あなたにはもう、信じられる相手なんて、一人もいないのに)

そうではないのだ。

自分は今でも信じている。

あの男のことを。どこまでも信じて追い続けている。だから戦えるのだ。

(あなたは悲しい人です。そんなにも悲しみが欲《ほ》しいのなら取り返しに来て下さい)

凄烈《せいれつ》に剣を振るう果てに——ジークは、ついに魔兵の先頭が通路を突破したのを見た。

(私は、あなたの悲しみを奪《うば》いました)

魔獣《バロール》の群《むれ》が通路の出口に殺到《さっとう》した。最後の防壁《ぼうへき》が築《きず》かれ、それを打ち破《やぶ》るや、

「ジーク・ヴァールハイトが招く！」

烈声を上げて、その左手を地面に叩きつけた。

「無念の魂《たましい》よ！　火刻星《マムルーク》の連なりの下《もと》、砲魔《ほうま》ネルヴとなりて我《わ》が敵を撃《う》て！」

青白い稲妻《いなずま》が吹《ふ》き荒《あ》れ、続々と現《あらわ》れる魔兵が、右腕の砲身を一斉に構《かま》える。

それまで洞窟《どうくつ》が崩《くず》れることを警戒《けいかい》して使えなかった力であったが、もはやこの瞬間《しゅんかん》を逃《のが》しては勝機がなかった。ジークは通路を出たそこが、間違いなく魔獣《バロール》の巣の中核《ちゅうかく》であることを確《たし》かめながら、砲魔《ネルヴ》たちに砲撃を命じた。

鼓膜《こまく》を破らんばかりの砲火の音が立て続けに轟《とどろ》いた。魔獣《バロール》たちが増殖《ぞうしょく》するための巣を粉砕《ふんさい》し、焼き尽《つ》くしてゆく。その衝撃《しょうげき》や轟音《ごうおん》でさえ、総身《そうしん》に瘴気を帯びたジークにとっては何ということもない。戦闘の熱気で鋭敏《えいびん》になった目が、素早く増殖器《ジェネレーター》を探し――

それが、どこにもないことが分かった。

「馬鹿《ばか》な……。いったい、どこに……」

今もそこら中から魔獣《バロール》が溢れ出しているというのに。ジークは巣の破壊《はかい》を優先《ゆうせん》させつつ、空間のあちこちを探した。増殖器《ジェネレーター》はどこにもない。あの大蜘蛛《おおぐも》も、ここにいない――

ふいに不吉《ふきつ》な予感が襲《おそ》いかかった。もし、この全てが罠だったら。

そしてジークは、そこで信じがたいものを見た。

砲火の衝撃で亀裂《きれつ》の入った壁《かべ》から、大量の水が唸《うな》りを上げて溢れ出すのを。

魔兵たちが水を浴びて、ごうごうと咆吼《ほうこう》を上げた。その体が脆《もろ》くも崩れてゆく。水そのものが弱点なのではない。地面を水が覆《おお》うことで、力を失って形を保てなくなるのだ。それでも今いる場所が地下そのものであるため、かろうじて即座《そくざ》に壊滅《かいめつ》することはない。

もし、大蜘蛛の狙《ねら》いが、これだったとしたら——ジークは、恐《おそ》るべき戦慄《せんりつ》に襲われた。

大蜘蛛は、何度かの戦いを通じてジークの力が大地を通して発揮《はっき》されることを悟《さと》ったのだ。そしてその力を封《ふう》じるために、大地とジークを何かで遮ることを——水で地面を覆うことを、考えついたのだ。そしてジークの力を封じるための罠《わな》を、ここに仕掛《しか》けた——

まさか、と思った。それは、もはや知恵《ちえ》などというものではない。獣《けもの》の本能《ほんのう》で、ジークを罠にかけたことになる。そんなことが起こりうるのか。

魔兵たちの凄《すさ》まじい絶叫《ぜっきょう》が、ジークを我《われ》に返らせた。立ち止まれば死地になる状態《じょうたい》はいまだに続いている。いや、いっそう悪化していた。

(あなたの名前は、好きです)

ジークは、たちまち水に覆われる地面を駆《か》け、この状況《じょうきょう》からの挽回《ばんかい》をはかって必死に陣《じん》を整えていった。

（勝利って、意味ですよね）

娘の声が、遠い彼方《かなた》から聞こえていた。ひどく悲しむような声だった。

4

ふいに都市の一角で地響《じひび》きが起こった。アキレスは音の方を振《ふ》り向き、目を見開いた。

都市の南の辺りの建物が、地盤《じばん》が崩れて一斉《いっせい》に傾《かたむ》き、沈《しず》んだのだ。

騒然《そうぜん》とする堕気《だき》をかすかに感じた。どうやらジークは地下で戦っているらしい。

凄まじいまでの力の奔流《ほんりゅう》の余波《よは》が、遠く離《はな》れたアキレスにまで届《とど》いてくるようだった。

「実に恐ろしい男ですね……ジーク。その力……必ずや、手に入れてみせます……」

アキレスは抱《いだ》きかけた恐怖《きょうふ》を抑《おさ》えるように笑い、目的の場所へと近づいていった。

城《しろ》の東側――魔獣《バロール》の巣の一つがある地区である。

用心深く、そこにそびえる塔《とう》を仰《あお》ぎ見た。思わず、ぎょっとなった。

あの大蜘蛛が塔にへばりつき、完全に気配を消して、じっと南の様子を窺《うかが》っているのだ。

その姿《すがた》は、どこか知恵深い人間が、静かに思案にふけっているようにも見える。巨大《きょだい》な蜘蛛が人間並《な》みの知恵を持ってものを考えていると思うだけで、ひどく不気味だった。

アキレスは、大蜘蛛の意識《いしき》が自分に向かっていないことに感謝《かんしゃ》しつつ、

「出でよ……〈蛭氷《グ・リカ》〉よ……」

その魔獣《バロール》——吸血《きゅうけつ》の氷を現した。足下《あしもと》から透明《とうめい》な氷柱が生え、アキレスを囲む。

「お前が吸《す》った血を、少しばかり吐《は》き出しなさい」

アキレスが囁《ささや》くと、にわかに氷の表面がどす黒い色に染《そ》まっていった。

「さあ……私をその血で覆うのです」

氷柱に亀裂が走り、ぱっと砕《くだ》けた。

どす黒い氷のかけらがアキレスの体に付着し、すっぽりと覆い尽くしてゆく。

黒々とした氷をまるで鎧《よろい》のように着込みながら、アキレスは無造作《むぞうさ》に、大蜘蛛のいる塔へと歩み寄《よ》った。氷の表面が僅《わず》かに溶《と》け、血がどろりと垂《た》れる。

街路の至《いた》る所から魔獣《バロール》が顔を出し、黒く染まったアキレスを見た。

だがすぐに、どの魔獣《バロール》もさっと顔を背《そむ》け、興味《きょうみ》を失ったように姿を隠《かく》している。

塔の近くまで来たとき、ふと頭上を仰ぐと、大蜘蛛がじっと自分を見下ろしている。

さすがに凝然《ぎょうぜん》と立ち尽くしたが、大蜘蛛もまた、傷《きず》ついた魔獣《バロール》がのろのろと戻《もど》ってきたのだろうとでもいうように、ぷいとまた南の方へ顔を向けている。

全身に溢《あふ》れる魔獣《バロール》の血が、大蜘蛛さえ欺《あざむ》いたのだ。

アキレスはにやりと笑い、そのまま魔獣《バロール》がひしめく館《やかた》の一つへ入っていった。あの黒い殻《から》を持つ狼《おおかみ》やら、銀色の刃《は》の脚《あし》を持つ蜘蛛やら、泥《どろ》をこね合わせたような猪《いのしし》に似《に》た獣やらが、うじゃうじゃといる。それらの間を縫《ぬ》って上階に行き、奥《おく》の寝室《しんしつ》のベッドに腰掛《こしか》けた。

目の前に死体が山と積まれているが、アキレスにとっては気にするほどのことでもない。

窓《まど》の外を見れば、いつの間にか、昼を過《す》ぎている。

このままじっとしていれば、例の忘却《ぼうきゃく》の力で、あっという間に時間が過ぎてゆくだろう。

アキレスは低く笑いを零《こぼ》しながら、ベッドに横たわった。

自分はここでのんびりジークを待っていればいい。あの大蜘蛛が、罠を用意してくれているのだ。忘却の力を振るう敵《てき》も、この東側の地区を、決戦の場にするに違《ちが》いない。

ジークがここに到達《とうたつ》したときが楽しみだった。大蜘蛛もアンブローシャの女も、自分が出し抜《ぬ》いてみせる。そしてジークの力を、この自分が手に入れるのだ。

懸念《けねん》があるとすれば、ジークがここに来る前に命を失うことだった。

だがそのときは〈蛭氷《グ・リカ》〉にジークの死体を食わせてしまえば良い——その左腕《ひだりうで》を。

アキレスは満足そうに微笑《ほほえ》み、魔獣《バロール》の血を全身に帯びた姿で眠《ねむ》りについたのだった。

南の広場で異変《いへん》が起こった。石畳《いしだたみ》が鳴動したかと思うと、噴水《ふんすい》の彫像《ちょうぞう》が内側から砕け、粉々に吹《ふ》き飛んだのである。続けて、噴水を中心に幾《いく》つも地中から爆発《ばくはつ》が起こった。

ごっそりと地盤が崩《くず》れた。めくれ返ったそこに、ぽっかり大きな穴《あな》が空く。

その穴から、ぴょんと丸っこいものが現《あらわ》れた。赤い風船のごとき魔兵《まへい》——哭魔《こくま》ブラスフエミーであった。瘴気を凝縮《ぎょうしゅく》させ、炸裂《さくれつ》させる生きた爆弾《ばくだん》である。

そして、暗い穴の底から、光を求めて——

ジークが、残り少ない魔兵たちとともに、ついに地上に姿を現したのだった。

ジークも魔兵たちも、ずぶ濡《ぬ》れになっている。魔獣《バロール》どもが穴の底から追いすがり、それを撃退《げきたい》しながら、最後に哭魔《ブラスフエミー》が群《むれ》をなして穴に飛び込《こ》んだ。

一瞬後《いっしゅんご》、凄《すさ》まじい爆発が地下で起こり、広場一帯に亀裂《きれつ》が走った。

魔獣《バロール》どもの気配が静まり、ジークは、霧《きり》の漂《ただよ》う広場を見回した。

『思い出せ！　思い出せ！　思い出せ！』

いたるところに血文字が書き込まれた、あの広場であった。

(今は、聖王《せいおう》のため……聖法庁《せいほうちょう》のために使ってやれ……)

ドラクロワの声が甦《よみがえ》る。聖王がもたらす数々の任務《にんむ》。そして二人目の従士《じゅうし》——

(心を奪《うば》われぬよう……強く意志《いし》を持て)

なぜ、聖王はあんな若《わか》い娘《むすめ》を自分の従士としてあてがったのか。

なぜ、ドラクロワはあの従士の力のことを自分に教えなかったのか。

なぜ、自分は——あの娘を斬《き》る決意をしたのか。

なぜ、なぜ、なぜ——何も思い出せないくせに、何もかもが心の底にあった。眠ればその答えを夢《ゆめ》に見るだろうという予感がしていた。生きて眠ることが出来れば——

そのとき、ジークは、霧の向こうでじっとこちらの様子を窺《うかが》っている存在に気づいた。

あの大蜘蛛《おおぐも》が塔《とう》にへばりつき、赫々《かっかく》と燃《も》えるような赤い複眼《ふくがん》をこちらに向けているのだ。

ジークは今こそ確信《かくしん》した。あの大蜘蛛が、この全《すべ》ての罠《わな》を仕掛《しか》けたのだ。自分をおびき寄せると見せかけて追いつめ、増殖器《ジェネレーター》の在《あ》りかを隠しつつ総力《そうりょく》を挙げて攻《せ》め込んできた。

ジークの力の秘密《ひみつ》と弱点を見抜き、その知恵と本能《ほんのう》を駆使《くし》して今なお狙《ねら》っている。

かつてジークが対決してきた中でも、最強にして最悪の前線指揮官《しきかん》であった。

ジークは大蜘蛛に向かって、ゆっくりと剣尖《けんせん》を掲《かか》げた。自分がいまだ健在《けんざい》であることを示《しめ》し、その烈気《れっき》で大蜘蛛を呑《の》もうとする。ここで意気を失っては相手の思うつぼだった。

大蜘蛛もまた霧に包まれながら、ひたとジークを見すえている。

やがて、静まったと思っていた魔獣《バロール》どもの気配が、にわかにざわめき始めた。

あらかじめ、この広場の周辺に布陣《ふじん》させておいた魔獣《バロール》の群が、存在《そんざい》するのだ。

ジークが生き延《の》びた場合の脱出路《だっしゅつろ》さえ、完全に読んだ上での布陣である。

ジークの左腕に雷花《らいか》が咲《さ》き乱《みだ》れ、生き残った魔兵たちが、ごうごうと咆吼《ほうこう》を上げた。

堕気《だき》に満ちた風が吹き荒《あ》れ、霧を払《はら》うや――魔獣《バロール》どもが大挙して押《お》し寄《よ》せてきた。

ジークは左手を振《ふ》るった。その力を試《ため》すように。誰《だれ》一人として救えなかった力――

(あなたにはもう、信じられる相手なんか、一人もいないのに)

せめて何か一つでも、生き延びさせられるものがあるのではと願うように。

手の平を地面に叩《たた》きつけ、新たな魔兵の群を招《まね》き出していった。

どこかで悲しい香《かお》りがしていた。


「じきに陽《ひ》が沈《しず》むわ……夜が、あなたを眠《ねむ》らせる。ともに見ましょう……昔の夢を」

フロレスが囁《ささや》く。ノヴィアはただうなずいている。邸宅《ていたく》に連れてこられ、食事とお茶を振る舞《ま》われながら、ノヴィアはひたすらフロレスの話を聞かされ続けていた。差し出されたものを食べ、言われるままに服を脱《ぬ》いで湯浴《ゆあ》みをし、花の香りのする湯につかった。

そしてフロレスが邸宅のどこかからか探《さが》してきた寝間着《ねまき》を身につけ、

「さあ、いらっしゃい、ティア」

「はい……姉さん」

招かれるままに従《したが》う。自分はそういう存在なのだという思いが、四方八方から押し寄せてきて心に染《し》みこんでくる。ティア――風が吹かねば咲かない花。意志を持たず、ただ言われるままに生きる。それで十分だった。自分の名を覚えていてくれる相手がいるだけで。

夕刻《ゆうこく》が徐々《じょじょ》に近づいてきていた。霧はますます濃《こ》く立ちこめ、太陽の姿《すがた》さえ見えない。

「私たち〈香しき者《アンブローシャ》〉が人の心を直接覗《ちょくせつのぞ》けるのは、夜の間だけ……相手に過去《かこ》の夢を見せ、それを見聞きするの。じきにあの男も眠りにつく頃《ころ》よ。二人で彼の夢を見ましょう」

フロレスに手を引かれるままに、ノヴィアは寝室《しんしつ》に入った。

血塗《ちぬ》られ、屍《しかばね》が横たわっているとは思えぬほど、甘《あま》い香りに満たされた部屋――だがその底には死臭《ししゅう》が漂っている。香りで隠《かく》されたものを敏感《びんかん》に察し、ノヴィアが震《ふる》え出す。

「何も怖《こわ》いことなんてないのよ……ティア。私たちは、もう何度も死を体験しているわ。心の死……忘却《ぼうきゃく》を。眠りの底での、魂《たましい》の死を」

それでもノヴィアの震えはなかなか止まらない。心が失われる寒さには慣《な》れそうもなかった。フロレスは、怖さと寒さで縮《ちぢ》こまるノヴィアを抱《だ》きしめ、ベッドに横たわった。

「さあ……目を閉《と》じなさい。先に夢を見て、あの男を待ちましょう……」

右手の香炉《こうろ》を、己《おのれ》とノヴィアの顔のそばで揺《ゆ》らした。

ノヴィアは言われるままに目を閉じた。悲しい記憶《きおく》が甦《よみがえ》り、自然と両手を握《にぎ》り合わせた。

かつて本当のティアがそうしていたように――手と手を握り、うずくまった。

悲しさが少しでも早く消えることを願うように。少女は背を丸め、眠りに落ちた。

ジークは刻々と暮《く》れゆく空を振り返りながら、敵《てき》の包囲を突破《とっぱ》するべく戦っていた。

にわかに得体の知れない焦燥《しょうそう》が湧《わ》いてくる。このまま夜になれば、自分は完全に無防備《むぼうび》になってしまうという予感があった。眠り——抵抗《ていこう》出来ないほどの。

ジークは南から西へ、徐々に撤退《てったい》していった。

魔獣《バロール》が少ない場所へ。最初に侵攻《しんこう》したところ。この都市で、数少ない安全な場所——はぐれたとき、落ち合うと決めた場所があるのだ。そのことに、はたと気づいた。

いったい誰との約束だったのか。

「ノヴィア……」

咄嗟《とっさ》にその名が口をついて出た。だが何も思い出せない。

陽が没《ぼっ》するとともに、魔兵《まへい》たちが目に見えて力を失っていった。

ジークの力が発揮《はっき》しづらくなっているせいだった。そのせいで、先日は無惨《むざん》に敗走したのだ。今は、着実に撤退することを考えるべきだった。

塔《とう》にへばりついていた大蜘蛛《おおぐも》は、いつの間にか姿を消している。

敵を撃破《げきは》しながら西に向かって退《ひ》くうちに、追ってくる魔獣《バロール》の数も減《へ》っていった。

あの大蜘蛛からすれば、ジークを撃退しながら塔に戦力を集結させているのだろう。

城《しろ》の内部の巣は、完全に破壊《はかい》したはずだった。

巣は残り一つ——あの大蜘蛛が待ちかまえる塔。そこが、決戦の場所になるだろう。

そしてそれは、この夜が終わってからのことだ。

朦朧《もうろう》とし始める意識《いしき》に耐《た》えながら、ジークは西の街区に入った。

魔獣《バロール》たちの最後の追撃を叩き潰《つぶ》すとともに、魔兵たちが力を失って倒《たお》れてゆく。

凄魔《ギルト》たちが水銀のように溶け崩《くず》れ、ジークの手元に集まってシャベルに変じた。

ジークは、焼け落ちた商館の方を見やり、ほとんど本能《ほんのう》に任《まか》せて街路を進んだ。

そして、辿《たど》り着いた。

聖堂《せいどう》——忘《わす》れてしまった誰かと、落ち合うべき場所に。

もたれかかるようにして扉《とびら》を押し開き、広間へ入る。誰の気配もない。

何とか意識を保《たも》ち、宿泊《しゆくはく》所の方へ行き、食堂に入って、呆然《ぼうぜん》となった。

食事の用意がされていたのだ。ただし、丸一日放置されたように冷えて乾《かわ》いている。

ジークは戦いで汚《よご》れた体のまま、食卓《しょくたく》についた。何も考えず、ただ食った。この味を自分は知っているという確信《かくしん》が、たとえようもない安心感をもたらしていた。

ここにいたのだ。ここで誰かが、自分を待っていたのだ。そう思いながら食事を終え、

「ノヴィア……」

その名を繰《く》り返し呟《つぶや》いた。その従士《じゅうし》は決して自分を狙《ねら》ってなどいない。必ず見つけ出さなければならないという意識が芽生える。自分は——独りではないのだ。ただそれだけのことが、とてつもない希望に思えた。

調理場に行くと、薬湯が用意してあった。それを冷えたまま口に含み、左腕《ひだりうで》の籠手《こて》を外し、血に濡《ぬ》れた聖印《ハイリヒ》に直接かけた。薬湯にやどる聖性《せいせい》の名残《なごり》が、渦巻《うずま》く堕気《だき》を鎮《しず》めてくれた。

夜が迫《せま》り、寝所に入った。シャベルを分解《ぶんかい》して即席《そくせき》の閂《かんぬき》にした。誰かが来ればすぐさま凄魔《ギルト》を招《まね》き出す気だった。もし相手が自分の従士なら——魔兵がそれを覚えているだろう。湯どころに行く力がなく、かろうじて自分の体を拭《ぬぐ》い、気づかぬうちに負った小さな傷《きず》を確《たし》かめていった。それから再《ふたた》び鎧《よろい》を着込み、剣《けん》を握《にぎ》りしめる。

ベッドに腰《こし》掛《か》け、まだ少しだけ眠《ねむ》りに抗《あらが》っていられる感覚があった。

ジークは、剣尖《けんせん》を壁《かべ》に当て、名を刻《きざ》んだ。自分がどうにか覚えている名を。今、求めなければならないはずの名。そうして、思い出していた。交わされたはずの約束を。

あまりに多くの従士を葬《ほうむ》ってきた自分との、約束。もう二度とそれを繰り返したくないという思いを、ノヴィアという従士は、果たして理解してくれているだろうか。

「俺《おれ》に……お前の墓《はか》を掘《ほ》らせないでくれ……」

剣を走らせながら、ジークは言った。

「頼《たの》む……」

それを最後に意識が薄《うす》れ、剣を握ったまま、横たわっていた。

そうして眠りが訪《おとず》れ、夢《ゆめ》が始まった。

5

遠い夢の向こうから、馬車が、街道《かいどう》を走っている光景が、近づいてくる。

馬車の客席には、ジークと、その二人目の従士——ティア・アンブローシャがいた。

聖王から正式にティアを従士としてつけられ、任務《にんむ》を与《あた》えられて聖都を出立したのだ。

「直接《ちょくせつ》、馬では、行かないんですね」

馬車を乗り継《つ》いで旅することを、少し不思議がるようにティアは言った。

「私……乗馬で、騎士《きし》の方について行けるかどうか、不安だったんです」

だがその不安も必要なかったというわけだ。ジークはちらりとティアを見やって、

「馬が、苦手でな」

ぼつっと言った。するとティアは真面目《まじめ》な顔で、こう提案《ていあん》した。

「あの……乗馬が苦手でしたら、私が馬を駆《か》って、それに乗って頂《いただ》くことも……」

こんな娘《むすめ》に、馬に乗せてもらうというのか。むかっとなりかけて、どうにか堪《こら》えた。

聖王は、予想通り、なぜこの娘が従士として選ばれたかは大して説明しなかった。

ただ〈銀の乙女《おとめ》〉の中でも優《すぐ》れた力を持つのだという。

だからといって、ろくに武器《ぶき》も持たぬ者を戦地につれてゆかねばならないとは――

(私もあなたも、きっと同じです。誰かがやらなければならないから……やるんです)

僅《わず》かに記憶《きおく》が入り乱《みだ》れ、誰かが、どこかからか自分を見ている気配がした。

だがその感覚も消え、すぐに夢が現実となった。ジークはティアから目をそらし、

「乗馬は得意だった」

憮然《ぶぜん》と返していた。ティアは意味が分からず、不安そうな表情《ひょうじょう》を浮《う》かべている。

「堕気だ。馬が、俺の体にやどる堕気を嫌《いや》がる。だから、乗れなくなった」

あ……とティアが納得《なっとく》したような声を上げる。顔を赤らめ、おずおずと頭を下げた。

「すいません……私、失礼なことを、言ってしまいました」

本気で恐縮《きょうしゅく》している。ジークは肩《かた》をすくめた。いまいちどう返せば良いか分からない。

「力を持てば……その分、何かが持てなくなる」

何となくそれが無難《ぶなん》な応答《おうとう》のような気がして、そう口にした。

「……そうですか」

ティアの表情が曇《くも》る。ジークは溜《た》め息をつきそうになった。相手が何を考えてそういう

表情になるのか、まるで分からない。やや間があってから、ティアは呟くように言った。

「悲しくありませんか……力のせいで、大事なものを失うなんて……」

「それ以上のものを得た」

思わず、ぴしりとした口調になった。ティアがはっとなる。

自分がこの世で最も信じる相手から与えられた力なのだ。理想のために自分はそれを受け継いだのだし、何よりこの力は死者のためのものだ。それを悲しんでどうするのか——そういう思いがあった。だがジークもまた、そうした思いを伝えるすべを知らず、

「力が、俺を選んでくれた」

ただ、そう付け加えた。ティアはじっとジークを見つめている。

やがて、これだけは伝えねばならないとでもいうように、切々と言った。

「あなたが駆る馬に、乗せて頂きたかったです」

まさか慰《なぐさ》めているつもりかとジークは呆《あき》れかけたが、ティアはすぐに目を伏《ふ》せている。

まるで答えを聞くのが怖《こわ》いというように。慰めではなく、本気の言葉だったのだろうか。

「馬に乗れるとは……もう思っていない」

やや毒気を抜《ぬ》かれて言った。ティアは申し訳《わけ》なさそうに、小さくうなずいた。

「でも、お陰《かげ》で……あなたとこうして、お話が出来ました」

目を上げ、微笑《ほほえ》んだ。本当に嬉《うれ》しそうな素振《そぶ》りだが、どこか、何かを諦《あきら》めているような影《かげ》があった。ジークはティアの微笑《びしょう》と、その影を見つめた。

「……そうだな」

うなずき返すと、僅かに、ティアのおもてにさす影が、薄れた気がした。

なぜティアの微笑には、あのような影がつきまとうのか。

失われてしまうことを知っていたのだ——夢を見るジークは、そう思った。

それは追憶であり、過去《かこ》を経《へ》たからこそ理解《りかい》出来ることだ。

どんな喜びも悲しみも、いずれ消えてなくなることを知っていたから、ティアの微笑はいつもどこかで諦めを帯びていた。しかしだからこそ、全《すべ》ての瞬間《しゅんかん》に対して誰よりも必死だったのだ。全てが忘《わす》れ去られてしまう前に、出来るだけ自分の存在《そんざい》を残せるように——

ジークとティアは何日かかけて馬車を乗り継ぎ、任地へ赴《おもむ》いた。

途上《とじょう》、互《たが》いの力のことは話さなかった。必要なときにならなければ明かせないのだ。

信頼《しんらい》し合わねばならないのに、どこかで互いに秘密《ひみつ》を抱《かか》えていた。

理解せねばならない相手なのに、どうしても疑《うたが》いが残り続けた。

それは、何日かけようと、どれだけの言葉を交《か》わそうとも変わらない関係に思われた。

そんな関係が一変したのは、任地まで僅かという、森の中でのことだった。

街道脇《かいどうわき》の木々の間に不穏《ふおん》な影が現《あらわ》れたかと思うと、ばらばらと矢を射られたのだ。馬も御者《ぎょしゃ》も無事だが、騎兵《きへい》の群《むれ》が前後を塞《ふさ》いできたため、馬車はその場で止まってしまった。

前方に二十騎ほど、後方に倍の数いる。森に伏兵《ふくへい》がいることを考えれば、全部で百から二百――ジークはざっと推測《すいそく》し、御者に動かないよう命じた。

「お前は出るな」

ティアにそう言いつけ、単身、馬車を降《お》りた。後方の騎兵たちが、ジークが担《かつ》ぐ巨大《きょだい》なシャベルに呆気《あっけ》に取られた。だが誰も何も言わない。よく統率《とうそつ》された集団《しゅうだん》だった。

「王弟派《は》の者たちか」

ジークがそう口にすると、集団が殺気を帯びた。

団長格《だんちょうかく》の紋章《もんしょう》を鎧《よろい》に帯びた男が、横手から馬を進めて来て言った。

「貴様《きさま》が、聖王《せいおう》の黒い犬か。我《われ》らの同胞《どうほう》を、片端《かたはし》から滅《ほろ》ぼそうとしているそうだな」

ジークは無言でそいつを見た。もはや互いに、名乗り合う気すら無いようであった。

王弟が、聖王の座《ざ》を奪《うば》おうとして失敗してから、まだ数ヶ月しか経《た》っていない。権力《けんりょく》を巡《めぐ》って盛《も》り上がった気運はたやすく消えず、いまだに王弟派が各地で暗躍《あんやく》し、聖王の座を覆《くつがえ》そうとしているのだ。ジークの主な役割《やくわり》は、聖法庁《せいほうちょう》の秩序《ちつじょ》を守るため、王弟派を駆逐《くちく》することだった。ジークからすれば、一部の馬鹿《ばか》な有力者同士の争いが戦乱《せんらん》に発展《はってん》せぬよう、後片付けをしている気分だ。

ドラクロワの理想のためではなく。ただ、今の自分たちを維持《いじ》するためだけの戦い――

「王弟は死んだ」

ジークは、それだけは一応、確《たし》かめておくというように告げた。

「だが聖王は、まだ死んでおらん」

団長格の男が、物騒《ぶっそう》な槍《やり》を構《かま》えて言う。

「我らは聖王の愚《おろ》かな権勢《けんせい》を排《はい》し、王弟様の御子息《ごしそく》に、王座をお渡《わた》しする」

下手な口上に、唾《つば》を吐《は》きたい気分になった。聖王は、ただ聖法庁全体の秩序を優先《ゆうせん》しているだけだ。そうなると特権を求める有力者たちにとって不満も多くなる。

王弟はそれを利用し、有力者たちにあることないこと約束して己《おのれ》の勢力としたのだ。

「何なら、お前が聖王の座を狙《ねら》ったらどうだ」

淡々《たんたん》とジークは言った。さすがに男がぎょっと目を剝《む》く。

どの勢力も、王弟の子息を担ぎ上げて特権を得たら、あとの執政《しっせい》の責任《せきにん》は全て放《ほう》り出すに決まっていた。そして目の前の男は、そうした勢力の手駒《てごま》に過《す》ぎない。大した野心も持たず、所詮《しょせん》は欲《よく》で踊《おど》るやからだ――そういう侮蔑《ぶべつ》がありありとジークの態度《たいど》に出ていた。

「この不敬者《ふけいもの》っ！　成り上がりの騎士風情《ふぜい》が、聖王の座を何と思うかっ！　我らの同胞を殺した貴様を、八つ裂《ざ》きにして聖王のもとに送り届《とど》けてくれる！」

ジークは猛然《もうぜん》とシャベルを振り下ろした。爆弾《ばくだん》でも落ちたかのような音を立てて、シャベルの歯が道路に埋《う》まった。唖然《あぜん》となる騎兵たちへ、ジークは無言で烈気《れっき》をみなぎらせた。

聖王の座など何とも思ってはいない。ドラクロワは王座を永遠《えいえん》に廃止《はいし》するために戦ってきたのだ。自分も。同胞たちも。何万という友軍も。その理想のために――

「ジーク・ヴァールハイトが解《と》き放つ！」

言葉にならぬ思いをこめて――その左腕《ひだりうで》から雷花《らいか》を迸《ほとばし》らせた。

「水刻星《マーキュル》の連なりの下《もと》、凄魔《せいま》ギルトとなりて、我《わ》が敵《てき》に見せしめよ！」

シャベルが、水銀の輝《かがや》きとなって飛散し、十六体の、双剣《そうけん》を持つ魔兵に変貌《へんぼう》する。

その輝きの中から現れた剣を、すぐさま握《にぎ》りしめ、敵の殲滅《せんめつ》を命じる。

咆吼《ほうこう》を上げて躍《おど》りかかる凄魔《ギルト》の群に、騎兵たちが愕然《がくぜん》となって隊列を乱《みだ》した。

ジークがちらりと馬車を見やると、窓《まど》からティアが恐怖《きょうふ》に青ざめた顔を覗《のぞ》かせていた。

あの顔だと、いずれ〈招く者《レギオン》〉の力を恐《おそ》れて従士《じゅうし》を辞《や》めるかも知れないなと思った。

何の武器《ぶき》も持たない従士をつれて戦うよりも、いっそ独《ひと》りの方が良い――そんな風に考えながら、ことさら戦いの陰惨《いんさん》さを見せつけるようにしてジーク自身も剣を振《ふ》るった。

慌《あわ》てたように左右から伏兵が雪崩《なだ》れてきた。推測していたよりやや少ない程度《ていど》である。

ジークはすかさず雷花が閃《ひらめ》く左手を地面に叩《たた》きつけ、新たな魔兵を招《まね》き出している。

かつて謀略《ぼうりゃく》の犠牲《ぎせい》となり、敵と味方の両方に襲《おそ》われて死んでいった、友軍の魂たちを。

巨人のごとき巌魔《ヘイトレッド》が続々と現れ、ティアの乗る馬車を守るように森の伏兵をなぎ倒《たお》す。

そして、前方にいた騎兵《きへい》たちが他の部隊と連携《れんけい》せぬよう、魔兵に撃滅《げきめつ》を命じたとき――

異様《いよう》な光景に、さしものジークでさえ目を奪《うば》われていた。

騎兵たちが、すぐそばにいる味方に向かって、槍を打ち込《こ》み、剣をなぎ払《はら》っていたのだ。

仲間割《わ》れにしては、あまりにその行動が唐突《とうとつ》すぎた。

ふいに澄《す》んだ香《かお》りがした。まだ若《わか》い果実を思わせるような瑞々《みずみず》しい香り――

ティアが、その右手の鎖《くさり》をゆっくりと揺《ゆ》らしながら、馬車から降りてきた。

鎖の先にある香炉《こうろ》が揺れるたびに、澄んだ香りが鮮《あざ》やかに広がってゆく。

「あなたたちの敵は、誰《だれ》……？」

ティアは言った。騎兵の一人が、絶叫《ぜっきょう》を上げて味方を叩き殺した。

「あなたたちの憎《にく》むべき相手は、誰……？」

味方を殺した騎兵が、ぽかんとなって自分の武器を見た。まるで夢《ゆめ》でも見ているような
呆然《ぼうぜん》とした顔でいるところを、別の騎兵に刺《さ》し殺された。

ティアの仕業《しわざ》であることは明らかだった。どういうわけか同士討ちをさせているのだ。それほど大人数を一度に操《あやつ》っているわけではない。せいぜい四、五人程度だが、それでも大混乱《だいこんらん》をもたらすには十分すぎる人数である。

敵はまたたく間に壊滅《かいめつ》した。逃《に》げ出す者はおらず、最後の一兵に至《いた》るまで死んだ。

ティアは、今や両手に小さな香炉をあらわした姿《すがた》で、ジークを振り返った。

ジークが視線《しせん》を返すと、ティアは目を伏《ふ》せた。どこか気まずそうに鎖を手首に絡《から》め、袖《そで》の中に香炉を隠した。それから、またおずおずと目を上げた。

「こういう状況《じょうきょう》でないと、私の力を、お見せすることは出来ないと思って……」

命じられもせずに敵を迎《むか》え撃《う》ったことを、詫《わ》びるような口調だった。

「あなたの力を見せて頂《いただ》いたのですから、私もそうすべきかと……」

ジークは小さくうなずいた。ティアの行動を許《ゆる》すというのでもなく、誉《ほ》めるというのでもない。ただ、恐るべき力を持つ者同士が、互《たが》いの秘密《ひみつ》を少しだけ打ち明けた瞬間《しゅんかん》だった。

「敵の指揮官《しきかん》を、捕《と》らえたんですね」

ティアが、ジークから目をそらすように、森の方を見やる。

凄魔《ギルト》の刃《やいば》に囲まれてひざまずく団長格《だんちょうかく》の男がいた。周囲にいる生存者《せいぞんしゃ》は、もはやその男だけだ。巌魔《ヘイトレッド》たちは、敵を駆逐《くちく》すると、その身をどろりと崩《くず》し、消えていった。

「あ……」

ティアが声を上げた。崩れ去った魔兵の残骸《ざんがい》から、ふわりと輝きが舞《ま》い上がったのだ。憎《にく》しみと怨《うら》みから解放《かいほう》された魂《たましい》の聖性《せいせい》が、天に還《かえ》ってゆく様子を、ティアは不思議な微《ほほ》笑《え》みを浮《う》かべて見守った。ふいに、ジークを向いた。最初に会ったとき――ジークに斬《き》られた従士は幸せだと言い放ったときと、同じ目をしていた。そしてその目のまま、

「もう一つだけ、私の力を、お見せします。私に、捕虜《ほりょ》の尋問《じんもん》をやらせて下さい」

勇気を振り絞《しぼ》るようにして、ティアは言った。


「聖王の犬が、このような化け物とは……。さっさと殺すがいい……」

男は言った。表情《ひょうじょう》を消し、凄魔《ギルト》に囲まれてひざまずきつつも、見事なまでに恐怖を抑《おさ》えている。尋問といっても一筋縄《ひとすじなわ》ではいかないだろう。

ジークとしてはこの男を逃《に》がし、誰と連絡《れんらく》を取るか諜報院《ガルム》に探《さぐ》らせようと思っている。

だがその必要はないとティアは言った。そして男に近づき、

「あなたの仲間の名前を、教えて下さい」

そう口にしながら、その右手の香炉をあらわした。

男は、ティアを横目に見た。騎士を〈銀の乙女《おとめ》〉が尋問するなど前代未聞《みもん》である。

しかもティアは、決まりでもあるのか、紋章《もんしょう》さえ帯びていない。一介《いっかい》の修道女《しゅうどうじょ》にしか見えない若《わか》い娘《むすめ》を前にして、男は呆《あき》れたように溜《た》め息をついたものだった。

ティアの右手の香炉が揺れた。澄んだ香りが広がるとともに——

ぱん、とやけに高い音が響《ひび》いた。ティアが、左手で、男の頬《ほお》をひっぱたいたのだ。

ジークは眉《まゆ》をひそめた。男もさすがに目を丸くしたが、大して効《き》いていないのは明らかだ。馬鹿馬鹿《ばかばか》しそうにかぶりを振ると、またティアが男の頬を叩いた。そして、言った。

「今、何をされたか、分かりますか?」

ジークが、はっとなった。男は嘲《あざけ》るように頬を歪《ゆが》めた。その表情が、ふいに強《こわ》ばった。

「……あんたの、その可愛《かわい》いお手てで、ほっぺたを叩かれたんだよ」

僅《わず》かに間を空け、ようやく頬の痛《いた》みに気づいたように、言った。

男の目が急に落ち着きを失っている。すると、ティアは再三《さいさん》、男の頬を叩いた。

右手の香炉がゆっくりと揺れ、その聖性に満ちた香りが、男を包み込むように広がる。

「今、何をされたか、分かりますか?」

同じ問いを繰《く》り返した。男の額《ひたい》に、いつしか脂汗《あぶらあせ》が浮かんでいた。

「……そうだ。頬だ……あんたの……可愛いお手てで、ほっぺたを叩かれたんだよ」

「本当ですか?」

男が言葉を詰《つ》まらせた。

「もしかすると、頬に、焼けた鉄を、押《お》しつけられたのかも知れませんよ」

ティアの言葉に、男の肩《かた》がびくっと揺《ゆ》れた。すぐさま凄魔《ギルト》たちが男の腕《うで》を押さえる。

「そ、そんな痛みは感じてない……」

男が必死に言い返す。ティアは小さくかぶりを振《ふ》った。香炉《こうろ》の揺れが大きくなった。

「あなたが何も覚えていないだけではないのですか？」

男の喉《のど》が激《はげ》しく上下し、生唾《なまつば》を飲み込む。

「よく確《たし》かめて下さいね。知らないうちに何かが無くなっていませんか？」

「な……何かって……何が……」

「先ほど、あなたの両腕を切り落としました」

ティアが淡々《たんたん》と言った。男がぎょっとなって背《せ》をそらし、また凄魔《ギルト》に押さえつけられる。

「う……嘘《うそ》だっ！　俺《おれ》の腕は……ちゃ、ちゃんと……」

ティアは、うっすらと微笑《ほほえ》みを浮かべた。

「でも、いつ、本当に切り落とされるか、分かりませんよね？」

男が、がくがく震《ふる》えだした。ティアの微笑《びしょう》が、暗く影《かげ》をふくんだものになってゆく。

「覚えていますか？　あなたが何も覚えていないところで、大事なものが少しずつ無くなっているかもしれませんよ？　手や足はまだありますか？　目は両方ともちゃんと残っていますか？　鼻や耳はまだついていますか？」

男の震えが激しくなった。その様子を見守るジークも、愕然《がくぜん》となっている。

「寒いですか……？」

ティアが声を低めて訊《き》いた。男は何度も、うなずいた。気づけば泣き顔になっていた。

「記憶《きおく》が失われることで、心が寒がっているんです。これからどんどん寒くなりますよ。その前に、一つだけ教えておきますね。あなたは決して殺されません。あなたの体を傷《きず》つけはしますが、死なせはしません。その代わり、心は死にます。あなたは少しずつ自分の心が死ぬのを感じ続けるんです。死にたくなるほど寒くなるんです。よろしいですね？」

男はかぶりを振った。何度も何度も振り続けた。体の震えがますます激しくなった。

いったい自分が何をされたかが恐《おそ》ろしいのではない。自分が何をされたのか分からない、ことが恐ろしいのだ。自分が今どんな状態《じょうたい》なのか。それさえ分からなくなってゆくのだ。

「今、あなたの両足を切りました」

男が絶叫《ぜっきょう》した。森中に響き渡《わた》るような恐怖《きょうふ》の叫《さけ》びに、ジークがかっと目を見開いた。

「し、しゃ、喋《しゃべ》る！　な、な、何でも！　な、何でも喋る！」

男は訊かれもせずに、これからジークたちが赴《おもむ》く街の市長や司祭の名を挙げていった。

その他《ほか》にも、仲間が潜伏《せんぷく》している街の名や、どの砦《とりで》が拠点《きよてん》かを震えながら喋ってゆく。

「まだ、何かありませんか？　もし無ければ……」

「た……た……助けてくれ……お、俺を殺さないで、い、い、いでくれ」

ジークが動いた。男に歩み寄《よ》りながら、さっと左腕《ひだりうで》を振《ふ》って凄魔《ギルト》たちを退《ひ》かせる。

ティアが驚《おどろ》いたように脇《わき》にどいた。解放《かいほう》された男が、悲痛《ひつう》な泣き声を上げ始めた。

「この男に仕掛《しか》けた呪縛《じゆばく》を解《と》け」

ジークが鋭《するど》く命じる。ティアは慌《あわ》てて香炉の鎖《くさり》を腕に巻《ま》き付け、袖《そで》の中に収《おさ》めた。

急速に香《かお》りが消え、男の震えが目に見えて静まってゆく。

「消えろ。二度と王弟派《は》に与《くみ》するな」

ジークが剣《けん》を突《つ》きつけて言った。男は甲高《かんだか》い悲鳴を放ちながら、どうにか立ち上がると、
よろめきながら馬に乗り、疾駆《しつく》し去った。

ジークは、じっと、男が消えた方を見つめている。恐ろしく胸《むね》がむかついていた。

自分と戦った相手が、あのような醜態《しゆうたい》をさらしたことが、ひどく不愉快《ふゆかい》だった。

男の誇《ほこ》りも覚悟《かくご》も、これ以上ないほど踏《ふ》みにじったティアの力が――

「ご不快でしたか……」

ティアが、背後《はいご》から、感情《かんじよう》を殺したような声をかける。ジークは、かぶりを振った。

「お前に尋問《じんもん》させたのは、俺だ」

一筋縄《ひとすじなわ》ではいきそうもない男を相手に、ティアが何をするか、興味《きょうみ》があったのだ。

ティアは、自分に出来ることをやっただけだった。その力を、ジークに見せるために。

「心を削《けず》り取ることが……〈香しき者《アンブローシャ》〉の力か……」

ジークは、ティアから顔を背《そむ》けたまま呟《つぶや》いた。

「忘却《ぼうきゃく》の力です……尋問を終えたら、あの人が受けた苦しみも忘《わす》れさせるつもりでした」

ジークは不快さを言葉にしないよう、歯を食いしばった。苦しめたことさえ忘れさせる
というのか。互《たが》いに——どれほど心を踏みにじろうとも。全《すべ》てを消し去って——

それこそ本当に、相手の全てを踏みにじるということではないのか。

「……俺が命じない限《かぎ》り、その力、決して使うな」

「はい」

あまりに当然のような返答に、ジークは思わずティアを振り返っていた。

「ティアの花のように……。私の意志で力を使うことは、ありません。あなたが私の力を
知ることを望んだので、お見せしただけです。私はただ、あなたという風に従《したが》います」

微笑を浮《う》かべて、ティアは言った。その顔に、諦《あきら》めの影が色濃《いろこ》くさしていた。

ジークは無言で左腕をひと振りし、凄魔《ギルト》を元の姿《すがた》に——剣を覆《おお》うシャベルに戻《もど》した。

「先を、急ぎましょう」

ティアが、馬車で待っている御者《ぎょしゃ》の方を振り返る。

「死者を葬《ほうむ》ってからだ」

これまた当然のようにジークが返す。驚くティアをよそに、シャベルを担《かつ》いだ。

「手伝え。お前のその香りで、死者の怨《うら》みを消してやれるか、試《ため》してみろ」

ティアの目が大きくなった。ジークを見つめたまま、微動《びどう》だにせずいる。

「急げ。日が暮《く》れる」

「は、はい」

ティアは、どきっとなったように両手を握《にぎ》り合わせると、

「あなたという風に……従います」

まるで祈《いの》りを捧《ささ》げるように目を伏《ふ》せ、繰《く》り返し、その言葉を口にしていた。

「やはり、死者に香りは効《き》きませんでした。聖性《せいせい》で、堕気《だき》を払《はら》うことは出来ますが……」

ティアは少し残念そうに言った。馬車の客席に、ジークと差し向かって座《すわ》っている。

「せっかく、ご命じ下さったのに……申し訳《わけ》ありません」

ジークは小さく肩《かた》をすくめた。大して本気で命じたわけではなかった。

ただ、暗い微笑《びしょう》を浮かべるティアを見るうちに、そんな言葉が零《こぼ》れていたのだ。

また正直、ティアの聖性が、どれほど死者の魂《たましい》に影響《えいきょう》を与《あた》えるか、確《たし》かめたい気持ちもあった。いざというときに、自分の軍団《レギオン》が、ティアを拘束《こうそく》出来るかどうかを――

「葬法《そうほう》は、よく学んでいる。十分に、死者を慰《なぐさ》められただろう」

淡々《たんたん》とジークが言う。途端《とたん》にティアの表情が明るくなった。

「〈銀の乙女《おとめ》〉で、位を授《さず》かるときに、学びましたから……」

少しはにかんだようになってそう説明する。ジークはうなずいた。ただの相づちだったが、自分にしては珍《めずら》しい仕草であるような気がする。二人の間にあったぎこちなさも、だいぶ消えたようだった。互いに力を見せ合ったことで信頼《しんらい》感が芽生えたというのだろうか。

「位を授かったのに、なぜ紋章《もんしょう》を持たない？」

「これが、紋章の代わりなんです……」

ティアは袖の中から香炉《こうろ》を取りだして見せた。中には何も入っておらず、細かな紋様が刻《きざ》まれている。その紋様の一部に、確かに〈香しき者《アンブローシャ》〉の称号《しょうごう》名が刻まれているのだ。

「両方の香炉に、同じ称号があります。表向きは、称号を持っていないことに……」

つくづく秘密《ひみつ》ごとの多い立場だった。その力の恐《おそ》ろしさを考えれば、厳重《げんじゅう》に管理されるのも当然な気もする。だがなぜそんな立場のティアを聖王は従士《じゅうし》として選んだのか――

推測《すいそく》は幾《いく》らでも出来たが、ティアの態度《たいど》を見ていると、単に聖王は、恐るべき力を持つ者同士を組み合わせて、聖法庁《せいほうちょう》の秩序《ちつじょ》を盤石《ばんじゃく》にしようとしているだけにも思えてくる。

「お前は、なぜ、その力を受け継《つ》いだ？」

「亡《な》き母が、この力を持っていました……受け継ぐのは、当然ではないでしょうか？」

ちょっと自信なさそうに訊き返す。ジークは肯定《こうてい》も否定《ひてい》もする気もなく、うなずいた。

「あなたは、ヴィクトール・ドラクロワ卿《きょう》から、力を受け継いだと聞いております」

隠《かく》す気もないことだったので、ジークは、ああ、と短く応《こた》えている。

「あなたの力は、とても恐ろしいけど、どこか……優《やさ》しい。きっとあなた自身が……」

ジークは対応《たいおう》に窮《きゅう》した。死者の怨みを荒《あ》れ狂《くる》わせることが、優しい――？

「あなたが、それほど戦いを好むとは思えません。私もあなたも、きっと同じです。誰《だれ》かがやらなければならないから……やるんです。でもあなたの場合……もっと優しくて」

「剣《けん》を棄《す》てられないだけだ」

ぽつっと応えた。自分をそういう風に正当化して欲《ほ》しくはなかった。血塗《ちぬ》られたというのも生やさしい、体中が血でずぶ濡《ぬ》れになるほど戦場をくぐり抜《ぬ》けてきたのだ。

そして今も、戦乱《せんらん》を防《ふせ》ぐために圧倒《あっとう》的な戦力で火種を叩《たた》き潰《つぶ》し、真実を闇《やみ》に葬るため大陸中を駆《か》け回っている。心の底では常《つね》に理想を求め続けている自分からすれば――

「とても自慢《じまん》にはならない」

ジークはつまらなそうに言った。ティアは、少し困《こま》ったように微笑《ほほえ》んだ。

「私は……どう自分を誇《ほこ》れば良いかも、分かりません。私の力は、残酷《ざんこく》で……汚《きたな》いから」

ジークはかすかにかぶりを振った。

まるでティア自身が、自分は残酷で汚いと言っているように聞こえたからだった。

「良い香《かお》りだった。つい囚《とら》われるのも分かる」

誉《ほ》めているのか皮肉なのかも分からぬまま言った。妙《みょう》な気分だった。もしティアの力で深く傷《きず》ついている者がいるとすれば、それは、ティア自身のような気がしていた。

「もし、操《あやつ》られさえしなければだが……」

「あの、もちろん、普通に香らせることも出来ます。お望みでしたら、ここで……」

ジークを遮《さえぎ》るようにして、慌《あわ》てて言う。おどおどしているくせに、目が真剣だった。

「……頼《たの》む」

ジークは、困惑《こんわく》しつつ、それを悟《さと》られぬよう、暮《く》れかけた外の景色に目を向けた。

どれほど恐ろしい力を持とうとも、結局ティアは、ただの普《ふ》通《つう》の娘《むすめ》なのだ。

それが分かって、妙に気が沈《しず》んでいた。自分が斬《き》った従士の面影《おもかげ》が脳裏《のうり》に浮《う》かんだ。自分たちの故郷《ふるさと》を取り戻《もど》すために身を捧《ささ》げようとする明るく優しい青年——その体に、自分の剣が叩き込《こ》まれたときのような衝撃《しょうげき》を、このティアという娘から感じていた。

誰か一人を犠牲《ぎせい》にして他の多くの者を生き延《の》びさせようとするような、気の重さ——

ふいに、そのジークの陰鬱《いんうつ》な心を、優しく宥《なだ》めるような香りが、客席に満ちていた。

瑞々《みずみず》しい香りに、心がふわっと軽くなるような、何とも言えぬ安らぎを感じた。

「あの……いかがでしょうか」

ティアが、両手にそれぞれ香炉を握《にぎ》りながら、不安そうにこちらを窺《うかが》っている。

「……良い香りだ」

呆然《ぼうぜん》と振《ふ》り返る。賛嘆《さんたん》の念が顔に出ていた。ティアが、ぱあっと耳たぶまで赤くなった。

「私、普段《ふだん》は、調香師《ちょうこうし》として働いているんです。出来れば、ずっとこうして人に喜んでもらえるような香りを作っていたいんです……。人に、覚えていてもらえる香りを……」

ひっそりとした口調になってゆく。まるで到底叶《とうていかな》わぬ願いを口にしているように。

かと思うと、やや顔を伏せながら、心底嬉《うれ》しそうに微笑《びしょう》して言った。

「良かった、あなたに喜んでもらえて……」

ジークは、この娘が泣き出すのではないかと思った。だがティアは微笑したまま、

「私には、あなたを守るほどの力は無いかもしれません。でもせめて、あなたの悲しみを、消す努力だけは、させて下さい……あなたの痛《いた》みが、それ以上、増《ふ》えないように」

顔を上げて、そう言った。その言葉の本当の意味を、ジークはまだ知らなかった。

馬車は、巡礼者《ヴィータール》の小屋の前で止まった。ジークとティアが降《お》り、馬車は来た道を戻る。

目的の街は、ここから徒歩で行ける距離《きより》にある。

街には王弟派《は》がひしめき、行けば戦地となるだろう。この小屋が、その兵站《へいたん》だった。

ジークが地図と情報《じょうほう》を確認《かくにん》する間、ティアが従士らしく食事を用意した。正直、あまり美味《うま》くはなかったが、香りは抜群《ばつぐん》だった。ティアなりの工夫《くふう》が、妙にありがたかった。

「明日、早朝から街に入る。訪問《ほうもん》することは通達してある。一日がかりの戦いになる」

相手の戦力を確認しつつジークが告げる。ティアはしっかりとうなずいた。

「どこまでもお供《とも》します、ジーク様」

だが本音を言えばジークはこの段になってもティアをつれてゆくことに戸惑《とまど》っていた。

確《たし》かにティアの力を使えば、戦いの被害《ひがい》を最小限《さいしょうげん》に抑《おさ》えられるかもしれない。

だが果たして、ティアに、力を使えと命じられるのか——なぜか、自信がなかった。

「今はゆっくり休め」

さっそく身構《みがま》えるティアにそう命じるくらいしか、自分には出来ないような気がした。

それは、今も残る疑念《ぎねん》のせいだろうか。聖王《せいおう》がなぜティアを選んだのかもまだはっきりしない。ドラクロワがジークに告げた、心を奪《うば》われるなとはどういう意味なのか。

そもそもティア自身、どこかで自分の力に強い抵抗《ていこう》を覚えている。

人の心を操るというだけで、ああも諦《あきら》め、傷ついたような気配を帯びるのはなぜなのか。

何かが危《あや》うい気がしたまま時間は刻々《こくこく》と過《す》ぎていった。ここまで来れば戦いのことしか頭から無くなっているのが普通だったが、逆《ぎゃく》にますますティアへの疑念が強くなってくる。

ジークは戸惑いを振り払《はら》うように、ティアを置いて小屋を出た。

ランプを手に、裏《うら》の湯どころへ行ったのだ。既《すで》に火を焚《た》き、湯を沸《わ》かしてある。湯が冷めれば焼いておいた石を入れて温める。湯気のこもる浴室に入ると、妙に安心した。

湯浴《ゆあ》みを済《す》ませながら、明日は一人で行動した方が良いかもしれないと思った。

ティアは不服だろうが、力を合わせて戦うより、何もするなと命じる方が気が楽だ——

そう思ったとき、ふいに人の気配がした。物音を隠《かく》そうともしない。当然のように湯どころに入って来た。脱衣所《だついじょ》に入り、服を脱《ぬ》ぐ音がした。ジークの肌《はだ》が粟立《あわだ》った。敵意《てきい》や恐怖《きょうふ》ではない。不愉快《ふゆかい》さからだった。疑念の一部が、明確な解答《かいとう》を得ようとしていた。

胸《むね》がむかついた。背後《はいご》の戸が開き、脱衣所に置かれたもう一つのランプの灯《あか》りとともに誰かが入ってきた。瑞々しい香《かお》りがした。思わず囚《とら》われそうになるような香り。

「……聖王から、、、、そうしろと言われたか」

相手に背《せ》を向けたまま、ジークが怒《いか》りのこもった声を放つ。戸が閉《し》まる音がした。狭《せま》い浴室が、さらに身動き取れぬほどの狭さに感じられた。香りがした。沈黙《ちんもく》が過ぎていった。

「はい」

ふいに、短いいらえが返ってきた。ジークの目が、怒りにすがめられた。

「……〈銀の乙女《おとめ》〉の、聖女たちからも、そうしろと言われたか」

「全《すべ》ての聖女からではありませんが、何人かから、命じられました」

「どう命じられた」

「たいていの騎士《きし》が、喜ぶようなことをしろと」

「お前は、騎士の従士《じゅうし》となるのは、俺《おれ》が初めてだと言ったな」

「はい」

「これまで、何人の騎士の従士となることを命じられてきた」

「……覚えていません」

ほとんど聞き取れぬかすかな声。ジークは怒りを押《お》し殺しながら、構わず訊《き》いた。

「聖都に知人はいないというのは本当か」

「……覚えていません」

「俺を、どうしろと命じられた」

「あなたの悲しみを、消せと」

もの凄《すご》い音が響《ひび》いた。ジークが怒り任《まか》せに浴室の壁《かべ》に拳《こぶし》を叩《たた》き込んだのだ。だがティアは微《び》動《どう》だにしない。ジークは、ゆっくりと立ち上がりながら、最後の質《しつ》問《もん》を口にした。

「お前の意《い》志《し》は、どこにある」

背を向けたまま、怒りで相手の心をこじ開けるように言った。そして予想通りの答え。

「どこにも、ありません」

怒りが沸《ふっ》点《てん》に達しかけた。かろうじてティアに拳を振《ふ》り下ろす真《ま》似《ね》をせずに済《す》んだ。振り返りざまティアを押しのけて出て行こうとし、その肩《かた》に手を当て——愕《がく》然《ぜん》となった。

そんな気配などまるで無かったのに、ティアは顔をくしゃくしゃにして泣いていた。

だがジークが驚《おどろ》いたのはそれだけではない。ティアの左肩から胸《むな》元《もと》にかけて、大きな傷《きず》跡《あと》が走っていた。脇《わき》腹《ばら》にも大きな傷跡がある。刀傷か火傷《やけど》か、咄《とっ》嗟《さ》に判《はん》断《だん》がつかなかった。

「この傷は……」

「覚えていません！」

急に泣き声になってティアが言った。ジークは思わず、その肩から手を離《はな》した。

「全て、忘れました。自、自、自、自分の力で」

大声で言い放ち、うつむいて涙《なみだ》を零《こぼ》す。ジークは、なすすべもなくティアを見つめた。

「……そうしろと言われたか」

ティアは、こくっとうなずいた。

「良いんです……。この傷も……敵に、されたのか……誰か私が知らない騎士の方に、されたのか、覚えていなくても、その方が……」

ジークが触《ふ》れた肩に、自分の手を置いた。まるで言葉とは裏腹《うらはら》に、身を庇《かば》うように。

「だって、それが私の仕事で……。秘密《ひみつ》を探《さぐ》ったり、言われた通り人を動かしたり、そんなこと……覚えてる必要ないって、言われます。覚えてない方が、良い、って。……私、心も体も聖性《せいせい》もばらばらにして、香《かお》りにするんです。どんなに醜《みにく》いものがそこにあっても、隠してしまえるように……全てを香りで包んで消すんです……それが、私です」

しゃくり上げるティアを、ジークは虚脱《きょだつ》感とともに見つめた。これまでティアが命じられてきたことは、だいたい察しがついた。心身を尽《つ》くして相手を操《あやつ》り、心を消す——敵も味方も関係なく。その体の傷も、相手が抵抗《ていこう》したせいだろうか。それとも自分で望んだ傷だろうか。苦しみから逃《のが》れるための最後の手段《しゅだん》として死を選び——そして結局は逃れられずに。いずれにせよ答えは、もうどこにも存在《そんざい》しなかった。ティアの心にさえも。

「怒《おこ》らせてしまって、申し訳《わけ》ありません……私、覚えていないけど、分かるんです。騎士の方が、どんなことをすれば喜ぶか、何となく分かるんです。ですから、ジーク様にも、同じことをと……。決して、操ろうだなんて、思ってません。信じて下さい。ただ、少しでも早く、あなたの悲しみを消せるようにと……」

いったい悲しみを消すとはどういうことか――分かるようで分からなかった。

ただ少なくともティアに敵意《てきい》はなかった。ただ悲しんでいた。そして傷ついていた。体も、その心も。丸裸《まるはだか》で放《ほう》り出されたまま、身を守るものもなく。

「怒らせてしまって、申し訳ありません……このことを忘《わす》れろと言われれば、忘れます。忘れたいと言われれば、忘れさせます。いつでも、仰《おつしや》って頂《いただ》ければ……。私、これまで、どんな方の言われることにも、逆《さか》らったことは……」

ティアは哀《あわ》れなほど必死になって言いすがった。ジークはただティアから目をそらし、

「忘れないでいい」

そうとしか言えなかった。ティアは驚きを込めてジークを見上げた。

「たいていの方は、私に……忘れろって……」

ふいにまた泣き顔になるティアから目をそらし、

「俺のことは全《すべ》て、覚えていていい。誰が何と言おうとだ」

鋭《するど》く言って、ティアの肩越《かたご》しに、戸を開いた。ティアが身を縮《ちぢ》こまらせて脇へどく。

「湯を浴びて、体を温めろ」

ティアを見もせず浴室を出て、後ろ手で戸を閉《し》めた。胸《むね》の底でくすぶる怒《いか》りを紛《まぎ》らすように、さっさと身を拭《ぬぐ》って衣服を羽織《はお》る。何もかもが腹立たしく、哀れで、不快《ふかい》だった。

言われた通り、ティアが湯を浴びる音がした。

「明日、俺一人で行く。お前はここにいろ」

湯の音が止まった。代わりに、浴室から、細い泣き声が響いてきた。

その泣き声から逃《に》げるようにして、ジークは足早にその場を立ち去った。


ジークは小屋のベッドに腰掛《こしか》け、じっと考えにふけっていた。

悲しみを消すとは、どういうことか――

聖王が、ジークを操るためにティアを差し向けたとは、どうしても考えにくかった。

ドラクロワが投獄《とうごく》され、ジークの所属《しょぞく》は聖王の側にある。今もこうして聖法庁《せいほうちょう》のために働く自分を、いったいどう操る必要があるというのか。

それとも自分が斬《き》った従士《じゅうし》のことか。これまでの悲劇《ひげき》のことか。いずれにせよ聖王も余《よ》計《けい》な真似《まね》をしたものだった。悲しみで今さら自分が挫《くじ》けるとでも思っているのか。

ふと、ベッドを仕切る布《ぬの》の向こうで気配がした。ティアが戻《もど》ってきたのだ。

ジークは声もかけずにいた。従士を辞《や》めさせようという気持ちもあったが、果たして聖王が承諾《しょうだく》するかどうか。もし聖王が承諾したとして、その後、ティアはどういう目に遭《あ》うのか。恐《おそ》らく、今まで通り謀略《ぼうりゃく》の道具にされるだけだろう。それなら——

「私を使うのは……それが一番、平和な手段だからって、言われてきました」

仕切り布の向こうで、ティアが、ぽつんと声を零した。

ジークは無言でいる。正直、反論《はんろん》すら出来なかった。確《たし》かにそうだからだ。

聖法庁に対し謀略を抱《いだ》く領主《りょうしゅ》がいたら、ティアを差し向けて、その心を消させれば良い。

そしてその後で、ティアもそのことを忘れれば、全ての問題が綺麗《きれい》に消滅する。

むしろジークよりも、闇《やみ》に葬《ほうむ》るという言い方がふさわしい任務《にんむ》だった。

「あなたのこと、覚えていたいような、今すぐ忘れたいような、不思議な気持ちです」

声が近づき、布を隔《へだ》てたすぐ向こうで立ち止まるのが分かった。

「今日のことを……忘れては、いけませんか」

「駄目《だめ》だ」

即座《そくざ》に言った。ぐすっとすすり泣く声がした。かと思うと、

「ジーク様は……背中《せなか》に、あまり傷《きず》がないんですね。騎士《きし》にしては、綺麗だと思って」

ふいに、そんなことを言った。ジークはむっつりと押し黙《だま》っている。

「でも……こちらを向かれたとき……傷の多さに、少し、驚《おどろ》きました」

ジークの胸も腹《はら》も、至《いた》る所が傷跡《きずあと》だらけだった。浅手も深手も体の前面に集中していた。

「昔……俺の仲間だった男がいた。顔も体も傷だらけだが、背には一つも傷がなかった」

幾分《いくぶん》、声を和《やわ》らげてジークは言った。

「誰《だれ》にも背を向けなかったからだ。そいつが死んで、そいつのように戦おうと決めた」

まるで、お前もそうしろとティアに言っているようで、自分の傲慢《ごうまん》さに嫌気《いやけ》がさした。

どれほどの力を持とうとも、若《わか》い娘《むすめ》に、切り刻《きざ》まれて生きろと言うのか。

それでは聖王《せいおう》や〈銀の乙女《おとめ》〉が、ティアに強要していることと、何が違《ちが》うのか。

「あなたは、きっと、傷の一つ一つを覚えているんですね」

ティアも、やや落ち着いたようになって言った。

「一つだけ、お願いがあります……。明日のことで……」

戦いに連れて行けと言うのだろう。駄目だ、とすぐさま返そうとして、

「あなたのことを、少しでも多く、覚えていたくて……」

ティアのそんな言葉に、咄嗟《とっさ》に口をつぐんでいた。

「そのために、あなたのそばにいても、いいでしょうか……」

おそらく、ずっと湯どころで、そのことを考えていたのだろう。

ジークは思わず深々と溜《た》め息をついた。ぐすっとまたすすり泣く声がするのへ、

「俺の背に傷が少ないもう一つの理由は……互《たが》いに背を守り合う相手がいたからだ」

渋々《しぶしぶ》といった感じで、そう口にしていた。

「力を使うのは、互いの命を守るときだけにしろ。それなら……」

途端《とたん》に、ひときわ大きな泣き声が響《ひび》いた。

「ありがとうございます……」

なぜ礼を言うのかと聞き返したい気分だった。それほどまでにこの任務が重要なのか。

それともほんの少しの失敗が、彼女の進退《しんたい》を危《あや》うくさせるのか。

（置いて行かれたくない——名前も存在《そんざい》も忘《わす》れられて——置き去りに）

ふいに、どこかからか、娘の思いに共感する者の思念が、夢《ゆめ》をよぎった。

（ティア——それが私の名前——）

別の場所で夢を見る少女。ぴたりと何かが重なり合う感じがし——すぐに消えた。

ジークは、ゆっくりと仕切り布をどかし、ティアを見た。

ティアは、両手を握《にぎ》り合わせて、身を折るようにして泣いていた。

この娘を斬らねばならない理由など、まだこのときは何一つとして思い浮《う》かばなかった。

6

「ちょっと、トール。ねぇっ、トールったらっ」

建物の陰《かげ》で様子を窺《うかが》っていたトールが、肩《かた》の上のアリスハートの声に、はっと我《われ》に返る。

「はい、アリスハート。また、ぼんやりしてましたか？」

「うん。なんか時間が止まったみたいに、ぴたーっと止まるのよぉ」

「あなたがいてくれるお陰で、助かります」

この分だと、トールがアキレスとともにいたときも、二人で馬鹿《ばか》みたいに動きを止めていた可《か》能性《のうせい》さえあった。トールは自分の動作を意識《いしき》しつつ、街路を移動《いどう》した。

ノヴィアと敵《てき》がいる場所の見当が、ようやくついていた。

北西の街区に、聖性に満ちた香《かお》りが立ちこめている一角があるのだ。その周囲を巡《めぐ》りながら、どうにかして相手に察知されずに侵入《しんにゅう》できないかと思案していたのだが——

「トールぅ、あんたも少しは休みなさいよ。すっごい疲《つか》れた顔してるよぉ」

そう言われて思わず自分の頬《ほお》を撫《な》でた。気づかぬうちに体力を消耗《しょうもう》しているのだろう。

「どうやら敵も、夜のうちは動く気はなさそうですね……」

トールはあっさりと退《ひ》き、あらかじめ目当てにしていた西の城壁《じょうへき》の詰《つ》め所に向かった。

本当は敵の正確《せいかく》な位置だけでも確《たし》かめたかったが、それで戦う力を削《そ》がれては意味がない。

香りと魔獣《バロール》どもの両方を警戒《けいかい》しつつ詰め所に入り、部屋の奥《おく》にあるベッドに腰掛《こしか》けた。

「真っ暗で、よく見えるわねぇ」

アリスハートが感心する。トールは微笑《びしょう》しつつ、アリスハートを枕元《まくらもと》に下ろしてやった。

「半分は、アリスハートの羽の輝《かがや》きのお陰です」

「あたしの羽、元《もと》に戻るかなぁ」

情《なさ》けなさそうに、半ばしか回復《かいふく》していない羽を震《ふる》わせる。

「ノヴィア様の聖性を与《あた》えられればすぐに戻りますよ」

トールはふとそこで、アリスハートに訊《き》いてみたくなった。

「もし……レオニス様が、ノヴィア様を、聖地《せいち》シャイオンに招《まね》き……あの地を故郷《ふるさと》のように思って欲《ほ》しいと仰《おつしや》ったら……ノヴィア様は、それに応《おう》じると思いますか？」

「え……？　うーん……狼男《おおかみおとこ》との旅があるしねぇ……」

枕元にちょこんと座《すわ》りながら、難《むずか》しげに言う。かと思うと明るい声になって、

「でも、故郷があるのは良いことだよ。あたしにとっては空が故郷だからね。そういうのがノヴィアにもあっても良いんじゃないかなぁ。でも、なんでそんなこと訊くの？　レオニスは、本当にノヴィアに故郷をくれる気なの？」

「ええ……そのようです」

ふぅん、とアリスハートは感心したように呟《つぶや》き、

「確かにレオニスってば、ノヴィアのこと好きだものねぇ」

のほほんと核心《かくしん》を突《つ》いてきた。トールは思わず神妙《しんみよう》になった。

「……ノヴィア様は、レオニス様のことを、どう思ってらっしゃるのでしょう？」

「弟みたいに好きだって言ってたよぉ」

トールがかすかに目を見開く。だが実際《じつさい》の血縁《けつえん》のことを言っているわけではない。

「レオニスの場合は、なんだろう……お母さんみたいに好きなのかなぁ」

アリスハートは欠伸《あくび》混《ま》じりに言ったものだが、トールは一瞬《いつしゆん》、意味を受け取り損《そこ》ねた。

「今……なんとおっしゃいましたか？」

「レオニスよぉ。ノヴィアのこと、自分のお母さんみたいに好きなんじゃないのかな。あたし、なんかそういう気がするなぁ」

予想外の考えにトールが唖然《あぜん》となる。アリスハートは枕に背《せ》を預《あず》け、また欠伸をすると、

「ノヴィア、大丈夫《だいじようぶ》かなぁ……」

ことんと眠《ねむ》ってしまっていた。その寝付《ねつ》きの良さに、トールは困《こま》ったように微笑した。

「一応《いちおう》……敵なのですよ、私は」

そう口にしつつ、自分も休息を取るため横になった。

「レオニス様が……母親を……」

それが妙に気になった。まるでレオニスに関して、自分でさえ盲点《もうてん》にしている事柄《ことがら》があるように。だがすぐに不眠《ふみん》不休による疲労《ひろう》に襲《おそ》われ、トールもまた眠りについたのだった。

執務《しつむ》室《しつ》に座るレオニスの怒《いか》りの顔を、燭台《しょくだい》の灯《あか》りが照らしていた。

「おのれ……フロレス・アンブローシャめ……なんということを」

報告書《ほうこくしょ》を握りしめた手が、わなわなと震えた。城塞《じょうさい》都市ルカについての報告が、つい先ほど早馬で届《とど》いたのだ。完全な誤算《ごさん》だった。〈香しき者《アンブローシャ》〉の力は多くが秘儀《ひぎ》とされ、レオニスでさえ詳細《しょうさい》を知らなかった。そのせいでフロレスの力の範囲《はんい》を見誤《みあやま》ったのだ。

まさか、たった一人で増殖器《ジェネレーター》を確保《かくほ》し、都市を崩壊《ほうかい》にまで導《みちび》くとは――

この聖地《せいち》シャイオンで魔獣《バロール》を招《まね》き出す方法を探《さぐ》ったに違《ちが》いなかった。

「ね、兄様。やっぱりあの人たちとじゃ駄目《だめ》だった。ふー。余計《よけい》な怪我《けが》するだけ」

ぼんやりとした声が上がる。レティーシャだ。執務室の隅《すみ》っこに置かれた椅子《いす》に座り、両手で捧《ささ》げ持つ頭蓋骨《ずがいこつ》と会話しながら、裸足《はだし》の足を揺《ゆ》らしている。

「分かったような口を叩《たた》くな。お前が行ってれば違う状況《じょうきょう》になってたかもしれないんだ」

苛立《いらだ》ちに任《まか》せてレオニスが叱咤《しった》するが、レティーシャは一向にこたえた様子もない。

「女神《めがみ》様の像《ぞう》、彫《ほ》らないと、ね、兄様。ふー。レオニス様、分かってるのに。ね、兄様」

レオニスはむかっとなりながらも、しいて感情《かんじょう》を抑《おさ》えた。

「……それで、お前は、どんな像を彫るんだ。もう充分《じゅうぶん》、地獄《じごく》の彫刻《ちょうこく》を彫っただろう」

「あんなの、少ないよね、兄様。聖地は、もっと広いんだよね、兄様。ふー」

「聖地シャイオンを、お前の彫刻で埋《う》められてたまるか」

吐《は》き捨《す》てるように言う。レティーシャは足をぶらぶらさせながら、

「女神様だよね。兄様、そう言ってるのにね。あたしと兄様とレオニス様の綺麗《きれい》な像」

「題材は任せる。ただし僕が綺麗だと思う像だぞ。だいたいなぜ女神像にこだわるんだ」

「レオニス様、欲《ほ》しがってるものね、兄様。ほんとは欲しがってるのにね、兄様」

「欲しがる……？」

「ここに連れてきたいくせにね、兄様。来て欲しいんだよね、もう一度ね、兄様」

レオニスの顔が引きつった。いったいどういうつもりでこの女は言っているのか？

「誰を連れてくるだと……。まさか……なぜ、お前が、ノヴィアのことを知って……」

「どっちもだよね、兄様。どっちも欲しいんだよね」

「なに……？　どっちも……？」

「あたしと兄様にもいたものね、兄様。あたしたちを産んでくれた人、いたものね」

「……母親のことか？　僕《ぼく》の母の像を……女神像にするとでも言うのか？」

レオニスはそう口にしながら、にわかに漠然《ばくぜん》とした不安が込《こ》み上げてくるのを感じていた。その不安を振《ふ》り払《はら》うように、ことさら眉《まゆ》をひそめて言った。

「あいにくだが、僕は母の顔をよく覚えていない。幼《おさな》い頃《ころ》に死別した上、父が母の肖像《しょうぞう》を片《かた》っ端《ぱし》から棄《す》ててしまったんだ」

「嘘《うそ》」

ぼそっとレティーシャが言った。

「なに？　……嘘だと？　お前に何が分かるんだ？」

レオニスの眉間《みけん》に皺《しわ》が寄《よ》る。レティーシャは頭蓋骨を揺らした。かたかたと歯が鳴り、

「兄様、言ってる。兄様、言ってる。兄様、なんて言ってるの？　ふーん。そぉ」

ゆっくりと、その頭蓋骨の顔を、レオニスに向けた。

「そうなんだ。ほんとは覚えてるんだ。思い出したくないんだ。だから忘れてるんだ」

頭蓋骨が、かたかた揺れながら、レオニスを見ていた。

「……なんだと」

そう返す声が、異様《いよう》に嗄《しわが》れていることに、レオニス自身がぞくりとなった。

「女神様だよね、兄様。彫るのはね。レオニス様が欲しがってるものをね、兄様。そうし

たら綺麗になるんだ、そうなんだ、兄様。全部一緒に綺麗になるんだ。全部、全部、思い出して綺麗になるんだ。あたしと兄様みたいに、全部綺麗に。ふー。おかしいね、兄様」

レオニスは、唖然《あぜん》となってレティーシャが揺らし続ける頭蓋骨を見つめている。

まるで悪夢《あくむ》の入り口に差し掛《か》かっているようだった。その悪夢の先にあるものを見るべきか見るべきでないのか。その判断《はんだん》を自分が下すのを、レティーシャが、うきうきしながら待っているような気がした。どちらを選択《せんたく》するか、既《すで》に知っているかのように。

レティーシャは、頭蓋骨を揺らし続けた。


今見ている夢《ゆめ》は、いったい誰の夢なのだろう――

ノヴィアは、自分の名が、夢の中で確実《かくじつ》に違うものに変わってゆくのを感じた。

入れ替《か》えられてゆく気持ち――寂《さび》しさも喜びも、盲目《もうもく》の身でジークを追って行ったときの気持ちも、その希望と悲しみも、全《すべ》てが入り乱《みだ》れ、かつてない形に整えられてゆく。

揺るぎないのは、大事な存在《そんざい》を奪《うば》われたという悲しみと、怨《うら》み――

母親という存在が無惨《むざん》に奪われ、与《あた》えられ、また奪われていった。

その感覚を、夢の中の娘《むすめ》――ティアは、よく知っていた。全てを綺麗に消し、そしてまた新たに与えられる。いずれ消すためだけに。それが娘の人生だった。永遠《えいえん》の空白。

ノヴィアは、だんだんと心までもが、その娘に重なってゆき、

(そう——あなたの名は——)

ティア・アンブローシャが、男と出会い、相手を覚えていることの喜びと悲しみに満ちるさまを、夢に見た。追憶《ついおく》はいつも優《やさ》しいものだとは限《かぎ》らない——

ティアは——ノヴィアは、男の傍《かたわ》らに立ち、戦いへと赴《おもむ》いていった。

ただその力で、男の悲しみを、消したくて。


「ジーク・ヴァールハイトが招《まね》く!」

烈声《れっせい》とともに魔《ま》兵《へい》の群《むれ》が、続々と現《あらわ》れていった。総力《そうりょく》を挙げてジークを亡《な》き者にする気でいた王弟派《は》の兵は、確実《かくじつ》に、その数を失っていった。

街のど真ん中で突如《とつじょ》として始まった戦闘《せんとう》に、市民が混乱《こんらん》して逃《に》げてゆく。

ジークは魔兵を率《ひき》いて、ティアとともに、市長が立てこもる市庁舎《しちょうしゃ》へと進撃《しんげき》した。

兵のほとんどが魔兵の異様な力を前に、戦意を喪失《そうしつ》している。

苦もなく防壁《ぼうへき》を打ち破《やぶ》り、市庁舎の中庭をあっという間に占拠《せんきょ》した。

「ジーク様……私の香《かお》りが、指導者《しどうしゃ》の存在を、とらえました」

「逃がしはしない」

ジークが怒《いか》りの顔で言った。街に入るなり、市長は、市民の存在など完全に無視《むし》して兵を展開《てんかい》させてきたのだ。しかもこのままでは近隣《きんりん》の砦《とりで》から新手が現れ、完全に街全体が戦場になってしまう。そのような事態《じたい》を引き起こしておいて自分だけ逃げ出すとは——

「そいつの動きを止められるか」

「いえ、距離《きょり》が遠すぎます」

「急ぐぞ」

まさしく電光石火の進撃で、魔兵に市庁舎を取り囲ませる。ろくな防備《ぼうび》もない建物である。凄《すさ》まじい速度で魔兵を侵入《しんにゅう》させ、立てこもる兵をなぎ倒《たお》していった。

ジーク自身も、ティアが察知した者を目指して建物に入る。ティアの指示《しじ》に従《したが》って魔兵とともに上階に上がり、やたらと豪勢《ごうせい》な執務《しつむ》室《しつ》のドアを蹴破《けやぶ》った。

「わ、わしは、王弟様の家系《かけい》につらなる者だぞっ！　この不敬者《ふけいもの》を殺せっ！　殺せっ！」

逃げ場を失った市長が、わめきにわめくのをよそに、ジークと凄魔《ギルト》たちが衛兵《えいへい》を斬《き》って棄《す》てた。市長が呆然《ぼうぜん》と声を失った。その市長に、ティアが香炉《こうろ》を揺《ゆ》らしながら歩み寄《よ》る。

「ジーク様、力を使う許しを、下さい……」

ジークは、市長とティアをじっと見つめた。市長の首を刎《は》ね、それを街に迫《せま》る砦の兵たちに投げつけるべきか。それとも、ティアの力に任《まか》せるべきか――

「やれ、ティア。そいつの心から、野心を消してやれ」

ジークは、そらしかけた目をしいてとどめ、震《ふる》え上がる市長を見つめたまま命じた。

ティアは、その通りにした。


「争いをやめよ！　王弟派の者たちよ！　この街に入ってはならん！」

市長が残りの兵を率いて、雪崩《なだ》れ込もうとしていた兵たちを止めていた。

砦の兵たちは、呼応《こおう》するとばかり思っていた市長の豹変《ひょうへん》に、度肝《どぎも》を抜《ぬ》かれている。

やがて街から兵が去ってゆく様子を、ジークとティアが、遠くから眺《なが》めていた。

「市長は、ただ王弟派に担がれた……。もうあの街で叛乱《はんらん》が起こることはない」

ジークが呟《つぶや》く。それがティアによる操作《そうさ》だった。市長はもはやジークやティアの顔すら覚えていない。自分が抱《いだ》いた野心のことも。犠牲《ぎせい》になった兵のことも――

多数の死者を出した理由そのものが、全て――忘却《ぼうきゃく》の彼方《かなた》に消えていた。

「ジーク様……私たちも、記憶を……」

香炉を揺らそうとするティアを、ジークは身振《みぶ》りで止めた。

「でも……」

「俺《おれ》たちくらいは、覚えているべきだ」

街に目を向けたまま、沈《しず》むような声で、ジークは言った。

そのジークの横顔を、ティアが悲しげに見つめていた。


その後も、立て続けに任務《にんむ》が下った。その全てが、王弟派の鎮圧《ちんあつ》だった。

ティアはことあるごとに、事件《じけん》の全貌《ぜんぼう》を知る自分たちの記憶を消したがったが、

「俺と一緒《いっしょ》にいる限《かぎ》り、お前は何も忘《わす》れる必要はない」

ジークは断固《だんこ》として忘却を拒《こば》んだ。戦い以外での出来事でも決してティアの力を受け入れなかった。ティアはそんなジークをただ悲しそうに見ているだけだった。まるで、喜ばれると思っていた贈《おく》り物を、すげなく拒まれたかのように。

そうして幾《いく》つもの任務を果たすうちに、聖都《せいと》への帰還《きかん》が命じられた。

聖都への帰途《きと》、ティアはずっと悄然《しょうぜん》としていた。

「私、ジーク様の悲しみを、何一つとして、消せませんでした……」

「俺の悲しみ……？　いったい何のことを言ってる？」

ジークはこのときになって、ようやく、それが何を意味するのかを訊《き》いていた。

「あなたの心をとらえている、一番の悲しみ……それが消せれば、あなたはきっと、今よ

りも自由な気持ちで、戦いに臨《のぞ》めるだろうと、聖王様は仰《おっしゃ》ったんです」

「一番の悲しみ……」

ジークは呟きながら、かぶりを振った。

「関係ない。俺は、何も忘れる気などない。たとえ、どんな悲しみでも……」

一番の悲しみという言葉が、何か具体的なことを示《しめ》しているとは、このときは思いもよらなかった。ただ、ティアの悲しい微笑《ほほえ》みと、

「ジーク様……。私、まだ……あなたのことを、こんなにも覚えています」

切々と繰《く》り返すその言葉が、どこかで気にかかっていた。


「——ドラクロワの牢《ろう》を……移《うつ》す？」

ジークが愕然《がくぜん》と顔を上げた。聖王は水色の目を細め、はっきりとうなずいた。

「お前の働きは高く評価《ひょうか》している。だが……あの者の心は、もはや変わることがない。今なお秘儀《ひぎ》を求め、聖法庁《せいほうちょう》に対し深い憎《にく》しみを抱《いだ》いておる。こうなればあの者をさらに深く閉《と》ざし、その闇《やみ》を封《ふう》じる他《ほか》ない。あの者は……あまりに多数の秘儀に通じすぎておる」

ジークはかろうじて怒《いか》りをあらわさずにいられた。約束が違《ちが》う——そう叫《さけ》びたかった。

だが聖王の言うことは正しかった。ドラクロワの異様《いよう》なまでの執念《しゅうねん》は、ジークが聖都を

離《はな》れるたびに、どうにもならぬほど深められてゆくようだった。

それでも納得《なっとく》がいかなかった。なぜ王弟派《は》の脅威《きょうい》がいまだに存在《そんざい》するこのときに、ドラクロワをそこまで危険視《きけんし》するのか。牢の中で、苦痛《くつう》にもがくドラクロワを――

「……ときに、黒き騎士《きし》よ……アンブローシャの香《かお》りの力は、既《すで》に知っておるな?」

「は……あまり詳《くわ》しくは……」

ジークは咄嗟《とっさ》に偽《いつわ》りを告げた。聖王の目がまた細められた。

「そなたは、かの香りを受け入れぬのか?」

聖王の問いに、ジークはやや眉《まゆ》をひそめた。

「任務のために、事件を忘れろと?」

「そうではない……そなたにとっての一番の悲しみを、なぜ消さんのだ?」

「一番の……悲しみ……」

にわかに――ジークは総毛立つほどの衝撃《しょうげき》を受けていた。

「まさか……ドラクロワ……」

聖王は無言でジークを見つめている。もはや間違いなかった。

一番の悲しみとは、ドラクロワ、、、、、、、の存在そのものだ。この自分にドラク、、ロワ、、のこと、、を忘れ、、ろと言っているのだ。いまだかつてドラクロワのことを、悲しみであるなどと認識《にんしき》したことはなかった。今なお自分にとって希望であり信頼《しんらい》の対象だった。

だからこそ理解《りかい》して当然のことを、このときに至《いた》るまで理解出来なかったのだ。

それだけではない。ジークが真に衝撃を受けたのは、別のことだった。

聖王《せいおう》の本当の意図——まさか、ドラクロワを殺すつもりか。

聖王は、そこまでドラクロワを危険視しているというのか。

確《たし》かに、聖王がドラクロワを殺そうとする素振《そぶ》りを見せれば、ジークは聖法庁全《すべ》てを敵《てき》に回してでも止めようとするだろう。ドラクロワが解放される余地《よち》がまだあるからこそ、聖王に従《したが》っているのだ。もしその可能性《かのうせい》が無いのだとしたら——

「ドラクロワがいなくなれば……戦う理由を失うでしょう……」

わなわなと震《ふる》え出す体を必死に抑《おさ》えながら、懇願《こんがん》するようにそう口にした。急に、何もかもが崩《くず》れ落ちてゆくような気がしていた。一番の悲しみだと——ドラクロワがいなくなることに勝《まさ》る悲しみがあるものか。そう叫びたい気持ちを、かろうじて堪《こら》えていた。

「黒き騎士よ……そなたは、そなた自身の中に、十分に戦う理由を持っている……。

それに、アンブローシャの香りの力を……そなたも既に知っておるはず」

ジークは、目の前が真っ暗になったような気がした。

野心を忘《わす》れ、犠牲者《ぎせいしゃ》も忘れ、争いを止める領主《りょうしゅ》の姿《すがた》が思い浮《う》かんだ。自分が何を求めていたかさえ忘れて、今ある地位と幸福だけで満足し、秩序《ちつじょ》のために生きる――

そんなものを受け入れることを、自分は今、強要されているのか。

ジークの中でふつふつと湧《わ》き起こる怒りを、聖王《せいおう》は静かに受け止めるように、言った。

「ドラクロワには……アンブローシャの香りが、全く通じなかったのだ……」

ジークは、唖《あ》然《ぜん》となって聖王を見つめた。確かにドラクロワは既にあの香りのことを知っていた。恐《おそ》らく聖王の意図も。だが、なぜそれを自分に教えてくれなかったのか――

「ドラクロワさえ憎しみを忘却《ぼうきゃく》すれば、全ては解決されていた。だがかの者は、あくまで忘却を拒《こば》み、逆《ぎゃく》にますます我《われ》らへの憎悪《ぞうお》を募《つの》らせてしまった……。そうなれば、かの者を永遠に葬るためにも、まずそなたが、全てを忘却せねばならぬというのに……」

ジークは蒼白《そうはく》となって言葉を失っている。聖王は静かにこう言った。

「ドラクロワは言った……自分の記憶《きおく》を消せはしない。消したいのであれば、ジーク・ヴァールハイトの記憶を消せと。そうすれば自分がどんな目に遭《あ》おうとも、黒き騎士が抵抗《ていこう》することはないだろう……。その方が、黒き騎士にとっても、幸福かもしれぬと」

いったい自分がどこをどう通って来たかも覚えていない。どう受け止めて良いのかも分からぬ衝撃に呆然《ぼうぜん》となりながら、ジークは、ドラクロワのいる牢《ろう》へ向かっていた。

（その方が――幸福――忘れた方が）

地下牢への階段《かいだん》を降りながら、ドラクロワが言ったという言葉が脳裏《のうり》にこだましていた。本気でそう思っているのか。自分に、忘れろと――その方が良いと。恐ろしさで震えそうになりながら、それでも地下へと降りてゆく。何としても確かめねばならなかった。

ドラクロワの意志《いし》を。そしてまた、自分の心を。試《ため》さねば気が済《す》まなかった。

牢への廊下《ろうか》を行く途中《とちゅう》、ふと、澄《す》んだ香《かお》りがすることに気づいた。

アンブローシャの香り――ティアがここに来ていた？

思わず辺りを振り返った。獄吏《ごくり》を呼《よ》んで確かめたが、若《わか》い娘《むすめ》など来てはいないという。怪《あや》しいものだった。ティアが力を使えば、獄吏の記憶などすぐに消せる。

問題は、自分が命じてもいないのに、ティアがそんなことをしたということだった。

ジークはひとまずティアの存在を頭から振《ふ》り払《はら》い、廊下を進んだ。そして、一番奥《おく》の鉄《てつ》格子《ごうし》の前に立ったとき――闇《やみ》の向こうから響《ひび》いてきたのは、低い笑い声だった。

「私のことを、まだ覚えているようだな……ジーク」

苦痛《くつう》に耐《た》えながらも、その声は、どこか朗《ほが》らかに聞こえた。

「ドラクロワ……本当に、俺が、お前のことを忘れれば良いと……思っているのか」

「そうするが良い……ジーク。誰《だれ》も止めはしない」

暗い牢の中で、ひどく面白《おもしろ》がるような微笑《びしょう》を浮かべて、ドラクロワは言った。

「ただし……お前が、そうしたければな。あるいは香りの力などで、お前と私を、どうにか出来るのであればだ……。聖王も〈銀の乙女《おとめ》〉も、我々を甘《あま》く見たものだ……」

ジークは力が抜《ぬ》けたように鉄格子にもたれかかった。ドラクロワは決して、この自分が記憶を消せば良いなどとは思っていないのだ。それが、はっきりと分かった。

「それにしても、ずいぶんと警戒《けいかい》されたものだな……。アンブローシャの力は、〈銀の乙女〉の中でも一部の者しか知らぬ秘儀《ひぎ》……それを我ら二人に差し向けるとは。だがいずれ、かの娘も、もとの任務に立ち返ることになるだろう」

そこでジークは新たな驚《おどろ》きに打たれていた。考えてみれば当然だった。

ティアは、その本当の任務——ジークの記憶を消すという役目を、果たせなかったのだ。このままジークの従士《じゅうし》でいる意味などない。〈銀の乙女〉に復帰《ふっき》し、また今までのような使命を与《あた》えられるのだ。自分の体と心を、削《けず》り棄《す》ててゆくような使命を。

自分は、どうしたら良いのか——思わずそうドラクロワに訊《き》こうとしたとき、苦しげな呻《うめ》き声が響いた。ドラクロワは闇にうずくまり、苦しみを振り払うようにして言った。

「ジークよ……血の香りの力を破る方法は、ただ一つ……疑うことだ。全てを疑うがいい……それ以外に、お前がお前を取り戻《もど》す方法はない……。ジーク……疑《うたが》え……」

そしてその声を最後に、ドラクロワは苦しみの中に沈《しず》んでいった。

ジークは牢を出て、呆然としながら歩いた。

どこかで澄《す》んだ香りがしているような気がしたが、ティアの姿はどこにもない。

気づけば、丘を登っていた。シーラが眠《ねむ》る墓地《ぼち》に入り、ふと人影《ひとかげ》に気づいた。

そこに、ティアの姿があった。初めて出会ったときのように、墓前に花を捧《ささ》げている。

ジークが近づいても、ティアはじっとうつむき、墓《はか》を見つめたままだ。

「ティア……牢に来ていたのか？」

ティアは答えない。ジークも、無言でその傍《かたわ》らに佇《たたず》んだ。

丘から周囲へ目を向けると、春の景色が広がっている。もうしばらくすれば、シーラが好んだ花が咲《さ》くだろうと思った。そのときは、自分も墓前に花を捧げようと。

うつむくティアに目を戻し、ジークは言った。

「俺の記憶《きおく》は、少しずつ消えていると、〈銀の乙女〉に報告《ほうこく》しておけ」

ティアはぎゅっと目をつぶった。何かに耐《た》えるようにその肩《かた》が震《ふる》えている。

「……なぜですか？」

「今はまだ方法が見つからないが……いずれ必ず、お前を正式に俺の従士にする」

「……なぜですか？」

「お前に、俺の記憶を消させないためだ」

「なんで……そんなことを言うんですか」

震えをこらえながら、目を開いた。その淡《あわ》く澄んだ碧《あお》い目が、力無く墓を見ていた。

「俺のことは、全《すべ》て覚えていていい。誰が何と言おうとだ」

ティアの横顔に、微笑《びしょう》が浮《う》かんだ。何かを諦《あきら》めたような影が、色濃《いろこ》くさす微笑――

「あなたの従士でなくなる前に……彼女にご挨拶《あいさつ》しておこうと思ったんです。あなたにも、会えるかと思って……まさか、本当に会うなんて……」

「ティア――」

「聖王《せいおう》様に、私の香りのことを訊かれたら、二つあると答えて下さい。一つは、あなたが知っている香りです。もう一つは……心が流す……血の香りだと。もし記憶を失えば、その二つとも忘《わす》れるんです。その二つの香りのことを言えば、聖王様はあなたには、アンブローシャの香りは効《き》かないと判断《はんだん》するはずです。お願いですから、そうして下さい」

「なぜだ……」

「私が、あなたの従士《じゅうし》でなくなるためです」

感情《かんじょう》が消えたような声でティアは言った。その横顔から微笑が消えていた。魂《たましい》さえ凍《こお》りついたような表情。ジークは長いこと沈黙《ちんもく》した。怒《いか》りがあった。そして疑問《ぎもん》が。

「なぜだ……ティア。〈銀の乙女〉がお前に命じる任務《にんむ》に、戻りたいか」

「姉がいるんです！」

突然《とつぜん》、悲鳴のような声が、ティアの口から迸《ほとばし》った。

「同じ力を持つ人がいるんです！　何もかも忘れて、世界中の人のことを忘れても絶対《ぜったい》に忘れない相手がいるんです！　私、味方がいるんです！　一人ぼっちじゃないんです！」

一気に言い放ち、屹然《きつぜん》と振り返った。途端《とたん》に、冷ややかだったその顔が、涙《なみだ》をこらえるような表情を浮かべていた。そして信じがたいものを見るかのように、

「なぜですか……なぜ笑うんですか」

泣き声を上げるように、そう言った。

ジーク自身、意外な言葉だった。だが気づけば確《たし》かに微笑している。

「お前にも、信じられる者がいる……それが分かって、少し、安心した」

自然とそんな言葉が口をついて出た。ティアの双眸《そうぼう》が、とうとう涙で濡《ぬ》れた。

「心が流す……血の香《かお》りを……お前とお前の姉は、知っているのだろう」

ジークは不思議な確信《かくしん》とともに言った。ティアは顔をくしゃくしゃにしてうなずいた。

「憎《にく》らしくないんですか。あなたにはもう、信じられる相手なんて、一人もいないのに」

ジークは、ゆっくりとかぶりを振った。

「私、あなたのことを忘れたくないんです。私のこと、覚えていてもらいたいんです」

ティアは、ぽつんとたった一人で立ちつくすように、泣きながら声を張《は》り上げた。

「聖王様に仰《おっしゃ》って下さい。私の香りのことを。私は従士《じゅうし》ではなくなります。力が足りなかったせいで私、罰《ばつ》を受けるかもしれません。今までよりもっとひどい仕事をするかもしれません。でも、それで良いんです。あなたが私のことを覚えていてくれるなら。たとえ私があなたのことを忘れても。それ以外にないんです。お願いします」

ジークはまた、静かにティアを見つめながら、かぶりを振った。

「それは出来ない。俺《おれ》の従士でいれば……いつか必ず、ひどい仕事からは解放《かいほう》される」

「お願いです、ジーク様。お願いです」

ティアはジークにすがりつき、体中を震わせて泣いた。叫《さけ》ぶような声だった。

ジークはただ、その小柄《こがら》な体に必死に込《こ》められた力を、哀《かな》しい思いで受け止めていた。

ようやくティアが落ち着く頃《ころ》には日が暮《く》れかけていた。ジークはティアとともに丘を下りていった。途上、ティアが、ジークの住まいに泊《と》めてもらえないかと小さな声で言った。

修道院《しゅうどういん》に戻《もど》れば、〈銀の乙女《おとめ》〉の聖女たちから、ジークの記憶について、審問《しんもん》されるのだという。今のような状態《じょうたい》で、そんな審問を受けたくないのだと。

ジークは、好きなようにすれば良いと答えた。

結局、二人してジークの住まいに来た。ティアに寝室《しんしつ》を明け渡《わた》し、自分は荷物が積み重なったソファを片付《かたづ》け、そこで眠《ねむ》ることにした。

ジークが食事の用意をし、ティアがそれを手伝う。二人とも言葉少なで、まるで最初に出会った頃のようだった。そのときよりも遥《はる》かに理解があるはずだったが、相手を理解しているということを、どう確かめれば良いのか、二人とも分からなかった。

聖王のことも、従士のことも、〈銀の乙女〉のことも、互《たが》いの力の秘儀《ひぎ》のことも、何も話さなかった。最初にティアがここに来たときのように。ただお互いのことを話した。

多くの都合から、たまたま一緒《いっしょ》になった二人が、その本当の理由を、なんとか見つけようとするように。薄《うす》い氷の上を歩くような危《あや》うさを感じながらも、それが相手のことか、自分のことか、それとも二人のことかさえ分からなかった。やがて夜が訪《おとず》れ、

「おやすみなさい……ジーク様」

ティアは、ジークのシャツを寝間着《ねまき》代わりに着込んだ姿《すがた》で、言った。

「今は……まだどうすれば良いか分からない。だが必ず、方法を見つけ出す」

ジークは、そのときになって初めて、そう口にしていた。

「力が、風のようなものでも……人は、ただそれに吹《ふ》かれるだけではないはずだ……」

そのジークを遮《さえぎ》るように、

「とても、楽しい時間を過《す》ごせました。ありがとうございます」

ティアは、微笑《びしょう》してそう言った。諦《あきら》めの影《かげ》がさす微笑――余計《よけい》なことを口にして、薄い氷を踏《ふ》み抜《ぬ》くような真似《まね》は、自分はしないとでもいうような。

その微笑から伝わる悲しみを振《ふ》り払《はら》うように、ジークは静かに言い添《そ》えた。

「忘却《ぼうきゃく》が奪《うば》うのは、過去《かこ》だけではない。未来も……奪う」

ティアは何も聞こえなかったかのように、ぺこりと頭を下げた。

「良い夢《ゆめ》を……ジーク様」

ジークはうなずくことも出来ないまま、寝室に入ってゆくティアを見送った。

それから、自分は居間《いま》へ行こうとすると、ふいに背後《はいご》から声が聞こえた。

「それなら、なぜ人は夢を見るんですか……忘《わす》れるための夢を」

それは違《ちが》う――咄嗟《とっさ》にそう返そうとしたとき、寝室のドアが閉《し》まった。

ジークは、小さくかぶりを振りながら、自分の寝場所へ向かった。

思い出すための夢だって、あるはずだ――そう、胸《むね》の中で、強く思いながら。

その夜――ジークは夢を見た。暗い地下牢《ろう》への階段《かいだん》を降《お》りてゆく。どこかで誰かが自分を見ているような気配がした。じめついた廊下《ろうか》を進み、一番奥《おく》の牢の前にやって来る。闇《やみ》の奥にいる者の姿が、ぼんやりとした輪郭《りんかく》を帯びている。咄嗟《とっさ》に相手の名前を呼ぼうとして、それが誰であるか分からないもどかしさに襲《おそ》われた。

哀しい思いが、その牢の中にひしめいている。鉄格子《てつごうし》を握《にぎ》りしめて中を覗《のぞ》き込むうち、牢に閉《と》ざされているのは実は自分ではないのかという思いが湧《わ》いてきた。

いったいどちらが囚人《しゅうじん》なのだろうか。夢の中の自分と、現実《げんじつ》の自分と。

もし夢が狭《せま》い牢獄《ろうごく》なのだとすれば、現実はその夢よりどれほど広いと言えるのだろう。混乱《こんらん》が襲った。手足の重さ。朦朧《もうろう》とする視界《しかい》。何もかも渦《うず》を巻《ま》いて溶《と》け合い、どことも知れぬ深みへ沈《しず》んでゆくような闇。そして――瑞々《みずみず》しく澄《す》んだ香《かお》りが広がる。

なぜ人は夢を見るのか。記憶《きおく》があるからだ。追憶する心。思い。

忘却《ぼうきゃく》にだけ頼《たよ》れば未来さえ失うのではないか。いや――その言葉は、間違いなく彼女を傷《きず》つけた。謝《あやま》らねばならない。その力を棄《す》てることなど、

（従士《じゅうし》は決めたのだ。小さな聖道女《せいどうじょ》――大きな可《か》能性《のうせい》を秘めた）

自分にも彼女にも出来はしなかった。

夢の中の――夢だ。囚《とら》われた場所から、さらに囚われた場所へ――

何重にも記憶が交差し、自分がどこに属《ぞく》しているのかさえ分からなくなってくる。

いっそ全《すべ》てを忘れてしまえば――

「あなたは悲しい人です」

ふいに、はっきりとした声が響《ひび》く。ぼんやりとした光。頰《ほお》に何か柔《やわ》らかいものが触《ふ》れ、瑞々しい香りがかつてない近さで感じられた。

「さようなら……」

待て――そう叫んだつもりだが、声は出ていない。咄嗟に動こうとして、動けなかった。

いったいいつの間に仕掛《しか》けられたのか。眠る前か、眠った後か――

最初から、このつもりで――

意識《いしき》が混濁《こんだく》し、幾《いく》つもの思念が飛び散り、体が震《ふる》えた。そして訪れる闇――


地下牢から出てきたときのような光を感じ、ジークは目を覚ました。

陽《ひ》が高く昇《のぼ》っている。けだるさを感じながら起き上がった。軽い頭痛《ずつう》がした。

寝室《しんしつ》を覗《のぞ》くと、誰もいなかった。

シーツと、ティアに貸《か》したシャツが、綺麗《きれい》に畳《たた》まれてベッドの上に置かれていた。

居間に戻《もど》ると、テーブルの上に、書き置きがあることに気づいた。

最初に、この住まいに迎《むか》えたとき、ティアが座《すわ》っていた場所に、それはあった——


あなたにこれを読んでもらいたいくせに、読まれたくない気持ちもあります。

あなたは何か方法を考えると言うけれど、方法は一つしかありません。記憶以外のものを棄てるしかないんです。あなたは私に、力を棄てろと言っているのです。これだけを頼りに生きてきたものを、全て棄てろと言っているのです。私には、〈銀の乙女《おとめ》〉も、自分を待ってくれている人も、とても裏切《うらぎ》れません。

何より私には力が必要なんです。きっとあなたも分かっているのだと思います。あなたにも力が必要なんです。それが私たちの弱さなのかもしれません。

少なくともあなたは一つだけ勘違《かんちが》いをしています。あなたは本当は従士が必要だとは思っていません。あなたは誰も必要としていません。

あなたは優《やさ》しくて残酷《ざんこく》です。気づかないふりをしているというのとは違うと思いますが、それでも私は傷つきます。傷ついたらそれを忘《わす》れたいのが私です。でもあなたは忘れさせてくれません。きっとあなたはまだ本当に忘れるということを知らないのだと思います。忘れることで辛《つら》いこともありますが、その反面、とても安心もするのです。最後にそのことを教えてあげたいと思います。

私は、あなたの悲しみを奪《うば》いました。嘘《うそ》だと思うのなら、昨日のことを思い出してみて下さい。あなたは牢にいる人に会いに行くたびに悲しい思いをしていたはずです。なのになぜあなたは今、悲しくないのですか？　あなたはもう忘れ始めています。大事なものが消されてもあなたには分からないはずです。

私は先に行っています。聖王様から次の任地《にんち》を聞いて下さい。私はそこにいます。そこで最後の任務《にんむ》を果たした後、あなたは元通り聖王様の騎士《きし》として働き、私は自分を待ってくれる人のもとへ帰ります。そのとき、あなたは私と出会ったことも、ともに短い期間、旅したことも忘れているでしょう。あなた自身の悲しみのことも、全て忘れているでしょう。

それを止めるには二つしか方法がありません。私を斬《き》るか、ご自分の力で香りの力に抵抗《ていこう》して下さい。でも、忘れているということをどうやって知るのでしょうか。誰《だれ》かに言われなくてもご自分が何かを忘れているということに気づけますか。

私はあなたの悲しみを消すために、従士になりました。あなたは悲しい人です。そんなにも悲しみが欲《ほ》しいのなら取り返しに来て下さい。

私は、どんなに辛い仕事を与《あた》えられても、平気です。私は忘れることが出来ます。

あなたの従士ティア・アンブローシャ

追伸《ついしん》　私は早くあなたのことを消してしまいたいです。

ジークは素早《すばや》く身支度《みじたく》を整えると、書き置きを握《にぎ》りしめ、牢《ろう》に向かった。

聖都を覆《おお》う城壁《じょうへき》の門を幾つかくぐり、監獄《かんごく》に走り込んだ。じめついた階段《かいだん》を降り、獄吏《ごくり》に声をかけて奥《おく》の扉《とびら》を開かせた。早足になって廊下《ろうか》を渡《わた》り、暗い牢を見た。

本当に暗かった。壁《かべ》の脇《わき》の松明《たいまつ》さえ消えていた。そこには誰もいなかった。

大声で獄吏を呼《よ》んで、わけを聞いた。獄吏が言うには、そこにいた囚人《しゅうじん》は、、、数日前に、さらに厳重《げんじゅう》な地下牢へ移送《いそう》されたのだという。

その囚人が、ドラクロワであることも、間違いなかった。

ジークは、誰もいない牢の前で、呆然《ぼうぜん》と立ちつくした。ふと、澄《す》んだ香《かお》りを感じ、

(疑うことだ、、、——ジーク、、、)

ドラクロワの声が甦《よみがえ》った。

誰もいない真っ暗な空間に、その声が激《はげ》しくこだまするのが、はっきりと聞こえていた。

(疑え、ジーク――血の香りを破る、ただ一つの方法――全てを疑え――)

第四章　夢見《ゆめみ》る者の影《かげ》

1

斬《き》らねばならないのか――

恐《おそ》ろしい予感とともに、ジークは夢が途切《とぎ》れようとするのを感じた。

疑《うたが》え――悲しみを取り戻《もど》すために。任務――花の名を追う。従士《じゅうし》――聖王《せいおう》の意図。

ドラクロワの行方《ゆくえ》――忘《わす》れろと言うのか。斬るしかない――

断片的《だんぺんてき》な思念がぐるぐると渦《うず》を巻《ま》き、暗い牢の光景が遠のいていった。

ジークは、はっと目を見開いた。薄暗《うすぐら》い部屋――明け方の、ひんやりした空気。

咄嗟《とっさ》に自分がどこにいるのか分からず、不安と恐怖《きょうふ》で、ぞくりと背筋《せすじ》に寒気を感じた。

すぐ思い出した。城塞《じょうさい》都市ルカの聖堂。剣《けん》を握りしめたまま、ベッドに横たわっている。

魔獣《バロール》の出現――増殖器《ジェネレーター》を破壊《はかい》しに来た。それが目的だ。ドラクロワを追うために。

だが不安と恐怖は消えていない。とても大事なことを夢で見ていた気がする。

焦《あせ》りに追い立てられるようにして、身を起こした。

何かをしなければいけない。だが何を――？

決まっている。戦うのだ。力の限《かぎ》り――敵《てき》を倒《たお》す。それしかないはずなのに、妙《みょう》に心が落ち着かない。力に頼《たよ》る弱さ――本当に欲しいものさえ手に入らない。

ふと、ベッド脇《わき》の壁を振《ふ》り返り、愕然《がくぜん》となった。

壁一面に、その言葉が刻《きざ》まれていた。自分が刻んだのだという意識《いしき》――

『ノヴィア　ノヴィア　ノヴィア　ノヴィア　ノヴィア　ノヴィア』

(斬らねばならない)

ノヴィア――誰かの名前。さらに強い危機《きき》感が迫《せま》る。何かに追われている感じがした。

突然《とつぜん》、その危機感が、はっきりとしたものに変わっていた。

とてつもない堕気《だき》が、この部屋に迫ってくるのだ。

そもそも、その気配が、自分の夢を途切れさせたことを、今やっと理解《りかい》していた。

ジークの左腕《ひだりうで》に、眩《まばゆ》いばかりの雷花《らいか》が閃《ひらめ》いた。それに呼応《こおう》して、ドアの閂《かんぬき》となっていたシャベルが青白い稲妻《いなずま》を噴《ふ》き出し――凄魔《ギルト》の姿《すがた》へと変じる。

同時に、窓《まど》を突《つ》き破《やぶ》って、刃《やいば》の脚《あし》を持つ巨《おお》きな蜘蛛《くも》が、部屋に飛び込《こ》んできた。

聖堂のありとあらゆる窓や扉から――魔獣《バロール》の群《むれ》が、雪崩《なだ》れ込んできたのだった。

フロレスは、夢を見ていた。

ジークの夢を覗《のぞ》き見る一方で、フロレスしか知らない記憶《きおく》に思いを馳《は》せていた。

そのときティアは、フロレスの前で、じっとうつむいていた。

「私……まだこんなにも、あの人のこと覚えてる……まだ何一つとして忘れてないの」

ぽつっと告白するように、ティアは言った。フロレスはそのティアの小さな肩《かた》を抱《だ》いた。

「これが終わったら……今度の騎士《きし》のことも、私が全《すべ》て、忘れさせるわ」

ティアは、無言でフロレスの手に身を委《ゆだ》ねている。かと思うと、こくっとうなずいた。

それがかえって、妙な不安をフロレスに感じさせた。

「私にとっても、あなたにとっても、忘れてはいけないことは二つだけよ……ティア」

「姉さんと〈銀の乙女《おとめ》〉」

ひどく従順《じゅうじゅん》にティアは応《こた》える。

「その二つだけは、死ぬまで私の記憶の中にある……」

死という言葉に、フロレスは、ひやりと冷たいものを感じた。

ティアは以前、その身を投げ出したことがあった。ある国の領主《りょうしゅ》を籠絡《ろうらく》させた後、城《しろ》の寝室《しんしつ》から飛び降《お》りたのだ。中庭の鉄柵《てっさく》の上に。尖《とが》った柵がその体を貫《つらぬ》いて串刺《くしざ》しにしたが、そのお陰《かげ》で固い石畳《いしだたみ》に叩《たた》きつけられることは防《ふせ》がれた。衛兵《えいへい》が身を投げるティアを発見し、たまたま都市にいた〈銀の乙女〉の〈癒す者《リヴィエール》〉がすぐに駆《か》けつけてくれねば危《あぶ》なかった。

その記憶は、ティアの中にはもうない。フロレスが消した。

ただ傷跡《きずあと》だけは消せなかった――ティアの脇腹《わきばら》の傷は、そのときのものだ。

フロレスは、ティアがそんな真似《まね》をしたことに悲しみと怒《いか》りを抱《いだ》いた。

なんと弱い娘《むすめ》だろうと思う。ティアはいつまでたっても、人を操《あやつ》ることの快感《かいかん》を覚えようとしないのだ。相手を人形のように操る快感――それさえ覚えれば、身も心も削《けず》ったところで苦にならず、優《すぐ》れた〈香しき者《アンブローシャ》〉としての誇《ほこ》りを抱けるのに。次の任務《にんむ》を楽しみに思うようになり、決して死を選ぼうなどという気にならなくなるだろうに。

だがティアは別のことを信じ続けた。〈銀の乙女〉の一部の聖女たちが、姉妹《しまい》に任務を与《あた》える理由――ティアとフロレスが働けば、何千人もが犠牲《ぎせい》になる戦乱《せんらん》を避《さ》けられる。

すぐに記憶を消されて忘れてしまう、あやふやな大義《たいぎ》名分。そんなものにすがるティアが哀《あわ》れだった。フロレスにとって戦乱などどうでもいい。ただ人を操れればいいのだ。

「ティア……必ず帰って来るのよ」

思わず、強い口調になった。ティアは、小さくうなずいた。フロレスが手を離《はな》すと、

「私、行くね……姉さん」

ティアは、うつむいていた顔を上げた。はっきりとした意志《いし》が、見て取れた。

ジークの記憶を消して戻《もど》ってくるという意志のあらわれだ――そのときフロレスはそう受け取った。だが今思えば、あれは死を覚悟《かくご》した顔だったのではないか。

ジークの手で斬《き》られることを半ば予想して、任地《にんち》へ赴《おもむ》いた――

そして今フロレスは、ジークの夢《ゆめ》を追うことで自分の怨《うら》みの正しさを悟《さと》った。

ジークは己《おのれ》の記憶を守るため、ティアを斬ったのだ。それ以外にどんな答えがあるのか。

怨むべきは三つだ。ティアを引き止められなかった自分。ティアを追い込んだジーク。

自分たちをさんざん利用した〈銀の乙女〉の一部の聖女《せいじょ》たち――

だが自分や〈銀の乙女〉を怨めば、これまでの自分たちの働きを否定《ひてい》することになる。

だから、本当に怨むべきは、ジークただ一人なのだ――

その怨みを晴らす機会がやっと訪《おとず》れたのだ。決して誰《だれ》にも邪魔《じゃま》をさせるつもりはない。

フロレスは、この復讐劇《ふくしゅうげき》の、最後の仕上げに取りかかることを決めた。

そのとき――ふいに夢が途《と》切《ぎ》れるのを感じた。

何か強烈《きょうれつ》なものが香《かお》りの防壁《ぼうへき》を突破《とっぱ》し、ジークの眠《ねむ》りを覚まさせようとしていた。

フロレスは、すぐにその原因《げんいん》を悟った。魔獣《バロール》だ――おびただしいほどの数でジークに迫っている。ジークの本能《ほんのう》が敏感《びんかん》にその危機《きき》を察し、目覚めようとしている。

だがもう充分《じゅうぶん》、夢は覗かせてもらった。ジークがティアを斬ったことは間違《まちが》いないのだ。

その確信《かくしん》とともにジークの夢から遠ざかり――フロレスは、現実《げんじつ》の世界で目を開いた。

身を起こし、腕《うで》の中で眠《ねむ》るノヴィアを見つめた。

まだ年端《としは》もいかぬ少女――ジークがこのような従士《じゅうし》をつれていると思うと、あらためて凄《すさ》まじい怒りを催《もよお》させた。ティアを斬った罪《つみ》を少しでも覚えているなら、今さら、こんな少女を従士にするはずがない。ジークは、もうティアのことを何とも思っていないのだ。

何ということだろう。ジークが自分からティアのことを忘《わす》れるなど、許《ゆる》せはしない。

ティアの存在を消していいのは自分だけだ。こうなればジークに全ての悲劇を思い出させた上で、ありとあらゆる記憶をずたずたにして殺さねば気が済《す》まない。

そうして全てが終わったら――そのときこそ、自分の中から、ティアの記憶もジークの記憶も消してしまおう。そしてレオニスたちから自分の記憶を消す。

「夜にしか咲《さ》かない花……。朝が来れば、もう誰も、その花が何色だったかさえ分からない……。それがフロレスの花なのだから……」

フロレスは、左手の香炉《こうろ》を、そっとノヴィアの顔の前で揺《ゆ》らした。

ノヴィアが目を開いた。怯《おび》えたような表情《ひょうじょう》で、不安そうにフロレスを見た。

「起きなさい、ノヴィア。ある男が、あなたを迎《むか》えに来るわ……」

「私を……？」

「そう。そしてあなたは真実を知るの……あなたと私の夢……その憎《にく》しみの果てを」

ノヴィアは、ぼんやりと目の前の女を見つめた。ひどい悲しさが渦《うず》を巻《ま》いていた。

夢の中で、誰か別の人間になって、ひどく傷つけられていた気がした。自分には覚えのない思い――それが今、自分の悲しみや怨みと溶《と》け合い、一つのものになっていた。

「良い、ティア？　これから、あなたに、策《さく》を授《さず》けるわ――」

ふいにフロレスが、言った。ノヴィアは恐怖《きょうふ》した。それは、最も不吉《ふきつ》な言葉だった。

母はその言葉を告げて死んだ。そしてフロレスは十分そのことを知っているような微笑《びしょう》を浮《う》かべ、丁寧《ていねい》にその策をノヴィアに告げていった。

「置いて行かないで……！」

ノヴィアが弾《はじ》かれたようにフロレスの腕にしがみついた。もう何度も奪《うば》われてきたのだ。与えられ、奪われ、そして与えられる――ただ奪われるためだけに。

失う苦しみをもうこれ以上、味わいたくなかった。

「大丈夫《だいじょうぶ》よ……ティア」

そう言いながら、フロレスはむしろノヴィアの不安を煽《あお》るように、身を離《はな》した。

そのフロレスの姿《すがた》が、ふいに幻《まぼろし》のように消えるのを、ノヴィアは見た。

艶《あで》やかな微笑《ほほえ》みが、見たこともないような残忍《ざんにん》さを帯びたかと思うと——

目の前で、フロレスの姿が完全にかき消えた。ノヴィアの手が宙《ちゅう》を泳いだ。

「置いて行かないで……！　お願いだから行かないでっ！」

ノヴィアの口から悲痛な叫《さけ》びが迸《ほとばし》った。その途《と》端《たん》、何かが現《あらわ》れた。

薄暗《うすぐら》い部屋にあるものが、急に、目に映《うつ》るようになっていったのだ。

おびただしい血の跡《あと》——互《たが》いに斬り合った屍《しかばね》たち。それまで見えていたにもかかわらず、香りのせいで意識にのぼらなかったそれらが、急に、その存在《そんざい》を主張《しゅちょう》し始めていた。

ノヴィアは、ベッドの上でうずくまった。血と屍のまっただ中で取り残されたまま、

「置いて行かないで……お願い……私を置いて行かないで……」

ただ一人、すすり泣いていた。


「たった一晩《ひとばん》で、これほどの大群《たいぐん》を生み出すとは……」

アキレスは、恐怖と賛嘆《さんたん》とを入り交じらせた表情で、呻《うめ》くように言った。

魔獣《バローール》の群《むれ》の中に紛《まぎ》れ込み、死体に囲まれながら、都市の様子を窺《うかが》っていたのだ。

今、雲霞《うんか》のごとき魔獣《バロール》の群が、霧《きり》のむこうの聖堂《せいどう》に、群《むら》がり寄《よ》っているのが見える。

塔《とう》に集結して決戦に備《そな》える魔獣《バロール》たちは、一体として動いていない。

攻《せ》めているのは全《すべ》て、一晩かけて増殖器《ジェネレーター》が生み出した、新手の魔獣《バロール》たちだ。

アキレスは、これほどの速さで援軍《えんぐん》を造《つく》り出してしまう増殖器《ジェネレーター》の恐《おそ》ろしさを知るとともに、その援軍を惜《お》しげもなく投入する大蜘蛛《おおぐも》の優《すぐ》れた指揮《しき》に感嘆していた。

大蜘蛛も、この奇襲《きしゆう》でジークを倒《たお》せるとは思っていまい。潜伏《せんぷく》しているジークの位置を明らかにすることが目的なのだ。そしてジークの意気を少しでも挫《くじ》き、消耗《しょうもう》させる——

その後の決戦で優位《ゆうい》に立つためには十分な布石《ふせき》だった。

「その上で私が、ジークの血をすすりましょう……その力を我《わ》がものとするために……」

アキレスは彼方《かなた》の戦火を見つめ、にたりと笑った。

「うわぁああ、化け物がいっぱいいるよぉ……本当にあそこに狼男《おおかみおとこ》がいるのぉ？」

アリスハートが、トールの首筋《くびすじ》にしがみつき、おどおどと声を上げる。

「間違いないでしょう……ジークのことですから、心配は要《い》らないと思いますが……」

トールは魔獣《バロール》たちに見つからぬよう、注意深く建物の屋根を移動《いどう》している。

通りを二つ挟《はさ》んだ向こうの街区では、聖堂の壁《かべ》や屋根に、魔獣《バロール》の群がたかっていた。

決戦を控《ひか》えた早朝に攻めて来るとは——しかも、安全と思われた城《しろ》の西側に。完璧《かんぺき》な奇襲だった。ジークでなければこの時点で大打撃《だげき》を受けているところだ。

「ノヴィアは大丈夫かなぁ……」

アリスハートが心配そうに呟《つぶや》く。こちらも、ジークは心配ないと思っているようだ。

「魔獣《バロール》の目的は、ジークだけのようですね」

トールは北西の街区を見やった。ノヴィアがいると見当を付けた辺りだ。一体も魔獣《バロール》がいないことから、敵《てき》の女が、何らかの防壁《ぼうへき》を張《は》り巡《めぐ》らせているのだろう。

皮肉なことだが敵の手にある限《かぎ》り、ノヴィアもまた魔獣《バロール》からは安全なのだ。

トールは、腰《こし》に差したノヴィアの宝杖《バストーン》に触《ふ》れながら、記憶《きおく》を探《さぐ》った。

敵は女一人——記憶を操《あやつ》る恐《おそ》るべき力を持っている。

当面の味方であるアキレスは今どこにいるか分からない。敵はノヴィアを連れ去り、何かに利用するつもりらしい——殺すつもりならとっくに殺しているだろう。

自分の目的。ジークを倒《たお》すこと。ノヴィアを守ること。そして、あの女を仕留《しと》めること。

全てが矛盾《むじゅん》しているが、全てをこなさなければならない。

なぜならそれが、レオニスの心を守り、トール自身の意志《いし》を果たすことになるからだ。

「街がこんなになって……悲しいことばっかで……なのにまだみんな、戦うんだ」

アリスハートがしょんぼり呟く。まるで魔獣《バロール》の群にさえ訴《うった》えかけるように。

トールは何も言い返せない。ふと、レオニスの悲しさをどうすれば消せるのだろうと思った。聖地《せいち》シャイオンを万人《ばんにん》の故郷《ふるさと》となるような土地にするという理想を掲《かか》げながら、一方では暗躍《あんやく》を重ねずにはいられないレオニスと自分の悲しさを。

答えは分からない。ただ、今出来ることの一つとして、北西へと移動《いどう》していった。

ノヴィアを守り、あの女を抹殺《まっさつ》するために。

大事なものを奪《うば》われたとして、たった一人でそれに気づけるのか――

激戦《げきせん》を繰《く》り広げるジークの脳裏《のうり》に、いつしかそんな問いが浮《う》かび上がっていた。

誰《だれ》かのことを思い出さねばならない気がしたが、それが誰であるか思い出せない。

そのことをどこかで安心している自分がいるような気がした。もし思い出せば、

（斬《き》らねばならない――）

忘《わす》れてしまった悲しみを、もう一度、呼《よ》び起こすことになるかもしれないからだ。

だが悲しみを忘れれば、それは本当の喜びになるのだろうか――また別の悲しみを生み出すだけではないのか。そんな考えが起こるのを感じながら、ジークは包囲された聖堂から脱出《だっしゅつ》し、魔獣《バロール》の猛攻《もうこう》を受け流すようにして北へと退《しりぞ》いていった。

あの大蜘蛛にも、まだこちらを追いつめて倒す気はないのだろう。さらに敵の援軍が来ることはない。だがジークのふいを突《つ》き、態勢《たいせい》を崩《くず》させるには十分な奇襲だった。

意識《いしき》がどこか朦朧《もうろう》としたまま、やむなく力を発揮《はっき》させたせいで疲労《ひろう》があった。

まだ半ば、夢《ゆめ》と現実《げんじつ》の区別がついていない。そのせいか、自分が抱《いだ》いた危機《きき》感は、

(疑《うたが》え——)

本当に、この魔獣《バロール》たちに対してだろうかという疑問《ぎもん》を感じていた。

やがて魔獣《バロール》たちが退き始めた。戦闘《せんとう》が長引く前に、奇襲の効果《こうか》を残して撤退《てったい》しようというのだろう。それでも猛《たけ》り立って襲《おそ》いかかる一部の魔獣《バロール》を撃滅《げきめつ》しながら、ジークは妙《みょう》な空《くう》虚《きょ》感に襲われていた。自分はいったい何のために戦っているのか。何か大事なものが足りないような気がするのはなぜか。大事なものを取り戻《もど》すためには、

(あなたは悲しい人です)

誰かの大事なものを奪わなければならない——そんな思いに責《せ》め立てられながらジークは北へ向かった。どうにかして態勢を立て直す必要があった。戦うための心構《こころがま》えを取り戻さねばならない。自分が持つ力を最大限《さいだいげん》に発揮し、

(あなたの名前は、好きです)

敵を滅《ほろ》ぼし、戦場を生き延《の》び、ただ己《おのれ》の力だけを頼《たよ》りにして——

(勝利って、意味ですよね)

たった独《ひと》り、生き残って――

だがそこでまた耐《た》え難《がた》い悲しみに襲われた。いったい何が悲しいのかも分からぬまま、力に頼り、ただ全《すべ》ての敵を滅ぼすことしか考えられなくなりそうになったとき――

ふいに、歌声が、聞こえていた。


安らぎたまえ、安らぎたまえ、あなたの平安は生まれた時に約束されているのだから。

そういう歌を、ノヴィアは一人、邸宅《ていたく》の門の前に立って口ずさんでいた。

恐《おそ》ろしさと不安に耐え、ただ信じて待つために。

誰も頼れる者はいなかった。与《あた》えられていたものが、また奪われたのだ。

その寂《さび》しさと怨《うら》みを抱いたまま、言われた通り、自分を迎《むか》えに来る者を待っていた。

その後でまた奪われるとしても――希望を求めて歌うしか、なすすべがなかった。

やがて、霧《きり》が立ちこめる街路の向こうから、ふいに足音が響《ひび》いてきた。

ノヴィアは息をのんだ。歌をやめ、じっと立ちつくした。

足音はどんどん近づき、霧越《ご》しに人影《ひとかげ》が見え――そして、男が現《あらわ》れた。

2

「ジーク様……ですか」

ノヴィアは、言った。ジークは立ち止まり、その少女を見つめた。

「なぜ……俺《おれ》の名を知っている？」

驚《おどろ》きと警戒《けいかい》をこめて、低く問い返した。

「姉から聞いておりました。ここで、あなたを待っているようにと……」

「俺を待つ……？」

ノヴィアは、こくっと大きくうなずいた。拍子《ひょうし》に涙《なみだ》が零《こぼ》れ落ち、

「あなたを……ずっと……待っておりました」

両膝《りょうひざ》から力が抜《ぬ》け、その場にひざまずきそうになった。

そうならなかったのは、ジークが咄嗟《とっさ》に歩み寄《よ》り、ノヴィアを抱《だ》きとめたからだ。

その小さな体を支《ささ》えながら、なぜそんなことをするのか不思議な気分だった。ただ、そうせざるを得ない何かを感じていた。そのジークの胸《むね》に、ふいに強い思いが湧《わ》いた。

（斬らねばならない——）

この少女を——？　なぜ？　大事なものを取り戻すためだ。馬鹿《ばか》な——

目眩《めまい》がするような一瞬《いっしゅん》の自問自答を押《お》し隠《かく》し、ジークは訊《き》いた。

「……お前の姉は、どこにいる？」

ノヴィアはかぶりを振《ふ》った。分からないという意味だ。ジークの腕《うで》をつかむ手が震《ふる》えていた。その心細さが、はっきりと伝わってくる。だが気丈《きじょう》に自分の足に力を込《こ》めて立ち、そっとジークから身を離《はな》した。その様子には、この少女もまたジークのことをまだ信用しきっておらず、どこかで警戒を抱いていることを感じさせた。ジークに敵意《てきい》があるか探《さぐ》るように——あるいは、自分を無視《むし》して去るかどうか窺《うかが》うように、

「お食事の用意をしております……どうぞ、中へ」

ノヴィアは、そう告げた。ジークはその大きな邸宅を見渡《みわた》した。強い聖性《せいせい》が建物全体を覆《おお》っている。魔獣《バロール》にとっては真っ暗な靄《もや》がかかっているように見えることだろう。ここに退《しりぞ》いたジークを、魔獣《バロール》が追わなかった理由の一つは、この聖性だったのだ。

ここで戦いの心構えを取り戻すことは、ジークにとってもありがたかった。

少女に従《したが》う素振《そぶ》りを見せつつ、ジークは一つだけ、肝心《かんじん》なことを訊いた。

「お前の名は？」

ノヴィアは、眩《まぶ》しげにジークを見上げて、その問いに答えて言った。

「ティアです……黒き騎士《きし》様」

ジークはうなずき、さっと左腕《ひだりうで》をひと振りした。ジークの背後《はいご》の霧や建物の陰《かげ》で隠れて様子を窺っていた凄魔《ギルト》たちが、水銀の雫《しずく》と化して集まり、剣《けん》を覆う鞘《さや》と化した。

「それは……シャベル……？」

ノヴィアは目を丸くした。だがさほど驚いていない。それだけ肝《きも》がすわっているのか、それともジークの力についてある程度《ていど》知っているのか——

「死者を葬《ほうむ》るためのものだ。早く戦いを終わらせて、彼らを葬ってやりたい」

ジークは警戒しつつ、その点だけは正直に告げた。

ノヴィアは、頭上を見た。都市の上空に、死者の堕気《だき》が凝《こ》り固まって風を渦巻《うずま》かせているのだ。それから、ジークに目を戻《もど》し、共感するように深くうなずいた。

ジークは相手の素振りを注意深く見ながら、ともに邸宅に入った。

中はひどい有様だった。魔獣《バロール》が荒《あら》し尽《つ》くし、そこら中に死者が倒《たお》れている。

こんな場所で少女は一人で待っていたのかと思うと、憐《あわ》れみさえ覚えた。

温かい食事を振る舞《ま》われ、ジークは久々《ひさびさ》に生きた心地《ここち》を味わった。

ただ、どろどろに濁《にご》ったスープや、元は何であったか分からぬごつごつした緑色の塊《かたまり》が現れ、あまりの見てくれの悪さに眉《まゆ》をひそめたものだったが。

それでも何も言わず口にすると、極上《ごくじょう》の味わいがあった。

ふいに、この味を自分は知っているという確信《かくしん》が起こった。思わず少女を振り向き、

「ノヴィア……」

その名を口にしていた。だがノヴィアは意味が分からず、きょとんとしている。

「いえ……私の名は、ティアです……」

そう言いながら、何となく申し訳《わけ》なさそうに肩《かた》をすくめる。

ジークも詫《わ》びるように小さくうなずいた。ティアという名も、ノヴィアという名も、どちらも妙《みょう》にジークの胸を騒《さわ》がせた。だがなぜそうも心が揺《ゆ》れるのか全く分からない。

そのとき、懐《ふところ》にあるものに気づいた。この少女なら何か知っているだろうかと思った。

「これを見てくれないか」

ジークは、血に染《そ》まった書状《しょじょう》を懐から出し、ノヴィアに手渡《てわた》していた。

ノヴィアは、それを丁寧《ていねい》に読んだ。そして何かを思い出そうとするように、

「フェリシテ・エルダーシャ……」

目を細めてその名を口にした。悲しさをこらえているような表情《ひょうじょう》のようでもあった。

「知っている名か？」

「いえ……。このレオニスという方の、姉が、ノヴィアという方なのですか……」

「そうだ。そして俺の従士らしい」

「従士……」

「記憶《きおく》がはっきりしない……魔獣《バロール》の放つ堕気の影響《えいきょう》かもしれない。何か知らないか？」

「申し訳ありません。心当たりはありません。ただ……同じ力を私は持っています」

「同じ力……？」

「私も、万里《ばんり》眼《がん》を使うことが出来ます」

「お前も……？　俺の従士と同じように？」

ノヴィアは、悲しみと怨《うら》みが顔に出ないように我慢《がまん》しながら、書状をたたんでテーブルの上に置いた。自分はティアだ——その強い思いが心を支配《しはい》していた。そしてジークが、自分を探しているのではないということに、ひどく傷《きず》ついていた。ノヴィアという名前の人物が羨《うらや》ましかった。男の従士《じゅうし》——自分は、誰も迎《むか》えに来てくれないのに。

「はい……。きっとあなたの従士と同じように、お役に立てるかと思います」

だがジークは、書状をテーブルの上に置いたまま、思案げにしているばかりだ。

ノヴィアは、ジークがその従士のことを思いやっているのだろうと思って悲しくなった。

その二人を、フロレスが同じテーブルにつきながら、じっと見ていた。

フロレスは、右手の香炉をゆっくりと揺らしながら、慎重《しんちょう》にその書状を手に取った。

すぐに書状を開きたかったが、少しでも集中を失えば、すぐにジークに自分の存在を意識されるだろう。見えているのに心が見ていない――そういう状態《じょうたい》が崩《くず》れてしまうのだ。

これほど近距離《きんきょり》で、聖性《せいせい》による香《かお》りの虜《とりこ》にしていながら、ジークは本能《ほんのう》的な部分で危険《きけん》を察知している。出来れば今すぐこの手でジークを身動き取れぬようにし、八つ裂《ざ》きにしてやりたかったが、そうする気配を見せるだけで、ジークは自分を斬《き》るに違《ちが》いない――

何とも恐《おそ》るべき精神《せいしん》力の持ち主だった。そしてそれほどの男を籠絡《ろうらく》させる喜びが、フロレスの胸《むね》を高鳴らせてもいた。それは妹のティアが決して持とうとしなかった心であり――またフロレス自身も決して表立って口にしてこなかった感情だった。

そう。自分はこの瞬間《しゅんかん》をどこかで喜んでいる。人の心が歪《ゆが》められ、墜《お》ちてゆく様を見て楽しんでいるのだ。逆《ぎゃく》に、そういう心構《こころがま》えにでもならねば、とてもアンブローシャの力など発揮《はっき》してられない。残酷《ざんこく》さとは――心の虚《むな》しさから自分を守るための防壁《ぼうへき》なのだから。

フロレスは、血に染《そ》まった書状を、そっと己《おのれ》の袂《たもと》に入れた。

今、ジークの口から聞いたことは、とてつもない価値《かち》を持つ情報《じょうほう》である可能性《かのうせい》があった。

なぜレオニスは、ジークの従士を守ろうとするのか――てっきり、レオニスの恋心《こいごころ》ゆえとフロレスは思っていたが……。それともレオニスもこのことを知らないのだろうか？

ふいに――フロレスは、周囲に張《は》り巡《めぐ》らせた香りの防壁に、何者かが近づくのを感じた。

既《すで》に一度、その心を香りで染めている者だ。影《かげ》のような気配の無さ──聖性によるこの香りを通してでなければ、とてもその接近《せっきん》を察知出来なかっただろう。

逆にその気配の無さで誰か分かった。あの影法師《かげぼうし》の坊《ぼう》やか──フロレスは、思わず笑《え》みを浮《う》かべた。手に入れたばかりのこの情報を確《たし》かめる良い機会だった。

フロレスは、さらに香炉《こうろ》に意識《いしき》を集中させ、忘却《ぼうきゃく》の香りでジークとノヴィアを包んだ。

これで二人とも、書状のことを思い出すことはない。

最初から無かったものとして、書状の存在《そんざい》は二人の中から消え去ったのだ。

香炉を揺らしながら、フロレスは、ゆっくりと席を立った。

会話を続けるジークとノヴィアを振り返ると、思わず喜悦《きえつ》の笑みが浮かんだ。

全《すべ》てが思い通りになる確信があった。これからこの二人が何も思い出せぬまま互《たが》いに殺し合うことになるのかと想《おも》うと、うっとりとなる。

完璧《かんぺき》なる復讐《ふくしゅう》のときが迫《せま》っているのだ。何もかもを綺麗《きれい》に消してしまえる瞬間が──

誰にも、その邪魔《じゃま》をさせるつもりはなかった。

フロレスは部屋を出て行った。


「あれって……狼男《おおかみおとこ》とノヴィアよねぇ。なんで二人が一緒《いっしょ》にいるのぉ？」

アリスハートが驚《おどろ》きのあまり叫《さけ》ばぬよう、両手で口を覆《おお》って言う。

「間違いありません……。おそらく二人とも、敵《てき》の力にとらえられているのでしょう」

トールも驚愕《きょうがく》を抑《おさ》えながらそう口にした。敵の様子を、邸宅《ていたく》の隣《となり》にある建物の屋根の上から探《さぐ》っていたところに、思いもよらぬ光景に出くわしたのだった。

「敵って……どこぉ？」

アリスハートが、トールの胸元《むなもと》から上半身だけ覗《のぞ》かせ、不安そうに辺りを見る。

トールも鋭《するど》く目を凝《こ》らすが、あの女の姿《すがた》はどこにもない。

いったん移動《いどう》し、別の角度から敵の位置を探るか——そう思ったときである。

「ト、トールっ！　か、影っ！　見えないのっ、い、い、いっ⁉　後ろにいるよっ、っ！」

アリスハートの叫びとともに、トールが弾《はじ》かれたように横へ跳《と》んだ。

にわかに——強烈《きょうれつ》なほどの甘《あま》い香りが鼻をついた。これほどの香りに、今の今まで全く気づかないとは——トールはさらに何歩か跳びながら宙《ちゅう》で身を翻《ひるがえ》し、相手を見た。

女が、右手に香炉を揺《ゆ》らしながら、左手で包丁を振《ふ》りかざしていた。

あの刃《やいば》が、自分の背中《せなか》に潜《もぐ》り込んでも、気づけただろうか、、、、、、——

「あら……羽をもいだエインセルと一緒だなんて……今度は、首をもいで欲《ほ》しいの？」

フロレスが、艶《あで》やかに微笑《ほほえ》みかける。

「ううう……やっぱりあの女だぁ……」

トールは、胸元で身を縮《ちぢ》こまらせるアリスハートを、そっと左手で庇《かば》いつつ、ぼそっと言った。一切《いっさい》の感情を殺した声が、むしろ凄烈《せいれつ》な怒《いか》りをあらわしていた。

「あなたの首を、もぎ取りにきました」

「私の名さえ分からないのに――？」

フロレスは、さもおかしそうに微笑み、ひときわ大きく右手の香炉を揺らした。

「私が、あなたの肉親でないとどうして分かるの？　もしかすると恋人かも？」

「どちらでも構《かま》いません。あなたのような下劣《げれつ》な知人は、すぐに葬《ほうむ》りたいと思います」

トールにしては珍《めずら》しい、あからさまな罵倒《ばとう》だった。フロレスの微笑《びしょう》が怖《こわ》いものを帯びる。

「あなたが自分の首を絞《し》める前に、一つだけ訊《き》きたいの……血のつながりについて」

トールの目が、かっと見開かれた。アリスハートがきょとんとなるのをよそに、

「ふふ……私が見たところ、レオニス様の彼女への想いは純粋《じゅんすい》なもの……。けれども、どうやらレオニス様の影であるあなたは、血筋《ちすじ》の秘密《ひみつ》を知っているようね……」

「あなたが、それを知って、どうしようというのですか」

フロレスの微笑みが艶やかさを増《ま》し、喉《のど》がひりつくほどの甘い香りが辺りに満ちる。

「あの優《すぐ》れた若《わか》い領主《りょうしゅ》を、私の虜にする鍵《かぎ》になるかもしれないでしょう……？」

トールの顔が一切の表情《ひょうじょう》を失い、仮面《かめん》のようになった。真正の怒りがむしろ心を冷たく冴《さ》えさせてゆく。その右手をさっと翻《ひるがえ》らせ、堕気《だき》と聖性を混《ま》ぜ合わせて鋭《するど》い鋼《はがね》を現《あらわ》した。

「あなたは私が殺します」

黒い鉄鞭《てつべん》の刃鳴《はな》りとともに、トールは言った。

3

「矢が……見えます、、、」

ノヴィアの幻視《ヴイジョネイル》の力によって金の輝《かがや》きが宙《ちゅう》に生じ、邸宅の石の壁《かべ》を鋭く穿《うが》った。

矢の意外なほどの強力さに、ジークが息をのむ。ふっと矢が消え、

「これで私にも力があることを……分かって頂《いただ》けましたか」

ノヴィアは、すがるようにジークを振り向いた。だがジークは考え込《こ》むように、

「本当に、一緒に来る気か？」

「姉の言いつけです。あなた一人を行かせることなんて、出来ません。私も戦います」

凛《りん》として告げながら、内心では、

（置いて行かないで――）

取り残される不安に怯《おび》えていた。その不安にせき立てられるようにして言い募《つの》った。

「必ずお役に立ちます。あなたの助けになると約束します。お願いします」

自分にはそれだけの力があるのだから。役に立つ力――それだけが頼《たよ》りだった。

「……分かった」

ジークは言った。途端《とたん》に、ノヴィアの胸《むね》に温かなものが満ち、思わず涙《なみだ》ぐんだ。それほど不安になっていたのかと自分でも意外なほどだ。ジークはその様子を見つめ、

「ただし、一つだけ約束して欲《ほ》しい」

（お前の墓《はか》を、俺《おれ》に掘《ほ》らせるな――）

「決して俺の前に出るな。俺の力で、お前まで巻《ま》き添《ぞ》えにするかもしれない」

ただそれだけを言った。自分の背中を守ってもらう気などなかったが、どこかでこの少女を必要としているような気がしていた。自分は、この少女の持つ力が欲しいのだ。そう思った。それ以外に納得《なっとく》のしようがなかった。

ノヴィアはしっかりとうなずいた。自分の力は後方支援《しえん》に適《てき》している。何の不満もなかった。力と力――それが結びつきになるのなら、自分はそれだけでよかった。それだけの存在でもよかった。必死に見上げる少女に、

（斬《き》らねばならない――）

一方のジークは、かすかな胸騒《むなさわ》ぎを覚えている。だが今は生存者《せいぞんしゃ》同士、力を合わせて、

（違《ちが》う──疑《うたが》え──）

この戦場を生き残ることが大切だった。戦って敵《てき》の命を奪《うば》い、己《おのれ》の命を得る──それ以上に考えねばならないことなどあるだろうか。少女は、そのための重要な戦力になる。

「行くぞ」

ジークが告げ、その後を少女が追う。二人は霧《きり》の中へと歩んでいった。

迷《まよ》いを抱《いだ》きながら──さらに深い迷いへと入り込んでゆくかのように。

「あなたの敵はどこ──？」

フロレスの甘《あま》い囁《ささや》きが、トールの心に入り込んでくる。一瞬《いっしゅん》、フロレスの姿《すがた》が、自分のすぐそばに出現《しゅつげん》したかのように思えていた。そちらに向かって鞭《むち》を振《ふ》るうが、

「違うよっ！　右っ、もっと遠くにいるよっ！　そう、そっちっ！」

アリスハートの声に素早《すばや》く意識《いしき》を集中させ、乱《みだ》れ交《か》う刃風《じんぷう》とともに敵を追う。

「トール、違う違う！　全然違う方へ行こうとしてる！　左、左、左、そう、そっち！」

まるで目隠《めかく》しをされた状態《じょうたい》で戦っているような状況《じょうきょう》だったが、アリスハートがいるお陰《かげ》で一方的に操《あやつ》られることだけは防《ふせ》げていた。ただ一撃《いちげき》──それだけ食らわせられれば勝てるはずだ。フロレスは香《かお》りで人を操る代わりに、物理的な攻撃《こうげき》も防御《ぼうぎょ》も出来ないのだ。

トールは目を細め、いかなる幻惑《げんわく》にも注意をそらされぬよう、アリスハートの声を頼りに、じりじりとフロレスの正しい位置へと間合いをつめていった。

「あなたの敵は誰《だれ》――？」

「そう、そっちだよっ。真っ直《す》ぐ真っ直ぐ。あの人、もう逃《に》げられないよっ！」

トールはしっかりと意識を保《たも》ちながら、建物の屋根の一角へと追い込まれるフロレスを見つめた。じきにその身に鞭が届《とど》くだろう。そうなれば一瞬で敵はばらばらになる。

「そう、もうすぐだよ影法師っ。手も足もみんな斬っちゃえ。ずたずたに引き裂《さ》いちゃえ。血まみれにしちゃえっ。殺しちゃえっ。殺し、殺せ、殺して、死に、憎《にく》い、……っ！」

違う――アリスハートはそんなことは決して言わない。

気づけば濃密《のうみつ》な香りが消えていた――いや、意識から消されたのだ。しまった――

「トールっ！」

にわかにアリスハートの声が耳元で響《ひび》いた。かと思うと予想もせぬ痛《いた》みが走った。

顔の横――アリスハートが、よじ登ってきて、トールの耳を思い切り嚙んだのだ。

途端に、おぼろげに理解《りかい》した。自分が追いつめられているということを。自分の足が屋根のふちのすぐそばにあった。そのまま真っ直ぐ転落するところだったのだ。

それだけではない。自分の右腕《みぎうで》が、勝手に意志《いし》を持ったかのように、滅《め》茶苦《ちゃく》茶《ちゃ》に鞭を振るっている。そして鞭が、中途半端《ちゅうとはんぱ》に屋根のふちを削《けず》り取り——跳《は》ねた。

鞭が、自分に向かって跳《と》んできた。自分ごとアリスハートを両断《りょうだん》しかねない角度で。

鞭を消そうとしたが間に合わない。本能的に左手をかざし、体をひねってアリスハートを庇《かば》った。左手で鉄鞭をつかみ——堕気《だき》と聖性《せいせい》を分離《ぶんり》した。その瞬間、鞭のしなりが恐《おそ》るべき結果をもたらした。いきなり鞭が爆発《ばくはつ》したように、ばらばらになって飛び散ったのだ。

消しきれなかった鋼《はがね》のかけらがトールの全身に突《つ》き刺《さ》さり、食い込んだ。

あまりの衝撃《しょうげき》に、その場にひざまずいた。石の上に、細かな血が雨のように降《ふ》り注ぐ。

刃《やいば》をつかんだ左手がずたずただった。右半身が痛みで思うように動かない。

アリスハートが大声で泣きわめいている。どうやら無事らしい。

トールは、完全に敵の術中《じゅっちゅう》にはまった自分を、思わず呪《のろ》った。

「あなたの敵は……誰——？」

フロレスが、左手の香炉《こうろ》を軽く振《ふ》った途端——香りがトールの心に染《し》みこんだ。

トールの右手が、自分の喉首《のどくび》をつかみ、もの凄《すご》い力で絞《し》め上げた。

息が詰《つ》まり、目の前が真っ赤になった。血の香りがした。体から流れる血であり、心が砕《くだ》けたときに流れる血——むせかえるほどの血の香りが、トールの心身を支配《しはい》した。

何という無力さ。何という迂闊《うかつ》さ。己を呪い、殺してしまおうとする意識が強まり、

「トール、トール、トールっ！　死んじゃ駄目《だめ》ぇっ！」

自分を呼《よ》び続けるアリスハートの声に、最後の意識を振り絞《しぼ》って、意識を集中させた。

「そうっ！　そのまま死んじゃえ、影法師っ！」

「駄目っ！　絶対に死んじゃ駄目っ、トールっ！」

トールはトール、と言ってくれた声――影法師《かげぼうし》としてではなく。

トールは、血まみれの左手をひるがえし、鋼を現《あらわ》した。

そして知った。甘い香りが自分へと流れ込んでくるのに対し、血の香りが自分の体から、どこかへ流れ込んでゆくのを。敵が、己の心を吸い取っているのを。

黒い短剣《たんけん》を握《にぎ》り――血の香りが流れてゆく先へと、投げ放った。

はっと息をのむ気配がした。にわかにトールの右手の力が弱まり、香りが薄《うす》らいだ。

トールは、顔のそばで淡《あわ》い金の輝《かがや》きを目にとめ、それを負傷《ふしょう》した左手で、出来る限り優《やさ》しく胸《むね》に抱《だ》いた。そして屋根のふちの向こう――宙《ちゅう》へと、後ろ向きに跳んでいたのだった。


「ジーク・ヴァールハイトが招《まね》く！」

その左手を大地に叩《たた》きつけ、稲妻《いなずま》とともに魔《ま》兵《へい》の大軍を招き出す。

ジークとノヴィアを守るように凄魔《ギルト》が円陣《えんじん》を組み、鉄塊《てっかい》のごとき剛魔《ダゴン》の軍勢《ぐんぜい》が驀進《ばくしん》する。

入り組んだ通路は魔獣《バロール》で溢《あふ》れ、どこもかしこも見渡《みわた》す限《かぎ》りの戦闘《せんとう》の嵐《あらし》だった。

その中でもノヴィアは必死に平静を保ち、建物の陰《かげ》から迫《せま》る魔獣《バロール》を見ては、

「矢が……沢山《たくさん》、沢山、見えます」

敵《てき》の奇襲《きしゅう》に先んじて矢を現し、狙《ねら》い撃《う》ちにする。また一方で進軍を助け、

「ジーク様、この先で魔獣《バロール》たちが建物を崩《くず》して道を塞《ふさ》いでいます」

「よし、迂回《うかい》する。南側に注意しろ。地下道が通っている。そこから来るかもしれん」

「はい」

どうにかしてジークの役に立とうと、最大限《さいだいげん》に力を発揮《はっき》するのだった。

そんなノヴィアに、ジークは何かしらの危《あや》うさを感じていた。

確《たし》かにその力は有用だった。魔獣《バロール》は所々で道を塞ぎ、こちらを袋小路《ふくろこうじ》に追い込もうとする。その敵の巧《たく》みな市街戦を、ことごとく逆手《さかて》に取れるのは少女の力のお陰だった。だが、

(斬《き》らねばならない――)

何か大事なものがそこには欠けているような気がした。互《たが》いに力を振《ふ》るうことへの思いが強ければ強いほど、危機感《ききかん》が迫ってくる。何より――

「私……お役に立てていますか」

ノヴィアは不安そうな顔で訊《き》くのだ。そしてジークがうなずくと、

「良かった……」

かすかな影《かげ》を帯びた微笑《びしょう》を浮《う》かべるのだ。何かを諦《あきら》めたかのような微笑——それでも心の底では諦められずに苦しんでいる。そういう微笑を自分はまた目にしている——そういう思いが、何かから逃《のが》れられていないという不安を呼《よ》んだ。

決してノヴィアを便利な存在《そんざい》としてだけ利用しているわけではない。そのときどきで軍を二つに割《さ》いてでもノヴィアの安全を確保《かくほ》している。ただそれもまた、彼女の力を欲《ほっ》しているからだ。そう思うと、胸騒《むなさわ》ぎがやまず、

「塔《とう》の方から新らしい群《むれ》が来るのが見えます。右手へ回り込もうとしていて——」

使うな。そんな顔のまま、力を——

「分かった。このまま前進したところで、こちらもさらに魔兵を招いて戦力を増《ふ》やす」

死者の怨《うら》みさえも、ほしいままに己《おのれ》の力に変えているのではないかという危惧《きぐ》。

もしかして、この少女が、自分をこうして戦いに駆り立てさせているのでは——？

ふいにそんな思いが湧《わ》いた。たちまち疑《ぎ》心暗鬼《しんあんき》の念が膨《ふく》れあがってくる。

自分が力に溺《おぼ》れるように仕向けているのでは——？

大事なものを奪《うば》っておきながら、それをおくびにも出さないのでは——？

あるいは彼女自身、何か大事なものを失い、奈落《ならく》の底へ自分を引きずり込《こ》んで——

「ジーク様、あの壁《かべ》です！　あそこを越《こ》えれば、塔への広場に入れます！」

ノヴィアが叫《さけ》んだ。自分の力を知って欲《ほ》しくて。その切実な眼差《まなざ》しを、

(斬らねばならない——相手が切実であればあるほど——そうしなければ全て失われる)

ジークは真っ向から見つめ、僅《わず》かな沈黙《ちんもく》ののち、うなずいた。そして咄嗟《とっさ》に、

「兵を二分する。お前はここにいろ」

強く、そう言い放っていた。

「え……」

少女が、呆然《ぼうぜん》となる。なぜジークとともに行けないのか、まるで理解《りかい》が出来ないという
顔——まるで突然《とつぜん》、役立たずだとジークに罵《ののし》られたかのような悲しい目。

「私……ご一緒《いっしょ》して……」

「駄目だ、ティア。お前はここで待機しろ。この先は今まで以上の激戦になる——」

(俺はどんどん、お前を斬らねばならない気になってくる)

「お前にはこれ以上は無理だ。ここで待て」

ノヴィアの目が見開かれた。待てば——迎《むか》えに来てくれるというのか。

そのまま永遠《えいえん》に迎えが来ないことの悲しみを、この男は知っているというのだろうか。

母の冷たい死に顔を撫《な》でたときの感触《かんしょく》が甦《よみがえ》る。焼け落ちる建物——手から手へと運ばれ

る赤ん坊《ぼう》。結局は見捨《みす》てられ、置き去りにされて。名前も無いままに。危機がすぐ背後《はいご》に迫っても、なお待つしかなかった自分の心細さを、なぜ誰も理解してくれないのか。

過去《かこ》と現実《げんじつ》がノヴィアの中で入り交じり、涙《なみだ》が溢れ、ジークの腕《うで》をつかんで叫《さけ》んだ。

「置いて行かないで下さい！　お願いです！　置いて行かないで下さい！」

その手には凄《すさ》まじいまでの力が込められている。なぜこうも一緒に行きたがるのか、ジークにはまるで分からない。ふいに、この少女が最初に言ったことを思い出していた。

「姉の言いつけで、俺を待っていたと言ったな？」

少女は泣きじゃくってうなずき、

「はい……私……、ずっと、あなたを、お待ちして……」

「お前の姉は、何と言っていた？」

ジークが鋭《するど》く訊《き》く。少女は怯《おび》えたような眼差しになって、

「あ、あなたが、私を迎えに来ると……あなたとともに任地《にんち》へ赴《おもむ》き、従士《じゅうし》として働けと」

(私、一人ぼっちじゃないんです)

「あなたにとって大事なものが失われているから……」

(あなたの悲しみを奪いました)

「あなたの悲しみを消すようにと……」

その言葉が、ジークを落雷《らくらい》のように打った。まるでノヴィアが呪《のろ》われた存在《そんざい》でもあるかのように手を振《ふ》り払《はら》い、身を離《はな》した。ノヴィアの泣き顔が、さらに悲しく歪《ゆが》んだ。

「お前は、ここにいろ……」

「置いて行かないで下さい……」

「すぐに……迎えに来る」

「行かないで……」

おろおろと歩み寄《よ》るノヴィアを、凄魔《ギルト》が横から腕を伸《の》ばして止まらせる。

それでも弱々しく手を伸ばすノヴィアから、ジークは目をそらし、

「お願い……」

(斬《き》らねばならない――)

「俺一人で行く。お前は、そこにいろ」

短く言い放ち、背《せ》を向けた。細い泣き声が上がった。

その声から逃れるようにして、左手に雷花《らいか》を迸《ほとばし》らせ、地面に叩《たた》きつけた。

甲冑《かっちゅう》を着たクラゲのごとき魔兵《まへい》――甲魔《こうま》アロガンスが、円陣《えんじん》を組んで現《あらわ》れる。

その四つの爪《つめ》であらゆる攻撃《こうげき》を跳《は》ね返す、生きた盾《たて》であった。

「天秤座《ズリエル》の陣!」

素早《すばや》く陣を二つに分け、敵《てき》の防壁《ぼうへき》へと向かってゆく。己《おのれ》の力だけを頼《たよ》りに——己を見守る者を、背後に置いて。ジークはただ剣《けん》を手に、走った。

塔《とう》の前の広場には、海原《うなばら》が揺《ゆ》れるがごとき魔獣《バロール》の群《むれ》がひしめいている。

その目が、牙《きば》が、爪が、一斉《いっせい》に同じ方を向いた。広場を囲む建物と建物に築《きず》かれた、即《そく》席《せき》の防壁の向こうで、青白い稲妻《いなずま》が幾重《いくえ》にものぼったのだ。

そして壁が粉々に打ち砕《くだ》かれ、ジークと魔兵が怒濤《どとう》のごとく広場に進攻《しんこう》する様子を——アキレスが、別の建物からじっと見つめていた。

「なんとも凄まじい……」

賛嘆《さんたん》の念を込めて呟《つぶや》く。ジークが進軍してくるときの圧迫感《あっぱく》たるや、正面から戦おうとする者の正気を疑《うたが》いたくなるほどだった。これほど恐《おそ》ろしい力をアキレスは他《ほか》に知らない。

「くく……ついに来ましたね……私がその力を手に入れるときが……」

塔を振り仰《あお》ぎ、にやりと笑《え》みを浮《う》かべた。既《すで》に大蜘蛛《おおぐも》は姿《すがた》を消し、どこかへ潜伏《せんぷく》している。ジークを罠《わな》にかけるためだ。罠が成功すれば、たちまち大蜘蛛はジークを食《く》らい、その力を吸収《きゅうしゅう》してしまうだろう。そうなれば自分には手出し出来なくなる。

好機は、罠が仕掛《しか》けられた直後だった。力の振るいどころを失ったジークを背後から襲《おそ》い、その左腕《ひだりうで》を奪《うば》って逃《に》げる。たとえ殺せなくともその腕さえ奪えばいいのだ。

「さあ……決戦ですよ……ジーク。せいぜい力の限《かぎ》り戦いなさい……」

アキレスの囁《ささや》きとともに——ジークの魔《ま》兵《へい》と、魔獣《バロール》の群が、真っ向から激突《げきとつ》した。


「来たわね……ジーク。あなたの悲しみを取り戻《もど》しに……」

城《しろ》の東側の回廊《かいろう》に、香炉《こうろ》を揺《ゆ》らしながら、塔を見つめるフロレスの姿があった。

香炉で身を守りながら、魔獣《バロール》のひしめく城を通り過《す》ぎ、ここまで来ていた。

右腕に、軽く包帯を巻《ま》いている。トールの短剣がそこをかすめたのだ。

トールたちがどうなったかは分からない。

トールは宙《ちゅう》に身を投げたが、転落したわけではない。忽然《こつぜん》と姿を消し、気配を絶《た》って逃《に》げ去った。香《かお》りに支《し》配《はい》され、傷《きず》を負いながらの逃走《とうそう》である。大した青年だった。

血の跡《あと》を追って、とどめをさすことは考えなかった。どうせすぐには回復《かいふく》せぬほどの傷だろう。再《ふたた》び自分を追って来たら、そのときこそ、とどめをさせばいい。

何よりそれどころではなかった。今まさに、大詰《おおづ》めの瞬間《しゅんかん》が迫《せま》っているのだ。

見下ろせば、塔の周囲では激《はげ》しい戦いが繰《く》り広げられている。

塔は、全面石造《いしづく》りの、六階建てだった。その内部は魔獣《バロール》の巣と化し、巨大《きょだい》な蟻塚《ありづか》のような姿に変貌《へんぼう》している。ジークは、増殖器《ジェネレーター》があの塔の中にあると思っているのだろう。

本当にそうかどうか、フロレスにも分からなかった。

増殖器《ジェネレーター》がどこにあるか——それは、あの大蜘蛛にしか分からないのだ。

フロレスにとって増殖器《ジェネレーター》はもうどうでも良かった。ジークとその従士《じゅうし》を自分のものにする上で、なくてはならない道具だったが、もはやそれも必要ない。このまま都市が魔獣《バロール》の巣となり、この地域《ちいき》全体に大打撃《だげき》を与《あた》えようとも知ったことではなかった。

「戦いなさい……ジーク。私の、完璧《かんぺき》で、美しい……真実の復讐《ふくしゅう》のために」

「情《なさ》けない限《かぎ》りです……申し訳《わけ》ありません、アリスハート」

トールが嗄《か》れた声で言う。喉《のど》を絞《し》めつけられていたせいで、がらがら声になっていた。

「そんなことないよぉ。トールは頑張《がんば》ったよぉ。死んじゃ駄目《だめ》よぉ、トールぅ。死んじゃうくらいなら頑張らなくったって良いんだからねぇ」

アリスハートは涙目《なみだめ》になってトールを見上げている。

あの建物から飛び降《お》りざま、新たに短剣を現《あらわ》して壁《かべ》に突《つ》き立て、落下の速度を殺したのだ。それから素早《すばや》く移動《いどう》し、血の跡を残しながら、途中《とちゅう》でいったん道を戻り、血が零《こぼ》れぬよう注意しながら、手近な民家に潜《ひそ》んでいた。

敵が血の跡を追ってくれば、背後《はいご》から問答無用で襲《おそ》いかかるために。

だがフロレスは現れず、トールはそのまま家の中を物色し、アリスハートに手伝ってもらいながら手当てをした。左手が最も重傷《じゅうしょう》で、痛《いた》みで拳《こぶし》を握《にぎ》ることも出来ない。

体に食い込んだ鋼《はがね》は全て消しており、幸い致命的《ちめい》な傷《きず》は避《さ》けられている。弾《はじ》け飛ぶ鋼のかけらの大半が、自分がいない方へ跳《と》んだのだ。そうでなければ、全身をずたずたに引き裂《さ》かれて死んでいただろう。

（本当に、ドルク・ヴュラードの息子《むすこ》か——）

ジークの言葉が甦《よみがえ》った。父は両腕を斬《き》り落とされ、胸《むね》を貫《つらぬ》かれながらも、その口で、ジークの首に食《く》らいつきにいったという。これしきの傷で逃げた自分が、情けなかった。

アリスハートに、あの女を倒《たお》すと約束までしたのに、これほどぶざまな姿を見せるとは。

いったい何のためにここに来たのか——香りに冒《おか》されるまでもなく分からなくなる。

ジークを倒したかった。ノヴィアを守りたかった。いざとなればノヴィアさえ殺す気だった——レオニスを守るために。レオニスと自分の悲しみをこれ以上、増《ふ》やさないために。

それだけのことが出来る自信があったのだ。だが今あるのは無力さを呪《のろ》う気持ちばかり。

何も答えが見つからない。レオニスの心を守る方法さえ本当は何も分かっていないのだ。

力があればこうはならないのだろうか。ジークのような力があれば。

ジークに対する羨望《せんぼう》が膨《ふく》らみ、耐《た》え難《がた》い辛《つら》さを感じた。そしてすぐさま凄烈《せいれつ》な覚悟《かくご》を抱《いだ》いた。こうなれば、せめてこの命を捨《す》ててでも、あの女を殺し——

「でも良かったぁ……トールがあの女の人を殺さなくて」

アリスハートの明るい声が、トールの思念を、粉々に吹《ふ》き飛ばした。

「……は？」

トールは完全に虚《きょ》を突《つ》かれて呆然《ぼうぜん》となった。いったい今、なんと言われたのか——？

「あたしねぇ、本当はトールがあの女の人を殺さないで欲《ほ》しいなぁって思ってたの」

「……な、なぜですか。あの女は、あなたを、あんな……ひどい目に遭《あ》わせたのですよ」

慌《あわ》てて言った。自分はあの女を倒すと約束したのだ。なのに——

「そうだけどぉ……。でも……殺すことないわよぉ。もう痛くないし」

けろりとして言うアリスハートを、トールは、まじまじと見つめた。

「あの……もしかすると、アリスハートは……あの女を、怨《うら》んではいないのですか？」

「そりゃぁ怨んでるわよぉ、痛かったしぃ」

「では……同じような痛みを、相手に与えてやりたいとは、思わないのですか？」

アリスハートは、不思議そうにトールを見つめ返した。

「ううん。なんで？」

「あなたは……」

トールはなんと言って良いやら分からず、やっとの思いで、こう言った。

「あなたは……本当に凄《すご》いです、アリスハート」

4

「牡牛座の陣《アスモデル》！」

ジークの言下、一歩として退《ひ》かず、敵《てき》の群《むれ》のまっただ中へと、突撃陣形《とつげきじんけい》となって躍《おど》り込《こ》んだ。剣《けん》を振《ふ》るい、ひた走りに走りながら、それでいて背後が気にかかっている。

なぜ、あの少女をここまで連れてきてしまったのか。後悔《こうかい》のような念があった。

それほど彼女の力が役に立ったからだ。それ以上の理由など必要なのだろうか――？

ではなぜ、あの少女を置いてきてしまったのか。相手を裏切《うらぎ》ったような気持ちがした。

だが何かが危《あや》うかった。自分にとって大事なものが奪《うば》われるような――

むろんノヴィアが罠《わな》を仕掛《しか》けているなどという証拠《しょうこ》はない。

（斬《き》らねばならない――）

彼女が自分を背後から襲うのなら、そうする機会はいくらでもあったはずだ。

彼女は味方なのだ。だが同時に敵でもあった。これ以上ないほどの危機《きき》感をもたらす敵。

戦いながら、ジークは何とも言えぬ虚《むな》しさに襲われた。自分はあらゆる人間を、敵か味方という風にしか考えられないのか――

（疑え――）

いったい何のために戦っているのか。目の前の敵を倒すためだ。この都市を救うためだ。

そして、自分にとって最も大事な存在《そんざい》を、

（疑え――ジーク――血の香りを破る方法――）

あの男を追うためだ。それなのに、なぜこうも背後が気になるのか。

悲しみを奪われたからだ――そういう痛切《つうせつ》な思い。そして斬らねばならない。

そうだ。自分は、あの少女を、安全な場所に置いてきたのではない。

他《ほか》ならぬ、この自分から、あの少女を守ろうとしたのだ。なぜなら、

（墓《はか》を掘《ほ》らせないでくれ――）

自分は葬《ほうむ》ってきたからだ。全ての従士《じゅうし》を。この手で――

途端《とたん》に、あらゆる記憶《きおく》が薄《うす》れ、つかみどころがなくなった。

ただ明確《めいかく》に意識《いしき》されるのは、悲しみを取り戻《もど》すため、斬る決意をしたこと――

（あなたという風に……従《したが》います――ティアの花のように）

ああ、そうだ。ジークは、ふいにその花の名を思い出していた。

自分の意志《いし》で咲《さ》くことのない花――人の言うことを聞くことだけが彼女の意志だった。ノヴィアが罠を仕掛けたのではないかもしれない。だがノヴィアが罠そのものなのだ。かつて聖王《せいおう》が、自分の心から、ドラクロワという存在を消そうとしたように――それと全く同じことが、今、起こっているのだ。これは、過去の再現なのだ。

にわかに――あの少女こそが敵だ、という思いが膨《ふく》れあがり、

（斬《き》らねばならない――）

そしてただ奮迅《ふんじん》と戦い、敵を切り崩《くず》し、ついに塔《とう》のすぐそばにまで到達《とうたつ》していた。

巨大《きょだい》な蟻塚《ありづか》のごとき塔を前にして、ジークはさらに左手を地面に叩《たた》きつけた。死者の怨みがごうごうと吹き荒《すさ》び、新たな魔兵《まへい》が現《あらわ》れる。力こそが全《すべ》てであり、力こそがありとあらゆる解決《かいけつ》の手だてとなることが証明《しょうめい》される瞬間が、ようやく訪《おとず》れようとしていた。

塔を守る魔獣《バロール》たちをなぎ倒《たお》し、塔へ――増殖器《ジェネレーター》があるはずの場所へと迫《せま》った。

四方八方が敵だらけだった。その敵の中核《ちゅうかく》がすぐ目の前にあった。自分の目的が。

なのに、それさえ大事なものに思えなかった。本当に大事なものがどこにもなかった。

ジークは、魔兵の群さえ押《お》し分け、閉《と》ざされた塔の門へと馳《は》せ、剣を振りかぶった。

剣の柄《つか》に左手を添《そ》えた。左腕《ひだりうで》の堕気《だき》が剣身に発露《はつろ》し、青い炎《ほのお》となって燃え盛《さか》る。

堕気がもたらす異常《いじょう》なほどの力に任《まか》せて、鉄の扉《とびら》ごと、内側の閂《かんぬき》を叩き斬った。

ジークはついに、閉ざされていた塔の門を打ち破《やぶ》った。一瞬《いっしゅん》の達成感――そしてすかさず魔兵を率《ひき》いて塔の中に入る。ただひたすら、戦いの決着を求めて。

ノヴィアは、ただ遠く、ジークの戦いを見守っている。

この視覚《まなざし》の力は、手の届《とど》かぬところにいる者を、こうして見るためだろうかと思った。誰《だれ》かのために、何かを守り、ともに戦うためのものではなかったのか。

ノヴィアは、心が空っぽになったような気持ちでいた。

もう涙《なみだ》も出なかった。悲しみでさえ涸《か》れることがあるのだ。ジークは優《やさ》しかった。そして残酷《ざんこく》だった。そのジークの胸《むね》を、自分が放つ金の矢が貫《つらぬ》く光景が思い浮《う》かんだ。

姉に言われた通り、そうするべきなのだろうと思った。

ジークとともに戦えればそれで良い。ただ、ジークが一人で戦うことを選び、悲しみをもたらすようなことがあれば――その悲しみごとジークを消してしまうべきだと。

姉は言った。

そうしなければならないほど、ジークの力は強大なのだ。ジークは悲しい怪物《かいぶつ》なのだ。

その怪物を、誰かが救わねばならないのだ――みなが、そう言っていると。

自分よりも前に、ある一人の娘《むすめ》に、みながよってたかって言い募《つの》ったのだ。だからその娘はジークの悲しみを消そうとした。ジークの悲しみを奪《うば》い、そして——
それを今、自分が受け継《つ》いだのだ。
そのときノヴィアは、自分がかつて、ジークに矢を放ったことがあるような気がした。
なぜ？ すぐに分かった。ジークに置いて行かれそうになったとき。記憶が入り乱《みだ》れ、
(俺《おれ》が討《う》てるか——)
ただ断片《だんぺん》的な強い思いだけが、辺りに漂《ただよ》う甘《あま》い香《かお》りとともに意識《いしき》を占《し》めてゆく。
置いて行かれる悲しさ——母の死。その仇《かたき》への憎《にく》しみ。ただ待っていた。母への怨《うら》みと
愛情《あいじょう》。決して消えない傷《きず》——その傷に殺されないために、強くならねばならない。
一斉《いっせい》に幾《いく》つもの思念が渦《うず》を巻《ま》き、その全てが弾《はじ》けた。
心が砕《くだ》けたときの、血の香りがした。
「討てます……」
もはや自分には誰も必要ないのだ。そのことを、証明しよう。
もう二度と、置き去りにされないために。
「私、あなたを討てます……」
そしてノヴィアは考えるのをやめた。ただ己《おのれ》の心から零《こぼ》れ出る血の香りに従って、魂《たましい》の
消えたような顔で、塔《とう》へ向かって歩き出した。

すぐさま凄魔《ギルト》が、ノヴィアの歩みを止めようとして分厚《ぶあつ》い剣《けん》を握《にぎ》る手を伸《の》ばす。

「見えません」

ぽつっと、呟《つぶや》きが、ノヴィアの口から零れた。

凄魔《ギルト》の腕が、いきなり水銀の飛沫《しぶき》となって砕け散った。無視の幻視《げんし》——ノヴィアの視覚《まなざし》の聖性《せいせい》が、凄魔《ギルト》の体を成り立たせる堕気を、無いものとして見たのだ。

別の凄魔《ギルト》が立ちはだかる。ノヴィアは、虚《うつ》ろな目でそれを見た。

「何も……見えません」

それが何よりの真実だった。もはやジーク以外、何者も眼中《がんちゅう》になかった。

凄魔《ギルト》の胴体《どうたい》が吹《ふ》き飛ばされて倒れた。円陣《えんじん》を組む他の魔兵が、一斉《いっせい》にノヴィアを振《ふ》り返る。だがどの魔兵も、ノヴィアを遮《さえぎ》ろうとしない。そもそもノヴィアに対する攻撃《こうげき》意志を持っておらず、ただ彼女を守るためにそこにいるのだ。そのノヴィアが自分から攻撃してまで陣を抜《ぬ》け出ようとすることを、もはや止めようとはしなかった。

ノヴィアは歩んだ。もう待たずに、自分から出て行った。暗闇《くらやみ》にさす光を求めて。

ジークを討つために。

塔に入ったジークは、あまりのことに言葉もなく天を見上げた。

中はがらんどうだった。塔の中身がごっそりくりぬかれ、煙突《えんとつ》のようになっているのだ。天頂《てんちょう》に、ぽっかりと丸く切り取られたような空が見えている。まるで自分が深い地の底にいて、もがいてももがいても出られぬかのような恐怖《きょうふ》が、ジークを襲《おそ》った。

そこには、なくてはならないものが無かった。

広大な円形の広間と化したそこには、剝《む》き出しになった地面以外に、何も無いのだ。

「馬鹿《ばか》な……増殖器《ジェネレーター》は……いったい、どこに……」

これまでに層倍《そうばい》する虚無《きょむ》感に襲われた。いったい何のために、なりふり構《かま》わず戦っていたのか。背後《はいご》に置いてきた者の泣き声が耳に甦《よみがえ》り、無力さに打ちのめされそうになる。

(疑《うたが》え――)

違う。いつもの自分ならば、きっとこれも予想していた。たとえ結果が空虚であろうと、そこに何かしら次へ進むためのきっかけをつかんできたのだ。

戦意を保《たも》て。来るぞ。間違いなく。これは――

(全《すべ》てを疑え――)

罠《わな》だ。

そのとき、がらんどうに見えた塔の内壁《ないへき》が、にわかにざわめいた。

愕然《がくぜん》となった。円を描《えが》く壁《かべ》に、びっしりと魔獣《バロール》がはりつき、それまで微動《びどう》だにせず潜《ひそ》んでいたのだ。天頂からの光で、かえって内側の壁が影《かげ》になってそれと判断《はんだん》出来なかった。

ジークは忽然《こつぜん》と悟《さと》った。何も無いのではない。むしろ、これがこの巣の形なのだ。

大蜘蛛《おおぐも》が自由に出入り出来るための――円筒形《えんとう》の巣。

完全にとらえられた。ここは――死地だ。

急いで振り返ったとき、魔獣《バロール》たちが身をもって入り口を閉《と》ざすのが見えた。

一瞬《いっしゅん》の光――それが消え、入り口が閉ざされた。そして、全てが闇《やみ》に包まれた。

壁にはりついていた魔獣《バロール》が、一斉に身を躍《おど》らせ、陽光を遮ったのだ。

ジークの口から、言葉にならぬ烈声が迸《ほとばし》った。全ての魔兵《まへい》が咆吼《ほうこう》を上げた。豪雨《ごうう》のごとく降《ふ》り注ぐ魔獣《バロール》を、戦いの叫《さけ》びを上げて迎《むか》え撃《う》った。ただただ、生き延《の》びるためだけに。


今や、全ての魔獣《バロール》が、塔にたかっていった。

巣であり、今やジークと魔兵にとって逃《のが》れようのない牢獄《ろうごく》と化した塔に。

ノヴィアは一人、広場に佇《たたず》んでいた。異形《いぎょう》の屍《しかばね》が辺りを埋《う》め尽《つ》くして、生きた魔獣《バロール》たちは、ノヴィアには目もくれず塔の外壁をよじのぼり、天頂から中へ飛び込んでゆくのだ。

ノヴィアは、塔の中をじっと見た。堕気《だき》に包まれ、黒い靄《もや》がかかったように見えるその場所に精一杯《せいいっぱい》の聖性をこらし、何とかジークの姿《すがた》をとらえていた。雪崩《なだれ》をうって押し潰《つぶ》そうとしてくる魔獣《バロール》をかわし、打ち払《はら》い、乗り越《こ》える。むさぼり食われるという表現《ひょうげん》が、これほどぴったり当てはまる状態《じょうたい》もないほどの無惨《むざん》さで、魔兵が倒《たお》されてゆく。

ジークが敵《てき》を切り払い、傷《きず》を負いながらも前進し——壁へ到達した。

その左手が、雷花《らいか》を閃《ひらめ》かせて、塔の壁に叩《たた》きつけられた。蟻塚《ありづか》のようにこねあげられた内壁は、大地に等しい。壁から一斉に魔兵が出現《しゅつげん》し、魔獣《バロール》と戦った。

何という狭《せま》い世界だろう。

出口も無く、戦うために戦い、力尽きた者から順に死んでゆく。閉ざされた牢獄のような場所で、ただ食い合っている。塔の中で生き延びようとする者全てが哀《あわ》れだった。

これが、何の理想もなく戦うということなのだ。

そしてジークは、延々《えんえん》とこれを繰《く》り返してきたのだ。自分一人ではつかみようのない理想を——天を——遥《はる》か高みを——唯一《ゆいいつ》の出口を求めて、戦ってきたのだ。

そして結局は、地上に引きずり下ろされ、無惨な戦乱《せんらん》に巻《ま》き込《こ》まれてゆく——

これが、自分を置き去りにしてまで戦いに赴《おもむ》いた結果なのだ。母も、こうして死んだのだ。全ての者が、何の意味もなく、ただ引き裂《さ》かれて、命を失っていったのだ。

いったいここに、どんな救いがあるというのか。

ノヴィアの頬《ほお》を涙《なみだ》が零《こぼ》れた。涸《か》れきった悲しさの最後の一滴《いってき》が、地に落ちて消えた。

ジークは出てくるだろう。あの地獄から生きて脱出《だっしゅつ》するだろう。戦いの傷《きず》で、身も心もずたずたになりながら、悲しい怪物《かいぶつ》の本能《ほんのう》に従《したが》って生存《せいぞん》するだろう。

そしてそのとき自分は矢を放つのだ。悲しみを終わらせるために。

置き去りにされた者の怨《うら》みを全てこめて——全ての戦いに、深い絶望《ぜつぼう》を抱《いだ》きながら。

ノヴィアは乾《かわ》いた眼差《まなざ》しで、その瞬間《しゅんかん》を待った。ジークの胸《むね》を、矢で貫《つらぬ》くときを。

もはや足の下に地面など存在《そんざい》しなかった。あるのは屍ばかり。魔獣《バロール》のものか魔兵のものかも分からない。壁《かべ》にはりつけられていた市民の死体さえ、足下《あしもと》に積み重なっている。

閉ざされた場所での際限《さいげん》の無い戦いの果てに——ジークは、いつしか血の香《かお》りをかいでいた。心が砕《くだ》け、そこからどうしようもなく血の香りが零れだしてゆくのだ。

その香りがジークの身にやどる堕気を、さらに猛《たけ》り狂《くる》わせた。際限のない戦いを、むしろ望みたくなるような気持ちが、その心身を支配《しはい》しようとしたときであった。

ふいに、視線《しせん》を感じていた。

かすかな聖性《せいせい》が、こんな暗い地の底のような場所にまで、届《とど》いてきたのだ。

それが誰のものであるか、ほとんど本能の部分で察知していた。

自分を見ている者がいる——あの少女の聖性。

壁一面に刻《きざ》まれた名前が思い出された。自分が刻んだに違《ちが》いない名——

「ノヴィア……」

力の限《かぎ》り剣《けん》を振《ふ》るいながら、その名が口をついて出た。狂乱《きょうらん》する心が鎮《しず》まり、

(疑《うたが》え——ジーク——全《すべ》てを——血の香りを破《やぶ》る——)

そのとき、僅《わず》かな光が射《さ》し込んでいるのが見えた。

頭上からではない。壁——おそらくは窓《まど》であった場所。そこに小さな亀裂《きれつ》が走っている。すぐに魔獣《バロール》の陰《かげ》になって光が見えなくなった。ジークは真《ま》っ直《す》ぐに、光があった方へ向かった。全てを賭《か》けて。この牢獄から抜《ぬ》け出すために——その左手に、雷花《ほとばし》を迸らせた。

「ジーク・ヴァールハイトが招《まね》く！」

魔獣《バロール》をなぎ払い、かすかな光めがけて、手の平を叩きつけた。

「絶望の魂《たましい》よ！」

声を限りに叫んだ。ただ生き残るために。そのジークの背《せ》に、魔兵《まへい》が殺到《さっとう》した。

同時に、何体かの甲魔《アロガンス》が、四つの爪《つめ》を開いて盾《たて》を現し、ジークの周囲に集まっている。

「冥刻星《プラートー》の連なりの下《もと》、哭魔《こくま》ブラスフェミーとなりて我《わ》が敵《てき》に雪崩《なだ》れよ！」

赤黒い風船のごとき魔兵が、眼前《がんぜん》の壁に、半ば同化するようにして出現した。

「牡羊座《マルキダエル》の陣！」

何のためらいもなく叫んだ。全ての哭魔《ブラスフエミー》が、ジークのすぐそばで一斉《いっせい》に炸裂《さくれつ》した。

鮮《あざ》やかな血の香りがした。心と体が砕ける香りだった。

5

「あなたを……見ています」

ノヴィアの口から、茫漠《ぼうばく》とした呟《つぶや》きが零れる。

「私が……見ています」

その視覚《まなざし》が、塔《とう》の異変《いへん》をとらえた。塔の三階の辺り——ちょうどノヴィアから見て真正面の位置に、青白い稲妻《いなずま》のかけらが迸ったのだ。

そこだけ壁が薄《うす》いことを、ノヴィアは既《すで》に見ている。

もともと窓として開いていた場所を、魔獣《バロール》が巣を作るために塞《ふさ》いだのだ。

その急所を、ジークはどうにかして知ったのだろう。

続けて起こった炸裂の光景を、ノヴィアは、見届けた。

何体かの甲魔《アロガンス》がジークの周囲を守ったが、とても衝撃《しょうげき》を完全に防《ふせ》げるものではなかった。

まるで閉ざされた魔兵同士でさえ互《たが》いに滅《ほろ》ぼし合うかのように、哭魔《ブラスフエミー》が、甲魔《アロガンス》ごと壁を吹《ふ》き飛ばしたのだ。ジークの姿《すがた》が一瞬《いっしゅん》、堕気《だき》に満ちた閃光《せんこう》と炎《ほのお》で見えなくなり——

塔の東側の壁に、真っ黒い穴《あな》が開いた。

その穴から、煙《けむり》とともに、何かが、ばらばらと零れ落ちる。

魔兵や、魔獣《バロール》や、人の屍《しかばね》が、大量の石ころのように崩《くず》れてきたのだ。

そしてそれらの屍とともに、地上へと落ちてゆく人影《ひとかげ》——

ジークが、力を振り絞《しぼ》って剣を壁に突《つ》き立て、落下の速度を殺しながら、塔の壁を滑《すべ》り下りるようにして地上へ到達《とうたつ》した。

転がり倒《たお》れるようにして衝撃《しょうげき》を殺し、よろめきながらも塔を振り向いた。

一瞬、ジークが塔へ戻《もど》ろうとしているのかとノヴィアは思った。

だが違う。開いた穴が広がり、続々と魔兵や魔獣《バロール》が外へ飛び出してくるのだ。

閉じこめられていた戦乱が、外へ流れ出す様子に、ノヴィアは目を細めた。

「矢が……見えます」

まるで弔《とむら》いの歌を、口ずさむように——愛《いと》しささえこめて、そう呟《つぶや》いていた。

塔の中で、さらに立て続けに炸裂が起こった。

逃《に》げ遅《おく》れた魔獣《バロール》が、魔兵ごと吹き飛んでゆくのをジークは凄惨《せいさん》な表情《ひょうじょう》で見守った。

開いた穴からは続々と魔兵や魔獣《バロール》が現《あらわ》れては地上に転がり出て、戦いを始めている。

魔獣《バロール》の数がかなり減《へ》っている。塔の周囲にひしめいていた生き残りの魔獣《バロール》は、いつの間にか綺麗《きれい》に消えていた。おそらく、どこかへ消えた大蜘蛛《おおぐも》のもとへ潜伏《せんぷく》しているのだ。

大蜘蛛は今頃《いまごろ》、移動《いどう》させた増殖器《ジェネレーター》を拠点《きょてん》として、新たな巣作りを始めているだろう。

泥沼《どろぬま》のような戦いに挫《くじ》けそうになる気持ちをこらえ、ジークは、鮮烈《せんれつ》な血の香《かお》りを放つ左手をかざした。この巣を徹底《てってい》的に破壊《はかい》するための、最後の軍勢《ぐんぜい》を招く必要があった。

「ジーク・ヴァールハイトが招く……！」

左手に雷花《らいか》を迸らせ、地面に叩《たた》きつけようとしたとき――

凄《すさ》まじいまでの聖性《せいせい》を感じ、咄嗟《とっさ》に振り返った。

金色の輝《かがや》きが迅《はし》った。真《ま》っ直《す》ぐ、己《おのれ》の体に向かって。かわす余裕《よゆう》も、剣で払《はら》う余裕もない。雷花を閃《ひらめ》かせる左手で、それを受け止めざるをえなかった。

左手を、輝きが貫《つらぬ》いた。度《たび》重なる戦闘《せんとう》の衝撃で籠手《こて》の一部が外れた。

矢はそのまま手の甲《こう》へと突き抜け、胸《むね》へと迫《せま》った。

ジークは荒《あ》れ狂《くる》う堕気に任《まか》せて、手を貫く矢を握《にぎ》りしめた。

金の矢が、へし折られた。聖性が堕気によって霧散《むさん》し、矢が砕《くだ》け散る。

矢の尖端《せんたん》が、軌道《きどう》を変え――勢《いきお》いは失わず、ジークの頬《ほお》を裂《さ》いて、背後《はいご》の宙《ちゅう》へ消えた。

（疑《うたが》え――）

左手から、新たな血がしたたった。その左手を強く握りしめたまま、
(斬《き》らねばならない――)
ジークは、この戦場に立つ少女を見つめた。
いったい何が起こったのか――少女への疑問《ぎもん》が起こり、そしてすぐに消えた。
喉《のど》の渇《かわ》きを覚えるほどの甘《あま》い香りが濃《こ》く漂《ただよ》い、それもまた意識《いしき》から消えた。
濃密《のうみつ》な血の香りが、ジークを覆《おお》い尽《つ》くした。剣《けん》を握る手に、力がこもった。
なぜ自分が――なぜ彼女が――疑問が起こっては香りがそれを消し去った。
そして最後に残る、ただ一つの、単純《たんじゅん》な答え。
また同じことが繰《く》り返されただけだ。
大事なものを守るために――相手の大事なものを奪《うば》う。ただそれだけのことだった。
(疑え――全《すべ》てを――ジーク)
ジークは、少女へ歩み寄《よ》った。剣を握りしめ、その身に戦いの烈気《れっき》をみなぎらせて。
自分の大事なものを――それが何であるかさえ忘《わす》れてしまったものを、守るために。
「トールはここにいてよ。あたし、ちょっと行って来る」
アリスハートが元気に言って、半分しかない羽を試《ため》すように動かす。

「行く……？　どこへですか……？」

「ノヴィアのところよぉ」

決まってる、とでも言いたげなアリスハートに、トールは唖然《あぜん》となった。

「ちょっとくらいなら飛べるみたいねぇ。少しずつ飛んで行こうっと」

「ア、アリスハート……なぜですか」

「へ？　なぜって？　何が？」

「あなたには……戦う力が何も無いのですよ？」

アリスハートは、また不思議そうにトールを見つめ、

「うん」

こっくりとうなずいた。それがどうしたといった感じだった。

「そんなあなたが、ノヴィア様のところに行って、何が出来るのですか」

トールは思わずきつい口調になって言った。無力といえば、これほど無力な存在《そんざい》もない。敵《てき》の女に見つかれば今度は羽をむしられる程度《ていど》では済《す》まないのだ。そんなアリスハートが、ノヴィアを助ける力さえないまま、いったい何をしに行くというのか。

「何って……別に、何も」

ちょっとむっとしたように言う。何とか宙に舞《ま》い上がりながら、トールの顔の前に来た。

そして、トールの驚《おどろ》いたような困《こま》ったような不安そうな表情を見て、

「だって友達だもの。一緒にいてあげないとね」

にっこり笑ってそう言った。破《やぶ》れた羽を震《ふる》わせて——それを苦とも思わずに。

トールは、ふいに、血の香りが遠のいてゆくのを感じた。意識から消えたのではない。

また別の——懐《なつ》かしい匂《にお》いを思い出したのだ。

聖地《せいち》シャイオンの湖畔《こはん》の匂い。故郷《ふるさと》——互《たが》いに寄り添《そ》うことしか出来なかった若い次期領主とその影法師の二人。必死に力を求めていた頃《ころ》に感じていた、世界の匂い。

ほんの一瞬《いっしゅん》で、その匂いは意識から消えている。だが確《たし》かに覚えていた。心が——

トールは目を閉《と》じた。

ああ、それが答えなのだ——


（疑《うたが》え——）

飛来する金の矢を、剣で切り払い、ジークは猛然《もうぜん》と間合いを詰《つ》めていった。

ノヴィアは冷淡《れいたん》とさえいえる眼差《まなざ》しで矢を現《あらわ》している。その矢が、およそありえぬ角度で飛来し、変幻《へんげん》自在の軌道を見せた。それらを立て続けに打ちかわしながら、

（全てを疑え、唯一《ゆいいつ》の、血の香りを破る、疑え、ジーク）

己《おのれ》の心と体が発散させる濃密な血の香りを感じては、それが消えていた。記憶《きおく》が失われ、あらゆる思念の根拠《こんきょ》が無くなってゆく。もはやあらゆるものの意味が歪《ゆが》み、姿《すがた》を変えていた。ただ衝動《しょうどう》と、香りの導《みちび》きに任《まか》せて行動する自分がいた。

そしてその中でも響《ひび》き続ける声——

（疑え——ジーク）

ジークは、相手の疲労《ひろう》を正確《せいかく》に見抜《みぬ》いている。そう強力な矢は放てないはずだ。戦いの間ずっと万里眼《ばんりがん》を使い、幻視《げんし》の矢を現し、ジークを助けていたのだから。なぜなら——自分を陥《おとしい》れるために／自分の役に立つために／自分の従士《じゅうし》として／彼女自身のために。

（疑え——）

ただ彼女はそこにいただけだ。たまたま出会った二人。理由は分からない。だから——斬《き》っていい／置いてゆけ／つれてゆけ／名を聞け／名乗れ／ノヴィア／ティア。

（疑え——）

ただ繰り返されるだけだ。同じことが。理由など知らない。それが自分なのだ——葬《ほうむ》った／斬った／殺された／約束／墓《はか》を／聖王《せいおう》の意図／自分の意志《いし》／つれて／置いて。

（疑え——）

なぜ自分はここに来たのか。なぜ彼女をここにつれて来たのか。ただ力を求めて——

必要だ／お前が／力が／見ていた／視線／聖性《せいせい》／斬る／救い／忘れ／もう／夢《ゆめ》。

（疑え――）

もうやめてくれ。心がずたずたにされているのだ。何も分からない。もう何も――

ただ、過去《かこ》と同じことを繰り返すしかないのだ。

ジークは、容赦《ようしゃ》なく相手の焦《あせ》りを誘《さそ》い、その疲労を招《まね》き、その怨《うら》みを煽《あお》った。

いつしかノヴィアの凍《こご》えきっていたような眼差しが、悲しみの光をやどし始めていた。

なぜ彼女は悲しんでいるのか。なぜ自分は悲しんでいるのか。もう何も分からない――

い、い、い、

（疑え――全てを）

なぜだ／誰《だれ》だ／いつ／俺《おれ》は／ここ／かつて／少女／違《ちが》う／娘《むすめ》／夢／そう／過去――

い、い、い、い、い、い、い、

（信じるもの全て疑え――心を白紙に戻せ）

恐《おそ》ろしい／無力／死／ただ生き残る／命／戦わねば／剣《けん》／棄《す》てられない／過去――

斬らねばならない。そう決意した。それは確《たし》かだ。

（疑え――信じるべきもののために）

悲しみを／大事なものを／取り戻《もど》すため／何を／誰を／どこで／そう／いつ／過去――

ジークは、一挙に間合いを詰めた。

最後に現れた矢――それを、放たれる前に猛然となぎ払《はら》った。

その剣風で、ノヴィアの髪《かみ》が、真横に翻《ひるがえ》った。ノヴィアの、すぐ目の前で、剣を振るったのだ。必要以上の力をこめて。圧倒《あっとう》的な力を見せつけ、相手の戦意を挫《くじ》くために。

そしてその思い通り、ノヴィアは、がっくりと膝《ひざ》をついた。

ノヴィアが、呆然《ぼうぜん》とジークを見上げた。

その視覚《まなざし》が、疲労で力を失おうとしていた。

ただ力が発揮《はっき》出来なくなるだけではない。暗闇《くらやみ》に落ちようとしていたのだ。

「……見えない」

ノヴィアが弱々しい声を上げた。

「……暗い」

諦《あきら》めの表情《ひょうじょう》──そしてノヴィアは、枯《か》れ果てた悲しみとともに、目を閉じた。

ジークは、そのノヴィアの顔を静かに見つめたまま、剣を振《ふ》りかぶった。

自分は、確かに斬ることを決意したのだ。そして──

「ティア……」

ああ、また自分はこれを繰り返すのだ／葬るのだ／約束／墓を／いつ／自分が／斬る。

剣を振りかぶったジークの手が、ふいに強く震《ふる》え始めた。

これは過去の繰り返しだ──その思いがあった。かつてあったことの再現──

ならば、自分は／決意／失望／追って／悲しみ／取り戻す／嘘《うそ》／偽《いつわ》り／その手で葬った。

(疑え)

忘却の力に抗うただ一つの方法――全てを疑え。

抗《あらが》うな。ただ疑え。疑問を抱《いだ》き続けろ。己に問い続け、全ての意味が歪められても――絶対に変わらないものを見つけ出せ。それが無い人間などこの世に存在しない。もしそれが無いのならばお前は香りに操られる前から狂っていることになる。

その声だ。いつでも響いてくる。俺に追って来いといった声。今でもお前を追って――あらゆることを平然と疑え。お前の中にあるものは絶対《ぜったい》にその程度《ていど》で崩《くず》れはしない。香《かお》りの本当の力とは、何もかも崩れてゆくのではないかという恐怖を起こさせる力であって、決してそれ以上のものではないのだ、ジーク。

ただ従《したが》え――絶対に変わらないものに。

ジークの手の震えが、ぴたりと止まった。一瞬《いっしゅん》だった。

渾身《こんしん》の力を込《こ》めて剣を振るった。そう／圧倒的な力／本気で／戦意を挫くため／斬るかのように／その心を／命を絶《た》たず／彼女を解放《かいほう》するために――ただ眼前《がんぜん》の空間を斬った。

魂まで切り裂くかのような剣風がノヴィアを正面から襲《おそ》った。先ほどの剣圧《けんあつ》など比《くら》べものにならぬほどの凄《すさ》まじさだった。そしてそれが通り過《す》ぎ――消えた。

「生きろ……」

ジークは、言った。

「力が、風のようなものでも……人は、ただそれに吹《ふ》かれるだけではないはずだ……」

その口が、勝手に過去の記憶の通りに言葉を発していた。

「お前の姉も〈銀の乙女《おとめ》〉も……全て棄《す》てろ」

ノヴィアの目が、ゆっくりと開かれた。かすかな光が残る目——そして深い悲しみと、その果てにある希望をこめて、ジークを見上げた。

「力を棄てろ、ティア！　お前が頼《たよ》りにしていたものを全て投げ棄てろ！　それはお前にとって、本当に必要な力などではない！」

ジークの口から叫《さけ》びが迸《ほとばし》った。絶対に変わらないものに従って。

「俺が戦うのは、いつかこの剣を棄てるためだ！　そのために俺は戦っている！」

心を操《あやつ》られたノヴィアでさえ、はっとなるほどの激《はげ》しさだった。

「それが、ドラクロワとの約束だ。お前が言う、俺の悲しみの正体だ。お前にも聖王にも、決して奪《うば》えないものだ……ティア」

己《おのれ》の心が流す鮮《あざ》やかなまでの血の香りを感じながら、ジークはノヴィアを見つめ、「そして……あのとき、お前が自分一人の意志で決めたことだ……ノヴィア」

そう、優《やさ》しく声をかけていた。

6

ノヴィアは、驚《おどろ》いたような、怯《おび》えたような顔で、ジークを見上げている。

「俺は、ティアを斬《き》ることを決め——彼女に全てを棄てさせた」

ジークの目が、ノヴィアのすぐ背後で香炉を揺らす女へと、鋭《するど》く向けられた。

「ティアの姉だな」

言いざま、その剣がなぎ払われた。フロレスが愕然《がくぜん》と跳《と》びすさる。

だが一瞬、遅《おそ》かった。フロレスの右手の指が切断《せつだん》され、ばらばらと宙《ちゅう》を舞《ま》った。

ノヴィアの背後《はいご》で、フロレスの中指が地に落ち、鎖《くさり》と香炉《こうろ》が澄《す》んだ音を立てた。

フロレスの凄《すさ》まじいまでの絶叫《ぜっきょう》が、高々と響《ひび》き渡《わた》った。

「な、なぜ……！　香りに操られていながら……そんな……！」

金切り声を上げながら後ずさる。ひざまずいて呆然《ぼうぜん》とするノヴィアを盾《たて》にしていた。

「俺に、過去《かこ》の夢《ゆめ》を見させたな。誰かの思惑《おもわく》を、夢で感じた。あれはお前だな」

断言した。フロレスの力がどこまで及《およ》んでいるか、完全に見切った口調だった。

「ならば最後まで見ろ。俺とお前の夢を見て忘れていることを思い出せ」

フロレスの足がぴたりと止まった。わなわなと震えている。痛《いた》みや怒《いか》りだけではない。明らかな恐怖《きょうふ》が、そのおもてに、はっきりとあらわれていた。

「そんなこと……。私たち姉妹《しまい》は……決してお互《たが》いを忘《わす》れない……何があっても……」

ジークは無言のまま、すっと横に動いた。フロレスが、びくっとなって同じように横に動き、あくまでノヴィアを盾にしようとする。その左手の香炉をかざし、

「下がりなさい……ジーク。導《みちび》きの香り……私は、いつでもこの子を動かせるのよ」

ジークは何も言わない。その目が、かざされたフロレスの左手を見ている。まるでその香炉を少しでも揺《ゆ》らせば、そちらの指も全《すべ》て失うだろうと告げているようだった。

塔《とう》のふもとから、魔獣《バロール》を駆逐《くちく》した魔兵《まへい》が集まり、一帯を包囲しようとしていた。

もはや逃《に》げ場を失いながら——ふと、フロレスが笑った。

「便利な魔獣《バロール》だわ……こんなにも、役に立つなんて」

ジークが目を見開いた。その直後、凄まじい地鳴りの音が響いてきた。

みしりと何かが崩《くず》れる音が聞こえた。ジークの斜《なな》め後ろ——塔の方からだ。

「あの大蜘蛛《おおぐも》の……最後の罠か」

そう呟《つぶや》いたまま、ジークは動かない。フロレスとノヴィアをじっと見つめている。

フロレスが、意味深に笑って言った。

「ここにいる私たち全員を助けられるのは、あなただけ……。この子に危害《きがい》を加えないことは、約束するわ。今夜あなたの夢を見てから、明日もう一度、会いましょう。今は、私、い、い、い、い、いとこの子を助けなさい……ジーク」

「ノヴィアをこれ以上、お前に預《あず》けるのは、この一瞬《いっしゅん》だけだ。逃げられると思うな」

地鳴りの音が高まり、にわかにジークの左腕《ひだりうで》に雷花《らいか》が迸った。

「ジーク・ヴァールハイトが招《まね》く！」

その烈声《れっせい》と同時に、突然《とつぜん》、夜が訪《おとず》れたかのような影《かげ》がさした。

ジークの左手が地面に叩《たた》きつけられたとき――塔が建つ地盤《じばん》が、いきなり沈《しず》んだ。

そしてなんと塔そのものが、ジークたちのいる場所へ向かって倒《たお》れ込んできたのだった。

地面の底からは突如《とつじょ》として大蜘蛛が現《あらわ》れ、その鉄柱のような脚《あし》で塔を押《お》し倒している。

フロレスが動き、ノヴィアを抱《いだ》きかかえた。

周囲で、甲魔《アロガンス》の群《むれ》が出現し、一斉《いっせい》にその爪《つめ》を開いて盾となった。

そして――

吸血医師《きゅうけついし》アキレスが建物から飛び出し、その爪の無い手を、翻《ひるがえ》らせたのだった。

「獲《と》った――！」

アキレスの叫びとともに、ジークの周囲の地面から、突然、幾つもの氷柱が生えた。

ジークが大きく目を見開いた。咄嗟《とっさ》に地面から手を離《はな》し、槍《やり》のごとき氷柱をかわしている。かと思うと、氷の棘《とげ》が凄まじい速度で生え、ジークの左腕に絡《から》みついた。

氷の牙《きば》が生えて、ジークの左腕を食いちぎりにかかったとき——

目に見えないほど細い鞭《むち》が、アキレスの右手首に絡みつき、引き寄《よ》せていた。

堕気《だき》と聖性《せいせい》が混《ま》じり合って出来た鋼《はがね》——それがアキレスの注意をそらした。

アキレスの目が、ぎらりと鞭の持ち主を見すえた。

建物の屋根の上に、トールがいた。

崩壊《ほうかい》が訪れたのは、その直後であった。

塔が倒壊《とうかい》し、大音響《だいおんきょう》とともに巨大《きょだい》な石の塊《かたまり》がそこら中に乱《みだ》れ飛んだ。

トールは素早《すばや》く鞭を消し、建物の屋根に身を伏《ふ》せ、魔獣《バロール》が仕掛《しか》けた巨大な鉄槌《てっつい》の余波《よは》を避《さ》けている。アキレスは周囲に分厚《ぶあつ》い氷柱を現し、降《ふ》り注ぐ岩から身を防《ふせ》いだ。

やがて——降り注ぐ土砂《どしゃ》の下から、輝《かがや》く盾を広げる甲魔《アロガンス》の群が、姿《すがた》を現した。

その半数の甲魔《アロガンス》が、衝撃《しょうげき》で叩《たた》き潰《つぶ》されていた。

ジークの力が途中《とちゅう》で削《そ》がれたため、塔の質量《しつりょう》を支《ささ》えきれなかったのだ。

「魔獣使《バロール》いがいるのか……」

ぼそりと呟いた。左腕を覆《おお》っていた鋭《するど》い氷が、跡形《あとかた》もなく溶《と》け消えている。

魔兵を招くための稲妻《いなずま》が、氷とぶつかって相殺《そうさい》されたのだ。というよりも——魔兵を招くための力を、氷が吸《す》い取って消えた、と言った方が当たっているかも知れない。

いずれにせよ、思わぬ伏兵《ふくへい》がいたものだった。そのお陰《かげ》で包囲が不完全となり、

「逃げたか……」

鋭く辺りを見るが、フロレスとノヴィアの姿はどこにもない。ふと甘《あま》い香《かお》りがした。

足下《あしもと》に、フロレスの右手の中指があった。その指につながる香炉《こうろ》から香りが漂《ただよ》っている。

一瞬の隙《すき》を突《つ》いて、ジークの意識《いしき》から己《おのれ》の姿を消したのだ。この期《ご》に及《およ》んで、ジークに我《わ》が身を守らせ、さらにノヴィアをつれて逃げるとは——実に、したたかな女だった。

ジークは、香炉を真っ二つに斬《き》った。

それから、最後の烈気《れっき》を振《ふ》り絞《しぼ》って、塔《とう》の地下から現れた大蜘蛛を見た。

大蜘蛛も、半ば地中に身を置いたまま、赫々《かっかく》と燃えるような赤い複眼《ふくがん》を向けている。

ジークも大蜘蛛も、互いの疲労《ひろう》や痛手《いたで》は見せず、敵意《てきい》を剝《む》き出しにして対峙《たいじ》した。

朝から延々《えんえん》と戦い続けてきたジークにとっては、気の遠くなるような睨《にら》み合いである。

だがここで弱みを見せれば、すぐさま大蜘蛛は襲《おそ》いかかってくるだろう。

やがて、ジークの烈気は衰《おとろ》えぬと見たか、大蜘蛛が、ゆっくりと地中に姿を消した。

あれほどの魔獣《バロール》の大群《たいぐん》を操《あやつ》っていたのだ。大蜘蛛も疲労しているはずだった。

大蜘蛛の気配が消えるや——脚から力が抜《ぬ》け、ジークは思わず剣《けん》を杖《つえ》にした。

地面に零《こぼ》れ落ちる血が、よく見えない。異常《いじょう》に目が霞《かす》んだ。思わず空を見上げた。

いつの間にか、夕刻《ゆうこく》が迫《せま》っていた。陽《ひ》が没《ぼっ》すれば——眠《ねむ》りのときが来る。

さっと左腕をひと振りして、凄魔《ギルト》たちをシャベルの姿に戻《もど》した。

脚を引きずるようにして移動《いどう》する。眠っている間、安全な場所に隠《かく》れねばならない。

そのとき——行く手に、ふらふらと危《あぶ》なっかしく宙《ちゅう》を舞《ま》う、金の輝《かがや》きが現れていた。


「どこですか、トール・ヴュラード。出ていらっしゃい」

建物の裏手《うらて》に回ったアキレスが、優《やさ》しいとさえ言える声で呼《よ》んだ。トールの姿も気配も完全にないのだ。だからといって、トールがいないということにはならない。

そしてその考え通り、トールが、ひょいと建物の陰《かげ》から現《あらわ》れた。頭に来ることに、アキレスが通り過ぎた場所からである。いつの間に背後《はいご》に回ったのか見当もつかない。

「なぜ……邪魔《じゃま》をしたのか、理由を聞かせて下さい。私と敵対《てきたい》する気ですか？」

返答次第《しだい》では、八つ裂《ざ》きにせんばかりの殺気を漂わせて、アキレスは訊《き》いた。

「敵対する気なら、鞭《むち》を刃《やいば》にして、あなたの両腕《りょううで》を切り落としていました」

トールは、いたって無表情《むひょうじょう》に応《こた》えている。

「殺気が無いので気づかなかっただけですよ……敵意があれば、あの程度《ていど》の鞭……」

アキレスは歯を軋《きし》らせ、凄《すさ》まじい笑《え》みで言う。トールはしれっとしている。

「ノヴィア様を巻《ま》き添《ぞ》えにするような戦いは、固く禁《きん》じられておりますので止めました」

「ふ……ジークの従士《じゅうし》は、あなたが確保《かくほ》したと信じてましたのでね。その傷《きず》は？」

「フロレスです。相手は姿を消します。ノヴィア様は、フロレスにつれ去られました」

「フロレス……？　姿を消す……？　それは……」

アキレスが言いかけて、言葉をのみこんだ。すぐに合点した顔になる。

「例のアンブローシャの女ですね。その女の力、どのようにして破《やぶ》ったのですか」

「破った……？　ああ……いつの間にか、思い出していますね」

トールは何の気もなく言った。そして逆《ぎゃく》に聞き返した。

「あなたは破れていないのですか？」

アキレスが怖《こわ》い顔で笑んだ。

「方法が分かれば、破れるでしょうよ。何かきっかけはあったのですか」

「さあ……故郷《ふるさと》を思い出しました。忘れようのない感情だったのでしょう」

それ以外に答えようがなかった。ほう、とアキレスは思案げにうなずきつつ、訊いた。

「どうやら女がジークの従士をさらったようですが、どうする気です？」

「ジークに相談しようと思います」

アキレスが、ぎょろっと目を剝《む》いた。

「正気ですか？」

「はい？」

返答ではない。聞き返したのである。まるでこだまのように埒《らち》が明かなかった。

「あなたは、レオニス様がそんな真似《まね》を許《ゆる》すと思っているのですか」

「怒《おこ》るでしょう」

当然ではないかと言わんばかりである。アキレスが冷たい目になった。

「裏切るのですか……あなた」

「いいえ。ジークには、正面から挑《いど》むと、あらかじめ告げてあります」

途端《とたん》にアキレスが小馬鹿《こばか》にしたような笑みを浮《う》かべた。

「あなたのその愚《おろ》かさを、私からレオニス様にお知らせした方が良さそうですね。その上で、私とあなたと、どちらが側近として相応《ふさわ》しいかレオニス様にお尋《たず》ねしたいものです」

トールは無表情なまま答えない。アキレスは妙《みょう》に勝ち誇《ほこ》ったような顔で、

「なるべく早く、お死になさい……トール・ヴュラード。レオニス様のためにもね」

見限《みかぎ》ったようにトールに背《せ》を向け、街の方へ歩き去っていった。

「うっわぁー……めっちゃくちゃぁ。何も塔《とう》まで倒《たお》さなくっても良いんじゃない？」

アリスハートは、ふらふらと破れた羽で舞《ま》いながら言ったものだ。

「俺《おれ》が倒したわけではない」

ジークは憮然《ぶぜん》として返し、そのまま再《ふた》び、脚《あし》を引きずるように歩き始めている。

「ちょ、ちょっとぉ、大丈夫《だいじょうぶ》ぅ、狼男《おおかみおとこ》ぉ？　あんたも、めっちゃくちゃにやられて今にも死にそうなくらいへたってんだから、我慢《がまん》しないで肩《かた》を貸《か》してもらいなさいよぉ」

さんざんに言うアリスハートを、ジークが眉《まゆ》をひそめて振《ふ》り返った。

「誰《だれ》の肩だと？」

「あたしじゃないわよ。決まってんじゃん」

「チビは、黙《だま》って羽を元に戻《もど》せ」

興味《きょうみ》が失《う》せたように言う。アリスハートがきっとなって、その赤い髪《かみ》を引っぱった。

「チビって言うなってっ。トールじゃ羽を全部治せないんだから、しょうがないのっ」

「トール……？」

「私の肩でよければ、お貸しします」

まるで、そこらの石の影が、ふいに立ち上がったかのようなトールの出現《しゅつげん》だった。

だがジークは、トールを一瞥《いちべつ》しただけで、

「チビが、世話になったようだな」

そう、無造作《むぞうさ》に返している。朦朧《もうろう》とする視界《しかい》を悟《さと》られぬよう、しいて前へ進んだ。

「お前も、俺の肩を貸して欲《ほ》しいなら言え」

トールは、包帯だらけの自分の有様をかえりみて、小さく肩をすくめた。

「お願いします」

すっと影のように近寄《ちかよ》り、ジークの右肩の下に、己《おのれ》の左腕《ひだりうで》を差し入れた。

「何を考えている――？」

「あなたをどうすれば倒せるのかを」

正直に返した。そのトールの肩に、アリスハートが、ふわっと舞い降《お》りた。

「俺は、お前の父親を斬《き》った」

ジークは呟《つぶや》くように言った。トールは、こくっとうなずいた。

「父は、戦士でした」

それで全《すべ》て終わりだとでも言うようだった。

「私も、戦士になりたい」

ジークは応《こた》えなかった。ただ黙《だま》って、トールの肩を借りて歩いた。

東側の街区の一角で、破壊《はかい》を免《まぬが》れた建物を見つけ、そこに入り込《こ》んだ。

「フロレスとは、明日……決着をつける。ノヴィアも、必ず救い出す」

そう言ってジークはベッドに腰《こし》を下ろした。鎧《よろい》も外套《がいとう》も着たままである。

膝元《ひざもと》にシャベルを置いていた。トールに不審《ふしん》な動きがあればすぐさま凄魔《ギルト》を招《まね》くのだ。

戦士として当然の警戒《けいかい》――いかに疲労《ひろう》していようともジークはジークだった。それがトールにも分かった。さすがだと感心しつつ、トールはジークのために水を汲《く》んできた。

ジークは特に感謝《かんしゃ》もせず、左手の血を洗《あら》った。ノヴィアの矢に貫《つらぬ》かれた傷《きず》があらわになる。堕気《だき》が、矢の聖性《せいせい》を相殺《そうさい》したためか、傷はそれほど大きくない。

アリスハートが、真っ赤になる水に、うえぇと唸《うな》った。

「増殖器《ジェネレーター》の在《あ》りかについて、何か知っているか」

ジークが左手を布《ぬの》でぐるぐる巻《ま》きにしながら鋭《するど》く問う。

トールは正直《しょうじき》に、かぶりを振った。増殖器《ジェネレーター》とレオニスの関係も、一切《いっさい》口にする気はない。

代わりに腰《こし》に差したものを抜《ぬ》き、ジークの傍《かたわ》らに置いた。宝玉《ほうぎょく》つきの短い杖《つえ》――

「ノヴィアの宝杖《バストー》か……」

トールがうなずく。ノヴィアを守ろうとした証拠《しょうこ》ともいえる品だ。

まるで、その宝杖《バストー》を渡《わた》すから、色々と追及《ついきゅう》せずにいてくれというような態度《たいど》だった。

ジークは、じろりとトールを睨《にら》み、別のことを口にした。

「やつとも、明日、決着をつける。今は、やつもさすがに休養しているだろう」

あの大蜘蛛《おおぐも》のことだとトールには分かった。まるで人間の好敵手《こうてきしゅ》のような扱《あつか》いだ。

「私は、食料を見つけて、何か、食事を用意しましょう」

「トールったら、左手がそんなじゃ大変だってば。あたしも手伝うよぉ」

トールとアリスハートが揃《そろ》って出て行こうとすると、ふいにジークが声をかけた。

「例の書状《しょじょう》を……あの女に奪《うば》われた」

トールは静かに振り返った。

「はい……。フロレスは、それを利用して、レオニス様を操《あやつ》ると言いました。あなたの決着がどういうものであれ、機会があれば、私が、彼女を斬ります」

ジークは黙ってトールを見つめ、小さくうなずいた。

「フロレスは……既《すで》に逃《に》げ出しているとは、考えられませんか？」

「まだ、最後の夢《ゆめ》が残っている……俺とあの女にとって、見なければならない夢が」

「あなたは……本当に、従士《じゅうし》を斬ったのですか？」

「一人目は確《たし》かだ。だが二人目の従士については、これからはっきり思い出すだろう。まだ、あの香《かお》りを完全に破《やぶ》ったわけではない。眠《ねむ》りが襲《おそ》ってきているのがその証拠だ」

トールはうなずき、アリスハートとともに食事の用意をしに行った。

ほどなくして戻ったとき、ジークは、既に眠りについていた。

過去《かこ》への旅──悲しみを取り戻すための、かつての戦いの記《き》憶《おく》を、辿《たど》るために。


城《しろ》の一室に、フロレスはノヴィアとともにいた。

寝室《しんしつ》であった。魔獣《バロール》に荒《あ》らされ、そこら中に破《は》壊《かい》と血の跡《あと》がある。

ベッドの天蓋《てんがい》は引き裂《さ》かれ、安らいで眠るにはほど遠い場所であった。

ノヴィアは、魂《たましい》が抜けたように呆然《ぼうぜん》としたままベッドに座《すわ》っている。ここまでフロレスに手を引かれてつれてこられたのだ。自分がいったい誰なのか、もう何も分からなかった。

あの男は自分をノヴィアと呼《よ》んだ。今目の前にいる女は今も自分をティアと呼ぶ。

そもそも、自分には名前など無いのだ──ノヴィアの心に虚無《きょむ》感が広がる一方、

「もう痛《いた》くない……やっと痛みを忘《わす》れたわ……」

フロレスが、言った。指を失った右手に、血で染《そ》まった布が巻かれている。

左手の香炉《こうろ》から放たれる香りで、自分自身の痛みを消したのだ。

本来なら右手で放つはずの、忘却《ぼうきゃく》と迷《まよ》いの香りを、何とか左手の香炉から発していた。

「あなたを逃がしはしないわ……ティア。決して……逃がしはしない」

右腕《みぎうで》をノヴィアの肩《かた》に回し、自分と一緒《いっしょ》に香りに染まらせるよう、香炉を揺《ゆ》らす。

「あなたは大事な人質《ひとじち》……ジークに対してもレオニス様に対しても……。さあ……ともに夢を見ましょう。あの男の偽《いつわ》りを暴《あば》く、真実の夢を……」

いっとき、フロレスのおもてに、恐怖の色が浮かんだ。得体の知れない不安——まるで、これから見るものを自分は既《すで》に知っているのではないかというような。

フロレスは、怒《いか》りとともにその考えを振《ふ》り払《はら》った。

そんな馬鹿《ばか》なことはない。ティアのことで忘れていることなどあるはずがないのだ。

たった二人の姉妹《しまい》——それだけを頼《たよ》りに生きてきたのだから。

そして何より、ティアはあのとき選択《せんたく》したのだ。〈香しき者《アンブローシャ》〉としての道を。

「あの男を殺す……それが、あなたの結論《けつろん》だったのよ……ティア……」

フロレスはノヴィアとともにベッドに横たわった。甘《あま》い香りが二人を包み、眠りを誘《さそ》う。

やがて、最後の夢が始まった。

第五章　霧《きり》の夜明け

1

ジークは夢を見た。悲しみに彩《いろど》られた言葉の全《すべ》てが甦《よみがえ》り、再現《さいげん》される夢を──

「行くか……黒き騎士《きし》よ」

聖王《せいおう》は言った。ジークは応《こた》える代わりに、顔を伏《ふ》せたまま僅《わず》かに頭を下げた。

この夢の光景を、どこかで他の者も見ているのだという意識《いしき》が起こり──すぐに消えた。

夢が現実となり──ジークの耳に、聖王の声が届《とど》いてくる。

「行けと命じはせぬ。そなたが行かぬと決めれば、行かずともよい」

それが聖王の判断《はんだん》だった。ジークは目を細め、その判断の理由を聖王が語るのを待った。

「こたびばかりは、そなたにとっての死地になるかもしれん……。〈銀の乙女《おとめ》〉の一部の聖女たちが、そなたと……ドラクロワを抹殺《まっさつ》したがっておる」

ジークは顔を上げた。〈銀の乙女〉と聖王が敵対《てきたい》したのか──そう無言で問うた。

「〈銀の乙女〉全体ではない。代々の〈香しき者《アンブローシャ》〉たちだ。彼女らには、香《かお》りの力が効《き》かぬ相手は殺す……という掟《おきて》があるのだという。香りの力の秘密《ひみつ》を守るために」

〈銀の乙女〉にも力に執着《しゅうちゃく》する者がいるとは――意外さと同時に、怒りを感じた。

そんなことのために、ティアは、この自分の記憶《きおく》のみならず、命まで狙《ねら》うというのか。

「そもそも、かの聖女たちの進言に従《したが》い、あの従士《じゅうし》をそなたにつけることを決めたのだ。

このままでは、そなたとともに任地《にんち》に赴《おもむ》く者が、そなたを狙う刺客《しかく》となりかねん」

その聖女たちとしては自分たちの存在《そんざい》を、聖王に対し印象づけたかったのだろう。

あるいは、聖王の最強の騎士を、自分たちが手に入れたかったのかもしれない――

シーラがいた組織《そしき》が、そんな策謀《さくぼう》を仕掛《しか》けてくること自体、恐《おそ》ろしく不愉快《ふゆかい》だった。

「〈銀の乙女〉に対しては、聖王の名の下《もと》に、その真意を質《ただ》す。そなたは……」

「行きます」

悲しみを奪《うば》った――そうティアは書き残していた。このままではドラクロワとの記憶を
消されるかもしれないのだ。何としてもそれを防《ふせ》がねばならない。聖王がジークを引き止
めるのも、あるいはドラクロワの記憶が消えればいいと思っているのだろうか――

「出立の前に……ドラクロワに会わせて頂《いただ》けますか」

「それはならん。危険《きけん》だ」

「ドラクロワの牢《ろう》を、そなたの従士が訪《おとず》れたと、諜報院《ガルム》から報告《ほうこく》があった。ドラクロワの記憶を消せぬと見て、何か仕掛けたかもしれん。そなたに危機《きき》をもたらすような……」

「危険――？」

「ティアが……ドラクロワに、会った……」

不吉な予感がジークの背《せ》を走った。最後にジークがドラクロワに面会したときに感じた、澄《す》んだ香り――やはりティアはあそこにいたのだ。そして何かをした？

ならばその後で聞いたドラクロワの言葉は、本心ではない――？

「一つ……そなたにだけ告げておく。ドラクロワを死罪《しざい》に処《しょ》すことはない」

思わず、はっと息をのんだ。自分を安心させるためだけの言葉か？　それとも――

「ドラクロワは、聖法庁《せいほうちょう》の最も奥《おく》深くにある秘儀《ひぎ》に触《ふ》れ……その力のせいで、今なお苦しんでおる。その力がドラクロワを殺さぬということは、聖法庁の秘儀が、まだかの者を生かすと決めているということだ。秘儀が殺さぬ者を、聖王が殺すことは出来ぬのだ」

それが聖王の真意だった。それを伝えることにしたのは、この状況下《じょうきょうか》では、ジークと聖法庁が敵対しかねないと思ったためだろう。ジークは、ただ無言で頭を下げた。

「……黒き騎士よ、こうなれば迷《まよ》わず、あの娘《むすめ》を斬《き》れ。ともに歩む従士でも情《なさ》けをかけるな。それで〈銀の乙女〉が怨《うら》もうとも……聖王の名において、そなたを守ろう」

聖王は、そこまでジークの存在を重視《じゅうし》しているのだ。だが大して嬉《うれ》しくもなかった。

単に、この件《けん》に関して、聖王が敵ではないことが明らかになっただけだ。そしてまた、

（斬らねばならない――）

その思いを、ひどく重くジークの身に、のしかからせただけだった。

「行くがいい……こたびの任地ばかりは、己の命を守ることを優先《ゆうせん》せよ」

ジークは無言のまま、出立のために聖王のもとを去った。

ジークの夢《ゆめ》を覗《のぞ》き見る一方で――

フロレスは、自分の記憶もまた、夢となって甦《よみがえ》るのを覚えていた。

〈銀の乙女〉が管理する聖堂――その一角に、一部の聖女たちに審問《しんもん》されるティアの姿《すがた》があった。そしてその場にフロレスも、いたのだ。

聖女たちはティアに様々なことを質問《しつもん》し、どうすれば良いか議論《ぎろん》していた。

ドラクロワとジークの記憶を消すことに成功すれば、自分たちの力を聖王に知らしめることが出来るのだと強硬《きょうこう》に主張《しゅちょう》する聖女たち。だがそれが失敗に終わろうとしている今、秘儀を守らねばならない。香りの力を破《やぶ》られた場合、必ず相手を殺すのが掟なのだ。

そうせねば香りの力の秘密が、世間に広まってしまうかもしれない。

そうなったら自分たちの立場が、危《あや》うくなるかもしれない。

己《おのれ》の保身ばかり語る聖女たち——かつての〈香しき者《アンブローシャ》〉たちのなれの果て。

老いとともに力を譲《ゆず》り、今なお〈銀の乙女《おとめ》〉の闇《やみ》にひそみ、自分たち姉妹《しまい》を自由に操《あやつ》る者たち——その声を遮《さえぎ》るように、ふいに、ティアが声を上げた。

「私が……その役を、負います」

聖女たちが振《ふ》り返る。ティアは、冷ややかに言った。

「私が、あの騎士《きし》の心を葬《ほうむ》り……それが出来ないときは、命を葬ります」

聖女たちが歓喜《かんき》する。その意気だともてはやす。一方、フロレスはただ驚《おどろ》いていた。

ティアが自分から意志《いし》を主張したのだ。これまでずっと黙《だま》って従《したが》ってきただけなのに。

風《ふ》が吹かねば咲《さ》かないはずの花が——自分から、ともに旅した騎士の心を消すと決めた。

ティアも必死なのだ——フロレスはそう納得《なっとく》した。このまま力を使いこなせなければ、棄《す》てられるだけなのだ。〈香しき者《アンブローシャ》〉の称号《しょうごう》を剥奪《はくだつ》され、力を失うだけではない。香りの力の秘密が明らかにされぬよう記憶《きおく》を消され、修道院《しゅうどういん》に一生幽閉《ゆうへい》されるか、どこかの領主《りょうしゅ》か貴族《きぞく》に愛玩《あいがん》される存在《そんざい》として投げ与《あた》えられることになる。

そうならないためにも、ティアはあの騎士の記憶を消し、さもなければ殺すしかない。

ティアは、ただ冷ややかに、聖女たちが喜ぶ顔を見ていた。

それからティアは、ジークと一緒《いっしょ》に過《す》ごしている。その力をジークに行使するために。

そして、聖都からの出立の日——ティアとの最後の会話の記憶。

「全て終わったら……今度の騎士のことも、私がみんな忘《わす》れさせるわ」

フロレスはそう言った。自分たち二人だけなのだ。信じられるのは姉妹だけ——

「私、行くね……姉さん」

ティアは意志をこめて聖都を去った。ジークの記憶か命、どちらかを消して帰ってくるという意志。それ以外にどう考えられるというのだろう。ティアは、〈銀の乙女〉以上に、フロレスという存在に縛《しば》られているのだ。たった二人だけの姉妹に。

姉である自分が戻《もど》ってこいと言えば、必ず戻ってくる——それが当たり前だった。

フロレスが何かを望めばティアもそれを望むはずなのだ。フロレスが嫌《きら》うものは、何であれティアも無条件《むじようけん》で嫌わなければならないのだ。フロレスの鏡映しの存在が、ティアなのだから。人を支配《しはい》して操《あやつ》る快感《かいかん》——ティアには無いものを、フロレスは持っているのだ。

呪縛《じゆばく》に等しい絆《きずな》こそ、フロレスにとって最も信じられるもの。何よりの喜び。

ティアが勝手に死ぬことも、称号を剝奪されることも許《ゆる》せはしない。

ティアがいるからこそ、フロレス自身は、嫌《いや》な任務には就《つ》かずに済《す》んでいるのだ。

本当に辛《つら》い仕事があれば、それはティアの仕事だ。身も心も砕《くだ》かねば成し遂《と》げられないことがあるとすれば、それはティアがすべきことだった。フロレスの影《かげ》――大事な身代わりであるティアを、自分が心の底から愛するのは当然ではないか。

そのフロレスに、聖女たちが命令を下した。ひそかにティアの後を追えと。

ティアが使命に失敗したら、代わりにフロレスがジークを殺すのだ。またティアが死を選んだら、すぐに救うのだ。聖女たちにとってもフロレスにとっても当然の処置《しょち》だった。

かくしてフロレスもまた聖都を出発していた。

ティアの意志がどこへ向かうにせよ、フロレスがそれをしっかりと握《にぎ》るために。

かつてティアが身を投げたとき、その体を鉄の柵《さく》が刺《さ》し貫《つらぬ》いたことで、石畳《いしだたみ》への落下を免《まぬが》れたように。ティアを、苦痛《くつう》の生存で貫き続ける、鉄の柵――それがフロレスなのだ。

ノヴィアはただ、二人の夢を見ていた。入り乱《みだ》れるジークとフロレスの思い――

それでいながらノヴィアが思うことはただ一つだった。ティアの旅立ち、そしてその決意――何もかもが悲しかった。ティアの背負うものがよく分かった。棄てられることに怯《おび》える悲しさが。その凍《こお》りついた魂《たましい》の香りの果てを、ノヴィアはただ、見守った。

ジークが夢で過去《かこ》を辿《たど》り始めたその頃《ころ》――

トールは、別室にあるソファに傷《きず》ついた身を横たえていた。枕元《まくらもと》では、なぜかアリスハートがジークの方には近寄《ちかよ》らず、白いハンカチを毛布《もうふ》代わりにして眠っている。

魔獣《バロール》どもさえ眠りについたかのような静けさの中、トールは故郷《ふるさと》を思っていた。

いつもかいでいた世界の匂《にお》いを。もし今の自分のこの態度《たいど》をレオニスが見たら、烈火《れっか》のごとく怒り、そしてついには呆《あき》れて笑い出すだろう。それは、確《たし》かなように思われた。

レオニスの野心は、どこへ向かうのだろう。トールとともに抱《いだ》いた、ジークとドラクロワに匹敵《ひってき》するという強い思い。それがどんなかたちで実を結ぶにせよ、トールはただ信じたかった。レオニスを信じ、そして自分を信じたかった。

ふと、アリスハートが幸せそうに寝返《ねがえ》りを打った。トールは、アリスハートを起こさぬよう、そっとその小さな体に、ハンカチをかけ直してやった。

(お母さんみたいに好きなんじゃないかなぁ)

唐突《とうとつ》に、アリスハートのその言葉が思い出された。

レオニスは、母を思慕《しぼ》するように、ノヴィアのことを想《おも》っている――

トールにはとても辿り着けない考えだった。幼《おさな》い頃にレオニスは母と死別しているため、母性《ぼせい》的なものに惹《ひ》かれているということだろうか。

何となく納得するものを感じる一方で、妙《みょう》な胸騒《むなさわ》ぎがしていた。

トールは目を閉《と》じた。ただ信じたかった。お互《たが》いを。自分を。そして、未来を。

「まったく……こんな時間に呼《よ》び出されるとは。いったいどこまで面倒《めんどう》な女なんだ」

レオニスは、忌々《いまいま》しげにそう口にした。

空には月が昇《のぼ》っている。夜の湖畔《こはん》に、衛兵《えいへい》や付き人とともにやって来ていた。

ここから僅《わず》かに離《はな》れたところに、レオニスにとっての秘密の場所がある。

自分が何度も土を舐《な》めた場所——ノヴィアとともに歩く訓練をした場所だった。

そのすぐそばの空き地を、レティーシャに与《あた》えたのだ。この聖地《せいち》を象徴《しょうちょう》するようなものを作れというレオニスからの依頼《いらい》を果たすための、制作《せいさく》の場として。

ふいに、先頭を行く衛兵たちが、わっと声を上げた。

闇《やみ》に、レティーシャが頭蓋骨《ずがいこつ》を手に、ぽつねんと立っていたのだ。

灰色《はいいろ》に近いその髪《かみ》が、月光を浴びて、鬼火《おにび》のような青白さで輝《かがや》いている。

衛兵が仰天《ぎょうてん》するのもうなずけるような不気味さであった。

「早いね兄様。レオニス様、すぐ来た。きっと女神《めがみ》様が気になるんだ。ね、兄様」

相変わらず頭蓋骨に喋《しゃべ》りかけながら、レティーシャが近づいてくる。靴《くつ》を履《は》いてはいるが、かかとを踏《ふ》み潰《つぶ》し、スリッパのようにぺたぺた音を立てて歩いている。

「こんな時間に、習作を見ろとは、どういうことだ。なぜ昼間に作らない」

「昼は明るいもの、ね、兄様。夜の方が兄様も、よく話せるものね。夜って良いよね」

レオニスが苦虫を嚙《か》み潰したような顔になるのも構《かま》わず、その傍《かたわ》らに立った。

「他の人はいらないんだよね、兄様。レオニス様だけ来れば良いのにね、兄様」

「悪かったな。僕《ぼく》はこの通りの身だ。お前の方から出向くべきところを、わざわざ……」

レティーシャは最後まで聞かず、いきなり手にしたものを、レオニスに渡《わた》した。

「兄様、少し待っててね。すぐに返してもらうからね。ちょっとの辛抱《しんぼう》、ね、兄様」

切々と言い聞かせながら、なんとレオニスの背後《はいご》に回って、車椅子《くるまいす》の取っ手を握《にぎ》った。

頭蓋骨を渡されて啞然《あぜん》となっていたレオニスが、さすがに目を見開く。

「な、なにをするかっ、この魔女《まじょ》め！　レオニス様から離れろ！」

周りの衛兵たちが、にわかに殺気立って剣《けん》に手をかけるが、

「待て……！　どうやらレティーシャが僕を運んでくれるらしい。みな、ここで待て」

「で、ですが……レオニス様の身にもしものことがあったら……」

「だからレティーシャは、僕にこの髑髏《どくろ》を渡したんだ。いわば人質交換《ひとじちこうかん》さ。レティーシャが何かをすれば、僕はこの髑髏を、宝剣《ほうけん》で真っ二つにする。お前たちが何かすれば僕を殺

す。つまり……お互《たが》い手出しは出来ないってことだ」

「レオニス様、けっこう頭良いんだね、兄様。助かるね、兄様」

「けっこうとはなんだ」

むかっとなるレオニスを無視《むし》して、レティーシャが車椅子を押《お》し始めた。

衛兵たちがたたらを踏む。レオニスは手を振《ふ》って、そこで待つよう指示《しじ》した。

「まさか、お前に運ばれるとはな」

レオニスは呆れたように言った。頭蓋骨を落とさぬよう、両手で抱《かか》えている。

こちらのことなどお構《かま》いなしに乱暴《らんぼう》に運ばれるかと思ったら、レティーシャは妙に丁寧《ていねい》に車椅子を押している。まるでトールに押されているような心地《ここち》よさだった。

トールがいないことの不満が癒《いや》される一方で——得体の知れない不安を感じていた。快《こころよ》く運ばれて行った先に、奈落《ならく》の底が待っているような気がしてくるのだ。

だがそんなこともなく、レティーシャの仕事場へとやって来ていた。

習作用の石膏《せっこう》がそこら中に転がり、大理石の塊《かたまり》が幾《いく》つも運び込《こ》まれている。像《ぞう》の顔を試行錯誤《さくご》するために、何度か彫《ほ》り直したらしい顔が並《なら》んでおり、

「まるで打ち首だな……僕に見て欲《ほ》しいというのは、これか？」

レオニスが眉《まゆ》をひそめた。全ての顔が、ごてごてしていて表情《ひょうじょう》が分からない。荒削《あらけず》りも

良いところだった。

「何となく見えたんだよね、兄様。レオニス様の綺麗《きれい》なもの、ね、兄様。あとはレオニス様が、そこにいれば良いだけだよね。兄様、そこにいてね。あたし彫るね、兄様」

レティーシャは、レオニスに頭蓋骨を持たせたまま、石の方へと歩いていった。

「おい、まさかこれから彫るものを見ろと言うんじゃ……」

レオニスの声を、レティーシャの詠唱《えいしょう》と、蠅《はえ》の羽音がかき消した。

「うるるぐぬむむい綺麗ぇなお顔にうぐあえぐおるるむぶぶ綺麗ぇぇえなお顔おぐおが」――たちまちレティーシャの足下《あしもと》から、影《かげ》そのものが騒《さわ》ぎ出したかのように真っ黒な蠅の群《むれ》が現《あらわ》れ、石にたかった。月下の湖畔《こはん》で、地獄《じごく》の蠅にたかられた〈蠅姫《ベルゼブベス》〉が獣《けもの》のような声を上げるさまを、レオニスは、うんざりした顔で見守った。

「なあ、この髑髏をいつまで持っていれば良いんだ。お前の大事な兄様だろう」

だがレティーシャは、ちらりとレオニスの膝《ひざ》の上の頭蓋骨を一瞥《いちべつ》しただけで、石に意識《いしき》を集中させている。やがて、石に顔が彫り込まれていった。一つや二つではない、葡萄《ぶどう》の房《ふさ》のように無数の顔が連なったものが、にわかに現れていった。

どれもが女性《じょせい》だった。歳《とし》が上のものから下のものまで。その全てが、よく似《に》ていた。

レオニスが知る、あの少女の顔に――

「何というものを見せるんだ、レティーシャ！」

凄《すさ》まじい怒鳴《どな》り声がレオニスの口から迸《ほとばし》った。ノヴィアに似た顔が、蠅にたかられているのだ。総毛立《そうけだ》つほどの不愉快《ふゆかい》さだった。だがレティーシャは一向にこたえる風もない。

「ね、兄様。違《ちが》うと思うかな。まだまだ綺麗じゃないかな。それなら壊《こわ》そう、ね、兄様」

「そうか……。この僕に、像の顔を選べというんだな……」

レオニスは背後に手を回して宝剣を抜《ぬ》くと、無造作《むぞうさ》に投げ放った。宝剣が、顔の一つを貫《つらぬ》き砕《くだ》いた。そのまま剣は宙《ちゅう》を舞《ま》い、レオニスが操《あやつ》るままに顔を切り刻《きざ》んでゆく。

「これも違う。これもだ。だいたいなぜ……お前が、この顔を……」

レティーシャへの不快感《ふかいかん》と怒《いか》りに任《まか》せて顔の大半を斬《き》り砕いてから、はっと気づいた。

「ふうん、兄様。また少し見えたね、兄様。レオニス様の綺麗、綺麗、綺麗、綺麗が」

レティーシャが、残りの顔を放っておいて、また別の石へ近づく。

「色々試《ため》さないとね、兄様。今度はちゃんと二人分ね、兄様。二つの顔を一、つにしないと、ね、兄様。レ、レオニス様を産んだ人と、これからのレオニス様を産む人。綺麗にね、兄様」

「何を……言っている」

レオニスは、右手に宝剣をつかみ、左手に頭蓋骨《ずがいこつ》を抱《だ》いたまま、呆然《ぼうぜん》となった。

「僕を産むだと……？　母のことか？　なぜそれを……そもそもなぜ、お前がノヴィアの顔を知っているんだ。なぜだ……お前は、僕に何を見せようとしているんだ」

ふいに——左手の頭蓋骨が、かたかたと鳴った。

ぞっとなって、それを見た。確《たし》かに今、勝手に揺れたはずの頭蓋骨を。

いつの間にか、左手の頭蓋骨が、真《ま》っ直《す》ぐレオニスを見ていた。

いったいなぜレティーシャは、わざわざ自分の手に、この頭蓋骨を渡したのか——

「兄様、教えてね。あたしに、レオニス様の綺麗を。綺麗にするね、レオニス様」

凍《こお》りついていたレオニスが、その一言で我《われ》に返った。レティーシャが、自分の名を呼《よ》んだのだ。兄様ではなく——まるでレオニスが、自分の同胞《どうほう》か何かのように。

レティーシャが、また朗々《ろうろう》と、異形《いぎょう》の詠唱を放ち始めた。

蝿にたかられる娘《むすめ》と、揺《ゆ》れる頭蓋骨を前にして、レオニスは、歯を食いしばった。

「良いだろう……」

恐怖《きょうふ》と不安が押し寄《よ》せる一方、ここから逃《に》げ出すことが、自分で許《ゆる》せなかった。何かが自分をここに呪縛《じゅばく》していた。これから現れるものから目がそらせなくなった。

「見せてみろ……僕にとっての、本当に綺麗なものを」

レティーシャは、嬉《うれ》しそうに声を上げ続けた。

2

ジークの夢《ゆめ》は、ゆっくりと深まっていった。

かつての光景——戻《もど》らぬはずの過去《かこ》。その記憶《きおく》が夢に現れては、再《ふたた》び過《す》ぎ去ってゆく。

ジークは、聖都《せいと》を発《た》ち、任地《にんち》へと馬車を乗り継《つ》いでいった。

おそらく、ほぼ二日、ティアには遅《おく》れをとっている。

むろんティアの手紙を読んですぐに事態《じたい》を悟《さと》り、聖王に謁見《えっけん》し、出立したのだ。

遅れは、ジーク自身にあった。時間感覚が狂わされていたのだ。おそらく目覚めてからティアの手紙を読むまでに、丸一日かそれ以上、経《た》っていたのだろう。

その間、自分が何をしていたのか覚えていない。

自分が一晩《ひとばん》しか経っていないと思っている間に、最低でも二日は経過《けいか》していたことになる。だから、ドラクロワのいる牢《ろう》に行ったとき、そこは無人だったのだ。

もしかするとジークの時間感覚を狂《くる》わせたのは、任地に先行するためと同時に、ドラクロワに会わせないためだった?

疑念《ぎねん》を重ねながら、何とも言えない疲労《ひろう》を感じていた。こうして馬車で移動《いどう》している間も、ひっきりなしに浅い眠《ねむ》りが襲《おそ》ってくる。最後に眠ったのは本当はいつなのか。疲労と焦《あせ》りで思考が乱《みだ》れ、結局、どう考えてもティアを斬るしかないような気がしてくる。

(全《すべ》てを疑《うたが》え——ジーク)

他《ほか》に方法がないかと、何度もティアの手紙を読み返した。そのたびに自分の迂闊《うかつ》さを思い知らされた。ティアの言う通りだった。自分は従士《じゅうし》を必要としていないのに、ティアに従士になれと言った。〈銀の乙女《おとめ》〉の所属《しょぞく》から自分のもとへ来いと。そんなことになれば、ティアは〈銀の乙女〉と決別せねばならなくなる。その力も称号《しょうごう》も失うのだ。

さぞ自分のこの愚《おろ》かさに、ティアは怒りを抱《いだ》いたことだろう。

ティアは、ドラクロワとジークのいずれかの記憶を奪《うば》わねばならなかった。ドラクロワからは秘儀《ひぎ》への執着《しゅうちゃく》と聖法庁への憎《にく》しみの心を、ジークからはドラクロワへの思いを。

そしてジークが忘却《ぼうきゃく》を拒《こば》んだため、強引《ごういん》に記憶を消しにかかったのだ。ジークが抵抗《ていこう》したときに備《そな》えて身を防《ふせ》ぎつつ。いざとなればジークを殺せるよう策《さく》を講《こう》じながら。

だが、果たしてティアが考えた策だろうか。あまりに手際《てぎわ》が鮮《あざ》やかすぎる。まるで、

(ドラクロワ——全て疑え——ジーク)

誰《だれ》か、謀略《ぼうりゃく》を得意とする者が、ティアに策を託《たく》したかのように。

仮《かり》にそうだとして、どうすれば良い。ティアを斬らずに済《す》むには、どんな方法がある？

ジークは乱れる意識《いしき》を振《ふ》り絞《しぼ》った。そして結局、何も思いつかぬまま到着《とうちゃく》していた。

ティアが待つ場所——王弟派《は》がいまだ実権《じっけん》を握《にぎ》る、とある都市に。

馬車を降《お》りながら、ジークは、自分の心が悲痛《ひつう》な結論《けつろん》へと傾《かたむ》くのを感じていた。

結局これもまた、今まで起こり続けてきたことの繰《く》り返しなのだ。

お互《たが》いの大事なものを守るため——お互いに奪《うば》い合う。ただそれだけのことなのだと。


ジークは正面から都市に入った。それがいつものやり方だったし、自分が来たことをティアに知らせる気持ちもあった。それでティアが姿《すがた》を現すのではという、愚《おろ》かな期待が。

だがジークを迎《むか》えたのは、領主《りょうしゅ》と側近たちである。意外なほどの歓迎《かんげい》ぶりだった。みな揃《そろ》って聖王への忠誠《ちゅうせい》を誓《ちか》い、ジークをもてなしたのだ。

とても信じられなかった。ここの領主は、武人《ぶじん》の誉《ほま》れも高く、戦乱《せんらん》好きだった王弟をひどく慕《した》っていたという。罠《わな》に違《ちが》いないとも思うが、それにしても殺気がなかった。

湯どころに通され、ぞろぞろ入って来ようとする女たちを退《しりぞ》かせ、一人で身を清めた。

その後で、宴席《えんせき》に迎えられた。

領主も側近たちも兵も、にこやかに接《せっ》してくる。まるで子供《こども》のような朗《ほが》らかさだ。

「いかがですかな、聖王の黒き騎士《きし》よ。我《われ》らの祝宴《しゅくえん》を、楽しんで頂《いただ》けておりますかな」

警戒《けいかい》しながら、ああ、とぼそっと返した。そのとき——

「それは何よりです、黒き騎士よ」

領主が、いきなり手にした肉切りナイフを、ジークの顔面に突《つ》き込んできた。

素早《すばや》く顔をのけぞらせてかわし、膝《ひざ》に立てかけていたシャベルを握《にぎ》りしめ、席を立つ。

すぐさま凄魔《ギルト》を招《まね》き、剣《けん》を握ろうとするが――

「どうしました？　何か粗相《そそう》がありましたかな……？」

領主は、意外そうな顔でいる。

思わず宴席を見渡《みわた》した。臣下《しんか》たちも不思議そうな目をジークに向けている。

誰一人として殺気がなかった。ジークは愕然《がくぜん》と、彼らの微笑《ほほえ》みを見た。

領主が場を和《なご》ませようとするように、壁《かべ》にかけてある剣を手に取った。

兵たちが、微笑みながら槍《やり》を構《かま》える。臣下たちが杯《さかずき》を手にして立ち上がった。

「さあ、皆《みな》の者。我らが聖王の騎士を、都市を挙げて歓待《かんたい》するのだ」

臣下たちが一斉《いっせい》に乾杯《かんぱい》した。兵が、どっとジークに向かって押し寄《よ》せてきた。

みな揃って、にこやかに剣を振り下ろす。朗らかな笑い声。ジークが攻撃《こうげき》を避《さ》けるたびに、みなが感嘆《かんたん》して拍手《はくしゅ》をする。楽器の演奏者《えんそうしゃ》たちが賑《にぎ》やかな音楽を奏《かな》で始めた。酒を運んでくる女たちまでもが、ジークに花でも捧《ささ》げるかのように、刃物《はもの》を振るってくる。

戦いの気配などまるでないまま、宴席は一転して戦場と化した。いや、ジークだけがそう認識《にんしき》していた。彼らは、あくまで、もてなしているつもりなのだ。

ジークは思わず唸《うな》った。誰もが殺意を忘れたまま、自分たちが最もしようとしていることをしていた。すなわち、ジークを取り囲んで殺すのだ。

彼らの微笑みの裏《うら》に、どろどろした怨《うら》みを感じた。権力《けんりょく》への妄執《もうしゅう》。聖王《せいおう》の騎士への憎悪《ぞうお》。

そしてティアは、それらが表面に出るということを忘れさせたのだ。ごく一部の心の働きだけを消しているから、ティアもこれだけの人数を一度に操《あやつ》れるのだろう。

殺気が無いせいで誰がどう襲《おそ》ってくるかまるで分からない。誰もが敵《てき》でいながら、戦う気になっているのは自分一人だ。何という悪夢《あくむ》か。気がおかしくなりそうだった。

何より、これでは魔兵《まへい》を招き出すことが出来ない。魔兵は相手の殺意や戦意に反応《はんのう》する。それがないまま戦わせれば、怨みで汚《けが》れた魔兵の魂《たましい》をさらに汚すことになってしまう。

「ジーク殿《どの》、どこへ行かれるのだ。ぜひ我《われ》らの宴席に連なり、ともに聖王の秩序《ちつじょ》の安泰《あんたい》を祝《いわ》おうではありませんか。我らは敬意《けいい》と忠節《ちゅうせつ》をもって、あなたを迎《むか》えたいのだ」

領主《りょうしゅ》が微笑みながら剣を構えて突進《とっしん》してきた。ジークはそれをかわし、窓《まど》の外へ跳《と》んだ。

下の階の開いていた窓を踏《ふ》み壊《こわ》しつつ、地上に着地する。そこへ――

「おお、聖王の騎士よ！　ぜひ我らの祝杯を受けて下され！」

ずらりと待機していた兵たちが、喜びの顔で矢を放ち、剣を抜《ぬ》いて迫《せま》る。矢をかわして走ると、突然、女給《じょきゅう》たちが台所から飛び出し、楽しげに包丁を振りかざしてきた。

ジークは、とにかく身を隠《かく》せる場所を探《さが》して走った。

かつてどんな敵も、こんなかたちで魔兵を封《ふう》じたことはない。香《かお》りの力よりも、そのことが恐《おそ》ろしかった。ジークの力を読みきった上で、最も効果《こうか》的な戦法を仕《し》掛けてきたのだ。

本当にティアがこれを一人で思いついたのか。それとも――

いずれにせよ完全に術中《じゅっちゅう》にはまっていた。走りながら疲労《ひろう》と眠気《ねむけ》に襲われた。気づけば夕暮《ゆうぐ》れだ。いったい何時間、宴席にいたかも分からない。酒は一滴《いってき》たりと呑《の》んだ記憶《きおく》は無かったが、それも怪《あや》しいものだ。

ジークは、ただひたすら追っ手をくらまして走り、やがて食料庫に入り込《こ》んだ。

どうやら隠れられそうだと判断《はんだん》すると、棚《たな》に並《なら》んだ袋《ふくろ》の口を空けて、横に倒《たお》した。

小麦粉が、さらさらと床《ゆか》にこぼれる。即席《そくせき》の砂時計《すなどけい》だ。それを見つめながら考えた。

このままでは、いたずらに逃《に》げ回っているうちに、ジーク自身が記憶を消される。

自分が何のために来たかも分からなくなる。ティアの顔をいつまで覚えていられるか。

いったいティアはどこか。これだけの力を発揮《はっき》するからには近くに潜《ひそ》んでいるはずだ。

ティアを見つけ出さねばならない。そして――見つけ出して、どうするのか？

（斬《き》る――疑《うたが》え、ジーク）

ふと気づけば、小麦粉がすっかり床にまき散らされている。十秒も経《た》っていないように思われたのに。小麦粉の量からして、少なくとも倍から三倍の時間は経っている。

ジークは、時間感覚の誤差《ごさ》のだいたいの目安をつけ、食料庫の奥《おく》に座《すわ》りこんだ。殺意は無くとも王弟派《は》の憎《にく》しみは本物だった。都市にいる者全《すべ》てが敵に思えた。まさに死地だ。ただ生き延《の》びることに死力を尽《つ》くさねばならなかった。

シャベルを解体《かいたい》し、剣《けん》を握りしめた。シャベルは、自分がいる場所につづく通路のそばに置いた。敵が来たらすぐさま凄魔《ギルト》を招き出す――だが上手《うま》く行くだろうか？

もし幼《おさな》い子供《こども》が剣を持って襲ってきたら？　凄魔《ギルト》に殺させるのか？

そう思って、怒《いか》りが湧《わ》いた。魔兵を封《ふう》じるために都市中の人間を犠牲《ぎせい》にするつもりか。ティアはそこまで本気で自分を殺そうとしているのだ。怒りがさらに心を決意へと傾《かたむ》けてゆく。ティアを斬る――待て、この策《さく》は本当にティアの策か？

剣を握りしめたまま、疲労に抗《あらが》えず目を閉《と》じたとき、両手を握り合わせるティアの姿《すがた》が浮《う》かんだ。ティア――自分の意志《いし》では咲《さ》かない花の名。何かがおかしかった。ティアにとって最も大事なものは何だ？〈銀の乙女《おとめ》〉の命令？　策を託《たく》されて実行させられている？　都市中の人間を犠牲にするかもしれない策を？　何のためにティアは働いてきた？

戦乱《せんらん》を避《さ》けるために、ただ己《おのれ》一人の心身を犠牲にする。それがティアだ。

意識が朦朧《もうろう》となった。ドラクロワとの最後の会話を思い出す。好きにしろ——忘《わす》れたいのなら忘れろ。ドラクロワの笑うような声。そして、夢《ゆめ》が訪《おとず》れた。地下牢《ろう》の夢だ。

薄暗《うすぐら》い地下の鉄格子《てつごうし》に向かって立つ、ティアの姿が見えた——

ティアが、牢の中にいる者と何かを話している。にわかに立ちこめる澄《す》んだ香り。

夢へと引きずり込まれそうになるのに抗い、ジークは、かっと目を見開いた。

気力を奮《ふる》って剣を壁《かべ》に突《つ》き立て、記憶を刻《きざ》んだ。

『ドラクロワ　牢　ティア』

今こそ悟《さと》った。間違《まちが》いない。自分がドラクロワと最後に話したとき——その牢に、ティアが来ていたのだ。自分よりも前に牢を訪れ、何かをドラクロワと話していた。

そして自分は、その会話を聞いたのではないか。それを悟ったティアが香りの力で、ジークに忘却《ぼうきゃく》させた。まさか、いきなりティアに力を振《ふ》るわれるとは思いもしなかった。

あのときから既《すで》に、自分は、ティアの術中にはまっていたのだ。

ティアの決意は、そのときに既に下されていた？　では、墓地《ぼち》でティアと会ったときの会話はなんだったのだ？　血の香り——なぜそのことを自分に告げた？　なぜ自分の住みかを訪れた？　自分は何かもっと大事なことを忘れているのではないのか？

何より——この策をティアに託したのはドラクロワか？

（あなたの悲しみを奪《うば》いました）
ティアの声が甦《よみがえ》る。目を閉じた途端《とたん》、これまでになく強い眠気に襲われた。
自分の一番の悲しみとは何なのだろう――薄《うす》れゆく意識《いしき》で、そんなことを考えた。
根本的な問いだった。この事件の全ての始まり。自分がまだドラクロワを信じているこ
とは、そんなにも悲しいことなのだろうか。それよりもさらに悲しいことがあるのに。
眠りに落ちる恐怖《きょうふ》に耐《た》えるため――剣を握《にぎ》りしめている自分。
いつか棄《す》てるはずの剣を、まだこうして握っているのだ。
そう思ったとき、かすかに血の香りがした。
（疑え――）
剣の重みだけを感じ――ふいに、自分が何を斬れば良いのか、分かった気がした。
だが、それも束《つか》の間のうちに消えた。ジークは、眠りに落ちた。
せめてティアを斬るとき、自分が悲しいと思えるよう、祈《いの》りながら。
夜明けの冷気で、ジークは目が覚めた。胸《むね》の奥から凍《こお》るような寒さだった。
震《ふる》える手足に力を込めながら立ち上がる。心が、記憶を失って寒がっていた。
ジークは壁を見た。ドラクロワとティアが牢で会ったらしい。そうか――自分は、あの

とき既にティアの術中《じゅっちゅう》にはまっていたのだ。そう考えた途端、自分は一度、その結論《けつろん》に達したのではないかという疑念《ぎねん》が起こった。たちまち忘却への不安が押《お》し寄《よ》せてくる。

ジークはしいて、自分の体へ意識を集中させた。ある程度《ていど》、疲労《ひろう》は回復《かいふく》した。

これからどうするか──敵《てき》には戦意も殺意もない。都市中の人間が敵の可能性《かのうせい》がある。

ティアはどこか近くにいるはずだが、位置が分からない。

何も忘れていない。ジークは状況《じょうきょう》を打開する策を案じ──

ふと、自分が背を当てていた壁を見て、愕然《がくぜん》となった。

『ティア　ドラクロワ　牢』

そこにも、全く同じ文字が刻まれていたのだ。明らかに、自分が刻んだものだった。

先ほど見た壁の文字をもう一度見た。

『ドラクロワ　牢　ティア』

──どちらが、先に刻まれたものなのか。

ある確信《かくしん》とともに、思わず膝《ひざ》から力が抜《ぬ》けそうになった。

自分は、何度も、同じ結論に達し、そのたびに忘れているのだ。

つい先日この都市に来て領主《りょうしゅ》に歓待《かんたい》を受けたと思っているが、きっともう自分は何日も、都市中を逃《に》げ回っては、同じような場所に隠《かく》れているのだ。

のろのろと辺りを見回した。——そして、自分の足下《あしもと》の床《ゆか》に、それを見つけた。

『ドラクロワ　牢　ティア』

さらにもう一つ、壁の、やや低い場所に、あった。

『牢　ティア　ドラクロワ』

合わせて四カ所に、同じ文字が刻まれている。

もし眠りに落ちる寸前に記憶《きおく》を刻んでいるとすれば、最低でも四日は経《た》っている。

四日という日数を意識した途端、体の底の方からひどい疲労が込み上げてきた。

(疑《うたが》え——)

何が正しいのかさえ分からず、たまらない無力感に襲《おそ》われた。そのとき——

「……なぜだ」

思わず、呟《つぶや》いていた。文字の順番が、どれも同じなのだ。

必ず、牢の次にティア、ティアの次にドラクロワ、ドラクロワの次に牢と刻んでいる。

何か——かすかな引っかかりを感じた。偶然《ぐうぜん》にしては奇妙《きみよう》だった。

おぼろげな記憶——そう、順番が、一夜過《す》ぎるごとにずれているのだ。時間感覚を失った自分の、せめてもの抵抗《ていこう》。だとしたら、どれが一番最初に刻まれたものなのか？

すぐに分かった。単純《たんじゅん》なことだ。ドラクロワが最初で、次が牢、最後がティアだ。

三つの文字を、一つずつずらせば、三日で一巡《じゅん》する。四日目には同じ文面が二つ出来る。

ふと疑問に思った。なぜティアが最後なのか？

これは、ティアを牢で見たはずの記憶を刻んだものだ。

（疑え――）

ドラクロワに会いに牢に行き、そこでティアの香《かお》りをかいだ。それは忘却《ぼうきゃく》された後の記憶だ。実際《じっさい》は、ティアが、牢で、ドラクロワと会話しているのを見たに違いないのだ。

ならばなぜ、ティアが最初に意識されない？

ティアが牢でドラクロワと会話したことが、これほど自分にとって重要な記憶である理由は、ただ一つだ。ティアに策を授《さず》けたのが、ドラクロワであるに違いないからだ。

ドラクロワはいったいいつ、ティアに策を授けた――？

時間感覚が狂わされている。

全てを疑え、という声。

本当に自分は、あの住まいで目覚めてからティアの手紙を読むまでに数日も経《へ》たのか？

ティアは任地へ先行した。目覚めてすぐに牢に行った。ドラクロワが移送《いそう》されてから既に数日が経っていた。最低でも、二日はティアに遅《おく》れを取った。

いったいいつ、それだけの時間が消されたのか？

ティアはいったいいつ、聖都《せいと》を発《た》ったのか？

（疑え——）

ティアはいったいどこに、いるのか？

自分は、目覚めて牢に行った。それからすぐ聖王に会い、任地《にんち》へ急行した。

聖王は言った。このままでは、ともに任地に赴く従士が、ジークを狙《ねら》う刺客《しかく》となる。

その後ですぐに、馬車に乗った。そして都市に来て罠《わな》に陥《おちい》り、堂々巡《めぐ》りの忘却《ぼうきゃく》と記憶の迷路《めいろ》に叩《たた》き込《こ》まれた——ゆっくりと確実《かくじつ》に、ドラクロワの記憶を消すために。

ジークは、目を閉《と》じた。全身の神経《しんけい》が、鋭《するど》く研《と》ぎ澄《す》まされているのを感じた。

そしてふと、何日もかけて敵《てき》から逃げながら、見えぬ敵を探《さが》しているような気になった。


食料庫を出て庭園を通り過ぎるや、たちまち兵士の一団の目に留《と》まった。

「聖王《せいおう》の騎士《きし》よ！　我《われ》らが歓待がお気に召《め》さぬか！」

馬蹄《ばてい》の音がした。なんといつの間にか近隣《きんりん》の砦《とりで》から訪《おとず》れたらしい兵団《へいだん》がいた。殺到《さっとう》する兵をよそに、ジークは城《しろ》へ入った。わらわらと人が現《あらわ》れ、微笑《ほほえ》みながら武器《ぶき》を掲《かか》げて迫《せま》る。

彼らもまた、ずっとジークを捜し続けていたように見えた。

「おお、ジーク殿《どの》！　今、冷めた料理を下げさせ、温《あたた》かいものを運ばせたところだ」

領主《りょうしゅ》が声を上げた。その手に剣《けん》を握《にぎ》っている。顔に疲労《ひろう》の色が濃《こ》くにじんでいる。まるで延々《えんえん》と宴席《えんせき》を続けていたかのように。ここ数日間、ずっと。ジークを湯どころに通し、宴席に招《まね》き、そして逃《に》げ出したジークを追う——それを延々と繰《く》り返してきたのだ。

ジークは迷《まよ》わず駆《か》け寄《よ》った。領主の手から剣を叩き落とし、背後《はいご》に回って動きを封《ふう》じ、

「誰《だれ》も動くな！」

叫《さけ》びながら、シャベルを振《ふ》り上げた。周囲にいる半数が、領主が人質《ひとじち》にされたことに驚《おどろ》いて動きを止めた。その意識が起こらなかった兵たちが、微笑んで寄ってくる。

どん！　凄《すさ》まじい勢《いきお》いでシャベルを振り下ろし、床を穿《うが》った。兵たちが、ぽかんとなる。

「——ジーク・ヴァールハイトが解《と》き放つ！」

雷花《らいか》が咲《さ》き乱《みだ》れ、凄魔《ギルト》が飛び出し、円陣《えんじん》を組む。ジークは現れた銀剣を左手で取った。右手は領主をつかんだままだ。立て続けに起こった異変《いへん》に、兵たちの微笑みが強《こわ》ばる。

ジークの堕気《だき》が剣身で発露《はつろ》し、炎《ほのお》となって燃《も》え上がるや——領主が驚愕《きょうがく》して叫んだ。

「お……おっ!?　ジーク!?　黒き騎士よ、聖王の、聖、騎士、敵、おのれ……」

その声が低くなり、殺気がこもる。予期せぬ事態《じたい》に、忘却を忘れて元の心に戻《もど》ろうとしていた。兵も殺伐《さつばつ》とした表情《ひょうじょう》になる。ジークは、その様子を、しかと見た。

突然《とつぜん》、澄んだ香《かお》りが辺りに立ちこめ——すぐに消えた。

居並《いなら》ぶ者たちが、また柔和《にゆうわ》な表情に戻った。

「おお、ジーク殿。今、温かい料理を運ばせているところだ。さ、ともに広間へ」

微笑む領主を、ジークは突《つ》き飛ばした。見るべきものは見た。

ジークは身を転じ、窓《まど》から跳躍《ちようやく》した。凄魔《ギルト》が一斉《いつせい》に従《したが》う。

地面に着地し、さっと剣を振るって凄魔《ギルト》たちに散るよう命じた。

十六体の凄魔《ギルト》たちが雄叫《おたけ》びを上げながら、別々の方向へと走り去る。

地上にいた兵たちが驚愕し、凄魔《ギルト》たちを追って、ばらばらに分散してゆく。

その隙《すき》を突いて、ジークは、広大な庭園に向かって走っている。

一度だけ、城を振《ふ》り返った。だがその必要はないと悟《さと》った。自分は既《すで》に香りにひたされているのだ。自分がどこにいるかくらい、すぐに分かるだろう。

やがて歩調を緩《ゆる》めた。すぐ先に噴水《ふんすい》があり、そこまで歩いていって足を止めた。

ひどい疲労感を紛《まぎ》らわすように、揺《ゆ》れる水面を見つめた。水飛沫《しぶき》が心地《ここち》よかった。風は春の匂《にお》いを帯びている。左手を水にひたし、拳《こぶし》を胸《むね》の高さに持ってきた。

左拳から零《こぼ》れる水滴《すいてき》が、ぽつぽつと噴水の縁《ふち》に落ちる。

その水滴を数え、時間の感覚を漠然《ばくぜん》と把握《はあく》しながら、考えた。

そもそもの最初から間《ま》違《ちが》っていたのだ。自分は、目覚めてすぐにティアの書き置きを見つけ、間を置かずに牢《ろう》に向かった。そして、すぐに聖王に謁見《えっけん》し、ただちに出立したのだ。

そこで数日も経《た》ってはいない。せいぜい半日足らずだ。

では消えた数日間はいつなのか。それは、自分がティアとともにいた時間だ。

自分は、ティアを住みかに迎《むか》え、書き置きを見つけるまでに、何日もともにいたのだ。

そして、その間に——ティアは、ドラクロワから策《さく》を得たのだ。

最初に牢で香りを感じたとき、まだティアは香りの力を自分に使っていない。ティアの力にとらわれたなら、香りを覚えているわけがない。おそらく、そのときティアは、ドラクロワの記憶《きおく》を消そうとして失敗したのだ。自分が感じたのは、残り香だ。

自分は、ティアを住みかに迎えた後で、もう一度、牢を訪《おとず》れているに違《ちが》いない。

そしてそこで初めてドラクロワとティアの会話を聞き——香りの力で忘却《ぼうきゃく》させられた。

いつの間にか、拳の水が乾《かわ》いて、水滴が落ちなくなっていた。

ジークは拳を下ろした。再《ふたた》び水面を見つめながら、結論《けつろん》した。

誰かに命じられなければ決して力を使わないティアが——ドラクロワに言われて、ジークに、香りの力を使った。ティアの出立は、その後——おそらくは、ジークと同じ日。

ジークに、力を行使し続けるために。

ティアの書き置き——巧妙《こうみょう》な偽《いつわ》り。先に行く。

そして、にわかに訪れる解答《かいとう》。

自分は、ティアが待つ馬車に乗り込み、ともにこの都市に来たのだ。

3

噴水の水しぶきの向こうから、瑞々《みずみず》しく澄んだ香《かお》りが、涼風《すずかぜ》のように流れてきている。

その香りが自分に流れ込むと同時に、別の香りが、己《おのれ》の身から流れ出すのを、ジークは感じていた。鮮《あざ》やかなまでの、血の香り——心に亀裂《きれつ》が生じて流れる血の香りを感じながら、ジークは、ただ静かに思った。

心砕《くだ》けても、自分に残るものが何か。もう一度、力を手放せと口に出来るかどうか。

(私に触《ふ》れもせず、あなたは……そんなことを言うのですね——)

にわかに、消されていた記憶が甦《よみがえ》る。

(〈銀の乙女《おとめ》〉と決別し、一生をあなたの従士《じゅうし》として過《す》ごして、本当に良いのですか)

棄《す》てられる怖《こわ》さに怯《おび》え続けてきた娘《むすめ》を前に、自分は何と迂闊《うかつ》なことを口走ったのか。

(あなたの悲しみが好きでした)

ジークは目を閉《と》じた。

(初めて聖王《せいおう》様に謁見するあなたを見たときから、あなたのことが——)

ジークの脳裏《のうり》に浮《う》かんだのは、今もそのときも、墓標《ぼひょう》だった。

十字型の紋章《もんしょう》がはめこまれた〈銀の乙女〉の墓《はか》。自分の手で葬《ほうむ》った女の面影《おもかげ》。

(私はあなたのことを、忘《わす》れなければならないんです。でもせめて、あなたに私のことを、覚えていて欲《ほ》しいんです。それがそんなにいけないことですか)

悲しみを背負《せお》ってやることも出来ず、沈黙《ちんもく》で答えようとした。

そのせいで、一つだけ、伝え忘れたのだ。力について――自分の剣《けん》について。

(あなたは、悲しい人です)

それを伝えるために、出て行ったティアを追ったのだ。だが言葉をかけられず、ただ後をつけ、ティアがドラクロワの牢を訪れるのを見て――

聞いたのだ。ティアとドラクロワの会話を。そして――香り。消されていた記憶。

ジークは、静かに告げた。

「すまなかった……ティア」

目を開くと、揺《ゆ》れる水面に、娘の姿《すがた》が映《うつ》っていた。

噴水を挟《はさ》んだ向こう側に、ティアが立っているのだ。

水面に映るティアは、驚《おどろ》いたように目を見開き――それから、花が咲《さ》くように微笑《ほほえ》んだ。

何かを諦《あきら》めきった末に浮かべるような、ひどく清々《すがすが》しい微笑《びしょう》。

ようやく自分を見つけてくれたのかと、その微笑が言っていた。

聖都を発ってからずっと、ティアは、ジークのすぐそばにいたのだ。ジークの意識《いしき》から、
その姿を消して。全《すべ》てを諦めた微笑を浮かべながら。

どうすれば、その微笑に、応《こた》えてやれるのか——

ジークは考えるともなく、自然と剣を握《にぎ》りしめ、目を上げた。

そして、噴水《ふんすい》の縁《ふち》を乗り越《こ》え、水面に足を入れていた。

そのまま真《ま》っ直《す》ぐ水を蹴《け》り、ティアへと歩み寄《よ》った。

ティアは微笑を収《おさ》めると、右手の香炉《こうろ》を掲《かか》げ、さっと宙《ちゅう》に舞《ま》わせた。

「あなたの敵《てき》は、誰ですか——？」

右手の香炉が円を描《えが》き、澄《す》んだ香りが、今なおジークの心にとめどなく染《し》みこんでゆく。

いまだ取り戻《もど》せていない記憶の隙間《すきま》が、香りで満たされる。

それがジークの剣を握る手に、いっそう力を込めさせる。

「あなたが剣を持つのは、何のためですか——？」

ああ、やはり、そういうつもりだったのか。

香りに引き寄せられながら、ジークは思った。

ティアは、いずれ自分の姿を見つけられることを期待していた。

そしてそれが最期《さいご》のときだと覚悟《かくご》していたのだ。

誰も裏切《うらぎ》らずに、ここまで来られたのだと、ティアの目が言っている。

いつしかジークの周囲から、香りが消えていた。再《ふたた》び香りの力にひたされたのだ。

今こそ真に、思い出すべきときだった。ジークにとっての、心砕《くだ》けてなお残る思いを。

(疑《うたが》え——忘却《ぼうきゃく》の力に抗《あらが》うただ一つの方法。ただ疑え。そして全ての問いも答えも入り乱《みだ》れ、意味が歪《ゆが》められても——)

心が欠けてゆく寒さに、激《はげ》しく手が震《ふる》え、

(あらゆることを平然と疑え。お前の中にあるものは絶対《ぜったい》に崩《くず》れはしない)

ぴたりとそれが収まった。ジークは剣を振《ふ》りかぶり、両手で柄《つか》を握った。堕気《だき》が発露《はつろ》し、

(ただ従え——絶対に変わらない、い、い、い、ものに)

刃《やいば》が、猛然《もうぜん》と青白い炎《ほのお》を上げた。ティアが、目を見開いた。一瞬《いっしゅん》だった。

ジークは剣を振り下ろし、ティアの眼前《がんぜん》の宙を斬《き》った。圧倒《あっとう》的な力を浴びせ、その戦意を挫《くじ》くために。魂《たましい》まで切り裂《さ》くかのような剣風がティアを正面から襲《おそ》った。その凄《すさ》まじい風が吹《ふ》き抜《ぬ》け——消えたとき、ジークは水から出て、ティアの側面に回っている。

ティアの右手の香炉が止まった。いまだかつて受けたことのない衝撃《しょうげき》に呆然《ぼうぜん》となっている。かと思うと、その左手に香炉が現《あらわ》れ、一度だけ大きく揺《ゆ》れた。導《みちび》きの香りが、ジーク

の心に一瞬で入り込《こ》んだ。剣が再《ふた》び振りかぶられ、ティアの両手が握り合わされた。

「死を受け入れろ、ティア」

刃が迅《はし》った。雛色《ひないろ》の髪《かみ》が、宙を舞った。ひどく鮮《あざ》やかな血の香りが、辺りに広がった。

ノヴィアはその悲しい香りのする夢《ゆめ》をただ見守り続けた。

ティアの思いがよく分かった。ティアは最初から死ぬつもりだったのではない。ジークが香りに抗えず記憶《きおく》を失ったら、そのときは自分で自分の記憶を消すつもりだったのだ。

死を受け入れたのは、ジークが自分を見つけてくれたからだ。ティアの願い通りに。

そこまでジークに対して力を行使したということがティアなりの〈銀の乙女《おとめ》〉と姉への忠節《ちゅうせつ》だった。そして、もう力を振るわなくても良いのだという安心とともに、左手の香炉を用いた。最後の瞬間、ティアが自ら死を望んだということを、ジークに伝えるために。

雛色の髪が、束になってジークの足にかかった。

ジークは、かつて体験したことが無いほどの鮮やかな血の香りのまっただ中にいた。

己の心が流す、血の香りの中に。

ティアは、まだしっかりと両手を握っていた。

その目が、大きく見開かれて、宙を見つめている。

「なぜですか……」

頭の後ろの髪留《ど》めが、束ねるべき髪を失って滑《すべ》り落ちた。

「生きろ……」

呟《つぶや》くように言って、ジークは身を屈《かが》め、

「力が、風のようなものでも……人は、ただそれに吹かれるだけではないはずだ……」

断《た》ち切られた髪の束を、そっと拾い上げた。

「聖王《せいおう》に、この髪を見せ、お前を斬ったと報告《ほうこく》しよう」

ティアが、呆然と振り向く。ひどく短くなった髪が、頬《ほお》にかかっていた。

「ドラクロワから、策《さく》を授《さず》けられたな」

ジークが断言《だんげん》した。ティアは言葉もなく立ちつくしている。

「最初はドラクロワの記憶を消しに行き、果たせなかった。そして次に、俺に斬られるにはどうしたら良いかドラクロワに訊きに行ったな」

ティアは、おずおずとうなずいた。

「そしてその会話を聞いた俺《おれ》の記憶を……ドラクロワの言う通り、香りで封《ふう》じたか」

「だって……それ以外に……何も、考えられなくて……」

ティアが言う。まだ剣風で痺《しび》れたままのような声だった。

「ドラクロワが策を与《あた》えたのは、俺にお前を斬《き》らせるためではない。お前の力を破《やぶ》らせるためだ。たとえお前の姉が来たとしても、俺が香りの力を破れるように、、、、、、、、、、に」

ティアは魂が抜けたようにジークを見つめた。突然《とつぜん》、その右手を掲《かか》げ、香炉《こうろ》を揺らそうとした。まるで怒《いか》りに任《まか》せてジークの頬を叩《たた》こうとするような、反射《はんしゃ》的な仕草だった。

ジークがさっと剣を逆手《さかて》に持ち替《か》え、ティアの眼前《がんぜん》で、地面に激《はげ》しく突《つ》き立てた。

「力を棄《す》てろ、ティア！　姉も〈銀の乙女〉も紋章《もんしょう》も、お前が頼《たよ》りにしていたものを全《すべ》て投げ棄てろ！　それはお前にとって、本当に必要な力などではない！」

まるきり戦いのときの烈声《れっせい》だった。ティアの手が、凍《こお》りついたように途中《とちゅう》で止まった。

「その名を捨てて一、、、人で生きろ！　ティア・アンブローシャは俺が今この手で斬った！」

ティアは、わなわなと震《ふる》えだした。

「私一人……力を……」

まるで死ぬより恐《おそ》ろしいことを告げられたように、恐怖《きょうふ》に目を見開いている。

「お前一人ではない！　俺が戦うのは、いつかこの剣《けん》を棄てるためだ！　俺が持つ全ての力を棄てるためだ！　そのために俺は戦っている！」

ティアは、ただただ驚《おどろ》きに呑《の》まれ、

「いつか……力を……？」

その言葉を、繰《く》り返した。

「それが、ドラクロワとの約束だ。それが、お前が言う、俺の悲しみの正体だ。お前にも聖王にも、決して奪《うば》えないものだ……ティア」

ティアは、ただじっとジークを見つめ、その言葉を聞いている。

「お前はここで一度、死んだ。俺にしてみせたように、人に覚えてもらえる香りを作り……自由に生きろ」

「あなたは……」

置いて行かれそうになった子供《こども》が上げるような声で、ティアは言った。

「俺も必ず、お前の向かうところへ行く。力を棄てなければ行けないところへ。お前は、先に行け……。そして俺が剣を棄てられたとき……もう一度、会おう」

「必ず……あなたも……」

ティアがほとんど聞こえないような声で繰り返した。ジークはうなずいた。

「必ずだ」

「私……」

声が震えた。ティアは何かに耐《た》えるように眉《まゆ》をひそめた。その途端《とたん》、涙《なみだ》が溢《あふ》れた。

不安も喜びも寂《さび》しさも全て涙となって溢れ出すようだった。ティアは両手を固く握《にぎ》り合わせると、身を折るようにして顔を伏《ふ》せた。そして──精一杯《せいいっぱい》の勇気で、言った。

「あなたという風に、従《したが》います……ジーク・ヴァールハイト……」

ジークの夢《ゆめ》を覗《のぞ》き見るフロレスは、恐怖と衝撃《しょうげき》におののいた。

これは自分が確信《かくしん》していた過去《かこ》ではない。全く逆《ぎゃく》だった。そしてある意味で、全く正しかった。自分の知るティアは、この時点でジークに斬られたのだ。そして自分の全く知らないティアが、そこにいた。フロレスにとって愛すべき従順《じゅうじゅん》なティアは死んだ。

そんなはずはない──フロレスの心が荒《あれ》れ狂《くる》った。自分はこのとき、ティ、ティ、ティアの後を追って、この都市に来ていたのだ。そしてティアとジークの攻防《こうぼう》を陰《かげ》から見張《みは》っていた。

この結末を、なぜ自分は知らないのか。自分の記憶《きおく》はいったいどうなっているのか──

フロレスが怯《おび》える一方で、ジークの夢は、さらに深まっていった。

ティアの姿をジークが見つけるとともに──

操《あやつ》られていた領主《りょうしゅ》たちは、自然とティアの力から脱《だつ》し、解放《かいほう》されていた。

彼らの記憶は、ジークが来た以前から綺麗《きれい》に消えているはずであった。

「こんなに短くなってる……」

ティアは面白《おもしろ》がるように自分の髪を撫《な》でた。ジークが、髪留めを拾って、手にある髪を束ねるのをやけに嬉《うれ》しげに見つめながら訊《き》いた。

「これから……どうされるのですか?」

「お前の墓《はか》を掘《ほ》る」

というのがジークの真面目《まじめ》な答えだった。ティアが、くすっと笑った。

「お前が生きていることを知るのは、俺だけになる」

ジークが確認《かくにん》するように告げると、

「……嬉しい」

ティアは、小さな声で呟《つぶや》いた。それから空を見上げ、晴れ晴れとして言った。

「私……もう、名前も無いんですね」

かと思うと、嬉しそうに微笑《ほほえ》んだ。

「でも……あなたのことを、こんなにも覚えています。何一つ、消されないまま」

ジークはうなずいた。自分もまたティアのことを全て覚えているのだと言うように。

ティアは微笑を収《おさ》めると、一つだけ願い事をするような顔で、こう告げた。

「もしも……私の力が必要になったときは……風が花を求めていると、街々にお告げ下さい……必ず私はそれに気づくでしょう」

そう言いながらも、その顔は何の力も持たない娘《むすめ》のようだった。それはティアなりの、

ジークに対する最後の甘《あま》えなのだろう。ジークは小さくうなずきつつ、

「お前に力を使わせる気はない」

はっきり返した。そしてまた、出来る限《かぎ》りの優《やさ》しさで、告げた。

「もし、お前がその力で大きな罪《つみ》を犯《おか》したときは……そのときこそ俺が斬《き》りにゆく」

それがジークなりの別れの言葉だった。ティアにもそれが分かった。

「もし、あなたが、剣と力に溺《おぼ》れたときは、私が、あなたのもとへ参ります」

その場合はティアが死力を尽《つ》くして、ジークの力を封《ふう》じるのだ。

そういう約束を交《か》わしながらも、これが一生の別れになるだろうことは二人とも分かっていた。ここで別れれば、もう二度と会うことはない。ティアが安全に今後の暮《く》らしを見つけてゆく上でも、それが最善《さいぜん》だった。

そしてそれでも、お互《たが》いの記憶だけは失われずに済《す》んだ。

「望み通りの生き方を見つけろ……ティア」

別れ際《ぎわ》に一度だけ、ジークはその名を呼《よ》んだ。

「行け……。お前の背《せ》を、俺が見ている。お前が去ってから、俺もここを去る」

ティアは一瞬《いっしゅん》、泣きたいのを我慢《がまん》するように眉をひそめて。だがすぐに微笑《びしょう》を浮《う》かべ、

「さようなら……ジーク様」

心からの愛《いと》しさをこめて、別れを告げていた。

恐《おそ》ろしい、恐ろしい——フロレスは怯え、怒《いか》りながら、ジークの夢を覗き見ていた。自分が予想もせぬこの記憶はいったい何なのか。たとえティアの記憶を消そうとも、自分がティアについての記憶を消したことなど一度もないはずなのだ。

その傍《かたわ》らでノヴィアが泣いていた。花の行方《ゆくえ》に、悲しみと恐れを抱《いだ》いていた。いったい何を恐れるのか分からないまま、ノヴィアはジークの夢の結末を見守った。

ティアは、最後に一度だけ振《ふ》り向き——

それから庭園を出て、森へと姿《すがた》を消した。

ジークは、しばらくそこに佇《たたず》み、ティアの去った方を見つめ続けた。

やがて自分もまた背を向け、城《しろ》へ戻《もど》った。領主や兵たちの状態《じょうたい》を把握《はあく》しておくためである。それからティアの過去《かこ》を葬《ほうむ》るための偽《いつわ》りの墓を掘る場所を探《さが》さねばならない。

ジークは、雛色《ひないろ》の髪の束を懐《ふところ》に収めた。

自分もいつかティアのように、ただ自由を求めて旅に出られるだろうか——果てしない思いとともに、ドラクロワとシーラの面影《おもかげ》が甦《よみがえ》った。かつて、理想を信じてともに戦っていた頃《ころ》のことへ思いを馳《は》せながら、庭園を出た。

矢が、ばらばらと降《ふ》って来たのは、そのときだった。

ジークは咄嗟《とっさ》に剣で、自分目掛《めが》けて飛んで来た矢を打ち払《はら》った。

凄《すさ》まじいまでの殺気が吹き寄《ふよ》せてきた。兵が一丸となって雪崩《なだ》れてきたのだ。

愕然《がくぜん》となるジークをよそに、茂《しげ》みや建物の陰から、潜《ひそ》んでいた凄魔《ギルト》たちが、兵の殺気に反応《はんのう》して飛び出してきた。

さすがのジークが、思わず呻《うめ》いた。

領主以下《りょうしゅ》、全員がティアの力で記憶《きおく》を消されているはずだった。だがその思いを粉々に打ち砕《くだ》くかのように、近隣《きんりん》の砦《とりで》の兵まで迫《せま》り、あっという間に周囲に展開《てんかい》している。

ジークの左腕《ひだりうで》に、雷花《らいか》が咲《さ》き乱《みだ》れた。驚《おどろ》きと、腹《はら》の底から込《こ》み上げて来る恐怖《きょうふ》があった。

（ティア――）

たった今、旅立ったばかりのティアの微笑が甦った。

まさか、兵はティアのもとにまで――そう思ったとき、兵たちが喚声《かんせい》を上げて迫った。

ジークは高々と左腕を掲《かか》げ、烈声《れっせい》を上げて、左手を地面に叩《たた》きつけた。

魔兵《まへい》が続々と招《まね》き出され、庭園は、一転して逃《のが》れようのない戦場と化していった。

どこからか、甘い香《かお》りが漂《ただよ》ってきていた。

ノヴィアは、果てしなく涙《なみだ》を流し続けながら、ジークの夢《ゆめ》を見守っていた。希望が潰《つい》える恐怖に心がおののいた。そしてそれが、夢の中のジークの気持ちとなっていった。

迫り来る兵に対し――

ジークは、この数日間の疲《ひ》労《ろう》を振り払い、死力を振り絞《しぼ》って戦っている。

徹底《てってい》的に、迅速《じんそく》に、兵を撃滅《げきめつ》した。その心は焦燥《しょうそう》と恐怖に満ち、何とかティアが去った方へ兵を行かせないようにしながら、もはや何の躊躇《ためら》いもなく魔兵を放っていった。

なぎ倒《たお》される兵の間から、甘い香りが漂う中――ジークは、たちまち敵《てき》軍を壊滅《かいめつ》させ、出来る限《かぎ》りの速さで来た道を戻っていった。

あの噴水《ふんすい》を通り過《す》ぎたところで、騎兵《きへい》の一団《いちだん》に出くわした。

すぐさま魔兵とともに撃退《げきたい》しながら、ますます恐怖に煽《あお》られた。

ティアが去った森のそこかしこに兵がいた。間違《まちが》いなくティアを捜索《そうさく》し、追っているのだ。いったいなぜ兵がそんなことをするのか、まるで分からなかった。

ああ、お前たちが追っているのは、ただの娘《むすめ》なのだ。力を棄《す》てた娘なのだ。

頼《たの》むから、やめてくれ――あの娘を旅立たせたのは、自分なのだ。頼む――

懇願《こんがん》とも、怒りともつかぬ気持ちに駆《か》り立てられるようにして兵を叩き潰《つぶ》しながら、ジークはただひたすら祈《いの》った。あの瑞々《みずみず》しい澄《す》んだ香りがどこかで感じられることを。

ティアが力を使って、無事に逃《に》げていることを。

森のそこら中が血で染《そ》まった。肉体が砕かれ、命が滅《ほろ》ぶときの生臭《ぐさ》い血風が吹き荒《あ》れた。早くこの地獄《じごく》から解放《かいほう》してくれ。心の底からそう願った。もう沢山《たくさん》だ。もう二度と、繰《く》り返されるのだけは御免《ごめん》だ。いったい何度、それを繰り返せば良いのか——

ジークはただ森を奥《おく》へ奥へと走り、見つけていた。

点々と続く血の跡《あと》——放たれた矢が木や地面に刺《さ》さり、辺りには何の香りもしない。

周囲の兵を撃滅させながら、ジークは、よろよろとその血の跡を追った。

やがて、その場所に来た。

そこに、この世の呪《のろ》いの全《すべ》てが集まったかのような光景があった。

大きな樹《き》の下に、何本もの矢を受けて血で染まったティアが、横たわっている。

ジークは、なすすべもなく、そこに立ちつくした。

「……ジーク様」

ティアの目が見開かれ、右手が震《ふる》えながら上がった。ジークにはいったいティアが何をしているのかも分からない。ティアの袖《そで》から、香炉《こうろ》が現《あらわ》れて揺《ゆ》れた。

たちまち瑞々しい澄んだ香りが広がった。

なぜ、今さら——ジークが呆然《ぼうぜん》と思った、そのとき。

突然《とつぜん》、背後《はいご》で、呻き声が上がっていた。

はっと振《ふ》り返ると、領主と数名の側近が背後に潜み、弓を構《かま》えているではないか。

その側近の一人が、いきなり、隣にいた仲間を射抜いたのだ。

それがティアの最後の力となった。ティアの右手が、力無く地面に落ちた。

領主が、香りで操《あやつ》られた側近を斬《き》り殺し、慌《あわ》ててそいつから弓を奪《うば》って構えた。

「聖王《せいおう》の犬めっ！」

怒号《どごう》を上げる領主の胸《むね》を、ジークの投げ放った剣《けん》が貫《つらぬ》いた。矢がジークの足下の地面に刺さり、領主がどっと仰《あお》向けに倒れた。残りの側近たちに向かって凄魔《ギルト》が殺到《さっとう》した。

ジークは胸の奥が凍《こお》りつくような思いでティアへ歩み寄り、その傍《かたわ》らにひざまずいた。

「ティア……」

ティアは薄《うす》く目を開き、微笑《びしょう》した。

「良かった……無事で。力を……あなたの……ためなら……許《ゆる》して……下さると……」

ひどく弱々しい声が、ジークを打ちのめし、

「なぜだ……なぜ、力を自分のために使わなかった……」

だがティアは微笑したままでいる。それがさらにジークを絶望《ぜつぼう》の淵《ふち》に叩き込んだ。

ああ、分かっていたではないか。この娘は、そもそも自分のために力を使ったことなど

無いのだ。もしあるとするならば、それは死を選んだときだけ――

何よりティアはジークとの約束を守ろうとしただけなのだ。

力を棄てるということを、その身をもって証明《しょうめい》するために。最後まで――

ジークは、ティアをそっと抱《だ》きかかえた。他にどうしようもなかった。

「初めて……触《ふ》れてくれた……」

ティアが言った。

「嬉《うれ》しい……。私のために……泣いて下さって……」

ジークは、ただただティアに苦痛《くつう》を与えぬよう、出来る限りの優《やさ》しさで抱いた。

「ジーク様……私、一人で歩いたんです……」

ティアは言った。何か素晴《すば》らしいことでも報告《ほうこく》しようとするように。

「名前も無いまま……ただ遠くに向かって……。本当に……楽しかったぁ……」

初めて見る、ティアの一片《いっぺん》の翳《かげ》りとてない、晴れやかな微笑だった。

ジークはうなずいた。何度も。ティアを褒《ほ》め称《たた》えるように。

「私……幸せです……。きっとあのまま、歩いてたら……怖《こわ》くなったり、不安になったり
……でもきっと、あの楽しさ……忘《わす》れずに……どこまでも……。もっと早く……力……棄
てられたら……。私……もっと……遠くまで……」

ティアの手が、そっとジークの胸に触れた。

「もし、私のような人が……また、あなたの前に、現れたら……ただ……遠くを……目指して……その人が……あなたを通して……もっと……遠くを……見られるように……」

「ああ……」

やっとの思いで声を振り絞《しぼ》った。

「その人に……教えてあげて……下さい……私が、やっと……分かったこと。力より……もっと大事なもの……」

「ああ……約束する。ティア……必ず」

ティアは、目を閉《と》じた。

「あなたの……悲しみが……好きでした……」

ジークの胸を、ティアの手が滑《すべ》り落ちていった。

「最初に、あなたを見たときから……あなたのことが……ずっと……」

最後の吐息《といき》が零《こぼ》れて消えた。かすかに澄んだ香《かお》りがした。もう何の力も持たない、瑞々しく澄んだ、心宥《なだ》めるような良い香りだった。

ジークは、ティアの体を横たえ、立ち上がった。

森のそこら中から、殺気が吹《ふ》き寄《よ》せてきていた。

ジークは倒《たお》れた領主《りょうしゅ》へ歩み寄り、その胸を貫いたまま墓標《ぼひょう》のように立つ剣《けん》を、握《にぎ》った。

耐《た》え難《がた》いほどの悲しみが、天から降《ふ》り注いで自分を粉々に押《お》し潰《つぶ》すようだった。

自分は、この期《ご》に及《およ》んで剣を握っているのだ。力を棄《す》てられずにいるのだ。

「教えてくれ……ドラクロワ……。どうすれば、これを終わらせられる……」

天に向かって哀願《あいがん》するようにして、剣を遺体《いたい》から引き抜《ぬ》いた。

兵士の一団《いちだん》が木々の間から現《あらわ》れた。魔兵《まへい》たちがジークのもとへ集《つど》う。

ジークの口から言葉にならぬ叫《さけ》びが上がり——自ら先頭に立って敵軍《てきぐん》へ駆《か》けていった。

4

ジークは、夢《ゆめ》が、最後の記憶《きおく》を辿《たど》るのを感じた。

戦いののち——

ジークは、ティアを、あの大きな樹《き》の根本に葬《ほうむ》った。

ティアが、心の底から楽しかったと告げた場所。その足が、最後に辿り着いた場所に。

それから聖都《せいと》に戻《もど》り、聖王に経緯《けいい》を語った。聖王は、ジークがティアを斬《き》ったことにし、それで通すようジークにも言い渡《わた》した。例の、聖女たちへの牽制《けんせい》のために。

事実、聖女たちは完全にジークとドラクロワから手を引いた。特に、香りの力を破《やぶ》り、

〈香しき者《アンブローシャ》〉を斬ったジークにはもう関《かか》わるなと、自分たちで手出しを禁じた。

ティアの遺髪《いはつ》は〈銀の乙女《おとめ》〉に渡された。

あの書き置きは、埃《ほこり》を払《はら》って綺麗《きれい》にした本棚《ほんだな》の間に置かれ、二度と開くことはなかった。

ジークは、またしばらくの間、騎士《きし》でありながら従士《じゅうし》のいない身となった。

聖都に戻って数日後——ドラクロワとの面会が許《ゆる》された。

「策《さく》を授《さず》けた後……あの娘《むすめ》は、私に、こう言ったのだ。もしこの私が牢《ろう》を出ることがあるのなら、この聖法庁《せいほうちょう》も、〈銀の乙女〉も、大陸中の国々も、全《すべ》て滅《ほろ》ぼしてくれと……」

ドラクロワは、それまでよりいっそう暗い闇《やみ》の向こうに座《すわ》り、ジークに告げた。

「何の喜びもない、苦しみと悲しみだけの世界に、未練はないと……」

「それで……お前は何と言ったんだ、ドラクロワ」

「何も……。ただ、そうしようと約束しただけだ」

「……俺《おれ》が、ティアと交《か》わした約束は、それとは違《ちが》うものだった」

「それで良い……お前には、お前の役目がある。そのために、力を振《ふ》るうがいい。きたるべきときのために。お前の力が、より大いなる秘儀《ひぎ》の一部として働くときのために……」

「そのときは……棄てられるのか。そのときこそ、剣を棄てられるのか、ドラクロワ」

ジークは鉄格子《てつごうし》を握りしめ、闇の奥《おく》に座るドラクロワに向かって訊《き》いた。

「そうだ……ジークよ。そのときこそ、我《われ》らは、全てを捨《す》て去ることが出来るのだ」

闇の奥で、ドラクロワはそう囁《ささや》いていた。ジークはうつむき、その言葉の意味を考えた。

そして——周囲の光景が遠のき、夢が終わった。


ジークは、現実《げんじつ》の世界で、ゆっくりと目を開いた。

目覚めてのちも、悲しみと怒《いか》りの余韻《よいん》が、まだ胸《むね》の奥で響《ひび》いている。

身を起こすと、どうやらトールがかけたものらしい毛布《もうふ》が、滑《すべ》り落ちた。

立ち上がり、窓《まど》を開いて外を見た。夜明けの霧《きり》が、街路に立ちこめている。

どこからか、甘《あま》い香りがした。ティアが死んだときに敵から感じたのと同じ香り——

それが誰《だれ》のものであるか、今、ようやく悟《さと》っていた。

ティアは、誰が敵を操《あやつ》って戦いに駆《か》り立てていたか、知っていたのだろうか。

知っていて、力を使わず——

ジークは、そっとかぶりを振った。何よりも大事なのは、ティアとの約束の方だった。

「ノヴィア……。お前に……伝えることがある」

都市のどこかにいる少女に向かって、小さく呟《つぶや》いていた。

フロレスは夢から覚めると、慌《あわ》てて己《おのれ》に香《かお》りをかがせた。

もっと忘却《ぼうきゃく》の香りが欲《ほ》しい――右手の指があれば、もっと強く放てるのに。

その額《ひたい》にびっしりと冷たい汗《あせ》を浮《う》かばせている。その口が、くくっと笑いを零《こぼ》した。

「あはっ……ああっ……あああっ……」

のけぞった喉笛《のどぶえ》が、引きつった笑いを発した。目はとめどなく涙《なみだ》を流している。

笑いながら泣き、必死に己に香りをかがせた。ようやく一切《いっさい》の痛《いた》みが忘却された。笑いが消え、涙が止まった。そうして、傍《かたわ》らで眠《ねむ》るノヴィアを見た。ぎらついた目だった。

この少女を虜《とりこ》にしておいて、本当に良かった――

フロレスは、今後のことだけを考えた。この少女を利用してジークを殺したら、また全てを忘《わす》れよう。いや――今度こそ本当に全てを忘れ去るのだ。自分に妹がいたという記憶さえ消して。それから後も、ノヴィアを利用して、我《わ》が身の安全をはかろう。

〈銀の乙女〉も聖法庁も、頼《たよ》りにはならない。何せ、増殖器《ジェネレーター》を勝手に使ったことで、ドラクロワが自分を消しに来るのだ。香りの力が効《き》かない、恐《おそ》るべき男が。

逃《に》げ場はただ一つ――聖地《せいち》シャイオンだ。レオニスが言うように、あの土地を第二の故郷《ふるさと》とする。ノヴィアを使ってレオニスを操り、あの土地を我がものにするのだ。

聖地シャイオンの真の女王となる自分を夢想《むそう》しながら、フロレスは懐《ふところ》の書状《しょじょう》に触《ふ》れた。

血で染《そ》まった書状——これと、ノヴィアさえ手中にあれば、たやすく操れるだろう。

ふと、ノヴィアが目覚めた。涙で濡《ぬ》れた目で、悲しげにフロレスを見上げた。

「姉さん……」

途端《とたん》に、フロレスの脳裏《のうり》にティアの面影《おもかげ》が甦《よみがえ》り、忘れていた苦痛《くつう》が噴《ふ》き出しかけた。

フロレスの手が翻《ひるがえ》り、ノヴィアの頬《ほお》をひっぱたいた。

ノヴィアは、なぜ叩《たた》かれるのかも分からないまま、ひどく怯《おび》えた顔で後ずさった。

そのノヴィアを、フロレスはすぐに詫《わ》びるように抱《だ》きしめた。香りが漂《ただよ》い、フロレスとノヴィアを包んだ。フロレスは苦痛を忘れ、ノヴィアは自分が叩かれたことを忘れた。

「姉さん……？」

ノヴィアは、フロレスに抱かれていることに初めて気づいたような声を上げた。

「おはよう……ティア。食事の用意をしましょう。それから湯を沸《わ》かして身を清めるの。そしてあの男の血を浴びた後で、また湯を浴びましょう……全《すべ》てを忘れる香りと一緒《いっしょ》に」

何もかもを綺麗《きれい》にするために——ノヴィアの背《せ》を撫《な》で、フロレスは優《やさ》しくそう言った。

その頃《ころ》——
アキレスは、朝靄《あさもや》の中を移動《いどう》し、都市の南側に来ていた。

噴水《ふんすい》が吹《ふ》き飛んだ跡《あと》に、ぽっかりと大きな穴《あな》が空いている。その中の様子を探《さぐ》り——見つけた。魔獣《バロール》の群《むれ》が、ざわざわと地下道いっぱいに、ひしめいているのだ。

たった一晩《ひとばん》で、大蜘蛛《おおぐも》はまたこれだけの魔獣《バロール》を生み出したのだ——その増殖器《ジェネレーター》で。

「一緒にジークと戦うなら、こちらの方が、よほど気が合うというものですね」

脳裏にトールの顔が浮かんでいた。味方として扱《あつか》うには実に面倒《めんどう》な青年だが、そのトールに遅《おく》れを取っているのは確《たし》かだ。忘却の力から、まだアキレスは脱《だつ》していないのである。

だがそれも、ある程度《ていど》、相手の戦法を察していれば、対処《たいしょ》は可《か》能《のう》である。

「ジークともども、周りにいる者を全て殺し、その血を吸《す》えば良いこと……」

そう囁くと、アキレスは大蜘蛛の姿《すがた》を捜《さが》して、再《ふた》び都市を移動し始めた。

「やつは地下にいるだろう。群を作りだして襲撃《しゅうげき》に備《そな》えているはずだ」

ジークが言った。大蜘蛛のことである。トールは律儀《りちぎ》に朝食を用意して並《なら》べながら、

「いつ魔獣《バロール》が来るか分からない状態《じょうたい》で、ノヴィア様と……フロレスと対決するのですか」

「ノヴィアを呼《よ》び戻《もど》して、ともに魔獣《バロール》と戦ってもらう」

淡々《たんたん》とジークは言った。どうやって、とトールは訊《き》きたかったが、別のことを口にした。

「あなたの従士……フロレスの妹は、あなたが斬《き》ったのですか？」

その言葉で、パンをかじっていたアリスハートが、ぎくりとなった。斬った斬られたという話はつくづく苦手なのである。しかもこれからノヴィアを敵《てき》の手中から取り戻しに行くのだ。ジークがノヴィアをどうするつもりか、不安になってくる。

ジークは別段《べつだん》、アリスハートとトールを安心させようという風もなく言った。

「殺したのは、俺《おれ》ではなかった。俺はただ彼女を葬《ほうむ》るしかなかった」

では誰が殺したのか——？ トールが目で訊いた。ジークは答えない。

「死んだ従士《じゅうし》との約束を果たしに行く。お前は手を出すな、トール」

ジークはただ厳《きび》しくそう言いつけた。そして食事を終えてしばらくした頃——

ふいに街路に漂う霧《きり》が、甘《あま》い香《かお》りを帯びるのを、ジークもトールも感じていた。

ジークが無言で立ち上がる。トールは、不安そうなアリスハートを優しく肩《かた》に乗せ、ジークの後について建物を出た。これでは、まるっきりジークの仲間である。アキレスが見たら、また裏切《うらぎ》り者呼ばわりするだろうが、今はこうするしかなかった。

「あの香りの力…自分から抜け出ようと思わない限り、抜《ぬ》けられないのでしょう？」

トールが言う。ジークはうなずいた。香りに包まれた当人がおかしさを自覚しない限《かぎ》り、脱出《だっしゅつ》するすべはない。だからこそ全てを疑《うたが》い、気づかぬうちに香りに囚《とら》われた自分を見つけねばならないのだ。だが果たしてノヴィアに、それが出来るのか——

「あいつは既《すで》に答えを知っている……俺はただ、あいつが忘《わす》れたものを、あいつ自身に思い出させるだけだ」

ジークは言った。それが、ティアとの約束を果たすことになるはずだった。

香りが流れてくる方へと歩み、やがて城《しろ》のすぐふもとにある広場に来た。

ずん！　シャベルを突《つ》き立て、その柄《え》を回し、剣《けん》を抜き放つ。そうして霧に浮かぶような城を見上げた。この戦いが始まった場所を。トールが無言で、すっと何歩か下がった。

アリスハートが固唾《かたず》を呑《の》み、傷《きず》ついた羽をかすかに震《ふる》わせた。

にわかに——来た。

霧《きり》の向こうで黄金《おうごん》色の輝《かがや》きが起こった。次の瞬間《しゅんかん》、凄《すさ》まじい勢《いきお》いで、矢が飛来した。

ジークが寸前《すんぜん》で身をかわす。矢が胸元《むなもと》をかすめ、白外套《がいとう》の襟《えり》が僅《わず》かに裂《さ》けた。

その矢が地面に深く突き刺《さ》さると同時に、次の輝きが来た。先ほどとは別の角度である。

分厚《ぶあつ》い霧の壁《かべ》を突き抜けて迫《せま》る矢を、ジークが剣で切り払《はら》った。

矢が砕《くだ》け、ぱっと金に輝く塵《ちり》となって消えた。

そしてその塵と同じほどの数の輝きが、霧の向こうで一度に起こった。

まるで金色の豪雨《ごうう》が降《ふ》り注ぐようだった。ざあっと矢が群となって奔《はし》る音に、トールとアリスハートが愕然《がくぜん》と息をのんだ。しかも全て別の角度から正確《せいかく》にジークを狙《ねら》ってくる。

ジークが走った。それを追って、矢が立て続けに地面に突き刺さる。

残りの矢が、軌道《きどう》を変え、前後左右から襲《おそ》ってきた。

かつてこれほどの数の矢を、こうまで自由自在にノヴィアが具現《ぐげん》したことはない。

ジークは矢をかわし、剣で払い、籠手《こて》で弾《はじ》きながら、すぐさま広場を出た。

複雑《ふくざつ》に折れ曲がる階段《かいだん》を駆《か》け、街路を跳《と》び渡《わた》り、城へと登ってゆく。

そのジークに追いすがろうとして、壁や階段に金の矢が突き刺さっては消えてゆく。

「ど……どこ行くのよぉ、狼男《おおかみおとこ》ぉ。ノヴィアはどこにいるのよぉ」

霧《きり》の向こうへ消えるジークに、アリスハートがおろおろと声を上げた。

ジークの位置はすぐに分かる。霧の影《かげ》で、金の輝きが、きらきら光るのだ。ジークがどこへ走ろうとも、矢が正確に追いかけてゆくのである。

「これほどとは……」

トールも思わず呻《うめ》いた。ノヴィアからはジークが見えるが、ジークにはノヴィアの居場《いば》所《しょ》を探す手段はない。とにかく矢が飛来する方角を読み、駆け回るしかなかった。

だが矢はいったん散開してから、複雑な弧《こ》を描《えが》いてジークへ殺到《さっとう》してくる。

とてもどの矢がノヴィアの居場所を示《しめ》すものか、判別《はんべつ》つかない。

ジークに出来ることは逃《に》げるか——魔《ま》兵《へい》を招《まね》くかである。

だがジークの左腕《ひだりうで》は沈黙《ちんもく》を保《たも》っている。ただ一人でこの雨のごとき矢と戦う気なのだ。トールはそのジークの態度《たいど》が続くことを祈《いの》った。もしジークが己《おのれ》の命を優先《ゆうせん》し、魔兵を展開《てんかい》させてノヴィアを追いつめたらどうなるか。ノヴィアが単に取り押《お》さえられるだけならいい。万が一、猛《たけ》り狂《くる》った魔兵がノヴィアを八つ裂きにしたら——

トールは一瞬、ばらばらになった少女の姿《すがた》を想像《そうぞう》して、ぞくっとなった。天性《てんせい》の暗殺能《のう》力《りょく》を頼《たよ》りに戦ってきた自分が、何を今さらと思う。だが肩にアリスハートが乗っていると、それだけで忘れていた怖《こわ》さや悲しみが、後から後から湧《わ》いてくるのだから不思議だった。

そのアリスハートが、低い声で何やら呟《つぶや》いていることに、ふとトールは気づいた。

「アリスハート……？」

呼《よ》びかけるが返事はない。アリスハートは、ただ霧の向こうに目を向け、

「頑張《がんば》れ……狼男っ。頑張れ……頑張れ……ノヴィアっ」

なんとノヴィアとジークの、二人の応援《おうえん》をしている。トールは呆気《あっけ》に取られつつも、すぐに理解《りかい》した。ノヴィアもまた、己の心と戦っているのだ。香りの力に囚われたことのあるトールには、それがよく分かった。

やはりアリスハートは正しい。

そんな風に思いながら、トールは、金の輝きがきらめく霧の彼方《かなた》を見つめていた。

城を背《せ》にして立つノヴィアの中で、何もかもが悲しく怨《うら》みに満ちていた。

名も無いまま置き去りにされ、母が自分を残して死に、その母を殺した者への怨みが、
溶《と》け合って渦《うず》を巻《ま》くようだった。そしてその渦の中心に、

(なんで何も言ってくれないの――)

ジークの姿が、あった。自分を戦いに連れて行きながら、途中《とちゅう》で置き去りにし、そして何の希望もない戦いを、自分に見せた男。

あの男が、ノヴィアの母の仇《かたき》なのだと、フロレスは言った。ノヴィアはそれを信じた。

あの男が、ノヴィアを置き去りにしたのだとも言った。ノヴィアはそれを信じた。

あの男が、ノヴィアに全《すべ》ての悲しみをもたらしたのだ――ノヴィアは何の疑いもなくそれを信じた。姉だと告げる女に言われるがまま、この悲しみから早く抜け出したくて。

(何も言ってくれない)

心が欠ける寒さに、手も足も、ひっきりなしに震《ふる》えていた。歯を食いしばり、胸《むね》を凍《こお》らせる思いに耐《た》えた。ジークさえ殺せば全てが終わるのだと信じて、ただただ矢を放った。

(何も――)

「私が……見ています」

ふと呟きが零《こぼ》れた。その意識《いしき》せぬ言葉が、さらに悲しみを増《ま》した。

「あなたを……見ています」

いずれ力尽《つ》きて暗闇《くらやみ》に落ち込《こ》んでも、心は、あの男を見ているだろうと思った。

だがそれでもジークがこちらを見ることは決してない。それが分かって胸が痛《いた》んだ。

いつでも自分の視覚《まなざし》は一方的なのだ。それでも自分にはこの力しかなかった。必要とされるのはいつもこの力だ。これがなければ自分にはいったい何が残されるというのか。

誰も自分の名さえ呼《よ》ばなくなる——また、それが繰《く》り返されてしまう。

そんな悲しみに震えながら、ノヴィアは、ジークの姿をどこまでも見た。

ふいに、ジークが矢を払《はら》いながら、こちらを向いた。戦いの気迫《きはく》に引き締《し》まった顔を、ノヴィアは正面から見た。悲しみが胸をつき、それを吐《は》き出すようにして矢を放った。

そのときである。ノヴィアは突然《とつぜん》、異常《いじょう》な事態《じたい》に見舞《みま》われた。

ジークの顔が、まだこちらを向いていた。

まるでノヴィアがジークを見るように、ジークもまたノヴィアを見ているようだった。

そんなはずがない——

ノヴィアは慌《あわ》ててその考えを振《ふ》り払った。だがジークは依然《いぜん》として矢を避《よ》けながら、こちらへ顔を向け続けている。ノヴィアが得体の知れない恐怖《きょうふ》に襲《おそ》われたとき——

「お前が本当に見たいものは何だ、ノヴィア！」

ジークの烈声《れっせい》が、響《ひび》き渡《わた》った。

その目が、今やはっきりとノヴィアに向けられていた。

「お前が見たいものは、この矢か！　お前の見たいものはこれか、ノヴィア！」

ジークは、矢が体をかすめるのも構《かま》わず、猛然《もうぜん》と階段《かいだん》を駆《か》け上がってゆく。

「お前の力は何のためにある！　お前が矢を見るのは何のためだ！」

階段を登り終えるなり狭《せま》い街路へ飛び込み、目指すべき場所へ向かって最短の道を選んで駆けた。そうしながら、その口は立て続けに叫《さけ》びを上げている。

「お前の母は何のために死んだ！　お前は何のために旅に出た！」

そして目は鋭《するど》く彼方へ向けられていた。決してジークの力では見えぬはずの相手――

「お前が今そこにいるのは何のためだ！　疑え、ノヴィア！　全てを疑え！」

正しくノヴィアのいる場所に向かって、今やジークは何の迷《まよ》いもなく駆けていた。

トールの考えは一つだけ間《ま》違《ちが》っていた。ジークには確《たし》かにノヴィアの位置を探《さが》す力はない。だが、方法はあった。他《ほか》ならぬノヴィアの視覚《まなざし》――その聖性に意識を向けるのだ。

かつて何度もジークの堕気《だき》を宥《なだ》めてくれた聖性《せいせい》だった。

荒《あ》れ狂《くる》う力への欲求《よっきゅう》さえ静めてくれたその視覚《まなざし》に、今はっきりと応《こた》えるかのように、

「お前の目はどこを向いている！　お前は本当に俺を見ているか、ノ、ヴィア！」

そう、凄烈《せいれつ》な叫びを放っていたのであった。

まさか——なぜ、自分の居場所《いばしょ》が分かったのか？

ノヴィアは必死に矢を現《あらわ》しながら、混乱《こんらん》と恐怖に襲われた。

もしジークの視線《しせん》が自分に向けられていなければ、何を叫ぼうとも聞く耳を持たなかったはずだ。今、見られているという衝撃《しょうげき》が、ノヴィアの心を激《はげ》しく揺《ゆ》るがしていた。

「私は……ティア……」

それが自分の名前のはずだった。姉がそう自分に告げたのだ。自分はそれを信じた。

違う——ふいに疑念《ぎねん》が起こった。自分の名。いったい自分の名は何なのか——

その疑念が最初の呼び水となり、にわかにノヴィアの心が、疑《うたが》いに満ちた。

自分が本当に見たいものは何だったのか。自分はいったい何を見てきたのか。本当に自分はそれを見たのか。そもそも、なぜそれを見ようとしたのか。

「私……私は……」

「お前が今見ているものは何だ、ノ、ヴィア！」

男が叫《さけ》ぶ。少女は悲痛《ひつう》な顔で、両手を耳に当てた。それでも声が届《とど》いてくる。

「私……」

「今そこにいるのは本当にお前だけか！」

なおも矢を放ちながら、ノヴィアが愕然《がくぜん》となる。

「私……一人で……」

姉はいったいどこにいるのか。いつの間にか姉がいなくなっていたのはなぜか。

そもそもあの姉はいったいいつから自分のそばにいるのか。

「お前はなぜ旅に出た！　誰と旅に出た！　何を求めて！　どこへ向かった！」

「友達……」

言葉が自然と零《こぼ》れた。それが自分の求めたものだと、口にしてから気づいていた。

「光……」

決して変わらぬものに従って——言葉が無意識《むいしき》に口をついて出てくる。

「遠くへ……」

ノヴィアは、矢を現すのをやめた。

「私……一人……じゃない……？」

呆然《ぼうぜん》と呟《つぶや》いたとき、ふいに甘《あま》い香《かお》りがした。喉《のど》の渇《かわ》きを覚えるほどの強烈な甘さ。先ほどからずっと感じていたのに、意識から消えていた香り。そして同時に――

「血の……匂《にお》い……？」

鮮《あざ》やかなまでのその香りが己《おのれ》から発されていることに、気づいたのだった。

突然《とつぜん》――ノヴィアの背後《はいご》で、気配が起こった。

「そんな……馬鹿《ばか》な……」

女の声が頭上から響いた。ノヴィアが振り返る。すぐ背後にそびえ立つ城《しろ》の窓《まど》――

そこに、蒼白《そうはく》となったフロレスがいた。

「あなたは……」

ノヴィアが何かを言う前に、フロレスの姿《すがた》が、ふっと幻《まぼろし》のように消えた。

同時に、香りも消えている。だが疑念は強く残ったままだ。

ノヴィアは目に見えない力が、自分の心を握《にぎ》りしめてくるのを感じた。いったい自分は
何をしているのか、何を考えていたのか、また分からなくなった。

「悲しみを消しなさい、ティア！　あなたとあの男の悲しみを、命ごと消しなさい！」

そういう言葉が、ノヴィアの心の中に一瞬《いっしゅん》で入り込んだかと思うと――

「疑え、ノヴィア！　お前が本当に見たいものを見るために、全てを疑え！」

もの凄《すご》い叫びが、すぐ背後で響《ひび》いていた。

ノヴィアが愕然と振《ふ》り返る。強い怯《おび》えの色が、その顔にありありと浮《う》かんだ。

ジークは階段《かいだん》を登り終え、ノヴィアがいるのと同じ場所に立っていた。

城の東側にあるテラスである。都市を一望出来るほどの高さだ。

ジークは足を止め、ノヴィアと向かい合った。

互《たが》いに十歩ほど離《はな》れた距離《きょり》だった。強い恐怖《きょうふ》を目の前の男に感じながら、ノヴィアはふいに、この対峙《たいじ》を、かつて経験《けいけん》したことがあるような思いにとらわれていた。

置き去りにされる悲しさ——それに抗《あらが》うために、自分は決めたのだという思い。

その思いが心に甦《よみがえ》るが、すぐさま強い力が流れ込んできてその意識を封《ふう》じ込めにかかる。

「お前が見たいものは何だ……ノヴィア」

ジークが歩み寄《よ》った。かつて経験した対峙とは違《ちが》う。あのときは、ジークも自分も互いに一歩も動かなかったはずだ。そう思った途端《とたん》、ノヴィアをさらに強く恐怖がとらえた。

何も考えず、眼前《がんぜん》に意識を集中させた。

「矢が……見えます」

必死の声で言った。ひときわ大きな黄金《おうごん》色の矢を現し、ジークの足を止めさせた。

「それが……お前の見たいものか」

ノヴィアは応《こた》えない。ただ得体の知れない恐怖に支配《しはい》されていた。自分の信じていたものが――信じ込まされたものが、一瞬で崩《くず》れ去り、心が砕《くだ》け散ることへの恐怖だった。

「お前の力だ……自由に使え」

ジークは言った。ひどく淡々《たんたん》としたその声音に、ノヴィアがはっとなった。

何かひどい悲しみが胸《むね》をつくようだった。その悲しみが、いっとき恐怖を忘《わす》れさせた。

「お前が見たいものを見ればいい……ノヴィア」

はっきりとその名を呼《よ》びながら、いきなりジークが歩を進めた。

「来ないでっ！」

ノヴィアが叫び、矢がにわかに放たれた。ノヴィアが何かに矢を放つのも、ジークがその矢を受けるのも――かつてこれほどの近さで行われたことは無い。

ジークの剣《けん》が僅《わず》かに持ち上がり、止まった。そのときにはもう矢が胸元《むなもと》へ達している。

ノヴィアは、ただそれを見た。

金の輝《かがや》きが、ジークの胸を貫《つらぬ》き――突《つ》き抜《ぬ》けた。

血の香りが、辺り一面に飛び散るようだった。

5

「輝きが……消えた」

トールが呟いた。あれほど乱《みだ》れ飛んでいた矢が、ふいに消えたのだ。

ジークがノヴィアを止めたのか？　それとも逆《ぎゃく》に、矢に討《う》たれたか――

「あたし、行ってくる」

きっぱりとした調子でアリスハートが言った。そんな破《やぶ》れた羽で飛んで行くというのか。

トールが、自分が連れて行くと口にしかけたときである。

ふいに強い気配を、とらえていた。殺気を持った者が、この近辺を移動《いどう》しているのだ。

香りの力から脱《だつ》したため、自分の能力《のうりょく》が最大限《さいだいげん》に発揮《はっき》されるのを、トールは自覚した。

「分かりました……私も行くところがあります」

「あらぁ……。あんたが連れてってくれるかなぁ、とか思ったんだけどね」

アリスハートが正直《しょうじき》に言って笑った。トールも微笑《びしょう》して頭を下げる。

「申し訳《わけ》ありません」

「良いの良いの。また後で会いましょうねぇ」

破れた羽を何とか震《ふる》わせて、アリスハートが飛び立った。

「あんたも気をつけてねぇ。それ以上、怪我《けが》したらレオニスが悲しむわよぉ」

城《しろ》の方へ危《あぶ》なっかしく飛んでゆくアリスハートに、トールは手を振《ふ》って返し、

「全《すべ》ては……レオニス様のために」

鋭《するど》く顔を引き締《し》め、先ほど感じた気配を追って移動した。同時に、ざわめきを感じた。

何かが続々と動き出すような気配が、ぴりぴりと伝わってくる。

「魔獣《バロール》たちが行動を始めた……？」

だがどこにもそんな動きは見えない。トールは無人の街路を、音もなく走った。

城の南側で、ふとその気配が、動きを止めた。

トールはするすると狭《せま》い街路を進み、建物の陰《かげ》から相手を見た。

アキレスが、悠然《ゆうぜん》と階段の上に立ち、宙《ちゅう》を見ている。

トールは手を翻《ひるがえ》して、堕《だ》気《き》と聖性《せいせい》を混《ま》ぜ合わせて鋼《はがね》を現しながら、

「どこへ行くのですか」

こだまのような声を放った。だがアキレスは微動《びどう》だにせず、笑《え》みを浮かべている。

そして突然《とつぜん》、アキレスの体に亀裂《きれつ》が走り、氷の破片《はへん》となって砕け散ったではないか。

囮《おとり》だ——自分をおびき出すための。咄嗟《とっさ》に身を翻そうとしたとき、足下《あしもと》や背後《はいご》の壁《かべ》から、幾重《いくえ》にも槍《やり》のごとき氷柱が生えて、トールを串刺《くしざ》しにすべく迫った。

レオニスが悲しむ——というアリスハートの声が、どこからか聞こえるようだった。

「なぜ……」

ノヴィアは目をみはった。自分が見ているものが信じられなかった。

目の前が真っ赤になるかのような濃《こ》い血の香《かお》りが、辺りに漂《ただよ》っている。

にもかかわらず、ジークはそこに立っていた。確《たし》かにその胸を、金の輝きが貫いたはずなのに、倒《たお》れもしない。それどころか、はっきりと口に出してこう言ったのだ。

「お前はただ、見たくないものを見なかっただけだ……ノヴィア。初めて会ったとき、お前が光を閉《と》ざしていたように」

光——その言葉がノヴィアにひどく苦しい、痛切《つうせつ》な思いを呼《よ》び起こさせた。

「私は……見なかった……？」

聖性がジークの身を通り抜けただけなのだ。矢が幻《まぼろし》に戻《もど》って。そして苦しいのは——心が砕けたせいだ。それらがいっぺんに理解《りかい》されて、呆然《ぼうぜん》となった。この血の香りは自分の心が発するもの。そして——その苦しさの向こうから、何かが現《あらわ》れようとしていた。

「見たいものを見ろ……自由に力を使え。もしそれでお前が罪《つみ》を犯《おか》したなら……俺《おれ》がともに、その罪を背負《せお》う……」

ああ、そうだったのだ——

ノヴィアは目を閉じた。光を閉ざすのではなく。相手の言葉を、はっきりと聞きたくて。

「お前が何を見ようと勝手だ。何でも見ろ。ただ、その二つの力でお前が見るとき……」

見ていいるのは自分だけではなかった——

「そこに、お前の聖性がやどる……それを忘《わす》れるな」

ジークもまた、自分を見てくれていた。だから、何も言わずに——

ノヴィアの心の深い部分で、安堵《あんど》が訪《おとず》れた。温かな吐息《といき》が零《こぼ》れた。

「お前は、自分の意志《いし》で決めることが出来た……俺が教えるまでもなく」

ノヴィアは、ゆっくりと目を開いた。

「お前は一度、自分から全てを捨《す》てた。称号《しょうごう》を、紋章《もんしょう》を、その力さえも」

そう告げる男を、静かに見つめた。自分が見たいもの——見続けたい相手を。

「名前さえ無いまま歩む喜びを……お前は自分で見出した」

血の香りの鮮《あざ》やかさとともに、答えが現れた。誰《だれ》も自分を呼ばない寂《さび》しさが消え、ただ無名の自分が歩いてゆく喜びだけがあった。名づけようのない心の源《みなもと》がその歓喜《かんき》に震《ふる》えた。

「その力がまだお前のもとにあるのは、より遠くをお前に見せるためだ……ノヴィア」

「遠くを……」

「お前は、遠くを見ればいい……。多くを見て、そこに辿《たど》り着けるように」

そう言って、ジークは、懐《ふところ》から短い杖《つえ》を取り出し、

「教えて下さったからです……あなたが私に……多くを教えて……」

おずおずと宝杖《バストー》を受け取りながら、ノヴィアは言った。

「私を……見てくれて……だから……力を棄《す》てて……新しい杖を手に入れることが……」

涙《なみだ》が溢《あふ》れた。視界《しかい》がぼやけ、ジークの姿が霞《かす》んだ。はっきり見たくて目を伏《ふ》せてまばたきし、再《ふたた》び見上げた。そして突然――ノヴィアはそこに、違うものを見ていた。

「矢が……見えます」

その口が、はっきりと声を放った。ジークの目が、かっと見開かれた。

金の矢が、猛然《もうぜん》と迅《はし》った。はっきりと、相手を刺し貫《つらぬ》く意志をこめて。

幾重にも氷柱が生え出すや――凄《すさ》まじい音が、街路に響《ひび》き渡《わた》った。

まるでトールを中心として何かが爆発《ばくはつ》したかのようだった。石畳《いしだたみ》も壁もごっそりと抉《えぐ》られ、砂煙《すなけむり》が上がるとともに――砕《くだ》かれた氷のかけらが、そこら中にまき散らされた。

トールは、目を見開いてそこに立っていた。その体には、傷《きず》一つない。

代わりに、その手から鞭《むち》が消えている。ほとんど一瞬《いっしゅん》の、本能《ほんのう》に任《まか》せた動作だった。

右手で鞭を舞《ま》わせると同時に、左手で柄《つか》を叩《たた》き――堕気《だき》と聖性《せいせい》を分解したのである。

その結果、鞭がばらばらの鋼《はがね》の破片《はへん》となり、とてつもない弾力《だんりょく》のままに飛び散ったのだ。

無数の針《はり》が、四方八方に凄まじい速度で撃《う》ち出されたようなものである。それが石畳も壁も氷もろとも吹《ふ》き飛ばし、抉り、削《けず》った。トール自身が呆然《ぼうぜん》となるほどの威力《いりょく》だった。

フロレスとの戦いで、香りの力に翻弄《ほんろう》されたときに起こった現象《げんしょう》を、今度は己《おのれ》の武器《ぶき》として転用したのだ——そのことに、危機《きき》を逃《のが》れてから初めて気づいていた。

「あなたには、少し、怪我をして、静かにしていてもらおうと思ったのですが……」

通路の向こうに、アキレスが現《あらわ》れて言った。冗談《じょうだん》だとでもいうような軽い口調だった。

「なるほどねえ……あなたの鞭には、そういう使い方も、あるのですか」

にたりと笑った。昨夜、トールに、早く死ねと告げたときと同じ目をしていた。

「殺されるかと思いました」

素直《すなお》にトールは言った。何の感情《かんじょう》も無くアキレスを見た。

「どこへ行くのですか？」

「ジークが、自分の従士《じゅうし》と戦っているのです。好機とは思いませんか？」

「ノヴィア様に危険《きけん》が及《およ》ぶ可《か》能性《のうせい》があります。手出しは控《ひか》えて下さい」

「言うと思いましたよ……。まぁ、私の本命は、これからですがね……」

アキレスが、くすくす笑って、城《しろ》を見上げた。その頰《ほお》に、ぴしりと亀裂《きれつ》が走った。

またもや氷となって砕ける様に、トールがはっとなる。時間を稼《かせ》がれた。そう悟《さと》ったときである。アキレスの氷人形が崩《くず》れる寸前《すんぜん》に見ていた方角に、何かが現れていた。

夜が訪れたかのような、巨大な影《かげ》――

あの大蜘蛛《おおぐも》が、霧《きり》に包まれた城の頂上《ちょうじょう》から、にわかに飛び出したのだった。

突風《とっぷう》さながらだった。金の矢が、ジークの顔のそばを走り抜けた。

ジークはただ、ノヴィアを見ていた。

明らかにそれまでとは違《ちが》う、はっきりと自分自身の意志《いし》を持った、ノヴィアの表情《ひょうじょう》を。

ノヴィアはジークを見ずに、宙《ちゅう》を見上げている。そのことにジークが気づいたとき――

矢は、突如《とつじょ》として頭上から襲《おそ》いかかってきた大蜘蛛の頭部に、吸《す》い込《こ》まれるようにして突《つ》き刺《さ》さったのだった。

ジークが、はっと見上げた。大蜘蛛が、完全に気配を絶《た》ち、迫《せま》っていたのだ。

赤い複眼《ふくがん》の一つが、矢に貫かれている。大蜘蛛が、初めて凄まじい咆吼《ほうこう》を上げた。

その巨体《きょたい》からは信じられないほどの敏捷《びんしょう》さで壁《かべ》を蹴《け》り、霧の向こうに跳《と》び去った。

「お、大きな魔獣《バロール》です……ジーク様！　巣が近いのでしょうか!?」

ノヴィアが叫《さけ》んだ。その目が、大蜘蛛の去った方を向いている。

「あ、あれ……？　巣が……いつの間にか……消えています。どうして……」

おろおろとジークを振《ふ》り返った。

「……ノヴィア」

「はい……。ジーク様……」

「今は、幾つ目の巣を攻《せ》めているところだ？」

ノヴィアは、自分が何か失敗でもしたかと、不安そうに首をすくめ、

「ふ……二つ目です。都市の南側で……男の人が血で字を書いていて別行動に……それで私、他《ほか》に誰かがいたような気が……。あ、あれ……なんで私、こんな高い場所に……」

ジークが何かを言おうとしたとき、ふらふらと金に輝《かがや》くものが霧の向こうから現れた。

「ノヴィア、ノヴィア、ノヴィアーっ！　良かったー無事でーっ！」

アリスハートが、危《あぶ》なっかしく宙を舞いながら、ノヴィアの胸元《むなもと》に飛び込んでくる。

「いつの間に、どこへ行って……アリスハート、ど……どうしたの、この羽!?」

アリスハートを受け止め、ノヴィアはすぐさまその手に聖性をあらわしている。

ふわっと羽が生え揃《そろ》い、アリスハートが喜びと安心感で、わっと泣き出した。

「良かったぁ……ノヴィアも羽も、元に戻ってぇ」

「いったい、どうなってるの……私……」

「ずうぅっと夢《ゆめ》を見てたんだよぉ、ノヴィアぁ」

「夢……」

思わずその言葉に引き込まれたようになるノヴィアに、

「巣は全《すべ》て俺が潰《つぶ》した。まだ増殖器《ジェネレーター》は見つかっていない。さっきの大蜘蛛が増殖器《ジェネレーター》を使って魔獣《バロール》を増《ふ》やしているらしい」

ジークが淡々《たんたん》と事態《じたい》を説明した。ノヴィアは呆然《ぼうぜん》となった。

「こんな少しの時間で、全ての巣を……？　凄《すご》いです……ジーク様」

アリスハートが慌《あわ》てて説明しようとするが、ジークは構《かま》わず言った。

「大蜘蛛が群《むれ》をつれて来るぞ。ノヴィア、辺りを見ろ」

「はいっ」

ノヴィアは急いでアリスハートを胸元《むなもと》に入れさせ、宝杖《バストー》を握《にぎ》りしめて万里《ばんり》眼《がん》を発揮《はっき》させた。妙《みょう》に心が軽かった。戦いの真っ最中だというのに、わけもなく嬉《うれ》しい気持ちがする。

「何でだろう、戦いが好きになっちゃったのかな……」

ちょっと心配になった。そのときノヴィアの目が、地下から来る大量の魔獣《バロール》の姿《すがた》をとらえた。思わず、ぞっとなる。戦いが好きだなどと、とんでもなかった。

「下から沢山《たくさん》来ます！　地面が……崩《くず》されてます！」

ジークの左腕《ひだりうで》に雷花《らいか》が閃《ひらめ》いたとき——突然、それが起こった。

周囲の建物が土台を失い、次々に倒《たお》れたのだ。テラスに亀裂が走り、足下《あしもと》が大きく揺《ゆ》れた。ジークはいったん雷花を収《おさ》め、左腕でノヴィアを抱《かか》え、跳んだ。

ノヴィアがびっくりしてしがみつく。その直後、テラスのあった地面が、が、割れた。

「俺の力を読んでいる……」

南側へと走りながら、ジークが呟《つぶや》く。崩《くず》された地面を掘《ほ》り抜《ぬ》いて、わらわらと魔獣《バロール》が現れる。大地を通して魔兵《まへい》を招《まね》くジークから、地面そのものを奪いに来たのだ。

「ジーク様、う……上です！　上にあの大蜘蛛が……！」

ノヴィアがジークの腕の中で叫《さけ》んだとき、頭上で、かっと眩《まばゆ》い輝《かがや》きが起こった。

「雷《かみなり》……？　いや……増殖器《ジェネレーター》か！」

雲霞《うんか》の向こうで稲妻《いなずま》が閃き、青白い輝きとともに魔獣《バロール》が現れ、次々に降《ふ》ってくるのだ。

「城の頂上に、増殖器《ジェネレーター》があったのか……」

素早《すばや》く身を転じて頭上からの襲撃《しゅうげき》をかわし、崩壊《ほうかい》する大地から逃《に》げるジークに、

「ち……違《ちが》います、ジーク様！　あの大蜘蛛です！」

ノヴィアが慌てて告げた。ジークはうなずいた。大蜘蛛が頭上にいることは、既《すで》に聞いている。だがノヴィアは、咄嗟《とっさ》にジークの襟《えり》をつかみ、大声で言い直していた。

「違うんです！　あの大蜘蛛が、増殖器なんです！」

恐《おそ》ろしい、恐ろしい――フロレスは、荒《あ》れ狂《くる》う心を香《かお》りで封《ふう》じながら、地鳴りの音が響《ひび》く城《しろ》を、よろよろと進んでいた。また自分の手から、大切な妹が失われた――大事な自分、、、、、、、の身代わりが。その思いが、消したはずの記憶《きおく》を、繰《く》り返し意識《いしき》させる。それが何より恐ろしかった。ティアを殺したのが本当は誰なのか。香りで城の兵の殺意を増長《ぞうちょう》させ、姉である自分さえ棄《す》てようとしたティアを襲《おそ》わせたのは――

(許《ゆる》せなかった――自分を置いて行こうなどと――ティアが意志《いし》を持つなどと――)

フロレスは必死に、その記憶から逃げた。たとえどんなに歪《ゆが》んだ利己《りこ》的な愛情《あいじょう》だろうと、間違いなく自分はティアを愛し、その存在《そんざい》を心の支《ささ》えにしていたのだ。

それを、まさか、自分が――

「あっ、ああっ……あああっ」

笑いが涙《なみだ》とともに溢《あふ》れた。断《た》たれた右手の指の痛《いた》みが、ずきりと起こり――消えた。同時に、記憶も消えていた。フロレスは、ただこれからのことを考えた。

自分の身代わりが消えたのであれば、それに代わる者を使えばいい。まだ一人――香りでとらえている者がいる。その者の位置も、香りの流れてゆく先を辿《たど》ればすぐに分かる。

すぐに、そこに辿り着いた。

アキレスが、城の一室に潜《ひそ》み、外の戦いを悠然《ゆうぜん》と眺《なが》めているのだ。

フロレスの姿は、アキレスの意識《いしき》から消えている。フロレスはゆっくりと近づき、

「いらっしゃい……。あなたを使ってジークを殺し、あの少女を取り戻《もど》す……」

そう囁《ささや》いたとき、ふいに足下で、爆発《ばくはつ》的な堕気《だき》の気配が起こった。

慌てて跳《と》びのくや、床から巨大《きょだい》な氷柱が生え、天井《てんじょう》にまで伸《の》びて突《つ》き刺《さ》さった。

アキレスが、おや、というような、やけにのんびりとした動作で振《ふ》り向いた。

「ほう……そこにいるのですか。なんとも、私には全く見えませんがね。まあ〈蛭氷《グ・リカ》〉に、近づく者は全て食らうよう命じておいたので、そんなことは関係ありませんが」

フロレスは香炉《こうろ》を揺らし、聖性《せいせい》による香りを放って氷の怪物《かいぶつ》を追い払《はら》おうとした。

「うん？　香りがしますね。〈蛭氷《グ・リカ》〉を操《あやつ》る気ですか？　ふふ……この魔獣《バロール》は、私が造《つく》り出したものでしてね。純粋《じゅんすい》な食欲《しょくよく》の塊《かたまり》なのですよ。たとえ聖性に満ちていようと平気で食らいつき、その血を――力を奪《うば》うことしか考えない、とても無垢《むく》な怪物なのです」

氷柱から、ぞろりと氷の棘《とげ》が生え出した。フロレスが青ざめ、身を翻《ひるがえ》して逃げた。

そのフロレスの背《せ》に向かって、氷の棘が触手《しょくしゅ》となって跳《と》びかかろうとしたときである。

城全体に凄《すさ》まじい衝撃《しょうげき》が走り、部屋がぐらりと傾《かたむ》いたのだ。壁《かべ》に亀裂《きれつ》が走り、氷柱が砕《くだ》けた。アキレスは膝《ひざ》をついて周囲に氷を現《あらわ》し、降《ふ》り注ぐ瓦礫《がれき》を防《ふせ》いだ。

轟音《ごうおん》が異常《いじょう》なほど長く続いた。まるで雪崩《なだれ》のように城が崩れていった。

城が東側から、崩れてゆく。まさかこれほど周到《しゅうとう》に土台を崩しにかかるとは——ジークはノヴィアを抱《かか》えたまま、崩壊する地面から逃げるように走った。

いきなり尖塔《せんとう》が倒れてきて道を塞《ふさ》ぎ、ノヴィアが叫《さけ》んだ。

「橋が……見えます！」

足下から横手の宙へと、たちまち白亜《はくあ》の橋がかかる。ジークはすぐさま橋を踏《ふ》み、城の南側へとひた走った。崩壊が迫《せま》り、橋が傾く寸前《すんぜん》、力の限《かぎ》り跳躍《ちょうやく》した。

アリスハートの悲鳴が長々と虚空《こくう》に響いた。石畳《いしだたみ》に着地し、勢《いきお》いに任《まか》せてそのまま何歩も進んでから立ち止まる。振り向けば、東側の城の頂上《ちょうじょう》部分が轟音を立てて落ちてゆくところだった。なんと城の三分の一が、ごっそりと土砂《どしゃ》崩れを起こして消えたのだった。

凄まじい倒壊《とうかい》の音が収《おさ》まり、ジークはノヴィアを下ろした。

「……来ます」

ノヴィアが言った。崩壊した地面の向こうから、続々と魔獣《バロール》が這《は》い登ってくる。かと思うと背後《はいご》の壁《かべ》を、かつかつと音を立てて大蜘蛛が這い下りてきた。その腹《はら》が、にわかに青白い稲妻《いなずま》を発した。その輝《かが》きが次々に魔獣《バロール》の姿となり、群《むれ》となって降ってくる。

「互《たが》いに……似たような力を、持っていたか」

大蜘蛛を見上げるジークの左腕《ひだりうで》に、激《はげ》しい雷花《らいか》が迸《ほとばし》った。高々とその手を掲《かか》げ、

「最後の決着をつけよう」

にわかに、魔獣《バロール》どもが前後から殺到《さっとう》してきた。

ジークは烈声《れっせい》を上げて左手を地面に叩《たた》きつけ、巨人のごとき巌魔《ヘイトレッド》たちを招《まね》き出した。

「双子座《アムブリエル》の陣！」

言下、二つの斜線陣形《しゃせんじんけい》が、それぞれ魔獣《バロール》の群を迎《むか》え撃《う》つ。戦いの騒乱《そうらん》が巻《ま》き起こる中、

「矢が、、、、見えます」

ノヴィアが、震《ふる》えるアリスハートをそっと胸《むね》に抱《いだ》きながら、敢然《かんぜん》と矢を放った。

黄金色《おうごん》の矢が、大蜘蛛に向かって鮮《あざ》やかに弧《こ》を描《えが》く。

大蜘蛛が、矢を避《さ》けて宙に身を投じ、恐《おそ》ろしく軽やかに地面に着地した。

ほとんど初めて、ジークと大蜘蛛が、同じ地面の上に立って対峙《たいじ》していた。

大蜘蛛は間髪《かんはつ》を入れず、咆吼《ほうこう》を上げて驀進《ばくしん》してきた。二つの陣形の間隙《かんげき》を突く進撃《しんげき》だった。

ジークはすかさず左手に雷花を咲《さ》かせ、新たに砲魔《ネルヴ》の群を招き出している。

「獅子座《ヴェルキエル》の陣！」

迫《せま》り来る大蜘蛛に向かって、立て続けに砲火を放ちながら前進した。

大蜘蛛は止まらない。これまで攻《せ》めては退《しりぞ》くことを繰《く》り返してきた大蜘蛛が、全身に砲《ほう》弾《だん》を炸裂《さくれつ》させながら憑《つ》かれたように迫ってくる。そしてジークもまた、大蜘蛛へと歩み寄《よ》った。

大蜘蛛の前脚《まえあし》が吹《ふ》き飛んだ。背《せ》が砕《くだ》け、顔面に砲火を食《く》らい、それでも真《ま》っ直《す》ぐ進んでくる。ジークの歩調が速まり、さっと駆《か》け出した。なんと砲魔《ネルヴ》たちよりも前に出た。

「ノヴィアっ！」

いきなり名を叫んだ。しかし何の指示《しじ》もない。ノヴィアはすぐにその意図を悟《さと》った。ジークと大蜘蛛の動きを見届《みとど》けた上で、どう動けば良いか自分で判断しろというのだ。

ノヴィアは見た。ジークと大蜘蛛を。二つの怪物《かいぶつ》の、真っ向からの一騎《いっき》打ちを。

部屋は完全に崩壊《ほうかい》していた。一方の壁が崩《くず》れ、外の街が見えた。

アキレスは立ち上がって辺りを見回した。氷が大人しくしているところを見ると、香《かお》りを使う敵《てき》は逃《に》げたらしい。崩壊に巻き込《こ》まれて死んだのなら氷が血を吸《す》っているはずだ。

傾いた部屋から外に出ると、すぐ下でジークと魔獣《バロール》が――あの大蜘蛛が戦っている。にやりと笑った。絶好《ぜっこう》の位置である。隙《すき》を狙《ねら》ってジークを襲《おそ》うのだ。ふと氷がざわめき、

「今度は、氷の塊《かたまり》ではなさそうですね」

いきなり背後から声をかけられた。アキレスはぎょっと目をみはった。

「やれやれ……崩れ落ちる建物に、入ってきますかねえ……普通《ふつう》」

馬鹿《ばか》にしたような笑《え》みを浮《う》かべて、振《ふ》り返った。そこに、トールがいた。手から鞭《むち》をだらりと垂《た》らしたまま、無言でアキレスを見つめている。

「どうやら私が思い通りに動くためには、まずあなたを殺さねばならないようですね」

アキレスの笑みが、殺気を帯びた。トールは影《かげ》のように何の気配も無く佇《たたず》んでいる。

そのとき——大蜘蛛の咆吼《ほうこう》が、辺りに響《ひび》き渡《わた》った。

一瞬《いっしゅん》だった。ジークの剣《けん》が振りかぶられ、大蜘蛛が凄まじい咆吼を上げて牙《きば》を剥《む》いた。

激突《げきとつ》するかに見えた瞬間、ジークは、前のめりに倒《たお》れ込むようにして身を投げ出した。

ジークの背をかすめるようにして、大蜘蛛の牙が、恐《おそ》ろしい音を立てて噛《か》み合わされた。

その顎《あご》の下で、ジークは倒れ込みながら身を翻《ひるがえ》し、存分《ぞんぶん》に剣を振るっている。

そしてそのまま、ジークは肩《かた》から滑《すべ》り込むようにして地面に倒れた。

大蜘蛛は、そのまま勢いに任せて砲魔《ネルヴ》を蹴《け》散《ち》らし、二つの陣形のど真ん中に突進した。

ノヴィアはその動きをしっかり見極《みきわ》め、陣の一方へ身を寄せ、大蜘蛛の乱入《らんにゅう》を避けている。

大蜘蛛は、食い止めようとする巌魔《ヘイトレッド》をその脚で貫《つらぬ》き倒し、真っ直ぐ走り抜《ぬ》けながら——

その頭が、ふいに、ずるっと妙《みょう》な角度に傾《かたむ》いた。頭の付け根から、青黒い液体《えきたい》が噴《ふ》き出す。

大蜘蛛の頭が切断《せつだん》され、どっと音を立てて地面に転がった。

それでもその体は前進を続け、城《しろ》の南側の表門へ激突した。

巨大な脚が、しばらく、ばたばたと動き続け――間もなく止まった。

ジークは、ゆっくりと起き上がり、地面に落ちた大蜘蛛《おおぐも》の頭へ歩み寄った。

ノヴィアは、アリスハートとともにその様子を見守っている。

大蜘蛛の牙は、まだ、かっかっと嚙み鳴らされている。ジークはその前に立ち、言った。

「悪くない戦いだった」

かっ――と、最後に一つだけ、牙の音が響いた。

大蜘蛛の頭が動かなくなった。城に突っ込んだ大蜘蛛の体が呆気《あっけ》なくしぼみ、魔獣《バロール》たちが咆吼を上げて溶《と》け崩れた。増殖器《ジェネレーター》である大蜘蛛を失い、体を保《たも》てなくなったのだ。

ジークはじっと厳《きび》しく大蜘蛛の頭を見つめている。その傍《かたわ》らにノヴィアが立った。

「……お手伝いします」

ぽつっと告げた。ジークが、不思議そうに、ちらりとノヴィアを見る。

何を手伝うというのか――ジークの方が、分からなかった。

「この魔獣《バロール》を葬《ほうむ》るのでしょう……人々が来て、彼を焼く前に」

ノヴィアはジークを見上げ、当然のように言う。その胸《むね》でアリスハートが呆然《ぼうぜん》となる。

ジークも、意外そうにノヴィアを見つめた。やがて大蜘蛛の頭に目を戻《もど》し、

「……頼《たの》む」

どこか、ほっとしたように言った。


「ご覧《らん》なさい。ジークに正面から立ち向かえば、あの大蜘蛛でさえ、あの有様です」

アキレスが面白《おもしろ》そうに、大蜘蛛の屍《しかばね》を見下ろして言う。

「増殖器《ジェネレーター》があの大蜘蛛であることを知っていたのですか？」

トールは全く構《かま》わず、別のことを訊《き》いた。アキレスは小馬鹿にしたように肩をすくめた。

「気づいたのは、あなたが別行動をしてからでしてね……」

そう言いながら、トールを無視《むし》するようにして部屋を出て行こうとする。

「どこへ行くのですか？」

「聖地《せいち》シャイオンに戻り、レオニス様に事の次第《しだい》を報告《ほうこく》するのですよ。もうここには用はありません。あなたがそばにいる限《かぎ》り、安心して戦うことも出来ませんしねえ」

トールは無言で鞭《むち》を消した。アキレスは両手に白い手袋《てぶくろ》をはめながら、

「あなたはどうするんです？　ジークと戦って殺されますか？」

そうしろと言わんばかりに訊いてきた。

「フロレスを探《さが》します」

「……香りを使う女ですか。あなたも執念《しゅうねん》深いですねえ……その傷《きず》の意趣《いしゅ》返しですか？」

トールは無表情《むひょうじょう》に黙《だま》っている。アキレスは唇《くちびる》を吊《つ》り上げた。

「どちらが先にレオニス様に報告するか、競争になると思っていたのですがね」

「お先にどうぞ」

あっさり返すトールに、アキレスの唇がさらに高く吊り上がった。

「この次は、私が優先《ゆうせん》的に戦わせて頂《いただ》きますよ……影法師《かげぼうし》の坊《ぼう》や」

アキレスが去ってのちも、トールはしばらくそこに佇《たたず》み、ジークたちを見ていた。

ノヴィアの胸元《むなもと》からアリスハートが姿《すがた》を現《あらわ》すと、安堵《あんど》の微笑《ほほえ》みがその顔に浮かんだ。

「……また会いましょう、アリスハート」

そう呟《つぶや》き、トールもまた部屋を出た。その顔が鋭《するど》く引き締《し》まっている。フロレスを何としても見つけ出し、あの血筋《ちすじ》の秘密《ひみつ》が記された書状《しょじょう》を奪《うば》わねばならなかった。

レオニスを守るために。

大蜘蛛の頭を岩山の片隅《かたすみ》に弔《とむら》ってのち、ジークたちは西の門へ向かった。

外では近隣《きんりん》の砦《とりで》の騎士《きし》たちが、期限《きげん》の日没《にちぼつ》とともに都市を焼き払《はら》う構えでいたが、

「門を開け！　魔獣《バロール》は全《すべ》て倒《たお》した！」

ジークが大声を上げると、わっと喝采《かっさい》を上げて封《ふう》じ込めていた門を開いた。

ノヴィアにしてみれば、つい先ほどその門を入り、すぐにまた出てゆく気分である。

アリスハートから大まかに事態《じたい》を説明され、三日三晩《みばん》の記憶《きおく》がなくなっていることは理《り》解《かい》したが、どうにも不思議な気持ちだった。本当にそんなことがあるのだろうかと、ノヴィアは、橋を渡《わた》る途中《とちゅう》で立ち止まり、何か証拠《しょうこ》でも探《さが》すように都市を振《ふ》り返っていた。

立ちこめていた霧《きり》は、魔獣《バロール》の壊滅《かいめつ》とともに消え、夕暮《ゆうぐ》れが辺りを金色に染《そ》めている。

ふいに——ノヴィアは、西の門の向こうに、誰《だれ》かが立っているのを見た。

若い娘《むすめ》だった。短く切られた雛色《ひないろ》の髪《かみ》が、風に揺《ゆ》れている。ノヴィアと目が合うと、嬉《うれ》しそうに微笑《びしょう》した。ノヴィアが驚《おどろ》いて声を上げかけたとき、ふっと娘の姿が霞《かす》んで消えた。

澄《す》んだ香りが、風とともに流れてくるのを感じたが——それもすぐに消え去った。

「どしたのぉ、ノヴィアぁ？」

肩《かた》の上のアリスハートが、不思議そうに呼《よ》ぶ。ノヴィアは、かぶりを振った。

「ううん……何でもない……」

再《ふたた》び橋を渡ろうとして、言葉を失った。

すぐ先で、ジークもまた同じように立ち止まり、門の方を見ていたのだ。誰かを見送るような眼差《まなざ》し——魂《たましい》の最後のかけらが去るのを、静かに見届《みとど》けるときの顔だった。

やがて、ジークは無言で都市に背《せ》を向け、橋を渡っていった。

ノヴィアは、もう一度、振《ふ》り返った。もう誰もいなくなった都市を見つめ、呟《つぶや》いた。

「私……本当に、忘《わす》れてるんだ。ここにいたことを……」

「……え？　何か思い出したの？」

「ううん……。忘れたんだなってことだけは……何となく、分かるんだけど……」

何も思い出せはしなかった。だがそれでも、何かが、自分の中に残っている気がした。

全てが消え去ってのちに現《あらわ》れる、名前のつけようのないもの——

それを確《たし》かに今、誰かから、受け取ったような気がしていた。

「ねぇ、狼男《おおかみおとこ》ったら一人で行っちゃったよぉ。早く行こうよぉノヴィアぁ」

「そうね……置いて行かれちゃう」

そう言いながらも、ノヴィアは大して焦《あせ》りもせず、ジークを追って橋を渡った。

ゆっくりとした歩みで。

「レティーシャ殿《どの》が、しきりにレオニス様の名を、大声で口にしておりますが……」

6

「分かっている」

臣下《しんか》の呼びかけに、レオニスは苛立《いらだ》たしげに返した。なぜ苛つくのか自分でも分からない。ただ、何かがたまらなく恐《おそ》ろしいことだけは確かだった。

湖畔《こはん》でレティーシャが待っている。理由は明白だった。像《ぞう》が完成したのだ。

この聖地シャイオンを象徴《しょうちょう》するような像――自分が本当に綺麗だと思う像が。

「僕《ぼく》は……歩けないんだ」

ふいに、呟きが零《こぼ》れた。それが、像を見ないための言い訳《わけ》になるとでもいうように。

なぜそんなことを言うのか――一瞬、自分に対する強い怒《いか》りが起こった。

それが恐怖《きょうふ》を抑《おさ》え込《こ》んだ。レオニスはさっと手を振って合図し、車椅子《くるまいす》を押《お》させた。

レティーシャにしては珍《めずら》しく、夜ではなく夕刻《ゆうこく》だった。まだ陽《ひ》が沈《しず》みきっていないことに、付き人たちも衛兵《えいへい》たちも、ほっとしているようだった。

夕暮れの湖畔に、レオニスは動悸《どうき》を感じながら、付き人たちに運ばれ、やって来た。

ふいに、衛兵が、うっと呻《うめ》くような声を上げて足を止めた。

道の真ん中で、頭蓋骨《ずがいこつ》を持って立っているレティーシャの姿《すがた》があった。レオニスを見ると、かかとを履《は》き潰《つぶ》した靴《くつ》をぺたぺた鳴らして近寄《ちかよ》り、無言で頭蓋骨を差し出した。

「みな……ここで待っていろ」

頭蓋骨を受け取りながら、レオニスが押し殺した声で命じた。

レティーシャは、何も言わず、レオニスの背後《はいご》に回って車椅子を押した。

「……どんな像が出来た？　自信はあるか？」

訊《き》くが、レティーシャは答えない。

「なぜ何も言わない。兄様は何て言ってるんだ」

やはりレティーシャは答えず、無言でレオニスを運んでゆく。

「僕は……歩けないんだぞ」

なぜか、またその言葉が口をついて出た。レオニスは歯を食いしばり、ただ運ばれてゆく己《おのれ》の身に耐《た》えた。やがて木陰《こかげ》からそれの姿が現れた。それがどんどん近づいてくる。レオニスは息をのんだ。本当に美しいものが、そこに立ってレオニスを待っていた。

レティーシャが足を止めた。像の真正面だった。レオニスは言葉を失ってそれを見た。

大きな像だった。両手を広げ、誰をも分け隔《へだ》てなく胸に抱《いだ》くような慈愛《じあい》に満ち、優《やさ》しさと同時に神々《こうごう》しいまでの気品をたたえている。面立《おもだ》ちは若《わか》く、それでいてひどく落ち着いている。限《かぎ》りない母性《ぼせい》を感じさせ、女神《めがみ》像というよりも聖母《せいぼ》像と言う方がふさわしかった。

「……母さん」

自分が像にそう呼《よ》びかけるのを止められなかった。幼《おさな》い頃《ころ》に死別した母が、そこにいた。

だが心は恐怖に悲鳴を上げている。こんな馬鹿《ばか》な。自分も忘《わす》れたような母の顔立ちを、レティーシャが正確《せいかく》に再現《さいげん》出来るはずがない。

「素晴《すば》らしい出来映《できば》えだ……きっと誰もが自分の母を連想するだろう。これなら民《たみ》も納得《なっとく》する。旅人もこれを見れば、この聖地こそ第二の故郷《ふるさと》と思ってくれるに違《ちが》いない……」

きっと、ノヴィアでさえも、ここが自分の故郷だと感じてくれるだろう——

無理やりにもそう思おうとして——レオニスは異常《いじょう》な恐怖に陥《おちい》り、息をつまらせた。

なぜだ。そう絶叫《ぜっきょう》したかった。なぜノヴィアの面立ちをレティーシャはこうも再現出来るのだ。なぜそれを平然とレオニスの母の顔に混ぜ合わせてしまえるのだ。

二人で一人——レティーシャは確かにそう言った。いったいこの像は——

「ところでレティーシャよ……これは……誰なんだ。この像は、いったい誰なんだ」

レティーシャは、レオニスの背後に立ったまま答えない。

正面を向かせていたはずの頭蓋骨が、いつの間にかレオニスを下から見上げている。

レオニスは、もう少しで、訳《わけ》の分からぬ恐怖とともにレティーシャも頭蓋骨も、真っ二つに斬《き》り捨《す》てたい気持ちに駆《か》られそうになった。

そのとき——夕陽の輝《かがや》きが、辺りを緋色《ひいろ》に染《そ》め上げた。

真っ白い像が、にわかに赤く染まった。

レオニスの目が、大きく見開かれた。恐怖ではなく、ひどく呆然《ぼうぜん》とした表情《ひょうじょう》だった。

「母さんが……真っ赤だ」

ぽつんと呟《つぶや》いた。心が、勝手に母のことを思い出していた。その面影《おもかげ》ではなく、なぜ母が死んだのかを。そう——母は、暗殺者の手にかかって死んだ。幼いレオニスを守って。

その光景が、瞬間《しゅんかん》的に思い浮《う》かんだ。幼《おさな》い頃《ころ》の記憶《きおく》——耐え難《がた》い恐怖と悲しさ。

最後に母を見たとき——

「母さんを……助けなきゃ」

それを突然《とつぜん》、思い出した。母を助けなければ。今まさに母は殺されようとしているのだ。死にかけて血だまりに倒《たお》れた母の姿を、ベッドの下のレオニスが、見ているのだ。

母がそこに自分を隠《かく》してくれたのだ。幼い頃から足が動かない自分を守るため——

「僕は……歩けないんだ」

「嘘《うそ》」

ぽそっとレティーシャが言った。

レオニスは何かが音もなく崩《くず》れるのを感じた。まるで足下《あしもと》にぽっかり暗い穴《あな》が開き、そこから忘《わす》れていたものがレティーシャの蠅《はえ》のようにうじゃうじゃ湧《わ》いてくる気がした。

その蠅がわめくには、レオニスは自分からベッドの下に隠れたのだという。

母が襲《おそ》われるのを見て、咄嗟《とっさ》に逃げたのだという。暗殺者は死にかけた母を引きずってきてレオニスの居場所《いばしょ》を吐《は》かせようとしたという。そして血が赤く飛び散って——

なぜ助けなかったのだ。お前が出て行けば母は苦しまずに済んだのに。そう蠅が言う。

歩けないからに決まってるじゃないか。自分は歩けないんだ。足が動かないんだ。母を助けられなかったのは当然だ。出て行って姿を現《あらわ》すことさえ出来なかったんだから。

「嘘じゃない……。急に……歩けなくなったんだ」

レオニスは己《おのれ》の膝《ひざ》を握《にぎ》りしめて言った。涙《なみだ》が後から後から零《こぼ》れ落ちた。

せめて母が苦しまずに死ねるよう、自分も出て行って殺されれば良かったのだと蠅が言う。せめて敵《てき》がその手を止めるよう、大声で助けを呼べば良かったのだと蠅が言う。

蠅の叫《さけ》び——確《たし》かに、お前は生まれつき足が弱かったが歩けないほどではなかった。成長して体が丈夫《じょうぶ》になれば普通《ふつう》に歩けるようになるはずだった。お前も覚えているだろう。幼い頃のお前は今よりも、ちゃんとその足で立つことが出来た。

なんと覇気《はき》がないことか——父の声が、にわかに甦《よみがえ》った。

「助けられるわけがないじゃないか……僕は歩けないんだから……」

心が歩くことを棄《す》てたのだ。自分だけ生き延《の》びるために。自分が隠れているせいで母が苦しんでいることの正当性を求めて。助けることさえ出来ない無力さ。覇気がない——父の冷たい目。世界中が自分を責《せ》めている——歩けないんだ。領主《りょうしゅ》になることの条件《じょうけん》——歩いて玉座《ぎょくざ》まで辿《たど》り着くこと。みなが期待している。自分が飛び出していって殺されれば母の苦しみを止められる。ああ、そうでなければ敵を殺してしまえる力が自分にあれば——

そして真実——怪物《かいぶつ》になりたい。力が欲《ほ》しい——どんなものでも滅《ほろ》ぼせるほどの力。

それが歩くことの代わりになる。そんな自分を、あの少女が見つけてくれたのだ。

手を差し伸《の》べて、レオニスが歩いているところが見えると言ってくれたノヴィア——

「もう一人の……自分……。鏡映しの……」

母そっくりの顔をした少女。

母が手を差し伸べて、出ていらっしゃいと言っている。そのベッドの下から出てきて、一緒に死のうと言っている。自分の苦しみを早く止めてと言っている。蠅の声で。

そして——疑念《ぎねん》が起こる。あの冷厳《れいげん》な父が、双子《ふたご》が生まれて掟《おきて》通りに片方《かたほう》を棄てねばならないとき、何の理由もなく体の弱い子を手元に残し、健康な子を棄てるだろうか？

答えは、否《いな》——体の弱い子を残さざるをえない理由があった。

ではなぜ自分が選ばれたのか？

明確《めいかく》な答え——父には跡継ぎが必要だった。だからたとえ体が弱くとも男子を選んだ。

つまりもう一人は女子だったのだ。父は迷《まよ》わず健康な彼女を棄て——レオニスを残した。

そして再《ふたた》び甦る少女の面影《おもかげ》／母の面影／血の色／その二つが一つになって——

「ああ……そうか……そうなのか……」

魂《たましい》の抜《ぬ》けたような虚《うつ》ろな声が、レオニスの口から零れる。

あるのはベッドの下に這《は》いつくばる自分のもとへ、母の温かな血が流れてきて己の両手を濡《ぬ》らす感覚。その剣《けん》で父を貫《つらぬ》いた自分の手へ溢《あふ》れる、焼けつくような血の熱さ。

「……なぜ父までノヴィアのことをあんなに気にかけていたのか、ずっと……不思議だったんだ。そうなんだろう……？　レティーシャ……お前は知っていたんだろう？　そしてきっとトールも……ああ、あいつも……知っていたんだ……」

レティーシャは答えない。ただ、そっと背後《はいご》からレオニスを抱《だ》きしめ、そっと囁《ささや》いた。

「綺麗《きれい》でしょ……？　ね、レオニス様……」

ざわざわと足下から蝿の羽音が聞こえる気がした。レオニスは泣きながらうなずいた。

真っ赤に濡れた母は——血を浴びたノヴィアは、とても綺麗だった。

聖地《せいち》シャイオンの聖母像《せいぼぞう》が完成し、城《しろ》の広間に飾《かざ》られてから、数日後に——

まず、アキレスが帰還《きかん》し、レオニスに一連の出来事を、事細かに報告《ほうこく》した。

特に、トールの裏切《うらぎ》りとも言える行為《こうい》の数々を、丹念《たんねん》に述《の》べ立て、

「もし許《ゆる》されるならば、今度の狩《か》りではトール殿《どの》とは行動したくないものですな。彼の邪《じゃ》魔《ま》があったせいで、いったい何度、好機を逃《のが》したことか。どうかトール殿をこの使命から外し、私一人にお任《まか》せ下さい。きっと、お役に立ってご覧《らん》に入れます」

レオニスは、淡々《たんたん》とそれを了解《りょうかい》した。

「良いだろう。ジークは今後、物資《ぶっし》運搬《うんぱん》の行方《ゆくえ》を追って大河《たいが》を下ることが予想される。ジークが海岸に辿《たど》り着くまでの間が、お前の狩り場だ。そこで狩りの指揮《しき》を執《と》れ」

アキレスはひどく満足そうに頭《こうべ》を垂《た》れた。

それからさらに数日後。

トールが帰還し、執務《しつむ》室でレオニスと再会《さいかい》した。なぜこれほど遅《おく》れたのかと冷ややかに尋《たず》ねるレオニスに、フロレスを追っていたためであることを、トールは素直《すなお》に答えた。

「それで、フロレスを仕留《しと》められたのか？」

「いいえ……逃《に》げられました」

いったいあの崩壊《ほうかい》と騒乱《そうらん》の現場《げんば》から、どうやって脱出《だっしゅつ》したのか。

おそらく外にいた騎士《きし》を操《あやつ》り、馬を奪《うば》うなどして、すぐさま逃走《とうそう》したのだろう。

「追う必要はない……フロレスは、ここに戻《もど》ってくる」

レオニスが断言《だんげん》した。トールもうなずいた。フロレスは間違《まちが》いなく、彼女に関する記憶《きおく》を全員の心から消すために聖地シャイオンに戻るだろう。あるいはレオニスを操るために。

だからこそトールは追跡《ついせき》をやめて帰還し、フロレスを迎《むか》え撃《う》つことを選んだのだ。

「ところでトール、一階の広間にある像を見たか。レティーシャに彫《ほ》らせた像だ」

「……はい」

「母に似《に》ていると思わないか」

トールは無言で頭を垂れた。その目が、あまりの無念さに細められていた。

正直《しょうじき》、あの像を見た瞬間《しゅんかん》、不吉な予感に襲《おそ》われたのだ。遅《おそ》かった――心底そう思った。

何かが間に合わなかった。最初からフロレスなど追わずに聖地に帰還するべきだった。

トールは己の迂闊《うかつ》さを呪《のろ》った。レオニスの心を奪おうとする者はフロレスやアキレスだけではなかったのだ。レティーシャ――あの娘《むすめ》と頭蓋骨《ずがいこつ》を、切り刻《きざ》んでやりたかった。

「なぜ答えない？　他《ほか》にもっと似ている者がいるからか……？　トールよ、お前は父から聞いていたんじゃないか？　かつて双子の片方がどうなったか、か、か、か、か、か、か、か？」

トールは答えない。ただひたすら悔恨《かいこん》に打ちのめされて頭を垂れている。

「なあ……トール」

ふいにレオニスの声が、いつもの親しげな響《ひび》きを帯びた。

「もう、痛《いた》くないんだ」

トールは、はっと目を見開き、恐《おそ》れおののくように、顔を上げた。

「急に……何の痛みも、感じなくなってしまった」

自分の両手を見つめて呟《つぶや》くレオニスの姿《すがた》に、トールは己《おのれ》の両腕《りょううで》を自ら切り落として詫《わ》びたい気持ちになった。レオニスを守れなかった自分が許せなかった。

「もう……二度と歩けないかもしれない」

他人《ひと》ごとのように、レオニスは言った。トールは悲痛《ひつう》な顔で、思わず一歩、前へ出た。

「レオニス様……」

レオニスが、ふいにトールを真正面から見た。そして、くすっと笑った。

「知っていたんだな」

トールは何も言い返せなかった。ただそこに呆然《ぼうぜん》と立ちつくした。

レオニスは、優《やさ》しく微笑《びしょう》しながら、トールを牢《ろう》に入れることを告げた。

トールは一言として発せず、一切《いっさい》の抵抗《ていこう》をせず、ただ影《かげ》のように大人しく投獄《とうごく》された。

凄《すさ》まじい牢だった。壁《かべ》中が、地獄の苦しみに悶《もだ》える人間の姿で埋《う》め尽《つ》くされている。

レティーシャがその彫刻《ちょうこく》で飾《かざ》り尽《つ》くした地下牢——

そこに、トールは投獄された。罪状《ざいじょう》は、レオニスが適当《てきとう》にでっち上げたもので、それほど重くはない。ぎりぎりこの牢に入れられる程度《ていど》の罪《つみ》——いわば謹慎《きんしん》だった。

ただし期間は定められていない。トールは黙々《もくもく》と牢に入り、一番奥《おく》の壁に背《せ》を当てて座《すわ》った。しばらくそのまま眠《ねむ》るように顔をうつむかせていると、ふいに人の気配が起こった。

トールは顔を上げ、今この瞬間、最も憎悪《ぞうお》するべき相手を見た。

「兄様の言った通りね。ふー。レオニス様から綺麗《きれい》なものを隠《かく》そうとした人だね。ずるい人はこうなるね、兄様。でも少し可哀想《かわいそう》、でもしょうがない、ね、兄様」

鉄格子《てつごうし》の向こう側で、レティーシャが頭蓋骨をトールに向けて囁《ささや》く。

「ふぅん。そうなんだ。この人、待ってるんだ。あの香《かお》りが来るのを待ってるんだ。それでレオニス様がどうするか待ってるんだ。いつでもこんな場所、抜《ぬ》け出せるくせに」

その通りだった。トールが大人しくしているのは、フロレスを待っているからだ。レオニスが帰還したフロレスをどうするか、ただ黙して見届《みとど》けるために。

トールは、じっと鋭《するど》い目をレティーシャに向けた。

「ふふー。この人、兄様のこと気にしてるんだ。ふぅん。はい、うん、そぉ。その、頭蓋骨を——教えるの、兄様。そうなの。少しだけね。また兄様のこと欲《ほ》しくなる人、出るかもしれないからね」

レティーシャが、ちらりと上目遣《うわめづか》いでトールを見た。すぐまた頭蓋骨に目を戻し、

「兄様ね、予言者だったんだよね。未来を教えてくれるんだよね、兄様。人の心、分かるんだよね。みんなに喜ばれてね。みんなに憎《にく》まれてね。ふー。首だけにされちゃった」

ぼそぼそとした調子で、どうやらトールに何かを告げようとしているらしかった。

「でも兄様ね、首だけになってもね、教えてくれるんだよね。人の未来ね、兄様。みんなが兄様、持ってこうとしたね。あたしが兄様、取り返したんだよね。ふー、ね。みんなを綺麗にしてね、兄様も綺麗にしてね、あたしも綺麗になるためにね、兄様とね」

トールは、溜《た》め息をついた。本気か嘘《うそ》かも分からない。勝手にレティーシャがそう信じ込んでいるだけかもしれなかった。

「ふぅん。あの人、そういうの信じないの、兄様。夢《ゆめ》がないんだ。つまんない。ふー。でも分かってるね。レオニス様とあたし、一緒《いっしょ》だってこと。同じ綺麗だってこと」

トールは咄嗟《とっさ》に、この娘の首を、その頭蓋骨の横に並《なら》べてやろうかと思った。

「一番、好きになっちゃいけない人、好きになったからね。一緒だね。ふー」

だがその一言で、トールの中で悲しみが起こった。怒《いか》りが消え、疲労《ひろう》感が湧《わ》いた。

「みんな、レオニス様が欲しいのね。そうなのね、兄様」

トールは胸《むね》がむかつく思いでその言葉の正しさを認《みと》めた。アキレスはレオニスを自分にふさわしい王にしようとしている。フロレスはレオニスを道具として操《あやつ》ろうとしている。このレティーシャはレオニスを自分の同胞《どうほう》にしようとしている。そして、自分は——

「みんなで待とうね、兄様。それが一番ね。ふー。だってレオニス様、一人だものね」

トールは押《お》し黙《だま》ったまま目を伏《ふ》せた。レティーシャはトールを見つめ、それから奥へ行き、牢に入っていった。考えてみれば、ここはレティーシャの住居でもあるのだ。

トールは、待った。フロレスの帰還を。そして、レオニスの選択《せんたく》を。

Epilogue　血の絆《きずな》

ジークたちが城塞都市《じようさい》ルカを出立したのは、大蜘蛛《おおぐも》の死から七日目の朝であった。

その間、諜報院《ガルム》の者たちが都市に残された書類を調べ、物資《ぶっし》の運搬《うんぱん》についての情報《じようほう》を手に入れている。当初の予想通り、大河《たいが》に沿《そ》っての物資の流れが判明《はんめい》し、聖王《せいおう》からジークに、正式な使命が下された。すなわち物資追跡《ついせき》のため、大河を海岸へと下るのだ。

ジークはそれまで、ノヴィアとともに死者を葬《ほうむ》ることに日を費《つい》やしていた。

「大丈夫《だいじようぶ》でしょうか……ジーク様」

道程《どうてい》を説明されたノヴィアは不安になった。これから延々《えんえん》と水辺を進むのだ。水があるところでは力が使えないジークにとって困難《こんなん》な戦いになることは明白だった。

「心配ない」

だがジークはいたって悠然《ゆうぜん》と構《かま》えている。何が危険《きけん》か分かっていれば、それに対処《たいしよ》する手段《しゆだん》も事前に用意しておけるのだと言った。だがノヴィアの不安は尽《つ》きない。

特に、ドラクロワやレオニスについての情報は、全く手に入っていないのだ。

ノヴィアは既《すで》に、アリスハートから、今回のあらましを聞いている。またもやトールがここにいたということは、レオニスがこの一件《いっけん》に関与《かんよ》している証拠《しょうこ》だった。

もしジークがトールを捕《と》らえていれば——ついノヴィアはそう思ってしまう。

そうすれば聖王は、ジークに聖地シャイオンの調査《ちょうさ》を命じていたかもしれない。そしてノヴィアも、あの聖地に行き、レオニスに直接《ちょくせつ》、問いただすことが出来たのに——

だが、その考えが無益なのは分かっていた。ジークの目的はあくまでドラクロワであり、それ以外に力を割《さ》くべきではないのだ。聖王も決して聖地シャイオンへの派遣《はけん》を命令したりはしないだろう。それはあくまで諜報院《ガルム》の仕事だった。

そんなノヴィアの心情を、ジークはすぐに読み取っている。

「行きたいのなら、止めはしない」

出立の前の晩《ばん》、ジークは淡々《たんたん》とそう言った。

ジークと別れてレオニスのもとへ行くかどうか、ノヴィアの意志《いし》を問うたのだ。

「狼男《おおかみおとこ》ったら、そんな冷たいこと言わないでさぁ。もうちょっと他《ほか》に言い方が……」

アリスハートは、ノヴィアがまた傷《きず》つくのではないかと気が気でない。だが——

「私は、ジーク様の従士《じゅうし》です」

ノヴィアは、呆《あき》れたように返したものだ。

「戦いの旅の最中に、そう簡単《かんたん》に、騎士《きし》が従士を手放すものではありません」

かえってたしなめるような口調になり、アリスハートがぽかんとなった。

「それに〈銀の乙女《おとめ》〉からも、ジーク様と旅をともにするよう、命じられております」

ジークは、ノヴィアの煎《せん》じた薬湯《やくとう》をすすりつつ、そっぽを向いて言った。

「お前の意志を聞いただけだ」

憮然《ぶぜん》とした感じである。年の離《はな》れた従士に説教される騎士というのも珍《めずら》しかった。

「私は自分の意志で、ジーク様の旅についているんです」

むっとしてノヴィアが言う。ジークがまた薬湯をすする。アリスハートがはらはらした。

「この戦いが終わったら……レオニスに会いに行きます」

ふとノヴィアが告げた。微笑《びしょう》さえ浮《う》かべている。ジークは初めてノヴィアに目を向けた。

「レオニスの部下が、戦いを挑《いど》んでくるかもしれない。あるいはレオニス自身が」

お前にレオニスと戦えるかと言っているようなものだった。

だがノヴィアは反射的《はんしゃ》に、きっぱりうなずいた。傍《かたわ》らのアリスハートが愕然《がくぜん》となる。

「そのときは私が、レオニスを止めます」

半ば勢《いきお》いに任《まか》せて言った後で、それが自分の役割《やくわり》であるかもしれないとさえ思っていた。

もう一人の自分——そんな風に感じられる相手に対しての、当然の心構《こころがま》えなのだと。

「分かった」

ジークはただそう返した。それ以外に何も言わない。だがその目は真《ま》っ直《す》ぐノヴィアを見ている。多くの思いがその眼差《まなざ》しにこめられているのをノヴィアは感じた。

何となく、それだけで十分だった。

それから、出立を明日に控《ひか》えていることもあり、早めに自分たちの宿へ戻《もど》った。近くの壊《こわ》れた修道院《しゅうどういん》の一室を借りているのだ。その途中《とちゅう》、アリスハートはしきりに感心していた。

「なんだか凄《すご》い剣幕《けんまく》だったわねぇ、ノヴィアぁ。狼男が、びっくりしてたよぉ」

そう言われて、さすがにちょっと不安になったが、

「でも……本心だもの。それに、ちゃんと言わないと……ジーク様、また一人で行ってしまうから。まだこれから遠くへ行くんだもの……意志を持たなくちゃ。そうでしょう」

そうよ——

と、誰《だれ》かが微笑《ほほえ》んでくれた気がした。ノヴィアは立ち止まって、虚空《こくう》を振《ふ》り返った。

「どしたの、ノヴィア？　誰かいたの？」

辺りには、まだ復興《ふっこう》さえ始まっていない、瓦礫《がれき》の山が並《なら》んでいる。

「ううん……」

風が、どこからともなく澄《す》んだ香《かお》りを運んできた気がしたが、それも気のせいだろう。

自分は、ただ自分の中から自然と聞こえる声に従《したが》って、彼方《かなた》へ続く道を選んだのだから。

ジークの後を追って。その背《せ》を通して、より遠くを見ることが出来るように。

「行こうよぉ、ノヴィアぁ。明日も早いんでしょぉ、しっかり休まなくちゃ」

アリスハートが、ふわっと肩《かた》に舞《ま》い降《お》りた。それから真面目《まじめ》な調子で、こう言った。

「今日でこの街も最後なんだから、良い夢《ゆめ》を見なきゃ」

ノヴィアは微笑んだ。そうしてもう振り返ることもなく、ただ真っ直ぐ歩んでいった。


暗い牢《ろう》の中――ただじっとうずくまるトールの姿《すがた》があった。

ふと、その顔が上がった。危《あや》ういほど神経《しんけい》を研《と》ぎ澄ましたような目で、宙《ちゅう》を見る。

どこかからか、ほんのかすかに、甘《あま》い香りが漂《ただよ》ってきていた。

トールの手が翻《ひるがえ》され、鋼《はがね》の鞭《むち》を現《あらわ》した。

一瞬《いっしゅん》ののち――鉄格子《てつごうし》が火花を上げて切断《せつだん》される音が、暗い地下に響《ひび》き渡《わた》った。


レオニスは、城《しろ》の広間で、ただ一人、玉座《ぎょくざ》に座《すわ》っていた。

最近は、特に用事がない限《かぎ》り、そこでぼんやりと考え事をしていることが多かった。

ふいに、その無人の広間に、甘い香りが漂った。
レオニスは、どこか待ちわびたように、広間の入り口を見た。
「ただいま戻りました……レオニス様」
艶《あで》やかな声とともに、一人の女が、広間に入ってきた。
左手をかざし、ゆっくりと香炉《こうろ》を揺《ゆ》らしながら、レオニスに向かって歩んだ。
眼前《がんぜん》に突《つ》き出されたその指が、全《すべ》て折れ曲がっていた。
右腕《みぎうで》は、もはやどこが関節か分からぬ形状《けいじょう》に潰《つぶ》されている。
肩が平行ではなく、斜《なな》めに傾《かし》いでいた。
裂《さ》けた唇《くちびる》と頬《ほお》から、歯が覗《のぞ》いて見えた。
顔の右半分が砕《くだ》けて、青黒く腫《は》れ上がり、鼻が潰《つぶ》れ、右目が白く濁《にご》っている。
まともに開いているのは左目だけだった。
右足首が異様《いよう》な方向を向いていた。
腰骨《こしぼね》が歪《ゆが》んだのか、右膝《みぎひざ》の方が、左膝よりも拳《こぶし》一つ分、下の位置にあった。
全身を、巨大《きよだい》な手で握《にぎ》り潰されたような有様――あの土砂《どしゃ》崩《くず》れに巻《ま》き込まれたのだ。
「なかなか、痛《いた》みを忘《わす》れることが出来ずに……これほど遅《おく》れてしまいましたわ」
だがフロレスは、もはや何の苦痛《くつう》も感じていないかのように、微笑んでいる。

その無惨《むざん》な姿が、ぎくしゃくと近寄《ちかよ》ってきた。

「あなた様にとって、とても重要な情報《じょうほう》を、ジークから奪《うば》い取ってきましたわ」

折れた指で、もぞもぞと懐《ふところ》を探《さぐ》り、書状《しょじょう》を取り出してみせる。

レオニスは、くすっと笑った。その目は冷たくフロレスを見つめ、

「僕《ぼく》はね……歩けないんだよ」

ひどく丁寧《ていねい》に、そう告げた。

ちっ、とフロレスが舌《した》打ちした。なんとも荒《すさ》みきった態度《たいど》だった。どうせすぐに相手の記憶《きおく》を消すのだからと何の礼儀《れいぎ》もないまま、玉座への階段《かいだん》を面倒《めんどう》くさそうに登った。

「さあ、これを見てご覧《らん》なさい……坊《ぼう》や」

すっかり馬鹿《ばか》にしたような態度で、書状を突き出す。

レオニスは、気にした様子もなく書状を受け取り、中身に目を通した。

早く読み終わらないかと、フロレスは苛々《いらいら》しながら、ぞんざいに香炉《こうろ》を揺らしている。

「最初の狩人《かりゅうど》……サガ・トルホーズの調査《ちょうさ》か……大したもんだ、よく調べてある」

言葉とは裏腹《うらはら》に、ひどくつまらなそうに、レオニスは顔を上げた。

フロレスは、やっと読み終わったかというように、にっこりと砕《くだ》けた顔を微笑ませた。

「さあ、苦しいでしょう……悲しいでしょう……もう全てを忘れてしまいましょう……」

体中がべたべたするような甘い香《かお》りを放ちながら、レオニスに迫《せま》った。

「その悲しみを消してあげるわ……何の苦痛もない本当に幸せな状態《じょうたい》にしてあげる」

まるで、その香りが、レオニスの衣服に忍《しの》び込《こ》み、体中を撫《な》で回した挙げ句《く》に、心の中に無理やり入り込んでくるようだった。

それでもレオニスは、何も感じないかのような冷たい顔でいる。

フロレスのねじ曲がった指が、愛玩《あいがん》するようにレオニスを撫でた。

「そして今日から……あなたが、私の弟になるの。私が、あなたの姉になるのよ。さあ……私をノヴィアと呼びなさい……レオニス」

「い、い、い、い、い、い、い、い」

その瞬間——胸《むね》が焦《こ》げつくような血の香りが、レオニスを満たした。

レオニスの手が背後《はいご》に回され、何のためらいもなく宝剣《ほうけん》を抜《ぬ》いた。

「汚《けが》らわしい手で触《さわ》るなっ！」

煮《に》えたぎるような怒《いか》りの声とともに、刃《やいば》がフロレスの腹を貫《つらぬ》いた。

フロレスが、呻《うめ》き声と血を吐《は》きながら、よろよろと後ずさる。

レオニスの手から剣が離《はな》れた。それでもフロレスは倒《たお》れない。

その腹を貫いていた剣が、ずるっと音を立てて引き抜かれ、宙に静止した。

「い……痛い……痛みを……忘れて……」

慌《あわ》てて香炉を己《おのれ》の顔に寄せようとしたとき——

ひゅっと刃風《じんぷう》が鳴り、フロレスの左手首が、水のように切断《せつだん》された。

フロレスの左目が、黒い影《かげ》を見た。階段のすぐ下で、トールが鞭《むち》を縦横《じゅうおう》に振《ふ》るっていた。

「か……香りで……」

フロレスの首が、腕が、足が、胴《どう》が、レオニスの目の前でばらばらになった。

その体がばらまかれるや——いきなり床《ゆか》から何本もの氷柱が生え、次々に刺《さ》し貫いた。

フロレスの体の断片《だんぺん》が、一つずつ氷の槍《やり》で串刺《くし》しになって陳列《ちんれつ》されるような光景を、レオニスは、なんの興味《きょうみ》もない目で見つめた。

氷が赤く染《そ》まった。フロレスの血を吸《す》っているのだ。ざあっと氷が溶《と》け、ばらばらになって干涸《ひか》らびたフロレスの体が、今度こそ床に落ちるや——

どこからともなく飛んできた無数の真っ黒い蠅《はえ》が、猛然《もうぜん》とその体にたかった。

僅《わず》か数秒ののち、蠅がさっと去っていなくなったとき、もうそこには何もなかった。

肉体も香炉も衣服も、髪《かみ》や爪《つめ》さえ、フロレスがこの世にいた証拠《しょうこ》は一片も残っていない。

宝剣が宙《ちゅう》を舞《ま》い、レオニスの手に戻《もど》った。

「もう……忘れることも出来ないや……」

くすくす笑って、うつむいた。

「どこにいるの……トール。そばにいてよ……」

宝剣の刃の上に、涙《なみだ》が一つ、零《こぼ》れ落ちた。

「ここにおります、レオニス様……いつでも、そばにおります」

トールは玉座《ぎょくざ》のすぐそばにひざまずき、そっと誓《ちか》った。

「我《わ》が王よ……どうか私めに、戦乱《せんらん》と力を、お与《あた》え下さいますよう」

アキレスがやって来て、トールと並《なら》ぼうとするように、玉座に向かってひざまずく。

「レオニス様……とっても綺麗《きれい》……。ね、兄様……本当に、綺麗」

頭蓋骨《ずがいこつ》を抱《かか》えたレティーシャが、広間の真ん中に、裸足《はだし》で立っていた。

レオニスは顔を上げ、静かに三人の姿《すがた》を眺《なが》めた。それから、宙を見た。

いっとき、遥《はる》か彼方《かなた》を旅する、少女の面影《おもかげ》が思い浮《う》かんだ。

その少女の姿が、真っ赤に染まるのを見たような気がした。

身も心も焼けつくような血の香りが、いつまでも辺り一面に漂《ただよ》っていた。

後書き

初めましての方も、お待たせしましたの方も、こんにちは、冲方《うぶかた》です。
皆様《みなさま》の暖《あたた》かく、ときに厳《きび》しい応援《おうえん》により、『カオス レギオン』も五冊目に突入《とつにゅう》しました。しかも前作をさらに上回る規定枚数《きていまいすう》のオーバーにより、超極厚本《ちょうごくあつぼん》となっての刊行《かんこう》。本当にこういうことは読者の応援があってこそで、皆様には、大・大・大感謝です。

今回は新たに、ちょっと（？）怖《こわ》い三人が、レオニスが招《まね》いた狩人《かりゅうど》として堂々《どうどう》の登場です。一人はドラマガ誌上《しじょう》での連載でも登場した人物で、三人全員がジークと因縁《いんねん》がある様子。そんな彼らとトールが、ジークを狩《か》るべく放《はな》たれるが——

一方、霧深《きりぶか》い城で目覚《めざ》めたジークは、気づけば周《まわ》りに誰もいないという状況。ノヴィアはどこへ？　アリスハートは？　一人さまようジークはそこで己《おのれ》の過去《かこ》と直面《ちょくめん》する——

と、物語の構想《こうそう》を、喫茶店《きっさてん》で担当のシバッチユイユイ氏に話したところ、
「本当に書けるの？」

などと、ひどい質問《しつもん》が勃発《ぼっぱつ》。もちろんですとも書いてみせますとも、と胸を張《は》って宣言《せんげん》する僕に、シバッチ氏の恐ろしい言葉が……

「だって、今回の締め切りは一か月後だよ？」

「うぬるるむいぐあぁおうるえあおおぅがごごうあ！」

「何言ってるか分かんないって！」

「いやぁ……今回、新登場する人が、こういう口癖《くちぐせ》をしているもので」

「どういうやつだよ！　つかそれ口癖じゃないよ、絶叫《ぜっきょう》だよ！」

「というか一か月ってナンですかぁっ!?　三十日ですかぁ!?」

「うーん……確《らくらい》かにねぇ。結賀《ゆいが》さんも、そりゃ無理でしょうって言ってるんだよねぇ」

その言葉が落雷のごとくウブカタのハートを直撃《ちょくげき》。やる気魂《きだましい》に、いけない点火《てんか》がオン。

俺がチャンピオンだ回路《かいろ》発動《はつどう》。脳内艦長《のうないかんちょう》が最終決断《さいしゅうけつだん》を無差別《むさべつ》に発令《はつれい》——再三の絶叫を発射《はっしゃ》。

「やってやるぁ————————————————っっっ!!!!」

「うわ————————————————っ!?」

「さささ三十日あれば七百二十時間ですよっ、あなたっ!!」

「お、おおっ！　なんか時間が沢山《たくさん》あるっぽい！」

「そうですとも！　四万三千二百分間ですっ！　二百五十九万二千秒間ですよっ！」

「すごい！　なんかますます余裕《よゆう》っぽい！　やれる、やれるよ！」

「やれるやれるややややれるうおごがあいぇむぬるおえうやれるむやるうるむぬが！」

「おお、その意気《いき》だ！　何言ってるか分からんが頑張《がんば》れ！」

　そうして白熱《はくねつ》の日々に突入し——生還《せいかん》したその成果《せいか》が、本書なのです。

（まぁ、四万三千二百分間よりも実際は五千分間ほど遅《おく》れたわけですが）

　とにかく、執筆の期間が短かろうが、本編が分厚いので後書きスペースが短かろうが、熱情《ねつじょう》だけは倍増《ばいぞう》なのです。ありったけの気持ちで書きました。どうぞお楽しみ下さい。

　最後になりましたが、いつも刺激《しげき》と信頼《しんらい》を与えて下さる、結賀さとるさん、カプコンの皆様、富士見書房の編集諸氏、シバッチ氏、奥さん、妖精さん、ありがとうございます。
　そして読者の皆様へ——尽《つ》きせぬ感謝を込《こ》めて。これからも頑張ります。

冲方　丁　二千四年四月

富士見ファンタジア文庫

カオス レギオン03
夢幻彷徨篇
平成16年5月25日　初版発行
著者――冲方《うぶかた》　丁《とう》
発行者――小川　洋
発行所――富士見書房
〒102-8144
東京都千代田区富士見1-12-14
電話　営業　03(3238)8531
　　　編集　03(3238)8585
振替　00170-5-86044
印刷所――旭印刷
製本所――本間製本
落丁乱丁本はおとりかえいたします
定価はカバーに明記してあります
2004 Fujimishobo, Printed in Japan
ISBN4-8291-1618-8 C0193